小說精選

邊境行走
Grenzgang

施益堅——著 宋淑明——譯

by Stephan Thome

作者 施益堅 Stephan Thome（江俊錡／攝）

國際好評推薦

緊湊、睿智、聰穎又夾帶想像力的敏銳穿梭在對話的鋪陳中，作者敘述出欲望碾碎的蒼白，在這不順遂的遲來返鄉者身上……。

《星報》(*Stern*)

生活中逐漸加劇的挫敗感很少如此迷人的呈現，一如施益堅的這本小說，這是他第一本作品，甫出版即讓他正式登上作家之列……

Sandra Kegel，《法蘭克福匯報》(*Frankfurter Allgemeine Zeitung*)

施益堅作為一位對話技法鋪陳大師是當之無愧的！他偵察角色人物內心的衝突與自我矛盾的態度，如同人們探測著自己的邊界與他人的邊界。令人驚異的是：作者竟是初試啼聲，《邊境行走》是他的首部長篇小說……在德語文學界已經很久沒有如此純熟的作者首作了！

Volker Hage，《明鏡雜誌》（*Der Spiegel*）

年度最令人驚豔的作者首作：一位刻畫心靈灰階地帶的傑出大師正在我們眼前！

Elmar Krekeler，《世界雜誌》（*Die Welt*）

作者帶領我們走入他的角色人物之中，以七年為一步的方式——一九八五，一九九二，一九九九，二〇〇六以及二〇一三——呈現出某種繼續回溯、重新創造，將新的柔韌呈現出來。

七年一次的踏境節，以如此的節奏賦予小說形式。同時作者熟練的在時間中來回跳耀，讓角色的複雜性一層層被挖掘出——總是不斷再多一點點、深一點點，直到他們更加孤寂，同時也更有尊嚴。

Ulrich Rüdenauer，《每日鏡報》（*Tagesspiegel*）

推薦序

緩慢及其所創造的

吳明益（東華大學華文系所副教授、
中興大學人社中心研究員）

就在不久以前，我都還覺得母親談到時間時格外誇張。每次聽她撥電話給一個老鄰居，兩個人在電話裡動不動就說「三十年以前……」。那個數字在她們的對話裡如此廉價，如此輕易，彷彿三十年僅是瞬息，彷彿昨日。僅僅就在十年以前，我有時還會跟朋友說，想當年我們大學的時候……十年前大學時代才過多久？不過七年而已。但正如你所讀到的，此刻我用了「十年」來作為敘事的標記。僅僅就在十年以前。

時間就像金錢，隨著數字增高計數的單位也將隨之提高，童年時覺得五塊錢跟十顆彈珠是不得了的財產，而今我們感嘆的可能是一個月動輒上萬的房貸。而只要你的生命沒有中止，年齡永遠都在增加，就像沒有人理會的債務。

當我第一次讀完《邊境行走》時，不禁想到，若要敘述我的記憶，可以化約成幾次的「踏境節」？

踏境節是貝根城的傳統節慶，每七年舉行一次，每次三日。在踏境節期間，全城民眾都以歡慶的心情來參與遊行，踏行邊境。抓住這個關鍵語，我們不難覺察，「踏境節」就像一只沙漏、一個量杯、一條捲尺，它成爲小說裡兩個最重要的主人公凱絲汀與懷德曼記憶無限偶然、離合、機緣與試探的時間度量。抓住這個指標，作者施益堅（Stephan Thome）把幾次踏境節重構時序，便形成《邊境行走》的敘事節奏。

這樣的寫法乍聽之下簡單，但真正處理起來就會知道，龐雜的記憶和敘事，如何在不刻意標識年代的情況下，僅以「那一年的踏境節」就得以讓讀者循線入戲，並不是件容易的事。

我以爲作者最主要的手法就是「以緩慢代替匆促的敘事」。初讀〈第一部／青石〉的時候，我一度覺得敘事未免太過緩慢了，從凱絲汀與鄰居普萊斯太太在超市的邂逅，到兩人共乘回家，凱絲汀送普萊斯太太一束花園裡的丁香，這段其實也可以用三句話解決的敘事，就耗去整整十頁。但細心的讀者當會發現，這個段落的細節纖毫畢現，暗埋線索，直到四百頁以後才漸次彰顯它的力量。這讓人不得不佩服這位甫出手就入圍德國圖書獎的小說家，在布局上的沉穩內斂、定謀遠慮。

然而弔詭的是，要以每次舉辦三天的踏境節，處理忽忽而過的七載，再怎麼「緩慢」也都是一種「時間的剪／簡裁」，於是，如何讓讀者「凝視」這三天，甚而能主動將被拆解的每七年的三天重構，達成彷如「踏境」般的逡巡，其實同時考驗著讀者和作者。

而在數個踏境節來去的時空當中，讀者漸漸發現，二十幾年的光陰，小說裡每一個人物所各自面對的艱難人生，竟就在五百頁的翻閱中忽忽而逝。我發現，這是因爲全書精彩的情景描寫與對話吸引了我，而作者刻意放慢節奏，不憚繁瑣的敘事，其實並不「緩慢」。反而是像暗示了書中主人翁彷如你我，看似平凡，卻難以被一語說盡的生命悲歡。於是最終，「踏境節」又轉化爲一種提醒，一句警告，一個頓號。讓讀者闔上書本之時回顧過去——我們究竟忽略、錯過了自己多少生活的細節？

當讀到普萊斯太太說：「我們不再是二十郎當歲，不再是美好的生活還在眼前。我們也還沒有七十歲，並不是生活已經過去了。我們是四十幾歲，生活正在經過我們。」她因此邀請凱絲汀到性愛夜店做一次性冒險。等到凱絲汀答應了，她在路上卻又因敏感而誤以爲凱絲汀看輕她，痛陳「如果萊茵街上開了一家店可以修改生命，通知我一聲！」時，我不禁爲施益堅做爲一個小說家的才能深深折服。只有真正的小說家，才能創造出讓讀者覺得，自己一直想說，卻始終未能準確地說出來的那些話。我們的生活看似千般萬種，其實回顧時的喟嘆，往往如斯相似。

德國偉大的小說家鈞特・葛拉斯（Günter Grass）曾用「剝洋蔥」這樣的意象來形容回憶：「洋蔥皮層層疊疊，剝掉又重生；如果用切的，洋蔥會讓你流眼淚，只有剝掉它，洋蔥才會吐真言。」在閱讀《邊境行走》時，我有時會想，這段話用在這部以細節見長的小說，或許也甚爲得當。快刀一切固然快意，但慢慢地剝洋蔥皮，讓那些我們曾經在過日子的過程中，被忽略的細節，一一被喚回，重新昭示那些緩慢及其所創造的事，不才是造就我們人生的重要肌理嗎？

有時我會想，如果不是藉著寫作，那些曾經影響我們生命決定的物事，必然隨著時間的磨損，終於失去細節。當我母親說，「三十年前我們如何如何」的時候，或許裡頭最令人感傷的是，當我們老去回憶一生經歷的一切時，「留下一小部分，跳過絕大部分」，已經是不得不然的回憶方式。

這或許就是像《邊境行走》這樣一本充滿細節的小說，對讀者最大的啓示：緩慢地回憶那關鍵的幾日，終究會理解，我們平凡的人生，究竟創造了什麼樣的平凡，對自己卻意義非凡的記憶。

這也使我想起，小說裡寫到凱絲汀的兒子丹尼爾在九歲參加踏境節時，一心想當「競走者」的情形，這孩子總是一馬當先，並頻頻回頭抱怨母親：「怎麼這麼慢！」而小說末尾倒敘回凱絲汀年輕時（當時當然還沒有丹尼爾）參與踏境節，第一次聽到同學介紹踏境節的歷史時，問說：「爲什麼七年才一次呢？」

這名也不明就裡的年輕同學考慮許久，給了一個無關民俗歷史的答案：「需要的時間就是這麼長吧。」或許，創作或閱讀一部像《邊境行走》這般的動人小說，亦復如是。

目次

第一部｜青石

01

雖然一切的一切，她想，這個花園還是像夢境一樣美麗。旭日從東邊玫瑰叢編織而成的籬笆間隙中穿射進來，金色的光線平躺在盛開的花圃上，樺樹與栗樹已被收納入陽光的疆土之中。鳥兒吱啾，春蟲呢喃，四周浸潤在早晨般陰涼又寂靜的空氣裡。主幹道上忙碌的車囂、鎮裡孩子們上學途中興奮的喧譁，以及其他所有的聲響，都成了遠方的無關緊要。白色露珠織成的網，撒在嫩綠的草地上，在陽光的照拂下，一顆顆從草叢上消失，似乎在與光影捉迷藏。蝴蝶飛舞，圍繞追逐著一株栽在藍色陶皿中的丁香。

凱絲汀穿著浴袍站在露台上，手揉著太陽穴。一輛車從五月樹廣場順著鹿坡上行，經過她家，在前面左轉，往山谷的方向駛去。車子在幾乎不加油的狀況下前進，開車的人著實替社區的安寧設想。車子經過後，空寂與鳥語又清晰可聞，似乎剛才只是在樹和籬笆後躲藏了起來。

她身後，房子裡，水聲響起。

吃完早餐、喝了咖啡，她幾乎覺得舒服多了，可以面對這一天了，雖然她又度過一個難眠的夜，而且必須等到下午打理花園時，現在已經開始的頭痛才可能會稍微好轉。她的頭痛，來自於頭皮下緊緊挨著腦殼的擠壓。不吃安眠藥的話，凌晨四點，又是一天開始的蒼白曙光中，她便會醒來，但是現在已經九點。凱絲汀向前走一步，去感覺地磚上已經被太陽曬暖的熱。每年春天的某個時候，她會覺得，夏天的降臨是一個大大的承諾，夏天會從天邊翠綠的山脊上迎著她輕騎而來。雖然她的心底知道，是這些美麗的風景迷醉了她，讓她無法抗拒的相信，這個夏天，一切都會好起來。

爲什麼不呢？安妮妲會說。無論如何總好過自怨自艾。

不是自憐，就是自我欺騙？

妳還是聽我的勸，從這個鳥不生蛋、狗不拉屎的鄉下搬走吧！

凱絲汀揉著太陽穴的手放了下來，頭搖一搖。也許是鄉下地方苦寒又過度漫長的冬天，讓她如此輕易就對夏天懷抱希望。今年的雪一直下到三月，而她的脊梁上現在還能感覺到那股濕冷從地磚和牆角往上爬升，散發著舊報紙般濃釅的潮味。她無法離開，因爲，第一，她不知道能去哪裡；第二，爲了丹尼爾；第三，爲了母親；第四……

她的眼光掠過花園，停留在那一大片籬笆上。一星期前，麥利西家找人來修剪他們那一邊的籬笆。一點也不肯放鬆，麥利西太太非常好心的來問「鄰居太太」，要不要讓從殘障工坊來的快樂幫手也幫他們這一邊修剪修剪？「鄰居太太」——做了七年的鄰居，她還不清楚隔壁一家姓什麼叫什麼，好像門上沒有掛名牌一樣。問她修剪籬笆的事時，麥利西太太不是明明就站在門邊寫著名字的門牌前面嗎？把責備的表情當成其實是爲你好的意思來用，似乎是上了年紀的女人特有的習慣，這一點凱絲汀還需要學習。（對了，第四，關安妮姐什麼事呢？）她禮貌的婉謝，把兒子搬出來當藉口，十六歲的男孩應該有力氣修剪籬笆吧！妳命真好！麥西利太太——快快不樂的表情、不合時宜的捲髮、太濃的香水味——拄著拐杖走了，沒有進一步的解釋，她覺得她的鄰居命好在哪裡。她自己的兒子小麥利西官場得意，遠征威斯巴登，不能說不好命吧。因此，凱絲汀望著她的背影，無法決定麥利西太太的話裡有多少真實性，還是完全只是諷刺。

透過籬笆，她可以看見鄰居在花園裡隱約的身影。不久前貝根城報上才刊登了一張照片，克勞斯・麥利西提著海森省最高首長的公事包，一臉忠僕的嚴肅，而首長就走在他身邊，帶著他一貫的、已經成爲公式的表情。小麥利西還保留著跟父親相同、像刷子一樣的髮型，在黑白照片上，一看就知道是血親。老麥利西最喜歡的口頭禪之一是乾淨俐落，不論說的是髮型、籬笆還是政治家。丹尼爾學他學得唯妙唯肖，包括臉上肌肉如何牽動、如何做出古典希臘哲學家的樣子，好像柏拉圖那時就已經知道：最重要的，是要乾淨俐落。

屋子裡，浴室的門開了，她腦海裡正在想像的丹尼爾馬上無影無蹤。健康鞋發出的吱嘎聲消失了一會兒，馬上就又響起。凱絲汀感覺到她背部的肌肉正一吋一吋僵硬起來，好像扭傷了。她的母親踩在木頭地板上的步子極慢，手杖挾在腋下，這樣走路時手杖的尖端可以抵著牆壁，因爲她的雙手還要用來捧著漱洗用具。不管別人如何勸她，牙刷、漱口杯等她一定要擺在床頭櫃上，不然會被「人」偷走。桌上擺著早餐餐具，凱絲汀在腦海裡看見麗織・維納的手杖沿著桌緣將咖啡壺推落，隨著腦中畫面咖啡杯無聲的跌落，她的肌肉愈來愈緊繃。接著腳步聲停止，露台上冷空氣也凝結了，凱絲汀感到一道眼光碰上她的背——不，推著她的背，用老人那種孩子似的柔弱無助撫觸著她。其實，她忽然想起來，籬笆上的樹叢尚未長高，她怎麼叫機敏的兒子去修剪？

「我吃過藥了嗎？」

鳥叫聲布滿她的花園。早晨的空氣中，樹葉動也不動地安靜垂掛著。真是恭喜啊，妳母親來了，凱絲汀！她想，然後閉上眼睛。

「已經吃過了，媽媽。妳一吃完早餐，就把藥吃了。」

「真的？」

「真的。」

「昨天晚上家裡又有人闖進來。」

「沒有，沒有人進來過。」

「他們在廚房，我明明聽見。」

我聽見的是妳在廚房，凌晨兩點半，凱絲汀心想。猛地，陽光重重地蓋上她的眼簾，造成一抹不成形的紅色印象，既不近又不遠，也不似所有既定成像，就只是顏色，在她眼前游蕩，溫暖著她，很舒服。

「清晨是十二度。」每天她的母親總要多次查看窗台上的溫度計，彼德曼醫生說，對天氣常常有超乎尋常的興趣，是老年癡呆症患者的特殊徵狀。他無法解釋爲何如此，除了一個大家都知道的原因：年紀。

「十二度喲，」她母親反覆的說：「太不正常了！」

「現在比十二度高了。」

「啊？」

「現在比十二度要——熱——。」

「很快就正常了，對吧！」一陣短暫的沉默後，她母親說。這段沉默中，凱絲汀凝神聽著自己的聲音。大聲說出每一個音節其實是很累的。因爲這樣說話，她眼睛周遭皺紋增多，太陽穴像要爆炸，她無法再閉著眼睛對著斜坡說話，假裝不把母親當一回事。慢慢的她轉過頭來。

穿著日常藍色連身圍裙，麗織•維納站在敞開的門前，拐杖挾在腋下，下手臂斜斜的彎著，一隻手搭在門框上，另一隻端著一只杯子。去年的這個時候她還跟漢斯住在一起，每年這個月十五號都打電話到貝根城來。然而今天早晨沒有一絲跡象顯示出她知道今天是女兒生日，凱絲汀在吃早餐的時候，已經放棄要提醒她。

「妳的杯子裡還有水，小心一點。」她說，盡量控制自己不要提高聲調。

「妳說什麼？」

「水滴出來了，妳看！」

她母親在動作的時候，擺動的樣子有一點像企鵝。

「馬上就乾了，」凱絲汀說。日光與靜謐組成的短暫時刻已經逃逸無蹤，想抓住它就如同去追逐被風吹跑的帽子一樣徒勞。「天氣真棒，不是嗎？今年第一個像夏日的早晨……唉呀！讓它自己乾就好了，媽！」當她母親彎下腰去，把地上的水漬愈抹愈大時，她搶上前一步，猛地抓住母親的手臂，而每一次的接觸她總忍不住心驚，握在手中衣料下的肌肉是這麼柔軟。

「別擦了。」她再說一次，感覺臉上的微笑像一張拉緊曬乾的皮。「妳可以在花園或者露台上走一走，曬曬太陽，活動活動。」

「醫生下午要來，不是嗎？我什麼都還沒準備呢！」

「媽，今天是星期一。」

「希望他可以給我這個不管用的腿開個藥，還有治頭痛的藥。」

「彼德曼醫師星期三才來，每個月的第一個星期三。兩個星期前他才來過，他今天不會來的。」

「不會來？」

「不會！」

「我們問一下漢斯。」

「妳的腿又不舒服了嗎？」

這個問題好像是地上的一個大洞，她只想避開，並且告訴母親：妳需要的是運動，多動一動就好了。然而她母親最近常抱怨的頭痛，似乎屬於某種循環效應：膝蓋痛、坐骨、肩膀、頭，然後再重新輪一次，只有腿的問題一直存在。

「到處都痛。」

「也許妳的腿只需要……」

「我們可以去問一問漢斯。」

「光講電話他又不能給妳開處方，而且妳現在的醫生是彼德曼醫師。」

「他又不來。」

「他已經來過了，妳不是讓他給妳開了藥？」

「他只是給我量了量血壓。」

「我是說，妳不是叫他……」厚厚的鏡片後面，凱絲汀望著母親霧濛濛、什麼都不理解的雙眼。她真希望漢斯能看見這雙眼睛，不是總在電話線的彼端。他的母親在電話中聽起來很好，非常健康。漢斯，那個在搬家時，把信賴的笑容砸到她臉上，告別時並且說，這樣對大家都好的人。

「不是嗎？」她再一次重複。

她的母親自顧自的點頭，好像在腦中模擬下一個身體動作，鬆開抓著門框的手，身體旋轉半圈，再把手伸出去抓住門把。

「我去整理我的床。」她宣告：「如果牧師來拜訪，就不會手忙腳亂了。」

凱絲汀的眼光尾隨著母親的背影，直到她進了房間，消失在一扇背面布滿貼紙、白色的門後。那些貼紙是丹尼爾貼的，那裡曾經是他的房間。在那個房間裡有一扇面對花園的落地窗，可以直通陽台，貝根城的山谷景色盡收眼底，順暢的天際線，一覽無遺的天空，這是丹尼爾每晚抱著望遠鏡所見到的。現在他在地下室的房間裡，只看得見車道和麥利西家的籬笆，而且鄰居浴室牛奶色的窗玻璃，逼迫他不得不觀賞麥利西先生站在浴室時模糊的身影：指手畫腳、大聲咒罵、抱怨他的前列腺。而天空，就只剩下西北邊籬笆與屋簷間那麼一小塊。丹尼爾指給她看，聳聳肩說：容我介紹，這就是我「對大家都好」中得到的部分。

「對大家都好」在鹿坡五十二號成了名言。

她走進浴室。

外面車子熙來攘往。凱絲汀淋浴，把頭髮紮成馬尾，打開窗戶，讓霧氣緩緩從窗戶散出去的同時，刷牙，一件肉色加強內衣搭在暖氣上方的掛桿上。

從來都是如此，突然，她不得不站在朦朧的鏡子前，張大眼睛，拚命吸氣，感覺好像在廚房裡切洋蔥。頸脖深處動脈劇烈的跳動，濁重的呼吸聲讓她感覺像站在曠野中。窗戶是開著的，浴室裡的霧氣卻愈來愈濃。低頭看著自己的腳，她慢慢等著時間過去。她一直奇怪她的記憶爲什麼作用精準得像齒輪一樣，轉上兩圈她馬上能夠轉換空間，跳進另一個浴室。有時候光看見一件肉色的加強內衣，就已經足夠讓角色轉換。安妮是對的，她必須離開這裡。

呼氣，吸氣，慢慢來，給自己一點時間。她直視鏡子，看到的卻是兒子，站在她以前的浴室裡，她想都不願再想起、反正現在也已經汰換一新的浴室。房子裡的男人，新女人可以照單全收，但是浴室一定要重新布置。她只見丹尼爾伸手去拿一個黑色的東西，這個東西一端懸空，他正觀察兩個可以像防毒面具一樣蓋住嘴巴和鼻子的罩子。青少年好奇的一幕，他在感覺絲綢繞指的柔滑。霧氣在鏡子前慢慢散開，並且告訴她，她的現實是：四十四歲，單身。她早就學會如何吞忍淚水，但是她還是會有想問的問題：她兒子知道，這個跟她的前夫──上床──的女人，身上是什麼香味嗎？有些日子，她覺得她快要失去理智，就這麼一轉手，好像她從沒有擁有過。

他們面對面坐在格拉寧斯尼的辦公室裡，每一句話之後都拖著長長的沉默，一來一往間，兩人像決鬥前的敵人般互相對峙打量。他們之間一直如此，即使話題只是天氣，然後，坐在訪客椅上的懷德曼便感覺自己背脊往內弓得愈來愈厲害，目光像平放在椅子扶手上的手臂一樣僵直。每一次他心裡想的都是同一件事：這個校長看起來怎麼這麼酷似一尊菩薩和事業走下坡的歌劇男高音混合體？不只是因爲他碩大的身材，還有他太久沒有修剪的髮型，再加上因爲經常不洗頭的油膩，西裝外套後領一圈汗垢，尤其當他脫下外套時，腋下出現兩

攤汗漬，這些全都吻合這種印象。然而神奇的是，這個形象不但一點兒都沒有影響到他的威嚴，反而有所幫助。格拉寧斯尼一點一滴的被尊敬養胖，在他身上可以感覺到腰圍和權勢的相對關係，例如有些政治家，年復一年漸漸位高權重，身體的重量也與日俱增。很多男人都肥胖，就像樹的年輪，他們的腰每年也增加一圈，格拉寧斯尼雖然不是政治家，卻也不是跳梁小丑。當他像現在這樣，仰靠在書桌後的椅子上時，藍色襯衫上一排釦子從上到下緊緊繃著，領帶像一隻沉睡的貓蜷伏在肚子上，他發出的是自信和不可撼搖的氣息。這個市立中學校長不僅不修邊幅，他根本不承認有邊幅的存在。不知爲何，這個校長總讓他想起史瑞克貝格。他讓他一直不斷的想起史瑞克貝格的原因，是奇怪他們的共通性雖不是一眼即能看出，然而相似度卻如此之高。

比如說，史瑞克貝格身材精瘦，而且他現在可能還是這樣。

「您覺得這件事怎麼樣？」格拉寧斯尼終於從深陷的椅子裡發聲了。「您不覺得奇怪嗎？」

「我不會用奇怪來形容，」懷德曼說：「如果這是發生在我的班上，就不奇怪。」

「偏偏是丹尼爾・龐培格，偏偏是湯米・艾德勒，這是我爲什麼覺得奇怪的原因。不是『奇怪』的奇怪，而是：不尋常、解釋不出原因。」格拉寧斯尼中斷發言看著他，一如往常，當他受到打量性的注視時，總是感到渾身不自在，不論眼光來自他以前的上司史瑞克貝格，或者現在的格拉寧斯尼，無論是誰都一樣。他將回應減低到只點個頭，眼光轉向窗外的校園：高年級生在廣場中央花圃邊閒蕩，幾個學生趁人不注意時，溜到腳踏車棚，想去抽菸。陽光灑下，照在街道、房屋上，看起來好像是沐浴在晨光之中的希臘古劇場。這是今年第一次天氣和月曆相符合，五月天像是五月天。一條綠樹組成的帶子圍繞著這個小城，綠色環帶隨著峽谷繼續蜿蜒，一山過了又一山，繞遍整片地域，「化外之地」這個稱號可不是憑空得來的。

從這裡可以一直走到卡塞爾，在這四、五天的旅途中，綠樹的濃蔭遮天，完全不必見日。

「總之，我跟孩子的爸爸尤根・龐培格很熟，這您是知道的，我會請他今早到學校來一趟。你們互相認識嗎？」

「還好。」

格拉寧斯尼點點頭，允許自己有一點心不在焉。

「您不屬於任何隊組，對吧？」

「我偶爾會去鹿坡隊，不過很少。」

「不是踏境人？」

「不算是。」

「可惜呀，您的父親還曾經是第二名呢。七一年那一屆？」

「七一年那一屆。」

「我猜，這不是您看得起的活動。」

「對。」

除了他，大概沒有其他的同事敢這樣跟格拉寧斯尼說話。但是，他在大學教過書的資歷還是令格拉寧斯尼欽佩的，所以他的回應只是淡淡的點個頭。從校長室望出去，可以看到城堡，看到它圓圓的、令人不得不聯想到西洋棋子的塔頂，以及傾斜的屋頂，像一艘傾覆的船在綠浪中載浮載沉。

「我們繼續談正事吧。鹿坡——丹尼爾的媽媽不是住在那裡？您認識她嗎？凱絲汀……她還姓龐培格嗎？」

「她現在姓維納，家長會議她來過一、兩次。」說話的時候，他的眼光仍然注視著窗外。格拉寧斯尼習慣的問話方式，他會問人一些對方覺得奇怪，而他自己早已知道答案的問題，來察探對方。懷德曼對他這種怪癖並不以為忤，照樣淡淡的以不變應萬變，就像格拉寧斯尼龐大的體積所散發出的不可動搖的氣息。總之，不必什麼都讓他都知道。善於偽裝的人，從不玩捉迷藏，若說過去七年他學到了什麼，那就是這點。前不久，他也這樣對康絲坦薇說，不料，她不假思索的回答：「我知道，你一點都不快樂。不過，這是你自找的。」

鐘敲九點二十五分，宣告秘書處開始開放。五月十五日，星期一，而外面的太陽令他心中充滿某種抑鬱，這種抑鬱即使是貝根城過於漫長的冬天也不曾讓他感受過。去他的這一切，他想。

「您看，現在這時候您應該說：好的，我會去跟他的母親談一談。」格拉寧斯尼躺在椅子上，像在牙醫診所裡看牙。

「我該跟她說什麼？」

「說她的兒子……她兒子的行爲雖然符合他叛逆的年齡，但是他既然在學校做錯事，我們就必須採取相應措施。」

「符合年齡？」

格拉寧斯尼冷不防坐起身，在他的大肚腩許可的範圍下，盡可能的靠近桌子。他臉上的表情變得清醒、好奇，甚至有一點幸災樂禍。他可能只是受到這個季節，以及天氣突然轉變的影響。校長原本就權高體重卻愛開玩笑，自從戒菸之後，他有時候更是過度不拘小節。

「我很有興趣想知道您十六歲時是什麼模樣。」

有那麼一會兒，他們互相望著對方的眼睛——格拉寧斯尼的眼袋重到可以騙人說是貼上去的，然後隔壁房間傳來秘書芸特麗熙小姐的聲音：「安靜無聲，從沒聽他的母親抱怨過。」

懷德曼點點頭，沒說什麼。安靜無聲可能比芸特麗熙小姐所想像的還要更接近事實，的確是安靜無聲。

格拉寧斯尼再度後仰躺回他的椅子裡，很明顯的一點都不滿意。

「芸特麗熙小姐，麻煩給我們兩杯咖啡，好嗎？」

「我馬上要走了。」芸特麗熙小姐指指牆上的時鐘，九點半的上課鈴要打了。但是格拉寧斯尼不管：

「下一節您沒有課，您忘了嗎？」

格拉寧斯尼在辦公室裡放著一張躺椅，平常安置在暖氣旁邊。如果天氣允許的話，下午五點，連校工都已經離開學校了，卻可以看到他躺在躺椅上，敞開襯衫在川堂中間看報紙。一星期中有六天，他的銀灰色福特總是最後一輛駛離停車場的車，而第七天停車場上反正沒有第二輛車。沒有格拉寧斯尼不懈不倦的貢獻，不會有這棟在蘭河草坪上嶄新的二層樓校舍。若說這是格拉寧斯尼的學校，沒有人有第二句話。

「如果我找她約談，」懷德曼說：「談話內容必須精確。母親總是想知道，學校方面究竟考慮怎麼處罰。」

「您怎麼看這件事，畢竟沒有嚴重到要退學的地步吧？」

「沒有。」

「體罰早就不被允許，那麼我們還剩下什麼可能性？」

「罰坐校長室半個小時。」

「可行。」

「再來，可以考慮把他們三個分發到不同的班級。」

「其他的老師可能會反對。」

「而且，我不相信湯米・艾德勒是唯一一個，呃……是說『欺負』嗎？被欺負的學生。」

格拉寧斯尼揚手一揮，馬上把這個字眼推到一邊。

「我想知道的是，爲什麼龐培格會同流合污呢？這不像他，不是嗎？另外兩個倒是常常被我斥喝，但是丹尼爾‧龐培格……」

芸特麗熙小姐端著兩杯咖啡進來。她和格拉寧斯尼兩個人正好是一對卡通人物：他是一頭大象，而她則像鳥兒一樣，一啄一啄，好像不斷從她對面的人臉上啄著看不見的穀子。當懷德曼還在這兒上學時，她已經是秘書了。不，不是這兒，那時候學校還在舊址，在萊茵街上，舊學校改建後，便成爲現在的市政廳。一絲不苟的髮髻、針織背心，學校裡沒有人能夠想像，暑假結束後返校，踏進秘書室而裡面沒有芸特麗熙小姐。

「荷爾蒙分泌過剩，」她提出參考原因，並把鼻尖轉向懷德曼。「一切都是荷爾蒙在作祟。牛奶？」

懷德曼擺手拒絕。二十分鐘後他離開，在校園後院，沐浴在晨光之中，踩在仍有朝露濕意的草坪上。他一直走到校園邊緣，穿越像牆一般，超過一公尺高的草叢，踩過春潮帶來的積水，沿著窄長的柏油路往體育館的方向去。先別去想一切不能再重來，讓心中的渴望消失和步入某種空無，這個暫時還算安慰，只要進入了空無，就不再感到那麼的恐懼。這是你一貫的悲觀，只不過現在這個悲觀又往憤世趨近了一步。康絲坦薂相信，憤世是終至絕望的最後一個階段，而不是絕望開始的第一步。此外，一個剛剛成爲母親的人，怎麼能理解什麼是哀莫大於心死？不論這個哀莫大於心死是多麼理直氣壯，也可能他根本就解釋錯誤。他覺得，他將身處虛無中的安慰描繪得太誇張，到最後反而暴露了自己——例如：連小孩的照片都不想看。

車聲從環鎮公路傳來，不是尖峰時間那種持續性的喧囂，而是水滴一般，單一經過的車輛破空而去的聲音，所有的人不是在工作的地點便是在家。懷德曼看看錶，用所剩的時間來穿過蘭河岸邊的草地顯然不夠，經過體育館，他便朝半圓形的雲杉林走去。林中長椅上常常有學生在親熱，不過現在椅上無人。

也許他也用感覺欺騙了自己，不論感覺安慰或是感覺一切無法重來，反正用所有的感覺。也許這可恨的太陽灌注給他的，並不只是憂鬱。這棟供公寓客度週末用的小屋花園前的籬笆爭相競綠賽豔，樹底下的空氣聞起來像樹皮或青苔。可憎的遊戲，夏天大張旗鼓宣布它的來到。蘭河沿岸一溜白楊，在閃爍的光輝中顯得輕鬆自在。所有的一切都爲踏界節準備好了，甚至這些植物也迫不及待。

「請您跟母親談一談吧，以您……」一絲笑意，再加上故意的停頓，停頓中格拉寧斯尼狡猾的忍住不吐出「單身」兩字，而說：「班級導師的身分。」

兩個星期前，豎立五月樹的節慶上，他們遇見彼此，非常匆促短暫，雖然如此，還是更新了他當年對她的印象：她在此地是一個異類，卻和他的異類完全不相同，只是疏異仍然是一樣的。過去至今相隔已久，她還是一樣矜持自守，沒有染上當地說話打舌的土音；而他自己則是在柏林生活了十年之後，依然被那裡的人質疑：您是哪裡人？「您」字還咬得特別重，以示鄙夷。是的，她是好看的，很自然的好看，略有些蒼白，略嫌笑得不多，臉上素淨也不戴首飾，他相信這反而洩露了她的某種虛榮，好像在說：憑你們根本不值得我費勁打扮。

看來，他與她將會有一次談話。看了一眼時間，他站起身。從體育館後這張長椅望去，只能看到停車場遠遠一邊的尾端。當他沿著半圓形的雲杉林跨出步子時，看見一輛嶄新的金屬藍薩博敞篷車開進來，滑進最後一個車位。看樣子格拉寧斯尼半秒也沒有浪費，他們的談話結束後，他馬上就打了電話。尤根・龐培格從車上下來，嗶一聲鎖了車門。消失在走道後之前，他還抬頭朝灑滿陽光的斜坡瞥了一眼。

當她一隻腳已經踏出門時，才看見躺在地上的那束紫羅蘭。她大口吸進這不容混淆的清香，一邊探視她的周遭。因為踩踏的地方比預期的還要柔軟，她往下一看，花就躺在她的面前：滿滿一束紫羅蘭，末端還用濕紙巾包著——現在都皺了——在她家門口的擦鞋墊上。凱絲汀提起腳，高興得站在那裡把街道上下都徹底打量過。鹿坡在陽光下像被遺棄般的安靜。布魯納家那邊，她另一邊的鄰居，有一棵盛開的櫻花樹，整棵樹又圓又白，像手捏的雪球一般。到處見不到一絲人影。她拾起花束，湊到鼻下嗅聞。安妮妲以前在她生日時會送花，但是自從她搬去史坦伯格爾湖後，五月十五日就只有一通電話了。而且，少數會祝賀她生日快

樂的人中，只有兩人住在貝根城；她的母親顯然沒有記起，而兒子丹尼爾會特地從學校回鹿坡來，默默的將送她的花束擺在門前這個想法，雖然令她心跳稍微加快，卻不能減少這個想法的離譜程度。

凱絲汀回到房子裡，檢視過濕紙巾後，把花束插進玻璃瓶中，一開始她將花瓶留在廚房流理台上，又移到餐桌上。一瓶紫羅蘭色彩、香味的問號，這個問號因為她不小心的踩踏而受傷，令她更加心慟。紫羅蘭的影像在眼前揮之不去，一路陪著她駛下寇爾納克路，經過公園旁邊舊市政廳，到達國王超市——其實已經改成艾德加超市，但是舊的招牌仍然招呼著客人，將踏入室內的那一刻，她還感到太陽留在皮膚上的暖意，心中明白，這股暖意其實另有深意。也許是兒子即將回家住一星期的興奮，雖然再仔細尋思，也不是什麼了不起的大事：一個問號背後的間歇……

她帶著微笑轉過角落往鮮果部門走去，她的經驗告訴她，從這個超市的前身開始，這個部門就已經沒有什麼可期待的了，而那邊一個客人正彎腰對著番茄皺眉。那是普萊斯太太，琳達的媽媽，當她頭一轉，做出好像偷東西被逮到的動作時，認出凱絲汀。

「真是驚喜啊！」

「日安，普萊斯太太。」感覺到普萊斯太太聲音中高興的顫抖，她不自覺晃動手中的籃子，好像在邀請蔬果自己跳進去似的。

「早。」普萊斯太太拿起兩個番茄，在手中反覆檢視。凱絲汀覺得她的髮型有些改變，比以前短，而且以她的喜好來說太蓬鬆了。接著便是香水的味道衝進鼻內，可能是紫羅蘭香，但是普萊斯太太的眼睛一直沒有離開番茄、想要跟她寒暄的意思。凱絲汀垂下雙眼專注於綠色的蔬果箱上，想要找出一句不經意的話語，但是不想用天氣的話題逃避。她們並不太熟，在寇爾納克路上會車時會互相招呼問好，自從婦女居民聚會開始後，她們在鹿坡婦女會上不時也會遇見。兩個星期前的五月節，在豎立五月樹的廣場上，她們第一次交換了幾句話。現在她想起來，不久前她開始遇到騎著摩托車的琳達，漢斯—尤爾根・普萊斯和她的前夫屬於同一個男人的聯會，這在貝根城很不尋常，先生去萊茵街區會而太太去鹿坡區會——但這又是一件凱絲汀不感興趣的事。

找不到蘑菇，也不見茄子的蹤跡，綠色花椰菜看起來又像歷經浩劫。這會是一個話題嗎？

普萊斯太太嘆惜的拒絕注視番茄，沉默的緊張像氣球爆破前一刻。然後她像是猛然下了決心，眼光轉向凱絲汀，未開口前先吃吃的笑起來：

「在國王超市裡買蔬菜有點像去流浪動物之家挑寵物。」她的太陽眼鏡推高架在金髮上，前額有一塊胎記，在左眉上方。

「您是說，像在做善事？」

「我的意思是，我們不會知道，帶回家的是什麼東西。」

她們對視，凱絲汀在空中的手幾乎要碰觸到普萊斯太太的下手臂，但是她結果還是去拿發黃的綠色花椰菜，說：

「比如說這個應該給它安樂死，對吧？」

普萊斯太太眼角會出現細細的皺紋，當她笑的時候，她的笑是自然的、明亮的、完全不是金髮美女式的。

「或者它觸動您的惻隱之心，讓您想把它帶回家。」

「不想。」

「那就讓我來吧！」普萊斯太太真的伸出雙手，接過這棵枯萎的花椰菜。她把菜放進籃子裡，朝凱絲汀一笑，繼續走去飲料部。昂貴的香味在她身後像飄動的絲巾成縷不散。

離婚前他們兩對夫妻曾經一起度過一個晚上，不論如何，凱絲汀眼前仍歷歷在目的圖像是，普萊斯先生和太太並肩坐在一起，他當時已經禿了的四角形的頭和他太太五官精緻瓷器般易碎的臉容。雖然如此，他們還是很適合的一對，給人和諧的感覺，完全沒有一絲勉強。普萊斯先生試著要講一個笑話，而她一直攔著不讓他說，這中間的某些東西讓她很喜歡。你講完後，人家一定一掃帚打在你身上，類似像這樣的東西。普萊斯先生結果還是講了那個笑話，她卻一點也不記得內容。

直到她們在冷凍食品部重新遇到，她才有機會再對那棵花椰菜表示意見。

「您不是真的要把它買回去吧？」

「它已經在我籃子裡了，我當然要把它買回去。」

「至少要跟櫃台講講價錢，讓他們半價賣您。」

普萊斯太太微笑眼神的邊緣，笑容有些暗澹下來，讓凱絲汀明白，普萊斯仕女內衣公司的老闆娘是不會在超市的收銀台前跟人討價還價的。

「原則問題。」她說。

普萊斯太太聳了一下肩膀。

「您的兒子最近好嗎？琳達說，數學和物理老師對他可頭痛了。」

在城堡頂端的餐廳裡，她現在想起來了，她們一起吃飯。七年前？八年前？還是十年前？

「這些科目是他的嗜好。對他的年紀來說，好像不太正常。」

「相信我，這比在他的年紀所有看起來正常的事情都好。」普萊斯太太的笑又整個綻放開來。她那人工曬黑的膚色完美的襯著胸口上的金鍊，也襯著皮膚上自然的細紋。凱絲汀有股直言的衝動，想直接說出心中所想：不是嗎？在我們的年紀，美麗不知怎的就像是走鋼索，重點在維持平衡，而她們兩人在鋼索上走得其實很不錯。

但是她沒有說出來，她們之間的對話又擱淺了。凱絲汀感覺從冰架飄下來的冷凍空氣吹襲著她的小腿。普萊斯太太的上一句話對她來說，像是一扇大門的開放。但是她卻不明白，自己的反應居然是低頭看錶。

「那麼，就這樣……」

「半個早晨已經過去，家裡的事都還沒有做呢！」

相對點個頭，她們選擇不同的方向往收銀台去。凱絲汀決定用罐頭蘑菇代替新鮮的蘑菇，買了三份雞胸排，慢慢瀏覽報章架，想要找一些她的母親也能閱讀的女性刊物。

十點四十五分一過，只要第一個中學生踏進來，超市老闆、他的兒子以及所有的超市員工馬上各就各位進入警戒狀態，嚴密監視擺著薯片、零食和飲料的架子，國王超市並沒有安裝錄影監視器。凱絲汀把要買的東西放到收銀台前的輸送帶上：就像學生時代的採購，只買這兩天需要的東西，只買靠兩手就能提回家的份量。她付錢，一邊偷眼打量輸送帶上普萊斯太太從籃子中拿出來，像巡航艦隊一樣豐盛的物品，領航的是兩瓶香檳，壓尾的則是可憐巴巴的花椰菜。

香檳，她想，今天是她的生日，她大可買一瓶來寵愛自己。

「再見囉！」她走出超市站在停車線上。學生三五成群站在那裡，抽菸的抽菸，喝可樂的喝可樂，一個學生嘲弄的做出要把菸屁股丟進普萊斯太太的敞篷車裡的樣子。凱絲汀把錢包放進籃子裡，站著呆了一下，好像忘了回家的路。一群一群學生中，有一群爆出笑聲。從城堡所在的山上直照下來的陽光，像是滾過林木叢生的斜坡，到達街上後捽散開來。凱絲汀現在最想做的是，像她早晨站在自己家的露台那樣，閉上眼睛，好好享受陽光的溫暖。想到下午將在花園度過，她已經愉悅起來，不管丹尼爾在或不在。

當她聽到身後開門的聲音時，她把籃子換到另一手，看看右邊，再看看左邊，剛好在普萊斯太太開口問她「妳的車子停在哪兒？」時，正邁步要過馬路。

「修車廠裡，又壞了。」她轉過身來。

普萊斯太太把籃子放到後座，打開副駕駛座旁的車門，並且讓門敞開著，當她繞過車子往駕駛座那邊走去時。

「我送妳。」

「謝謝！」

真皮的座墊被太陽曬得暖洋洋。膝蓋後面，她的裙子盡頭，她感到一隻溫暖的大手抓著她。這時普萊斯太太轉動鑰匙，一聲聲低吼陡地從音箱裡跳了出來，好像釋放出一隻關了太久的野獸，一些學生甚至轉過頭來看。

普萊斯太太趕快把音量調小，唱念聲消失在引擎聲後。

「不好意思，這張光碟是從我女兒那裡偷來的，不然我就落伍了。今天這個時代啊，孩子們的流行都是從音樂來的。現在他們在聽一個渾身是刺青的美國黑人，名字好像叫缺現金，妳聽過他嗎？我也滿喜歡他的歌，可是歌詞猥褻得不得了。」

「我兒子音樂聽得比較少，我嘛……」

「我女兒一天二十四小時都不休息的，一直聽，從睜開眼睛到閉上眼睛。除了在學校，希望如此。」

普萊斯太太掉轉車頭，她的車頭佔掉一大半車道，直行車只好讓她先走。

「謝了。」她對自己說道。「爲什麼你兒子不聽音樂？」

「我也不知道，他感興趣的是觀察星星。」

「星星。妳的意思是說……」她伸出食指一比，比向現在還沒有星星的方向。

「是的。」

「真是浪漫！我女兒感興趣的是明星。他們兩人不是談過戀愛嗎？」

「已經是幾年前的事了，不過，約定的婚禮還是會照常舉行。」

「哦，對。」普萊斯太太在有兩個小學生自信的將手臂平舉的斑馬線前停下車。「好好念書哦，小朋友！」說完，她繼續前進，加速的轉進寇納克路。凱絲汀感覺著椅墊在她背上溫暖的壓力，音樂這時只剩下輕飄飄的一縷。她忽然想起，整整四年以前，她跟安妮妲一起開車環遊史坦伯格爾湖——正值六月聖靈降臨節，尤根帶著丹尼爾去法國南部多爾多涅省划獨木舟。坐在敞篷車裡，戴著太陽眼鏡，下午的陽光映得湖面一片金黃，她們停在一家湖邊餐廳，這個餐廳的停車場看來像是日內瓦湖畔的汽車沙龍。地上是潔白的鵝卵石，每棵樹都又高又大。長型的露台上，白色的陽傘下，滿是美金和瑞士法郎的臉孔。安妮妲和她還沒坐穩，隔壁桌已經被頭髮有些灰白、出來找樂子的男人占據了。安妮妲讓他們幫她點菸，接著四個人便坐在一起。凱絲汀觀察她的朋友，風情萬種的眼神，輕輕鬆鬆便魅力四射。而她自己，臉上的笑容像過大的眼鏡，慢慢往下滑，終至再也掛不住。最後，她還是任由面具滑落，不再戴上，也把放在她大腿上的牙醫先生的手推了回去。

為什麼？安妮妲在回家的路上問她。車道旁是已經一片漆黑的大湖，像地球上一個大黑洞，黑暗的邊緣有無數的燈光在閃爍，像是警告大家，別掉進去。她的四十歲生日，離婚兩年了，對什麼都沒有像對那針刺般的感覺記得那麼清楚，被所有的人欺騙、在所有的事裡被欺騙、所有的一切都被騙走。

「妳讓我在轉角處下車就可以了，」她說：「最後這五十公尺……」但普萊斯太太已經右轉，並且放鬆油門。

「是這裡嗎？」

「妳真的不需要送我到門口。這裡右邊，妳可以在前面麥利西家掉頭。」

車子停下。引擎聲一消失，音樂的聲音又再次響起。凱絲汀找了一下，才在車內的扶手上找到門把。陽光普照，間或散布些小林蔭的鹿坡街躺在她們面前。

「如果我的丁香花也開得這麼茂盛就好了。」普萊斯太太摘下太陽眼鏡，仔細觀察凱絲汀大門旁那一叢丁香。

「大門前這個位置其實不太理想，太陰暗了。」

「我的丁香雖然種在花園，但是開得也不好，我一定是做錯了什麼。」

「丁香應該很容易種啊，霜期過去之後，修剪一下，注意防範蚜蟲，就好了。」她聳了下肩膀。

「我實在沒有園藝的天分。幾年前我們有一叢薔薇，長得真的很繁茂，一直在開花。有一天不知道爲什麼我忽然決定要照顧它一下，就做了些修剪，把它固定起來，結果不到兩年它就委靡不振，偶爾想到它才開一、兩朵花。」

「這種事情有時候會發生。種玫瑰有一個古老的家庭秘方：咖啡渣。不要問我爲什麼，但是真的很有用，我總是把濾紙裡剩下的咖啡渣倒在我的玫瑰花圃上。」

「這只是眾多例子中的一個，在我的花園裡，只有自生自滅這回事。只要一經我的手……」普萊斯太太看著自己的手，好像解釋就在那裡。「也許這是我的報應。」兩人的目光在排檔上方相遇。陽光照在臉上，即使不笑，普萊斯太太眼角的皺紋也清清楚楚。她的臉有一下子讓凱絲汀感覺像陶瓷，然後她說：

「開玩笑的！我不相信因果報應這種事，星座運勢我都不看的。」

「我剪一些丁香給妳，等我兩分鐘。」普萊斯太太還來不及抓住她的手臂阻止她以前，她已經開門下車了。她的背和臀都還感覺得到椅墊被太陽曬暖的熱。直到走到門口的屋簷下，她才轉身，一邊在籃子裡搜尋鑰匙，一邊說：

「兩分鐘。」

普萊斯太太點頭。

走廊裡昏暗低沉。她的母親不僅緊閉大門，還用窗簾把窗戶遮得嚴嚴實實，似乎五月的陽光是必須拚死遠離的死敵。凱絲汀把籃子放在餐桌紫羅蘭旁，然後打開門。花園裡已經遍地金黃，陽光不再客氣的從葉縫中篩漏，而是高掛在河谷上方，往下投射大把耀眼的光芒，夜雨的潮味已經無影無蹤。她得接上水管，好好的澆一澆水。

客廳外面窗台上，躺著一把修枝剪刀。

她聽到母親的腳步聲，不久是開門的聲音。當她把丁香的枝幹向後扳，準備動用剪刀時，蝴蝶受驚飛起。

「是妳噢，我還以爲又有陌生人闖進來了。」

眼睛閉著，她呼吸著丁香的芬芳，甜的，從漏斗形的花朵飄出，露台上的溫暖幫忙放送。是，她說，嘴唇連張都沒張開。是，是，是。小心的，她將剪下來的丁香花枝放在露台地上。

「我鋪好床了，妳總得什麼時候做什麼事。」

「好。」

「怎麼大門敞開像沒規矩的吉普賽人？」

「我還要再出去，我只是進來剪幾枝花。」她拾起下一枝花，心裡想，不是她母親話中有話的言語讓她生氣，而是她自己老是這個對不起那個對不起的。她有權敞開自己家的大門直到永遠，而且她還很想在今天，她的生日，對所有的人敞開家裡的大門。有人送花來時，至少可以看清楚是誰。

「有人站在那裡。」

「是普萊斯太太坐在車裡，她等著拿這束丁香。」

「有人站在那裡。」

她把第二枝花放到地上，站起來。她母親的目光穿過走廊，望出大門，看到街上，普萊斯太太下車俯身在籬笆上向丁香叢深深吸氣的地方。她揮揮手，向花園的門口走近一步。

「馬上就好了！」凱絲汀提高聲音，心中無法決定，她是否該邀請普萊斯太太進來坐。凱絲汀試探地瞥了母親一眼，她似乎沒有察覺凱絲汀揮手的動作，而要是母親對這種突發的邀請，恐怕覺得最好叫警察來。

「普萊斯太太有一個女兒，她跟丹尼爾同班。」

「很好，妳有沒有幫我買黏膠？」

「妳沒有說妳要呀。」

「沒有黏膠，假牙怎麼固定！」

凱絲汀加速收拾好其他的花枝，紮成一大束，回到露台上。她自己都被花束的巨大嚇一跳，一隻手幾乎握不住。

普萊斯太太貼著車身，兩手撐在車上，面向太陽。音樂仍沙沙地從音箱裡傳出，好像水從噴泉池缸的邊緣汩汩流下。

「不小心剪得有一點太多，」凱絲汀有點抱歉的說，壓抑住心底想告訴普萊斯太太，今天是她的生日的衝動。

「天哪，龐培格太太，您真的……」

「維納，我現在姓維納，自從……」

普萊斯太太張大了嘴，好像慢鏡頭般把手掩住嘴巴，眼睛因驚訝而睜得大大的。

丁香花束橫隔在她們中間，好像忽然之間變成三個人。

「……很遺憾。」這聽起來像是要昏倒前的最後一句話，讓凱絲汀無法忽略這個尷尬，只好簡單的把丁香交到她懷裡，像之前超市裡遞給她垂死的花椰菜一般。在貝根城裡隨便任何一家店裡，每個禮拜，這件事持續發生，即使她已經離婚六年了。

「沒關係。」

可是普萊斯太太搖了搖被擋在花束後面的頭，說：

「怎麼會沒關係！」

「這在我是常有的事。」

「所以才更糟！」

「無所謂。」……這就是鄉下，她本來想說，但是忍住了。她知道，普萊斯太太是這裡土生土長的。

「就是這樣，這就是我之前講的因果報應跟植物。在我手底下……我不夠細心。」普萊斯太太抬起眼，她們的手短暫碰觸了一下，當凱絲汀將丁香遞給她時。走廊上傳來吱嘎的腳步聲，凱絲汀私心希望，第一，母親會留在屋裡；第二，她不要突然把門從裡面反鎖。

「丁香需要很多水。」

「謝謝。那是您的母親嗎？」

「是啊。」

「您不會生我的氣吧？」

「不會。」

普萊斯太太點點頭微笑，將丁香花束捧在臂彎，像個孩子一樣，她讓凱絲汀想起一個女演員，但是這個演員的名字她卻想不起來了。是那兩片薄唇，讓她的臉精緻起來。車裡的音樂終止了。

「我得走了。」

「謝謝您載我回來。」

「謝謝您的丁香。」普萊斯太太輕輕的把花束安置在後座後，站在車邊好一會兒，似乎在思索什麼。她再次彎腰將頭探進後座之前，她說：「請您等一下。」再出現時，她手上捧著一瓶香檳。

「不，不，這……」凱絲汀慌忙搖手，也搖頭。

「請收下。」

「真的不用……」

「我堅持！」再一次，她們兩人面對面站著，眼光越過對方。也許就是因爲像這類的事情，讓她躲開人群。情境總是急轉直下，被迫性的轉折到幾至滑稽、甚至難堪的地步，她只能像穿著過長的裙子涉過泥地時，拉高裙子般的收起自尊。微笑、微笑，再微笑。

「我知道今天是妳的生日。」普萊斯太太說得那麼輕柔，好像這種親暱的解釋，只有將視線遠離轉向籬笆，才說得出來。

「妳怎麼知道？」

「因爲，妳可以這樣想，這是我的工作。我在鹿坡婦女會擔任文書，我整理會員名單。名單上所有人的出生日期都在上面，因爲大家都知道，五十歲以上的大壽便要唱歌慶祝。而妳的例子……哎，祝妳生日快樂！」

由於香檳擋在兩人中間，握手便成了搖晃手臂。然後凱絲汀站在人行道上，不再知道該說什麼。

「謝謝。」有些話總是可以說的，香檳的瓶子圓滑安詳的躺在她手上。

「我應該在超市時就馬上祝賀妳生日快樂，不過那樣妳也許會覺得我有點怪。」

「我自己其實不太看重這些事——我是說，我的生日。」

普萊斯太太點點頭，後退兩步，往駕駛座車門方向移動。

「請向妳的母親問好。」她上車，短促的看了一下後照鏡，然後發動引擎離去，而凱絲汀則回到屋裡。進門前她再次回頭，普萊斯太太的車已經轉彎駛向另一個方向。面向空無的街道，凱絲汀徒然的揮手。

下次再見，她想。

她身後，忽然啵一聲，玻璃罐被打開了。她希望，不會是她的蘑菇。

02

「我想，大概就這樣了。」他站在門口，回望裡面的空間，好像在看一張舊時的照片：一個明亮的房間，書架靠在牆上，中間兩張書桌，書桌是空間裡唯一四方的平面。剛開始時，跟同事坎帕豪斯面對面坐著，他一直覺得彆扭，一抬眼會看見一張專注的臉，或者當坎帕豪斯書寫時，看見他的手指在鍵盤上飛躍——快速、精準、零錯誤。他們也曾想過，要改變書桌的位置，當他們工作的時候背對背坐。其實，是他提出的建議，而坎帕豪斯聳聳肩說：隨你的便。他的專注是無懈可擊的，一直如此。如果你有話跟他說，他需要兩秒的時間，才能找到回到現實的路。即使是現在，他抬眼環顧、點頭，似乎是現在才發現，辦公室的右邊已經搬空了，只剩下一個紙箱還在桌上。桌上是鍵盤、電腦、電話，其他什麼都沒有。書架的書上所堆積的文件，都是廢紙、殘渣。而且，維爾肯斯當然已經搬進來一些個人的東西，就放在書架上空著的地方等著呢。

無論如何，房裡兩張桌子的相對位置仍然沒有改變。

「嗯……」坎帕豪斯不自在的天外飛來一咳，摘下眼鏡，用兩個指頭搓揉著鼻根。他希望在這最後幾分鐘裡，維持住基本的禮貌，然後繼續他的工作。「史萊格貝克會在嗎？」

這一天像一隻張開巨口的鯨魚，歷經年和月，向著他游來。但是他現在卻沒有被吞噬的感覺，反而像回到無際的大海，仰望藍天，奇怪自己的怒氣到哪去了？尤其是他絕對有理由憤怒。爲什麼他不生氣呢？不生氣的話，他現在的情緒是什麼？

「真抱歉，我沒有去聽你的教授資格演講。」他說，卻沒有回答先前的問題。老闆的門關著，他不想去敲，他想逕自離開，希望永遠不必再見。

坎帕豪斯揮手道別。

「反正都是舊的東西。」

懷德曼的手插在褲袋裡，玩弄鑰匙。他的眼光掃過室內，尋找可以毀壞的東西，以便在這最後一刻來一場戲劇性的、可笑的胡鬧：不是叛逆、不是發洩，而是藉此蓄意的爆發來勾動心中的怒火。「老掉牙」，坎帕豪斯喜歡如此形容他的工作。懷德曼的眼光落到大窗戶和窗前的兩株植物上，這兩株植物是康絲坦薮當初送來慶祝機構落成的禮物。窗外藍天漠不關心，底下建築工地的舉重機伸臂向藍天高舉，猶太廟的金頂兀自在太陽下熠熠發亮。

坎帕豪斯完全不要爲什麼事煩心。他做的研究工作一流，爲人和氣親善，他不需要貶低同事的工作來抬舉自己。他甚至不是一個有事業心的人，不是孤獨蒼白的蛀書蟲，而是美麗大方太太的丈夫、可愛三歲女兒的父親；他喜歡穿輕鬆休閒的西裝外套，喝西班牙紅酒。他是一個週末時會帶著小女兒去逛動物園的人，而不是像其他在學術界工作的可憐人，駝著背坐在圖書館裡啃書。坎帕豪斯的傑出是因爲他自身的天分，抱著女兒觀看猴子時還能夠冷靜思考，讓文獻資料能夠提供給他比目前爲止還多的現成資料。他可以記得一篇六年前讀過的文章，想起其中所隱藏的提示，適時幫助他作爲辯論的證據，補足他的論點。一個「坎帕豪斯」，這是機構裡的秘密語言，意思是無人能及。天才的火花，既不是勤奮也不是熱情所能取代的。多好玩，看猴子們用指尖互相梳理毛髮，把從毛髮裡找到的東西送進嘴裡。牠們的屁股好紅哦！小女兒咯咯笑，他也跟著笑，因爲他剛剛想到：那篇六年前的論文他還留著，就放在書架最上層，從左邊數過來第三個文件夾裡。

而一個「懷德曼」，懷德曼想，並且開始想笑，是一個最好沒人想起的「坎帕豪斯」。坎帕豪斯的女兒用蠟筆畫了一張猴子的群像，而這張圖畫刺激了他，刺傷懷德曼，提醒他的人生概況正是如此，他一怒之下把畫從牆上扯下，揉成一團，丟到坎帕豪斯的頭上。坎帕豪斯的鼻子連皺都沒皺一下，只是把尷尬從削瘦的臉上抹去，把對失敗者的同情從臉上抹去。

「我還是相信，事情本來可以不必如此，」他說，眼睛仍盯著電腦，腦子的一半還在寫他的論文。

一間大的、設備齊全的辦公室，他們在裡面共事了一年半。坎帕豪斯的書架快被滿滿的書籍、文件夾及檔案夾壓垮了。外面一片可惡的夏日美好藍天，正値八月。我們會有整整三天的豔陽，他的媽媽在電話裡說。懷德曼站在門口，而所有他所能做的，只是當他必須離開時，晚一點走，抗拒離去時最後的義務，不致無聲的消失。不去反應坎帕豪斯的話，他說：

「你不覺得討厭嗎，維爾肯斯閉著牙齒吸氣？當他試著收攝心神時，總是發出嘶、嘶、嘶的聲音？」

當然也不是維爾肯斯的錯，他是另外一件事。他不是該先把前任留下的空箱子從書架上移除？一寸不留，抹盡每個角落，就像維爾肯斯筆挺的領子，清楚的頭髮分線和把拉丁文當日常用語的習慣。也許在他裡面，還是有那麼一點怒火，但是火星小得完全燒不起來，小得讓他懶得化為行動。所以他站在那裡，等著。

沒有答案。

做個男子漢。康絲坦薮是這麼說的。

沒有感覺，他確定，也是一種感覺。

這種眼前不甚清晰的狀態，甚至一點都不會令他不舒服，還帶著某種吸引力的感受：一步一步走向崩潰的邊緣，但是他不會屈服。維爾肯斯雖然是一個笨蛋，但是不是敵人。史萊格貝克絕對不是笨蛋，同樣也不是敵人，而且他有權有勢。他知道他的不可碰觸，面對學生時像帝王般的無可無不可，給他們希望又不滿足他們。這是破壞規矩，如果你用槍指著史萊格貝克的胸膛，他可能還會告訴你，規矩不是他訂的，根本是沒有想像力的老頭唯一的想像。

他像一個嬰兒無聲頑固的抵抗著，站在自己的前辦公室。

「你會說自己像石頭一樣冥頑不靈嗎？」坎帕豪斯問。「我就是會。」

「你會這樣說自己是……」

「**你自己**。當初這是一個認真的提議，你的教授論文再一次……」

「這倒不是一個認真的提議，而是有預謀的羞辱。」他盡量說得冷靜而堅定，把自己武裝成自信的學者，就像他在研討會上回答問題或者是課堂上反應學生提問時掛上的面具，而此刻這是他的扮裝，感覺好像在貝根城的踏境節時，扮成黑人或是競走者。「有預謀的羞辱」，他再重複一次。**語言模式**，美國人會說。

他以後要怎麼處理他的學者面貌？

坎帕豪斯還在擺弄他的眼鏡，雖然已經把它戴在鼻子上了，還是從鏡片背後覷著眼睛觀察，好像在看鏡片有沒有裂紋。

「閃光度數比上一副更高，」他悶悶的說：「而且焦距也好像不準確。對了，瑪芮麗叫我跟你問好，她祝你一切順利。」

「謝謝。」

「可恨的遊戲，不是嗎？」

「你根本不需要忍受維爾肯斯太久，如果萊比錫那邊的職位下來的話。」

坎帕豪斯對這句話又沒有反應，而是移動滑鼠，按一下，然後把手放到胸前，交叉。

一種無法置信的感覺正在佔據接收的身體，有那麼一刻懷德曼很享受這個感覺。他不能相信他將把身後的門關上，永遠不會再踏進這個空間，他將開始他從不想要的生活，對這個生活他如今一無所知，除了：他不想要這樣的生活。一種會引發暈眩的感覺。外面陽光照耀在由屋頂形成的海平面上，歷史曾經在這片屋頂形成的海域造成幾個裂縫，這些裂縫現在又被熱心勤奮的填補著。也許在他體內沸騰的，是腎上腺素，是燃燒，讓他愈是靜靜的站著，愈是強烈的感覺到它的存在。然後煙消雲散。外面是喧囂的市聲，裡面坎帕豪斯的電腦轟轟轟，再更裡面的，是他太陽穴裡跳動的脈搏。他考慮要不要請他的同事一起去午餐，但是他很清楚坎帕豪斯會覺得那是義務而跟他一起去，這又讓他興致索然。

他自己難得喝一杯，如果要喝的話，不是今天是什麼時候。

「我不明白的是，」坎帕豪斯說：「你不是一直都知道，史萊格貝克是反理論天字第一號。」

「我以爲可以讓他信服。」

「你真的，而且的確這麼想？」

「你吃過了嗎？」

「我要坐十二點半的火車去比勒費爾德，演講。」

「我去還鑰匙，然後再過來一下。」

他穿過走廊往秘書處走去，鑰匙歸還後拿到收據。柏林口音說著：「那麼再見了，一切順利。」只剩車鑰匙、房子鑰匙和有的沒的還掛在鑰匙圈上，輕了不少的鑰匙圈在褲袋裡，讓他想起從前，但是從前的什麼，他不記得了。外面停車場正在施工，柏油即將代替車痕累累的砂礫和泥濘，近兩年來在這棟建築裡工作的人員，爲了躲避水窪坑洞，總是踩著像非洲紅鶴般的步子，小心翼翼。終於又可以踩著高跟鞋昂首闊胸，對秘書處的小姐是這樣的意義。近入口處暗色的人行磚已經排列在沙床上，大樓擋住太陽，拋下直伸到英瓦歷德街邊緣的剪影。

直到懷德曼從他以前的辦公桌上拿起紙箱時，坎帕豪斯才抬起眼。筆、計算機、小貼士、最後兩本書以及印著褪色「**賓州州立大學**」字跡的咖啡杯。

「我走了，」他說。

「我送你下去。」

走廊上學生不見幾個，只有底下圖書館前聚了幾小群。裡面沒有他認識的臉孔，他鬆了一口氣。這似乎是很久以來第一次有此真實的感覺：一個他不必用思考把它召喚出來，然後再用感覺去感覺它的感覺。他們在手扶梯前站定，這個城市施工的噪音既近又熟悉，門口的方向指示牌指往電車方向的牌子，剛好被風吹往電車的方向。坎帕豪斯向他伸出手來：

「還好你通過了國家考試。」

「希望你拿到萊比錫大學的職缺。」懷德曼說。

「一切順利。」

你也是，懷德曼想著，他離開了。

一清早預告的好天氣繼續保持它的承諾，屋裡神父洪亮的聲音充滿整個飯廳，跟廚房裡黑森省第三廣播電台傳出的好心情混在一起。凱絲汀站在爐前，她的母親正在聽昨天彌撒講道的錄音，音量之大，好像在向整條鹿坡街宣揚基督教。接下來的幾天，她會再聽第二次、第三次和第四次，直到凱絲汀星期六晚上把錄音帶還回教會，然後再帶新的一捲回來。不論禱告和聖歌，麗織・維納都大聲虔誠的跟著說、唱，坐在窗前的單人沙發裡，腿伸直架在小椅凳上，眼睛閉著。凱絲汀觀察了她幾次，不知道這幅景象是感動了她還是令她毛骨悚然。

當風琴再度響起時，凱絲汀把洗好的生菜放進瀝水器裡，把收音機的音量轉大。雖然窗戶已經斜斜開著，廚房裡還是產生了讓人不舒服的霧氣。收拾香檳瓶的碎片和香檳酒汁，找到最後的幾個殘片——顏色幾乎跟廚房地板相同，光這些就花了她將近四十五分鐘的時間。現在該洋蔥煎雞排佐鮮奶油醬上場，而且不跟其他雜七雜八的配料攪拌在一起。配雞排的是麵，很多的麵。凱絲汀清洗肉塊，跟往常一樣，指尖一感覺到平滑、冰冷的生肉，就會起雞皮疙瘩。

當她和安妮妲一起住在科隆時，公寓裡收音機整天都開著。那是一台老舊的晶體管收音機，有時候需要拍打一下，它才會維持在原來的頻道上。然後，還有安妮妲收集的唱片——她喜歡的音樂，她總是有辦法讓別人送她，也總是剛好認識足夠的男人可以送她所有她喜歡的東西。那時候她們每個週末都在走廊上跳舞，互相在鞋履間爭相牽絆，爲了搶先帶舞的權利，頭上還戴著髮捲、有致命吸引力的探戈女郎。安妮妲是一個差勁的學生，爲叛逆而叛逆，只因爲跳舞是前戲的一種形式所以對它感興趣。

凱絲汀仔細將肉排輕輕拍乾。她自己則在大學時甚至修了舞蹈，有些日子裡，她還夢想能擁有自己的舞蹈教室。不教華爾滋、不教倫巴，不像貝根城的麥亞舞蹈學校那樣，每兩個禮拜在市民活動中心教貝根城的青少年跳交際舞。她要的是爵士舞和韻律舞，給還有大好前程的年輕女孩一些真正的肢體訓練。一間寬大敞亮，四面都是鏡子的教室，就像在科隆的排練室，鏡子前一條長長的扶把，旁邊一些長板凳，一套配著大型喇叭的音響。鏡子前一群身著緊身褲、緊身衣的年輕女孩，她則流著汗蹲在地板上尋找音樂，腦海中一邊編織下一輪舞步、一邊傾聽女孩們的銀鈴笑語。

別自欺欺人了，漢斯說。整整二十年的時間妳沒有成立這樣一所舞蹈教室，現在媽媽需要妳，妳才碎碎念著什麼「計畫」。

可是，去年秋天她真的去看了一個地方，就是老牌腳踏車服飾店上面的三樓，樓面已經空了很久，甚至到現在還沒有租出去。三樓以前是倉庫，牆面必須要翻新、做隔音，但是空間大小真的非常合適，還有兩個隔間，可以做更衣室，甚至廁所都已經包含在內了。

——錢呢？

她是有一點點積蓄，但是選擇雙方自願離婚的方式結束婚姻，在經濟上她很吃虧，她的律師一開始就警告她。他們有太多可能性，可以將收入金額藉著業務必須支出的種種理由往下壓，即使尤根想當然耳會勃然大怒的反控自己並沒有玩這種把戲。他，正直中的正直。如果她需要，可以馬上再申請贍養費審檢和調整，他的律師事務所似乎經營得很不錯——她不要。再說，她也沒有真正的想要一家舞蹈教室，她想要的是夢想的延續，這在某些時刻可以安慰她。偶爾看看租屋訊息，打個電話，地下室的某個角落還有舞蹈設備公司的資訊和目錄，女孩們需要的話，可以隨時聯絡訂購舞鞋、緊身衣之類的。科隆的一些女性朋友真的開了一家舞蹈社，經營得很成功。

——那可是在科隆，然而在貝根城，會有多少人感興趣？

有一些事情，它們就是不會發生。這些事情是由很多步驟組成的：去銀行、貸款、跟整修裝潢公司討價還價、跟室內裝潢溝通、去舞蹈社公會登記、挑選設備、設計課程、分配課程、制定收費標準、設計標誌、印製傳單、登廣告等等，這些都必須在她第一次放音樂之前做好。過程有太多阻礙，分開來看，每個單項都是小事，但是組合起來就龐大到她無法克服。這不是漢斯的錯，是她自己根本不該提起。正確來說，她其實對懷抱這個跟現實相較之下有如空中樓閣的白日夢感到羞赧。

在母親的房間，神父正在祝福禱告。黑森第三電台正要播報新聞。一個四十四歲的人不會突然就去開一家舞蹈社。

這時門鈴響了。

聽見門鈴響是一件好事，表示丹尼爾不是悶聲不響回家來，直接躲進自己的房間，而是宣告他回來了，希望媽媽來歡迎他——這也是他在她的生日這天欠她的。對其他的東西她不允許自己有什麼期望：他不會有禮物送給她，同時她也要禁止自己說出，他回來這件事本身就是給她最好的禮物這種話。

她擦乾手，看了一眼紫羅蘭，微笑的穿過走廊。到底是誰會……然後她兒子像中了槍的罪犯一樣奪門而入。他扭曲的臉、苦澀的表情，好像在說：這是我，人間的殘渣！一刻不停的，他把書包丟到角落，急急越過她，匆匆下樓去了。風吹過走廊，他的門砰地關上，力氣大得令牆壁都哆嗦起來，然後一切回復寂靜。在她聽見聲音之前，她就知道，門外還站著一個人。

「凱絲汀，是妳嗎？」

她的前夫。就是這種感覺，好像一杯冰紅茶急急喝進肚裡，當她站在他面前，猜想他將告訴她的，會是什麼樣的事發生在丹尼爾的臉上。他的左頰紅了。也許她會需要提高聲音。

他站在從花園的門到房子大門的小路中間，車子鑰匙拿在手上，很帥。

門框下她站定，雙臂交叉環在胸前。流通的風把一綹頭髮吹到臉上，她沒有管它。

「近來好嗎？」他問。但是她覺得馬上進入情境、角色更好。

「你對他做了什麼？」她稍稍低頭，交叉的雙臂沒有放下，僅是伸出手指在頰上象徵性的畫一個圈。

他對她攤開手掌，做了一個請她有點耐心的手勢。他打了領帶，穿著一件藍色短袖襯衫，肌肉紮實多毛的下臂裸露著，似乎身體鍛鍊得很結實：陽光照在他絲毫沒有變少的灰髮上，照在他弧線優美的胸肌上，裹在襯衣裡結實的上半身，雖然在襯衣和領帶的遮蓋下她理應看不到這些，可是她還是看到了。像裝著橙橘的網袋一般，她交叉的雙臂辛苦的捧著記憶，感覺網袋已經開始裂開，自己馬上就要屈膝去撿那些掉落一地，滾到他腳邊的果子。一雙擦得雪亮的鞋。

「首先：祝妳……嗯……生日快樂！」她聽著他說，狠狠凝視他的臉，不許自己輕易點個頭，或者回答。

「我們要在門外談嗎？」他問。

「你要跟我媽打招呼嗎？」

有一刻他因爲陽光刺眼而閉上眼睛，她竟高興看到他也會疲倦，並不是他顯露了疲倦的跡象，她是從他額上的斜紋看出來的。用一隻耳朵聽著身後，屋裡沒有動靜，聞著她自己身上洗髮精的香味，她靠著門框站著。

「什麼事？」

「聽著，我要跟妳說的事，聽起來很瘋狂。妳會找到上千個理由不去相信，可是這是真的。我也是剛剛到了學校去以後才知道的，因爲格拉寧斯尼打電話讓我去一趟。」他停頓一下，向後退一步，試著想把她引出門框，引出門廊，她站著的地方。她伸直了背。光線灑在鹿坡路上，光源好像來自四面八方。

這麼多的陽光，她想，出了一會兒神，眼睛往十字路口的方向看，那裡有一群小學生正在移動，向上坡宏恩貝格街走去。你們這些小寶貝，普萊斯太太會這麼叫他們，有沒有認真學習呀？她很滿意普萊斯太太家裡有一束她的丁香花這個想法，此際這束花肯定美美的安置在大扇窗戶前。

……他剛才說的是勒索嗎？

他敘述時，她沒有看著他。她看的是花園最左邊角落的丁香叢和樺樹，樺樹周圍的綠草有點枯黃，該灑些肥料了。他在說什麼，她完全沒聽進去，她感覺到他的目光在她臉上游移。他們有過協議，來訪前一定要先打電話約時間，不可以就這樣走進來，或者就這樣來按門鈴，就這樣站在花園裡。她提出的要求，他接受了，現在他卻站在這裡，告訴她某人，這人偏偏叫做丹尼爾，在學校表現得像黑手黨。還好她沒有穿著圍裙，她恨圍裙，但是在他眼裡，她似乎還是穿著圍裙。她不要聽，今天是她的生日，她也不要臉上出現這種目光。她不耐煩的想，爐火不知道關了沒？煮麵的水滾了沒？他爲什麼要跟她說這些？

她想專心聽他在說什麼，但是她好像站在高速公路旁，試著認出呼嘯而過的車子是什麼廠牌。

「我跟不上，」她聽見自己說：「這是什麼故事？這是什麼意思？」

他停住，她想阻止他說下去。

「這是誰想出來的？你不能在星期一早上大搖大擺的來我這裡說這種故事。」

「星期一早晨我去過格拉寧斯尼那裡，又不是我自己要來。」

「爲什麼他們沒有告訴我？」要她相信這件事之前，有一些事情必須解釋清楚。

「我不知道。他們問我，格拉寧斯尼問我，由他告訴妳比較好還是我來。也許班級導師會……」

「他們這樣問你？」

「妳寧願是他來跟妳說這件事嗎？」

「你打他了？」唯一一件她可以拿來對抗他的事。

「是。」

「爲什麼？」

「因爲我生氣吧，我想。我大感失望，憤怒。」他的額上汗珠在發光，他的語氣裡沒有絲毫要吵架、爭辯的意思。她幾乎又緩步上前，走向這個無侵略性的傢伙。她懷疑，今早他是不是和比他年輕很多的太太睡過了。離她兩公尺遠的地方，他站在陽光之中，他的鎭靜真讓人無法忍受。他講這件事好像在講報紙上的一個報導，還說：憤怒——好像有人問他：猜兩個字形容某種情緒？

「以後不許你再打他。」她說。

「凱絲汀，跟妳一樣，我也很震驚。我們的兒子是一個……反正他在一個勒索事件中有份。」

「到底事情經過如何，你問他了嗎？他的理由你聽了嗎？還是你直接……」

「他什麼都不肯說。不然妳去問，他當著妳的面就說：不告訴妳。」

她很想命令他轉身面對馬路。她聽見母親的房門開了，趕緊伸手把身後的門拉密一些。

他動也不動，手插在褲袋裡，眼睛看著屋裡的角落。

「他們成功的裝好管線了嗎？埋在房子下面？」

「還可以。」她不知道視線要落在哪裡，便朝街上看，才看見他有了一輛新車，三年內第二輛。雖然是跑車款式，但是體積很大，是敞篷車。這是那種發生中年危機時，在中年危機即將開始以前，讓它跟你一起奮鬥的車款。

「現在怎麼辦呢？」她問。

「我要他這個禮拜某天下午到我那兒一趟。第一，我要跟他談談；第二，我要他跟湯米・艾德勒道歉，他得親自到對方家裡去道歉。」

「你知道，這對他來說代表什麼嗎？」

「代表敢做就要敢當，他必須爲他自己的作爲負起責任。艾德勒家就住在我隔壁，發生這種事情，我怎麼面對他們？」

「原來不是因爲要他學習負責任，而是爲了你跟鄰居好相處。還有，你什麼時候開始開這種沒屌的車？」

他的回答是，眼睛往上翻了一下。所以她只好繼續說下去。

「看起來，這三年來你的收入改善不少……」她用下巴指了指街道那邊。「是三年嘛，對吧？從上次檢算以來。」

尤根靜靜的搖了搖頭。

健康鞋的吱嘎聲往浴室方向去，像每天清晨她所聽見，躺在床上，當天空還青濛濛時，無法知道，天氣會如何。也許現在她還是不知道，正午之前，屋簷下，也許晚上她會在丹尼爾的床上發現他放著一張紙條，我走了。而她必須打電話給警察，解釋什麼時候她最後一次看到他。這一天已經有了裂縫，也許到了晚上就什麼都碎了，所有的一切，而她現在還在因為車子而嘮叨。

「我會跟他談一談。」

「跟誰？」

「跟丹尼爾啊，跟誰，艾德勒家是你的問題。」

「妳跟他談過之後請跟我說一聲，或者班級導師還跟妳說了什麼的話，任何時間妳都可以……」

「尤根，拜託，我不會在任何時間都打電話給你的。」

「妳知道嗎，這種『我的問題，你的問題』的態度幫不了我們。如果這裡是責任問題，那我們的責任也在內。」他站在那裡，理智的律師，多次因適度與深思廣慮而被嘉獎，發明冷靜客觀分析的專家，他沉浸在自己自我感覺的無私裡。這個時候不管他交到她手上的是什麼東西，她一定馬上朝他的頭打去，可惜這個東西只是言語。

「我們的責任，是啊。也是你的，對吧？你老實說，不要告訴我你現在還是……那時你說多少來著？三千五百歐元，不到。不要告訴我，你現在一個月還是只有這麼多。」

「妳現在非得討論這個嗎？」

「你都已經來了。」其實她最不想說的就是**這個**，但是他爲什麼偏偏要開著新車到她家，來告訴她這件事？在這一天，在她認清自己的情勢的今天，好像她還有餘力對付別的危機似的。她要如何在他面前護衛自己？何況他真的是瞞著她有關他的收支情形，公開的、狂妄的，在他的新歡面前恐怕還自鳴得意……

「好吧。」他輕聲說：「我並沒有打算這樣做，但是如果妳堅持的話。我們確實是必須要重新估計了，只是……兩件事。」爲了預防她不會數數，他還豎起了兩根指頭。「第一，有關贍養費的法律規定，最近有改革，也許妳已經聽說了。這些條規還沒有正式生效，但是上個月內閣已經決議通過。新的條規傾向支持第二個家庭的經濟，正式名稱是離婚後家庭建立，尤其是生育，特別受到支持。」

「你有……」她一說出口，馬上又中途止住。在他說出下一個句子之前，她已經預感到他會說什麼。

「第二，安德麗雅懷孕了。」

他說的時候看著她，而她沒能及時閃過他直視的眼睛。有那麼一會兒她感到驚奇，這個消息並沒有多麼刺痛。她沒有蜷起身子，沒有呻吟出聲，只是站在門邊，倚著門框，最多打了個很小的冷顫，因爲風剛好吹到肩膀。尤根噘起嘴，有關他的部分他已經把最重要的說完，剩下的都是律師的事了，意思是她的律師的事，因爲他自己就是一個律師，真方便，他自己一定早就權衡過。「第二個家庭」是個美麗的字眼，當第一個家庭各個部分都崩毀以後，可以在第二個家庭繼續追尋幸福。反正也沒有人單單只倚靠國家退休金。她的喉頭吞嚥著自嘲的苦汁，確定了她裝著回憶的網袋早已斷裂；橙橘滾得滿地都是，她空著手站在那裡，卻拚命阻止自己低頭往下看，更糟的是，她必須勉強自己看著他。

「啊哈，」她說：「恭喜恭喜！」不然她要說什麼？自然地她往後退了一步，沒有放下她交叉的雙臂。既然他沒有要走的意思，那麼她的雙臂也沒有必要放下。雖然她仍沒有感到疼痛，反而比較是痲木。如果她真的還有感覺的話，她絕對無法原諒自己，在這麼久以後。

尤根點點頭，對她客觀簡短的對答感到滿意。

「妳跟他談過以後，今晚打電話給我。」

「再看看。」她再退後一步，逼擠著自己靠著的門板，進入屋內的暗處。

「我已經說了，今天我本來沒有打算跟妳談這件事。法律也要明年才會開始生效，明年四月。我一直都告訴妳，我會負起我這部分的責任，說話算話。」

她都已經是從門上方的小窗看他了，醜陋、黃色含沙玻璃的小窗戶，他仍兀自喋喋不休。

「請妳跟我們的兒子說清楚，他也是有責任要負的。他已經十六歲了，妳不能再保護他了。」一切都是黃的，他的襯衫、他的領帶、他的眼睛，甚至他說的話都是黃色的，她覺得，這些都讓她想起一種黃色的維他命膠囊，當她還是孩童時常吃的，包在大大的金屬管子裡，藍色外裝，那時候才有的。

用左手她再次把門打開。

「別人的錯愈多，你就愈無辜，是嗎？」

「當然不是。但是如果我們的錯——或者我的錯，算是我的好了——跟他的所作所為有關，如果真是這樣，那麼這不會有結果，對現在這個時刻不會，對他也不會奏效。我們必須要讓他明白這一點，我們兩個。」

「你的意思是要我也打他一巴掌？」

「妳明明知道……」

「你有你的方法，我有我的，我們不能突然之間一起教育他。他知道，這不是真的，他每個星期搬家一次。」她身後腳步聲又響起，她的母親找遍全屋，不理解為什麼這時候廚房裡沒有人在，一定是那些陌生人把她女兒綁走了。

尤根用手做了一個手勢，可能想說：很明顯的理智不是每個人都有的。到此為止，她受夠了，不想再聽他說。她說：

「你走吧。」

她輕輕關上門，他的身影在走向車子時逐漸模糊，引擎發動，他離開了。沒有多想，她轉動鑰匙鎖上門，把頭抵上冰涼的玻璃。後面走廊上站著她的母親，高興的拍手。

「妳還在，我以爲那些人把妳抓走了呢！」

他把紙箱推進車裡，不知道可以開到哪裡去。一望無際的藍色天空控制了整個城市，強行照進每條街道的生活，呢喃著各種不定的邀請。離開城市——在他心裡湧現這股渴望，但是去哪呢？沒有目的地。其實他也不想有，但是就這麼開走更沒勁。他從沒有就這麼出發過，而且他也不能假裝，在這個豔麗的八月天，他的生活毫無預警地垮掉。事實上在年初的時候就已經確定，他的合約不會再延長。這是一個給寫教授論文的研究職位，他的教授論文已經通過，史萊格貝克不喜歡他做的研究——這個老頭不要他的牲圈裡養著沒有標上他個人烙印的牲口。文獻資料是歷史學家的活計，這是他的信條，而不是沒著沒落的理論。懷德曼便走上街，不是漫無目標的，而是去尋找一家比較空曠的咖啡館。迷你裙、細肩帶緊身上衣不時迎面而來、擦身而過。女孩們委身陽光的方式，男人只能在夢中希望。他根本沒有怒氣，他心裡最接近怒氣的感覺便是原始的獸慾。他的腦中掠過一些像「無恥」之類的字眼，一些他不記得曾經脫口而出的字眼。

他喝了兩杯啤酒、一杯麗絲靈白酒配午餐，一邊看報紙，施洛德和他的黨羽真是狼狽。不時的，他檢查一下手機，雖然他知道，星期三康絲坦蔌在書店工作，七點以前不會打電話給他。

空氣開始聞起來像溫茶，貝根城踏境節開始了。幾個星期來他母親在電話中一直提供他最新訊息，隊伍的競選、各個單位的人馬，根本沒有問他，他是不是感興趣。只有最後她會用沙啞的聲音說：可惜，你爸爸……

也許因爲如此，他今年沒有回去，也是因爲如此。

下午他還是只能漫無目的在街上晃，在新的城中心，在小巷間穿梭，買了一本書，喝了一杯咖啡，看著陽光開始傾斜，他嘗試從工地的縫隙中找出路來。半途中看見兩次國會大廈屋頂上黑紅金色的國旗，像插在生日蛋糕上紙做的小旗子。

他點了沛爾諾酒，決定抽菸。

美國？法國？在學術會議上是認識了一些人，但是沒有人會提供他多於一或兩個學期的客座職位。不是解決問題的辦法，只是拖延問題和逃避。他完全還想再享受一個月這樣的奢侈，擱置所有現實的可行性，隨波漂盪，直到某個東西碰觸到他，一個想法、一個陌生的女人或者他自己再無可推卸的可悲的醒覺。富有冒險精神，是別人一向讓他羨慕不已的性格。他不做夢，但是康絲坦蔌攤在廚房桌上那堆表格，爲了他好而且很堅持，要他申請，她正確的說出「過渡時期資金」這個政治名詞，他也不會塡。像個男人，她說。現在他就打算嘗試像個男人——只不過是另一種男人，不是她希望的那種。若是倒退十年，他會有像她一樣的反應。但是現在他該怎麼反應，他真的不知道。而且，如果「危機就是機會」這個句子真的有意義的話，那麼時間也會足夠。

「買單，」他對侍者說，她白色長長的圍裙和黑色夾克有點模仿巴黎的雙叟咖啡館。然後他繼續步行，沿著施普雷河他想讓傍晚的微風吹拂。平坦的城市之上，光線慢慢轉弱。橋墩上棲著鴿子。他曾以這個城市為家嗎？即使這點，也屬於他和在柏林夏羅德堡區長大的坎帕豪斯之間的故事。坎帕豪斯天生就具備這種刺諷，這個刺諷既不刻意，也不是憎恨。這是天生的能力，什麼都能淡然處之，直視一切，眼睛眨都不眨。當坎帕豪斯從比勒費爾德或者圖賓根等鄉下地方回來時，會半諷刺半開玩笑的問：我身上有鄉土味嗎？懷德曼這時會覺得，他自己身上才有鄉土味，而且已經存在一輩子了。他問自己——然後呢？他唯一的感覺只是酒精在壓迫他的太陽穴，還有他並不想澆熄這其實不是乾渴的乾渴。不自覺的，他又往機構大樓的方向去，站在窗戶高長的磚樓前，感到想做什麼事的迫切。

工地的工人已經散工回家。

康絲坦薇終於打電話來時，他坐在車裡觀察一扇又一扇的窗戶後，陸續熄滅的燈已經有半小時了。這裡一扇，那邊一盞，最後史萊格貝克的窗也暗了。

「你在哪裡？你在做什麼？你怎麼樣？」

「我在車裡，沒做什麼，還好。」

康絲坦薮嘆息。

「我能做的事很多，但是阻止你傷害自己——恐怕不是我能力所及。」

「沒人這樣要求妳。」史萊格貝克從出口走出來，回過頭去跟他身後的人講了些話，然後講手機。

「是沒人這樣要求我，可是如果你要求的話，我不會覺得不對。不論你要求的是什麼，至少我可以清楚的知道，我能做什麼。」

「例如？」

「你清楚你現在的表現不是太好吧？」

「妳馬上要說，像個男人，是吧？」

「爲什麼不？像個男人，好嗎？」

「這點妳已經說過了。」

「很多事情我都已經說過了。而對我所說過的事情中，你的反應大部分都是，妳已經說過了。這就是重點：沒有用。」

一個白髮中等身材的男人，不引人注意，彬彬有禮，受到辦公室的愛戴，因爲雖然他能專制主宰一切，深具拿破崙式的特質，卻只用在課堂上和會議中。一個柔軟、低語的聲音。那時懷德曼還是一個年輕的博士候選人，就已經想：千萬別去招惹這個輕聲細語的人。那時這個想法很短促，但是現在他記起這個想法。很對的直覺，年輕時至少聰明過一次。

「你還在嗎？」康絲坦薮問。

「妳的意思是，我該吹聲口哨，若無其事重新開始。」

「你不用強撐，你該生氣、傷心、沮喪，你有理由這麼反應，但是不要讓這件事毀了你的生活。」

或者我們的，他想。

「啊。」

「你不是總是說：學術是一種孤注一擲的遊戲。好像大風吹一樣，你必須在那一刻，當音樂停止時，屁股已經坐在椅子上。但是附近是不是剛好有空位，要看跟你一起玩的人是不是比你快。你只能做，大家都在做的，然後提高警覺——你自己說的。」

他自己說的。也許早先他就不該這麼強調冷淡、強調他心裡對學術事業運行模式的距離。審視仔細的話，馬腳還是會被識破的。此刻他覺得好像兜著圈子跑了很久，但是整個過程中他都知道，最初的那張椅子上寫著他的名字；他並沒有真的讀到椅子上的名字，但是遊戲中的其他人，每個人的表情都在告訴他這件事，他還是選擇繼續跑，就像其他人一樣。然後一切靜止下來，音樂停止，所有人都搶到位置，所有人都瞪著他，看他光榮地跑完最後一圈，而他自己在整件事中最渴望的則是，成爲他同事中的一員。完全沒有想法，之後要如何。先坐在車裡，觀察史萊格貝克怎麼脫下他的西裝外套，在他低頭進入他的賓士車之前，然後慢慢從停車格裡開出去，消失在工地欄柵之後。

「敬我說過的話語。」他說。

「我沒辦法忍受自憐，你至少還是有通過國家考試的證明。」

國家考試資歷……康絲坦蔌也來提起這件事。

「是啊，我也有高中畢業證書。」他說：「我可以去上大學。」他盡力阻止自己不要加上：或者去教移民小孩德語。他控制住了自己，暫時，他變得偏激，舌頭上滿是惡毒的話蓄勢待發，但是他並不憤怒。湯馬斯懷德曼，三十六點七度晚上，最高溫度。

「你可以從你的收藏裡挑出一、兩瓶最好的酒，到我家來。」

「今天不要。」

「今天不來，你今天會溺死在自殘的汁液裡。而我今天下午還在想，一切會比較好受，如果我們住在一起的話。我的意思是：如果我們已經同居的話。但是照現在看來，也許還不是時候。」

「不是。」

「你現在要做什麼？我是說，現在，今天，或者明天。」

「參加踏境節。」他自己也是現在才知道在他說出來之後，會去貝根城參加踏境節的慶祝。

「你自己才說過，今年十匹馬也拉不動你。是這個週末開始嗎？」

「今天是迎賓酒宴。從明天起，競走開始。」

「那我們這個週末不見面了。」她說，他覺得好像看見她失望的低頭。「你完全不給我機會幫你，是不是？」

圖書館的燈也滅了，不久，那兩個臨時雇員走出大樓，他們身後跟著一批學生。路上行駛的車子都已經亮燈了，天空還帶著紫色的光輝，帶狀的雲拖著尾巴，狂暴不安，是白天無法看見的。

「我想，妳大概沒有時間和興趣，下鄉三天去參加節慶。」

「明天和後天我都有課，如果你早點告訴我的話……」

「我也是現在才決定的，這是我新的興之所至。」

「至少你還有這個，你媽媽一定很高興，替我問候她。你確定出發前，不想吃點東西嗎？」

「我要走了，不然就太晚了。」

「抵達之後給我打一通電話。」

「妳生氣嗎？」

「小心開車，湯馬斯。」

一個小時後他開門下車，因為他得去撒泡尿。停車場很暗，大樓裡只有樓梯間還亮著燈，外面是沙和潮濕石頭的氣味。整整一個小時，他坐在車裡，既沒有轉開收音機，也沒有看報紙，而是探究這個感覺，過去二十年的生活，也許未來二十年也要算上，全都聚集在這一刻，壓縮在車裡現在的當下——但是他什麼都感覺不到。一九九九年反正是一個不可思議的年份數字，在這一年裡，不可能有什麼正常的情緒。別轉移注意力。一個像影子般的數字，年曆的邊緣地帶，大家相信聽見了咔一聲，便都開始對到處都在熱烈宣傳的事發出微笑。說的就是你。而且，先不談康絲坦薮，要想對自己的生活情況理出適當的情緒，對他來說就已經夠難了。疏落的幾個行人晚上走過這個城區，他幾步就能走到的小吃攤裡，老闆正在玩賭博遊戲機殺時間。

他尿過，買了啤酒，鑽回他的車繭裡。

他該放手了，可是他不知道要放開的是什麼。在這個泥濘的場地，終止線是這麼難畫。他的母親會很高興，會在他的眼裡看出，有什麼事不對勁，而不是問問題。而他至少也要告訴她，不要再打電話到辦公室找他。

他喝了一瓶啤酒。柏林從擋風玻璃後面看來挺美的，它在夜空下謙虛的發著光，沿著茵瓦麗德街柏林的交通適度的流動著，像一個耐心的病人在床上伸展身體。懷德曼放縱自己將空啤酒罐從敞開的駕駛座車門丟出去，留在工地的沙上。然後他決定接受堆在入口前那些鋪路石的邀請。

懷德曼坐直，將車鼻子直直對著工地柵欄開口停好。

他讓車門開著，鑰匙留在鎖孔中。還沒走到石堆之前，他再一次轉身，溫習一下路線：往左邊去，香榭路右轉上去，一直向前開，直進維丁區，從大湖路上高速公路。他既沒有牙刷，也沒有換洗衣物在身邊。反正休息站裡一定能買到牙刷，而貝根城家裡的衣櫥，總還能找到他的衣物。

那塊他掂在手上的石頭，比預期中還要沉重。他環顧了一下四周，停車場上仍是一片空蕩。商店都關門了，而且附近沒有酒吧。懷德曼感覺一下手裡石頭的重量，抬起頭來觀察建築的表面，三樓近代和當代歷史部門，史萊格貝克教授領軍，跟他名聲響亮的傑出研究團隊。其實石頭砸中哪扇窗戶，他並不在乎。如果終止線始終畫不下來，那就點個句號吧。最後一瞥，從北車站過來，一班電車接近中。當他聽見電車靠站煞車的嘰嘎聲時，便大步向前，揮出手中的石頭。石頭還在空中畫弧，還沒擊中目標的寧靜中，他轉身，才聽到玻璃碎裂的聲音，不慌不忙他坐回車上。

沒有警鈴，沒有尖叫聲，沒有反應。只有他的心跳比平常要大聲一些，當他轉動車鑰匙時，手在顫抖。電車還是靠站的狀態，他可以直行無阻。後照鏡裡他看到破裂窗戶的蜘蛛網紋路，中間是一個黑洞。有可能是史萊格貝克的窗戶，他不確定。

03

迎賓宴，他想，是一個奇怪的字眼，前面長後面短。它的意思是，全部的人都集中到市場廣場來，因爲明天踏境節要開始了。它是說，現在終於要開始了。他的父親給他五馬克，讓他隨意買自己喜歡的東西。而他的媽媽說：「需要這樣嗎？」他的父親說：「七年才一次。」然後他們出發。他的小刀插在口袋裡，如果路上有枝椏擋路，馬上可以拿出來使用。踏境的時候，特別有兩個人會帶著斧頭和鋸子領軍當先發部隊，爲的是如果有傾倒的大樹將路擋住（雖然這種事從未發生，根據母親的說法），可以馬上清除。他在報紙上看過照片，照片上除了那兩個競走者外，還有一個黑人。這個黑人其實不是真的黑人，他知道，因爲這個黑人在郵局工作。

「怎麼這麼慢！」他回頭向肩膀後面喊道，但是他們趕不上來就是趕不上來！

他最想當競走者。有一次他跟父親走下蘭河綠茵，觀看競走者的訓練。五月時訓練便已展開，而且總在晚上，咻咻的聲響全城都聽得見，甚至遠至海恩博克的後方。他父親指給他看，那是以前的鞭子，但是禁止他拿著鞭子在花園玩——對他來說太危險，對玫瑰叢也是。看起來也很不容易耍：鞭子甩起，在他們的頭上轉個五、六圈之後，等待正確的時機來到時，猛地改變轉勢，伸直手臂，鞭子甩直，啪！鞭子永遠在身前，左前方，啪！右下方，啪！啪啪！他的父親依然會耍，只是無法像以前一樣，維持那麼久的時間不落地。諾布斯總是說：手臂會讓人受不了的痠疼。有一種手腕護套是專門爲了這個而設計的，戴上這種護套，鞭子的衝擊力便不會撕扯你的手。最終還是要靠技術，當然肌肉也需要，技術和肌肉，以及極佳的體力。

他在市民之家上面等著，吊燈上黑色鐵絲纏捲著樹枝裝飾，他用小刀削下一段。然後有人過來說：「不可以哦！」他又把樹枝塞回去。反正，從林中自己削下的新鮮樹枝更好，最好的木質是山毛櫸。

他們更想待在市場廣場到天黑。

「趕快走啊！」他大聲催促。他們跟在他身後爬上山，與走在另一邊街道的某人說話。艾德勒先生想讓湯米坐上他的肩膀，但是湯米掙扎著不願上去。他的母親走路的方式就是女人的樣子，雙臂交叉抱在胸前（這樣一來走得更慢），好像她根本沒有興趣。他打開小刀，再收起來。他跟爸爸打賭，每三天就走完一趟全程。如果他每三天就完成一次賽程——而且爸爸說服母親讓她同意的話，他可以得到一條鞭子。

「你們怎麼像蝸牛一樣！」他說，當她母親終於到達山頂之際。

「市場廣場不會跑掉。你有帶錶嗎？」

「當然有。」

「九點半我們就歸營，最晚九點半。」

「待到天黑我們再回家。」

「九點半就天黑了，我們九點半回家，明天早上五點半就要出門了。」

「我以為，我們會看九點半時天空會黑到什麼程度，才決定要不要回家。」

「丹尼爾，聽我說：我們九點半回家，到了市場廣場我不要再跟你重複這件事，明天我不想要帶著一個哭鬧的小孩踏境。聽到了嗎？」她的心情又特別好了。

「七年才一次耶！」他說。

「好險七年才一次。」

他聽著廣場上的音樂，因為其他人都還沒到，他拉著媽媽的手說：

「我們先走啦，不然九點半了我們還站在這上面。」

走下去最快的路是花園山的步道，步道的坡度陡到連腳踏車都禁止通行。當諾布斯得到他的馬錶時，他們計算過，從山頂往下一口氣奔到路口的紅綠燈，只要一分十七秒。往上跑他們還沒有測過時間，因為揹著書包。這條路左邊還有一道狹窄的道路，這條路每隔幾公尺就枕了一或兩級階梯。可以騎越野自行車，如果沒人看見的話。

「明年我們會再出去度假嗎？」他問。

「明年的事明年再說。」

「今年因為踏境節我們沒有出去玩，明年沒有踏境節。」

「現在決定太早了吧。」

「我們可以租一輛拖帶房車。」

「再看吧。」

「一言爲定？」

「到時候再說，丹尼爾。」

他感覺到她的手在他頭上，在他的後頸上，她的視線卻在別處。整個夏天都是如此。他們不常吵架，但是他們經常搖頭，說奇怪的話，當他在場時，他們好像很小心謹慎，同時又好像當作他不在那裡。

你跟你的踏境都去死。她在廚房這麼說，然後沒有再吃什麼，雖然她總是說：我們要一起吃飯，這裡不是飯店。

「什麼是停滯？」他問。

「停止不前進了。」

「不是還有別的意思嗎？」

「如果你朝著山腳講話，我就聽不見你說什麼。」

所以他停下腳步，把頭轉到後頸上，然後往鷂鷹盤旋的方向說：

「它還有別的意思。」

「它的意思就是停止，不前進、不進步。」不要一天到晚打破砂鍋問到底。

他們也停止不進，因爲他的母親不想先走，她想等其他人到齊，再找他父親的毛病，挑剔他折磨他。轉彎處後方他已經可以看到廣場上的人，當他到達時，其他人才走到幼稚園。帶著按鈕的小刀插在口袋裡，甚至他單手靠牆倒立時，也不會滑出來。他的紀錄是三十二秒。諾布斯叫他別做了，說：你的臉紅得不行。

他朝山上揮揮手，繼續向前。

市場廣場已經擠得水洩不通了。冰淇淋攤旁邊，爲了明天的盛事搭蓋了一座木製的指揮台，上面站著評審團和鎮長。街上也已經開始交通管制，到處是人潮，好像是鎮慶，還有一個管樂隊邊吹奏邊前進，有那麼一下，他覺得鼓聲就打在他的咽喉上，他想大叫。跟諾布斯約在噴泉邊，但是要走到噴泉那裡可沒有那麼簡單。人們站在長凳上拚命揮動手臂，這些人八成都已經爛醉。有一個人叫喊得聲音大到無法理解他在說什麼：「踏境一九九九，這個節慶……」其他人則喊：「萬歲！」三次。他必須用力推擠，才能前進。擋著路的人，總是屁股超大，塞在最窄的過道中間。他還沒發現諾布斯，但是快到噴泉之前，在他經過桌子旁時，舒曼大嬸從麵包店出來，緊緊抓住他的手臂：

「你不是一個人吧？」她戴著一頂別滿徽章的帽子。

「差不多，」他說：「其他人動作太慢了。」

她身邊坐著的是海力西，海力西曾經帶他參觀麵包烘焙，而且跟他爸爸在同一年的踏境節擔任黑人競走者。客廳裡就擺著這樣一張照片，但是照片裡所有的人都跟今天有很大的不同，模樣過時落後。海力西有一張極大的臉，他跟每個人都點頭招呼，直到舒曼大嬸把他拉到旁邊說：

「我們總是有些好處給這個年輕人。」

海力西繼續點他的大頭，他們有代券。

他從襯衫口袋裡抽出一條長長的紙，捲揚在空中，他撕下兩張，說：

「踏境節用的錢，一張可以換一瓶芬達汽水。」他的帽子上徽章更多，當然，因爲他的帽子更大。

「我只喝可樂。」他說。

「或者可樂。反正不能換啤酒，清楚嗎？一滴啤酒都不准沾。」

「知道了。」他說，然後繼續走。

諾布斯已經坐在台階上。噴泉旁擺滿了攤子，攤子後堆疊著裝飲料的箱子。一個大箱子嗡嗡響著，是發電機，燈都還沒點上。

「嗨！」他說。

「好。」諾布斯站起來。「這裡是我們的管轄範圍。」

他們負責阻止有人從箱子裡偷飲料、把發電機的插頭拔掉或者在噴泉裡小便。踏境節時會發生平常連想都想不到的事。嚴密監督整座噴泉的範圍是辦不到的事，噴泉有階梯，而且從這邊無法看到那一邊。一個攤販自動合作，他把兩個飲料箱靠著樹旁堆高，他們就可以爬上去。他們兩人輪流執行任務：一個人在樹上偵察，另一個去巡邏，諾布斯去買了一次可樂，然後兩人再輪替他們的任務。

他看見琳達時，他們還沒開始玩多久。他在巡邏，琳達站在噴泉前某個攤子旁邊，巡邏第二圈時她幾乎已經站在第一層台階上。再下一圈，她擋到他的路。

「你們在做什麼？」她問。

她繫了一個髮圈在頭髮上，他可以看到她的耳朵。一圈珠珠項鍊像販賣機裡賣的泡泡糖，色彩繽紛。

「沒什麼。」諾布斯不知何時開始站在他背後。

他們都在同一個班上，但是這並不意謂他們是朋友。

「我可以加入嗎？」

「我們……」

「不行。」諾布斯說：「我們自己就可以了。」

她拉拉她的項鍊，然後從鍊子中拿起一個珠珠開始啃。她必須把下唇往前噘，整串珠珠才不會散掉。

燈亮了。

他沒有去看錶，害怕一看，錶上的指針跑得更快。他有時候看著母親，跟鹿坡路一夥人站在一起，隨時隨地有人站起來大叫：踏境一九九九。自從……。或者：鹿坡男生組，自從……。以及所有人一起歡呼：萬歲！萬歲！萬歲！有一次有兩個人溜到箱子後面親熱，諾布斯翻了翻白眼。這兩個人渾然不覺，親熱時啤酒灑了一身。

然後他去買了兩條香腸，他們坐在高高的台階上往下看，市場廣場塞滿了人，又有一支管樂隊在吹奏。天還沒黑，但是也不再明亮。他一不小心看到了公車站的大鐘，九點了。

「你知道停滯是什麼意思嗎？」他問。

「把樹的皮剝下。」

「你亂猜的，它的意思是停止。」

「但是你相信，不用停止，就可以把樹的皮剝下來，你試試看。」

「反正用小刀是不行的，需要用到大刀，像在原始林裡那樣。」

他們談論正確的技術有一會兒，先是談到木頭製品，然後鞭子的響聲，而整段時間他一直瞪著公車站的大鐘指針一點一點跳到九點半。然後他說出他一直在想的事：「我們其實還需要一個人。如果我們在前面……」

「女生不要。」

「當然是幫忙照顧後面。」

但是諾布斯搖頭，說：

「我想知道，大帳棚是否已經豎起來了？」

「是啊，我相信，他們明天才要搭帳棚。」

「不管，我要看。」

「我九點半必須回家了。」現在是九點過一刻。

「如果我們用跑的——從那些住著一群駝背的養老院經過，很快的看一眼。」

他不想掃他的興，而且他自己也想看那個父親說，所有貝根城人都裝得下的大帳棚。但是如果時間比九點半晚的話，那就糟了。

「我得先問問。」他說。

他們從來時的小路回去，但是舒曼大嬸和她的先生已經不在那裡。人比之前還多，有些桌子上啤酒四溢流下桌面。公車站有一個人在嘔吐，另外兩個人站在他身邊大笑。他往天空一看，已經黑了。他們走街道中間，翻越人們倚身靠著的圍欄，然後經過冰淇淋攤，鹿坡居民的攤位就在那裡，他的母親和舅舅漢斯坐在桌邊。

她說話時，他看著她。諾布斯則留在圍欄那邊，沒有過來。

「嗨，年輕人。」舅舅漢斯永遠說完「嗨，年輕人」就沒有下文了。他說「嗨」，然後站到母親面前。他想坐進母親懷裡一下，但是這當然不行。桌上有兩瓶半空的啤酒杯，她看起來很累，半轉過身來，一手支著頭，看著他。

他表現得像有時候她講述笑話時：如同電視上的酷哥站在桌前，聳聳肩膀，點點頭，像念唱歌手，說：

「嗳……媽媽。」

她很配合，瞇起一隻眼睛，抬起兩隻手指，說：

「嗄……丹尼爾。」有時候她就是不像其他母親，而會拍打他的肩膀，爲了好玩。有時候她在客廳跳舞，說：「媽媽很輕盈，不是嗎？」但是她已經不常如此了，而他不清楚，從什麼時候開始這一切都結束了。

「我差不多了。」他說。

「也差不多九點半了。」

「就是還想去帳棚那邊看看。」

「哪個帳棚？」

「大草坪上那個。」

「給你十分鐘。」

「媽媽，有可能會久一點。」她吸一口氣，他舉起雙手：「有可能，我說，我盡快。」

「你還記得我們的約定吧？」

「我們現在才想起帳棚，我只想再去看看帳棚。」

「看一下，馬上回來。」

「收到！」他讓自己的身體往前倒，倒在她搖晃的頭上，嗅聞她脖子上的香水味。他沒有看到爸爸。身後，諾布斯吹著他們的口哨暗號。

「去看一下帳棚，馬上給我回來。」媽媽對著他的耳朵輕聲說，手從他的背上拿開。

他跑開，聽見諾布斯跟來的腳步聲，幾乎快趕上他，但瞬間又落後了。他們沿著巴赫街往下跑，經過麵包店，越過鐵軌，朝養老院去。有一刻他深信，可以這麼一直跑下去，直到抵達帳棚那裡，完全不會疲累，好像地板在迎合他似的，他只要舉起腳，離開滾動的柏油路面。但是經過兩個紅白路礅之後，路沒了，他還是喘不過氣來，諾布斯只差他一點點。

「兩分鐘十二秒……哦。」

他們靠著一根柱子，拚命喘氣。

「十點差二十……我就得……回到市場廣場。」

說話的時候，身側會刺痛。這根柱子之後，只剩在蘭河邊一條細窄的路，到下一盞路燈還很遠。他聽著河流湍喘，但是節慶地點看不見，也沒有帳棚，只有很多黑色的樹在面前。

「好，我們來比膽量。」諾布斯說：「看誰敢……一個人從這裡走到橋那邊。」

「那另一個人呢？」

「很簡單：你先走，我看錶。兩分鐘後我也開始走。到橋那邊並不遠，只是很暗。」樹比天還暗。

「我到了以後要吹口哨嗎？」

「如果有什麼事發生的話，比如說你扭到腳之類的，才吹口哨。」

「好。」他說。

「三十秒後出發。」

右邊有幾輛車停在停車場上，左邊的房子也是一家養老院，兩層樓而已，沒有前面那一家那麼高。他記得他曾經進去過一次，他的爺爺躺在床上，鼻子插著管子。房子和停車場中間是路的起點，才經過幾公尺後，路就消失在黑暗中，堤壩發出水流滔滔的聲音。

「預備，起！」

他依照正常的步調走著，但是只維持了五或六步，他的四周就完全籠罩在黑暗中。一根樹枝拂過他的手臂，這條路他是認識的，有時候他騎著自行車亂晃，從這裡可以騎到另一座橋，然後繼續，經過學校，直到另一座橋出現，然後再沿著原路回來。總之，現在還能這麼騎，明年他們就要蓋環鎮道路了。他正要走過去的橋，只有夏天才有，它是國家技術支援中心蓋的。

清涼的空氣從水面拂過來，他的呼吸愈來愈急促。

他必須走慢一點，直到他的眼睛適應黑暗，能夠看見路的邊緣爲止。地上有坑洞，他周圍的樹籬聞起來像是下過雨。而下面，樹幹沒有長出枝椏的地方，他可以看見水上浮動的光亮，卻看不見這些光來自何處。

你醜化跟貝根城有關的一切，你沒注意到嗎？

到處都有給養老院的老人家休息的長椅，他一個不小心，撞到自己的大腿。這條路在樹籬和小樹之間像蛇一樣彎彎曲曲，比直接在岸邊的路還窄。他大約已經走了一半。他停了一下腳步路的盡頭他看見一個形體，是諾布斯嗎？他不確定。他相信他聽見有人在笑，他的手臂上起了雞皮疙瘩。有時候他晚上會無來由的害怕，不敢一個人到地下室去取果汁。早先他還相信，地下室住著神秘人物。

跟貝根城有關的事你都做。你不知道嗎？不論是什麼鳥事！

他繼續走，發現河上倒映著橋的陰影，在他的面前，在這條路最後一個轉彎的地方，唯一一盞路燈的地方。他可以往左邊走，穿過草皮，然後躍過花圃，這樣比較近，而且他不想見到亮光。

又是那個笑聲。路燈前有一條長椅，椅子上坐著兩個人。路燈強烈的光線下，他只看得到影子，而且他得小心，自己不要走進光的範圍裡。草地的濕氣浸透了他的涼鞋，他慢慢地繼續前進，沿著花圃黑影的邊緣，大樹的枝椏已經覆蓋在他的頭上，他的腳步聲沉澱在嘩嘩的河流聲下。一個男的和一個女的，女的半坐在男的懷裡，偶爾扭動背脊，好像有人在對她呵癢。他停下來看，他的心臟沒有跳得比較快或者比較慢，但是比平常強烈。他幾乎已經要到達橋那邊了，只要再躍過花圃，離岸邊剩下幾公尺。

整整兩個小時他維持車速一百二十公里。他盡可能留在中間的車道，壓抑自己想方便的慾望，也壓抑去認清那個犯過，卻無法再抹煞的愚蠢的陰影，這道暗影像一個沉默的乘客在他身後坐著。他集中精神對付交通，緊緊瞇著眼睛壓抑酒醉的感覺，直到快到馬格德堡，他

才發覺他的緊張程度好像一直在等著有人來砍他的脖子。他的雙手緊緊抓著方向盤，從小腿到肩膀、從臀部到頸脖，肌肉全都痠痛不已，好像通宵狂歡過後。高速公路A二號通過的是平坦的土地，大大的、藍色的路標迅速從他的右邊或頭上向後移動，看見下一個休息站的指示後，他打開方向燈。

在布蘭登堡省的大部分行程，他眼前的地平線都是亮光。但是現在夜晚將地平線緊緊掩上，將溫暖藏在雲層之後，用溫和的氣候及汽油味來接待他，當他在停車場最末端停下車、打開車門時，他餓了。車子一輛接一輛呼嘯而過，他覺得車燈的亮光速度好像比車囂慢。

丟一塊石頭去打破機構大樓的窗戶！

他試著在汽油味和休息站餐館廚房油煙味中分辨出一些鄉村的芬芳，周遭的黑暗鎖住林野，遠處只有馬格德城堡蒼白的寶塔突出於地平線上。他沒有去找廁所，而是穿過空曠的停車場，面向後方的柵欄。柏油還是溫的，尿液的味道浮在草叢之上，慢著，還有別的味道，雖然不太真實，懷德曼還是覺得他聞到了類似百里香的味道，異國的、濃郁的，很可能是他過剩想像力下的產品。尿還未解完，他就從襯衫口袋裡的香菸盒取出一支菸。他的手指感覺還很僵硬，他抖一抖下身，點燃香菸，身後一輛車開過來，他看著自己的影子落在草地上。東向的高速公路有點高度，他不記得自己是這麼由上而下來的。他走回去，在一張石桌邊坐下，腳高置到前面的石椅上。遠一點的地方站著一群長途司機，圍著一輛開著門的卡車頭。十點。貝根城的迎賓宴接近尾聲，大家差不多要回家了，這樣明天才能一清早六點鐘就準備好參加節慶，當城堡塔上禮槍響起時。

他很久沒有這樣在夜裡坐著抽菸，沒有罪惡感，而是一股想望從心底升起，好像抵達度假目的地的那一刻，興奮和想家的情緒混在一起，尤其是到達的那個時候還是晚上。他思考著可能性：不去貝根城，直接開到海邊，海岸沿線總有一家小旅館擁有一望無際的藍色視野吧。一個沒有行李的客人，會讓經營者的腦袋忙碌半天，會讓他們再看一次昨日的報紙……但是他並不打算把事情想得這麼美。白天的亮光會讓他這個感覺死去，不管是這裡還是那裡，在貝根城或者是海邊。他不是那種隨興的人，他為即將要閱讀的書做計畫。他考量給母親打電話的這個想法，馬上又丟掉。義務該做的事，他一件都不要做，也不計畫他想做的事，他反正在做。而且他也太累，沒有辦法開夜車。

踱著慢步他回到停車場。幾輛頂上架著自行車或衝浪板的車，散落停著。安全帶後面吊著睡著的孩子，或者父母牽著小手，蹣跚走去廁所，一個女人在哺乳。他的眼光直接落到加油站，幾個男人站在加油機旁呵欠連天，撓後頸，伸展手臂。這幅景象讓他深深感到自己的疲倦，如果理智的話，這時應該要睡幾小時，最糟的情況是睡在往後靠倒的駕駛座上。他走進沒有放音樂，安靜的阿拉加油站商店。看了一眼服務生滿是大便的臉後，他決定往跟腎臟一般形狀櫃台的相反方向，沿著食物飲料領取處，從冰箱裡拿出包好的三明治和一罐啤酒。沒想什麼，但是既然沒有人排隊，他從雜誌架上拿了一本封得非常嚴實的雜誌。付帳時，他的眼光一直盯著各式口香糖和信用卡刷卡機。太可笑了，怎麼心臟會跳得像個中學生。走出來後，他才想到，他也必須加油了。

駛離休息站有一段距離後，他才又找回當初下車時那種感覺：模糊甜美的孤獨感，期待感也有相同的形式——細長同時充滿精力的圓滿。他把雜誌丟在駕駛座旁，聽到康絲坦薇說：有這麼糟嗎？

這麼糟或者這麼美，這麼苦澀或者這麼新，他的日常生活消失在一個藍色的大塑膠袋裡，在垃圾桶裡等著旅途的下一站。「破產清算」這個詞浮現在他的腦海：一個客觀的處理過程，沒有主體的行動。康絲坦薇的背，很奇異的，是他的手指和唇所碰過的最修長、最優雅、皮膚最柔細的女人的背，但是他現在正在遠離她，即使是這件事也讓他覺得……他重新坐上桌子，腳蹺到椅子上，感覺很好，就是感覺很好。懷德曼吃三明治，喝啤酒以及抽菸。好像在一個窄長、禁止進入的儲藏室裡發現一個箱子，找到舊照片、信和雜七雜八的東西：一個被掩埋的純粹個人價值觀王國重新被發現，但是他還是這麼覺得，從自己的生命裡如此快速的逃逸是不太可能的。A二高速公路像是單行道，回頭是無法想像的。他需要他的第四或者第五支香菸了，而且這次他真的嘗到菸味，很香。也就是說：適應只需要一段短暫的時間，在他裡面還有足夠的不一樣的自己，堅韌、處於備戰狀態、甚至德國學術豢養圈內停滯的空氣也無法把他變成木乃伊。至於這個自己他要如何利用，他還不知道，他現在只是很高興有這個不同的自己陪伴。

一輛車駛過來，停在離這兒三個停車格遠的地方。車頭燈熄滅，車裡的燈亮起，父母雙方同時將眼光轉向後座。旅行車的行李廂裡，行李已經堆到車頂。

他很驚訝，爲什麼自己會覺得打電話給康絲坦薇這個想法，竟無比荒謬。

電話響了兩次後，她接了。

「是我。」他說，並向著夜晚吐出一口煙。

「你在哪裡？」

「快到馬格德堡了。」

「才到那裡？」

「車子很多，」他說謊。關於他向機構大樓丟石頭的告別儀式，最好還是別告訴她，不然她會以爲他瘋了。

像快要沉沒的葉子，短暫的先留在水面上，她的話沉到寂靜之下。那輛旅行車駕駛座的門和另一邊的門同時打開，爸爸和媽媽下車，他打開左邊後座的門，她打開右邊的門，時間和動作一絲不差，配合純熟，完全是一家人。直到看見一個孩子被抱著，另一個自己走，所謂模式才變成有生命的畫面。

「你打電話來有事嗎？」

「想聽聽妳的聲音。」

「但是我沒有興趣只是隨便說幾句話。」

「別這麼凶嘛。我坐在休息站，然後就想給妳打電話。我沒有理由要替自己辯解吧！」

兩個孩子中較大的那個，大概是上幼稚園年紀的小女孩，往他的方向跑過來，然後在離他有點距離的地方站定。他招招手，她歪了一下頭，跑回爸爸身邊去。其實，他也沒有興趣爲說話而說話。

「你不覺得在這裡替他換尿布比較好嗎？」太太在車子裡問道。

不覺得，懷德曼想。他不想成爲給孩子清理屎尿的觀察者。他討厭這整個家庭，他更討厭康絲坦薇的沉默。坐在書桌前，她備課的程序被打斷，他聽見背景輕柔的樂音，覺得奇怪，爲什麼自己不想留在那裡，站在她身後，按摩她的肩膀，直到她決定剩下的事明天再做。

「你自己知道，」她終於說。一如往常，她容忍他抹煞一切，容忍他拒絕跟著對話的走勢，讓他不承認他言語上聽來雖然有道理，但是所有的事加在一起看來——前座上的雜誌、他天馬行空的思想、準備好要逃逸——其實是毫無道理的。總而言之，他很少是對的。也許因爲如此，或者因爲他們之間的距離，這次他不再否認。他抗拒的是她的沉默，而不是她的責備。

「十年，甚至比十年更長的時間，我把它當成是個人職志的事，今天……」

「不是今天，」她打斷他：「好幾個月前。」

那個家庭決定要進去休息站的育嬰室換尿布，讓他鬆了一口氣。懷德曼看著他們的背影，爸爸和女兒，媽媽抱著兒子。他從來沒有能夠成功的聯想自己是一個家庭的父親：在孩子床邊給他讀故事書、檢查孩子的功課、計畫孩子的生日慶祝。一家之主鬆弛的肌肉中藏著一些什麼，在他看來這個什麼好像小丑臉上的紅鼻子，或者是寫著爸爸最棒的圍裙；好像眼鏡上濺到的一滴番茄醬。

胡說八道！康絲坦薮對這個想法說。

「幾個月前就知道，好吧，幾個月跟十年比起來，是很短的時間吧。而且，也許我直到今天才真正意識到這件事的確結束了。又或者我直到幾天後，甚至幾個星期後才能意識到。誰知道！」

「你在警告我嗎？」

「我沒有興趣跟妳玩樂觀這一套，妳要求我要有的樂觀心態，我根本沒有。」他也想像婚姻中性生活乾枯的困境：疲倦、有任務性的、每個月一次例行的。只要想到家庭這個關鍵字，他就覺得各種刻板印象都是真的，即使對坎帕豪斯而言，情形完全不是這樣。

「我生氣的僅僅只是，你根本完全拒絕別人的幫助，我已經跟你解釋過多少次了。我很清楚你的理論，女人都有助人情結、婦人之仁。你的有些理論跟你的聰明才智真是不相襯，但是也許在這件事上你是有道理的：你的事業危機變成我們關係的危機，是的，這件事傷我很深……」這句話一出，他倒吸一口氣，她卻繼續說下去：「我們可以一起克服的這個可能性，你根本連考慮都不考慮。在我知道你的工作合約終止了之前，我毫無怨言忍受了你一個月的臉色。之後我給你一些建議，一些有建設性的建議，你又擺一張臭臉，讓我不禁希望，你的學生永遠不會看到你這樣的臉色。」

「這麼晚才告訴妳關於離職的事，對不……」

「是哦，你跟我說對不起了。如果你的對不起是用瓷磚來估算，我都能砌好一間浴室了。當我還是小孩的時候，有一次我跟我媽說：媽媽，我對我之後要做的十件不好的事先跟妳說十次對不起。那時候我不明白她爲什麼沒有接受我的道歉，難道這不是一個很正當而且一開始就很慷慨的建議嗎？」

「我不知道妳在說什麼。」

「我說得很清楚。」

他的電話現在像是一座旋轉太快、壓力過大的活栓。他不後悔打這通電話，只是希望趕快結束。他的確沒有向康絲坦薇尋求幫助，但那不是因爲他太驕傲或者是因爲可笑的男子氣概，而是因爲她提出的辦法無法顧及他的現實。他所遭遇的是整個人生的幻滅，他的人生幻滅了，這不光是有信念、樂觀就能度過難關的小事。她不了解這份對職業的認同，她只能辨識有或者沒有工作。你一樣能做別的工作，她對他說。而這正好就是他們之間思考方式迥異的地方，從這裡開始他們再也回不去彼此的身邊：他不能依樣畫葫蘆去從事別的工作。他也許必須去做別的工作，但是一直到他死的那一天，他都會想，他所選擇的職業——不是因爲野心、也不是方便的一時之選，而是對一件事的執著熱愛——不需要他，他失敗了，他不再是一個歷史學家，不是滿足歷史學家這四個字全面字義的歷史學家。這令他惱怒，該死的！而且他還會再繼續惱怒幾個月，所有的幫助，如果前提是反正工作就只是一個工作罷了，那就不是幫助，而是沒有說出口的挑釁，說他過去十年爲了職業的犧牲是沒有價値的，這十年的奉獻像是把穿舊的外套掛到牆上那麼輕而易舉。

他自己也不能了解的是，把其他所有的一切跟失去的職業一起掛到牆上去的衝動，將他穿舊的人生掛到牆上——不是生理上的，而是心理意義上的人生。而且他漸漸感覺到想要大聲鼓譟的興趣，但是他沒有這麼做，只是嚥下一大口啤酒。把電話拿離耳邊，用另一隻空著的手去抓口袋裡的菸。他沒有興趣在夜間停車場大吵大鬧，在柏林的這些年只把他天生不喜做怪的性格更強化，他不喜歡在地鐵上自言自語、在公園裡引人側目，不喜歡被所謂大都市容忍的變態行為，不論這些行為是真的還是做戲。

「聽起來都很熟悉嘛！」

「的確。」

「那我們今天就到此為止吧。」

「開車小心。」她先掛了。

懷德曼把菸抽完，坐進車裡。雜誌上的封面女郎用眼妝怪異的眼睛瞪著他，嘴巴像繃開的拉鍊一樣咧著，貼著假指甲的手捧著雙峰送到畫面前。他把雜誌翻個面，往車外看：這裡是離馬格德堡不遠的一個休息站，他大概還得開四個小時的車，但是他不想在凌晨兩點按鈴吵醒母親，尤其是她還要早起——她會替他鋪床，然後因為太興奮再也睡不著，而且因為肚子裡的第二瓶啤酒，他也不想再回到高速公路上。他的小腿和肩膀的肌肉還很緊張，後頸更是僵硬。那就睡覺吧，如果能睡著的話，二或三個小時，然後上路，剛好在貝根城市場廣場上的活動展開時到達。

懷德曼把空的啤酒罐放到駕駛座旁的地板上，把駕駛座往後扳倒，接著閉上眼睛。他的尾椎疼痛，明天十五或者二十公里的健行等著他，中間還有一段克萊山的上坡。七年前的踏境節，曾帶著康絲坦薮回貝根城，他現在才想起。

「到這裡來，露西！」他聽見外面父親在喊。露西……他本想根據這個名字想出一首歌，但結果他只是聽著腳步聲和叫聲從車邊經過。媽媽的名字叫安娜，他是從他們商量是否換人駕駛時聽到的。聽父親說話的聲調，可以猜出他是管理階層。每次懷德曼睜開眼睛，車燈便掠過他擋風玻璃的上端。疲倦果決地席捲全身，命令思考停止，指定睡眠前來，不准有異議。旁邊，車門關上的聲音。

那塊石頭，他在想，但是他身下的靠墊已經開始下沉。安娜、露西以及其他人都開走了。在機構裡，人們會對他的名字竊竊私語，如此而已。沒有目擊證人，而且他要去參加踏境節。那塊石頭……接下來會如何，他自己也不知道。無論如何總會繼續，如此或是這般。

胡蜂來了。一開始只有一隻，坐在糕點店玻璃櫥裡面的蛋糕上，然後隨著時間，到了下午便愈聚愈多。到現在，星期一的傍晚，當安妮舒曼收拾賣剩的蛋糕時，她一數，總共有五

隻還貪戀著食物在嗡嗡飛舞，舔著烤盤的邊緣，沿著玻璃尋找糖衣或糖屑。一隻還歪歪倒倒的在切蛋糕的長刀刃邊來來回回。貝根城的夏日來臨，這一年，又是一年。安妮看看時鐘：差一刻就六點了。

下班時刻的夕陽從西邊斜照過來，陰影已經斜到對面龐培格律師事務所窗台之下，窗格後面，她有時候可以看見他的臉，回應他的招手。窗下巴赫街躺臥在五月柔軟斜陽的影子下，黑先生把他的計程車開進院子。安妮舒曼掃了些碎屑到手掌中，捧到垃圾桶上簌簌抖落。將櫃台用濕抹布擦過一遍，中斷，用兩個指頭揉揉腫痛的小腿。往烘焙廚房去的過道上擺著一張椅子，她有時候坐在上面，半處於黑暗中，傾聽樓梯間上面的沉靜，直到店鋪門打開時的鈴鐺響起，把她喚回櫃台後方。但是現在，雖然她的下半身仍然呼喊著急需坐下的訊號，光線卻將她牢牢釘在店裡。有一些……她把抹布放一邊，手在圍裙上擦一擦，有一些……不是非常閃耀的，不是光束，但是某種微笑似乎在這光線之中。幾天之前，今年的早春大雨才落下，昨天天空看起來還像波濤洶湧的大海，今天太陽就露臉，向城市保證：長日漫漫、溫熱的傍晚、烤馬鈴薯的香味以及歡樂的氣氛，踏境節之前充滿活力的夏天。

……踏境節——她點點頭。一定是這個，她想的就是這個。

安妮走到店門口，站在敞開的門前，從巴赫街望出去，越過萊茵街去到從這裡只看得見窄長一角的市場廣場：人行磚道、噴泉的邊緣、城堡藥局的門。那裡也有這樣的光線，在菩提樹的葉子縫隙間戲耍。她閉上眼睛，聽到遠方行進樂隊的吹奏、馬蹄噠噠踩在石磚上、皮鞭爆響，以及幾千個人頭上拉緊的、節慶的、嗡嗡的安靜，早晨空氣裡飄搖的旗幟，都漸漸朝她逼近：空氣膨脹、地板震動，下一秒這些都化成旋風，把她捲入往昔時光中，這些時光像秋天離枝的葉子，飛過她的身邊……

但是在旋風帶走她之前，她張開了眼睛，看著傍晚。在龐培格辦公室之後有一個她在刺眼的反光中只能隱約猜測的動作，同時斜對面黑先生從院子車道出來，扯一扯他的吊帶，有力的點頭回應她的招呼。

「擱是熱天啊！（又是夏天啦！）」她向那邊叫喊，一輛車子開過，空氣又沉澱下來時。

「抹英該要到囉！（也是時候了！）」貝根城居民刀子嘴豆腐心的腔調，又一次情先於理。

黑先生滿意的站在人行道上，觀察來往行人中是否有熟臉孔。兩隻拇指上下搬弄他的吊帶。他站在那裡，安妮心想，好像一個國王忽然不知道他的人民跑到哪裡去了。他用一隻手摸一摸他的光頭，結束他的接見儀式。

安妮緩緩回到店裡，把老舊的、已經快無法辨認出舒曼兩字的圍裙換下來，穿上她取名爲爛布的制服：一件紅色、短短的、有黃色字母的小衣服，夏爾韋伯大賣場的制服。她搖著頭套上，屁股扭動得好像她在鏡子前試穿一件不完全適合她年紀的衣服。有一次夏爾韋伯本人因爲圍裙的事給她打電話，提醒她租約上的條款，告訴她這是他公司統一的標誌，教導她這牽涉到的是識別效果，從此後她便一律身穿這件紅色、黃色、短短的衣物來迎接車身上面印著黃字的紅色送貨車，在早上六點、晚上六點。讓夏爾韋伯的走狗如實報告麵包教父，連桀驁不馴的舒曼分店也乖乖的展示統一的標誌。

千層麵包裡的布丁，過去海力西是親手在爐上攪拌的——她還在生氣自己從來沒有魄力當面告訴夏爾韋伯這一點。

當她再次往外看時，拉爾斯班納從巴赫街走過來，裝電腦的袋子上寫著「訊息」，他將袋子斜揹在肩上，掛在上半身，像幼稚園的小孩揹著他們的早餐袋。像往常一樣他停留在錄影帶店前的櫥窗，看著時鐘，好像他每天都重新考慮：先去麵包店還是先租錄影帶，然後他穿過馬路，消失於她的視野之外幾秒，但是根據對面黑先生擺頭的動作，她可以知道他的行蹤。而當他開門進來時，她手上已經拿著有黃字的紅色紙袋，裡面裝好了兩個全麥麵包和一個堅果三角麵包。

「日安，舒曼太太！」他總是這麼說，雖然他們之間已經不需要使用敬稱。

「日安，拉爾斯。一樣的，是吧？」

「一樣的，如果還有咖啡的話……」

她把咖啡杯放在櫃台上，看著他如何把眼鏡取下來，用毛衣的袖緣去擦拭，眼睛全瞇起來的樣子，很想笑，跟他還是孩子時的動作一模一樣。仍然是那張長著雀斑稚嫩的臉，稻草般金黃的頭髮，半生半熟的動作，好像活了三十二年還沒有成功的成為大人。幾乎每兩個月她就要跟他講他小時候有一次穿著短褲和長襪到麵包店來，想買「堅果三角麵包切一半以後比較大的那一半」。

「貝根城有什麼新鮮事呀？」她問。

「新鮮事？這裡？」他轉一轉眼球，吹一吹咖啡的熱氣。

「踏境節要到了。」

「踏境節……」

「我看著你就知道，一定有什麼新鮮事。」她跟他說話時用標準德語，或者貝根城人所以爲的標準德語。自從上次歷史講座之後，她就知道，貝根城人的舌頭比較懶，喜歡比較容易說出口的字母，不喜歡t、p、k費力的氣音，偏愛d、b、g這種鈍音。自從她有了這個知識後，她也聽得出鄉音和標準德語的區別。有一個馬格德堡大學來的教授做了一個關於這塊地區有些什麼個別發音習慣的演說，他當時用了一個詞，這個詞從此長駐安妮腦海之中，再也揮不去：標準德語範圍中輔音的衰弱。這個詞聽起來，她覺得好像是人的老化現象，但也在年輕人身上出現。因此，她覺得很奇怪，爲什麼貝根城人說話的習慣被認爲是建立在衰退上。哪裡的衰退呢？

此外，她並沒有在拉爾斯班納身上看出有什麼新鮮事，只不過一向是這麼跟他說話的。

「貝根城還是貝根城，只不過七年一次又唱又笑。」他說。

「可不是嗎，這就是獨一無二的地方。」而不是貝根城人平常說的「**賭一午餓**」。她再一次用抹布擦抹早已經清潔溜溜的櫃台。關門之前最後一個小時的時光緩緩流過，時間好像在這蜂蜜顏色般的黃昏中陷入沉思。

「等著看吧，誰最有希望得到大位。」

「現在還有人還沒去選嗎？」

他不慌不忙，再攪拌一下咖啡，他凝視他的咖啡好像黑先生剛剛在那邊凝視子民一般。

「有些組裡還少一人或兩人或者誰誰誰。一向如此，大家都只想……」他用右手將看不見的啤酒杯朝咽喉灌飲。「但是事情沒人要做。」

「那麼你呢？」

「寫文宣，像上次一樣，據說還要和別人一起合作架設網頁。太多我也做不來，我的一天也只有二十五個小時。」他拍拍他的電腦，嘴巴不滿的嘟起來，完全還是那時候的樣子，當海力西問他，他是不是願意多付一馬克給比較大的那一半堅果三角麵包時。

她沒有再像以前一樣摸摸他的頭，而是把切蛋糕的長刃從裝滿水的桶子裡拿出來，放進身後的水槽裡。一隻胡蜂黏在麵包刀木製的柄上，已經死了。她髖部的刺痛感已轉成麻痺的感覺。她剛想問拉爾斯班納一篇她早上在《訊使》裡讀到的文章時，她身後店門上的鈴鐺響了，她一轉身，看見她的外甥站在櫃台前面對她微笑。

「看哪！」她大喊：「真是一個大驚喜！」

他踩著輕輕的腳步走進來，招呼道：「妳看起來氣色真好，阿姨！」

他的眼光真的讓她有一刻感覺無所遁形，只能在這張可笑的圍裙上尷尬的擦擦手，當她繞過櫃台走出來，必須踮起腳尖才親得到他的臉頰時。

「日安，懷德曼先生。」拉爾斯班納說。

而且他聞起來很讓人陶醉，是個大千世界裡的男人，而不是貝根城的土味。

「你好嗎？親愛的。你要喝杯咖啡嗎？」

湯馬斯手上玩著鑰匙，頭轉向左邊一下，但是他好像沒有看見拉爾斯班納。雖然外面氣溫頗高，他還是在襯衫外面穿著西裝外套，安靜的朝著她的方向微笑。貝根城裡有些人認爲她的外甥自認高人一等。在她面前，沒有人敢這麼說，但是她還是知道。她抗議似的搖搖頭，把一杯咖啡和牛奶壺放到他面前的櫃台上。他沉默寡言，有時候說話時也不看著對方的眼睛，好像並不在意，茶匙只拿最細的那一截，手指永遠乾乾淨淨，但是……還是太沉默。

他的沉默讓她有些害怕，所以她就說話了，反正她剛才本來也要問拉爾斯班納：

「在《訊使》我讀到……我今天在《訊使》讀到，甚至有澳洲人要來參加我們的踏境節。你爸爸寫的，拉爾斯，這篇文章。很早以前他們在市場廣場上有一家洗衣店是葛萊曼家的，他們現在叫做……歌樂曼什麼的，住在澳洲，就是他們家族中的某人，他要帶著全家來參加踏境。你爸爸是從哪裡得到這樣的消息？」

「他應該有**調雜**（調查）**過吧**。誰從哪裡來，從很遠的地方來，**則壓死後駔**（什麼時候住）在貝根城。應該會連載，每星期一刊登。」

「文章裡根本沒有提到洗衣店啊！只有一九七九年的時候，在花園山一個葛萊曼成爲第二領袖，但是他沒有到澳洲去啊！一定不是他，他還是教堂裡唱詩班的呢，一定是他的兒子。而且這不是很奇怪嗎？他們忽然改稱另一個姓氏，是不是？我是說，結婚當然不算。對吧？再來點咖啡？」

「妳連一滴都還沒有倒給我。」湯馬斯說。

「我沒有……唉，孩子啊，你一直坐在空杯子面前，怎麼不說一聲？對不起，對不起！」她急急的給他斟滿，再檢查一次所有的器具，蛋糕刀、麵包刀等等，是否都清理完畢，擺在位置上。她遺忘的次數愈來愈多，愈來愈無法避免——兩個星期前據說她忘了關店裡的燈，直到晚上十點計程車司機黑先生打電話來問，夏爾韋伯是不是有新規定，夜晚燈要亮著？她把水桶從容器裡拿出來，在水龍頭下開始洗起來。隔天總共有三個顧客向她問起這件事，誰知道還有多少人注意到。

「下個星期要開始報導的素移民到米國去的然（是移民到美國去的人）。」拉爾斯班納說：「然也很都哦（人也很多哦）！」

「到美國去了？從貝根城？」她從肩膀上往後傳話，忽然疲倦的感覺從脊背悄悄爬升，肩膀僵硬，逼得她將手肘連同菜瓜布都斗倚在洗手台旁。

「很早以前的事囉。」

她轉過身來，等著背脊的疼痛消失。痲痺、僵硬、刺痛——總是從臀部開始，往各個方向擴展，工作時數愈長，擴散得愈廣。

「對了，」她對外甥說：「你要帶一點東西明天吃嗎？奶酥屑蛋糕應該好幾天不會壞。」

「你要我幫你拿椅子出來嗎？」

「不用，不用。麵包呢？你要麵包嗎？」

「謝謝，阿姨，我被照顧得很好了。」

你才沒有呢，安妮想，她用誰都能聽見的聲音吸一口氣，吐出來，然後還是推給他半條多穀麵包。見鬼了，照顧你的人是誰，拜託？

外面陰影又上升了一點，黑先生從窗戶裡縮回去了。鄰居擦身而過時，互相招呼著。以前這個時候，她和海力西一起站在店門口，跟巴赫街來來回回的熟人高談闊論。店鋪關門前半小時，幾乎沒什麼客人的時候，海力西總是違背醫囑，抽一支下班菸。這時的光線讓她想起往事，自從他死後這些年，她沒有停止過跟他說話，晚上睡覺前，或者店裡剛好沒有顧客的時候；甚至念報紙給他聽，跟他報告選舉和準備活動，抱怨她的腰疼。而且她不知道八月時是不是一星期三次能辦到……猛地她從自己的世界醒來。龐培格的車從車道上消失了，很快的夏爾韋伯的許多貨車中的一輛會開來，很早以前海力西就已經稱這些貨車是棺材車，好像他對即將發生的事早有預感。牆上的鐘指著六點差一刻。

「那麼，」她對著拉爾斯班納的方向說：「我馬上要關門了。」一整張烤盤的奶酥屑蛋糕、杏仁片蜂蜜蛋糕、布丁麵包及辮子麵包都堆在櫃台前的架子上。星期一人們買的是麵包，不是蛋糕。她切下兩塊沒有包餡的杏仁片蜂蜜蛋糕，包到袋子裡，放到湯馬斯櫃台上的咖啡杯旁邊。

「我是你阿姨。」她板著臉說。

他透過沒有鏡框的眼鏡，看到安妮的頭上形成的老問題成形，已經問過一百次了：這怎麼有可能，這樣一個人……這樣一個友善的、會念書的人，這麼一個錢多的、假期多的、有養老金的職業，簡直無法想像。

「妳坐下休息幾分鐘吧。」湯馬斯說。

「你一定忙到連買菜的時間都沒有。」她喃喃的說。那時候康絲坦薇，自從——她努力打聽，但是連謠言都沒有。這些年來她經常跟顧客聊天時，把話題引到這個方向，但是都沒有什麼消息，沒有人知道什麼。在學校裡他有同事啊，不可能每個人都是死會了吧？她不太記得康絲坦薇了，踏境節時她來過一次，一個好姑娘，有點太能幹，不過，大都會來的小姐不都如此。這樣的小姐會讓人想念一輩子嗎？

「安妮阿姨？」他一手拿著椅子站在她身邊。

「金的很感心（真的很感謝）……」她想拒絕他，但是他的手搭在她肩上，溫柔而果決——

——而且他一定已經知道，她在想什麼。

「等會兒貨車來的時候，我幫妳搬。」

「車子應該馬上來了。」

他點點頭，放下椅子。她太想問他，當時到底爲什麼會變成這樣。他怎麼會突然回到貝根城，開始在高中教書。沒有人理解，茵格麗也不知道爲什麼。安妮，他雖然是我兒子，但是我一點都不清楚他在想什麼。他從那時起沒有女朋友，至少沒有介紹給她認識。七年了！

也許這是一個無解的謎，但是沒有人能責備她想要尋找謎底。她勇敢的試過各種可能性，其中有一些她也沒想到自己居然這麼大膽。睡覺前她祈禱，希望她所猜測的不會是真的。

「那麼，我先走了。」拉爾斯班納說，並且在櫃台上放下兩歐元。

「跟你爸媽問好，」她說：「跟你爸說，那篇報導真是好。」

「也跟他說，布里斯本的本是課本的本。」

「湯馬斯！」她搖頭，好像對一個多嘴的孩子感到尷尬，然後張望了一下外面。但是人行道上是空的，夏爾韋伯的送貨車似乎遲到了。

結果沒有人幫她。胡說，是海力西對她遲疑的想法唯一能想到的說詞，在她說出無法說出口的事時。也就是，間接的說：他的手總是養護得乾乾淨淨，例如說，刮鬍水和無框眼鏡。這些當然討女人喜歡，但是這也是她所懷疑的，因爲他身邊就是沒有女人。

「懷德曼先生，我想請問您教的班級是不是十年級B班？」拉爾斯班納在門口又轉過身來，看著她的外甥。

「是我教的班級之一。」他擺弄著小東西，說話時並沒有轉身。哦，她面對茵格麗時，完全沒有暗示任何事，只是根據所有她能得到的客觀資訊，自己暗忖著：世界會改變，這種事會發生。如果謠言是真的，貝根城裡現在有三個……她不想知道名字，自己也不參與謠言的散播，但是她一樣無法禁止她的顧客談論這些。她是個開店的女人，對顧客是有責任的。最終安妮還是得知名單，對分散注意力的效果可想而知，所以她趕快把注意力集中到下午還有貨要訂，但是她忘記把品名記下來的那種感覺。

「史奈德家三條法國麵包，」她喃喃自語，但是這一條早已在貨單上。

「最近聽說的事真是形形色色，什麼都有。」拉爾斯班納說：「但是有件事還真是不尋常。」

「哪件？」

「就是中學生……勒索保護費的事。」

她抬起目光，看著她的外甥，希望他說：胡說，有人的想像力太豐富。安妮同意的點頭，回憶起海力西總是說：老太太愛無事生非。如果真是這樣，沒有人會比她更高興。

實際現實裡他卻說：

「拉爾斯，親愛的，這關你什麼事？」

「如果**偶們**的中學裡有恐嚇勒索保護費的事，我相信，所有貝根城人都會覺得這是他們的事。那麼報紙上寫的，就是正確的警告。」拉爾斯的手指透過窗玻璃指向街對面。「我們這個明星律師的兒子，我聽說，就是其中之一。」

「丹尼爾・龐培格？」安妮舒曼驚訝得用一隻手掩住嘴巴，很快地她又冷靜下來。龐培格當然不是她聽來的名字之一。關於這一點尤根龐培格毫無嫌疑，不只是因爲他有一個兒子，不是，他還是那個把拉爾斯班納的安德蕾雅搶走的人。但是這兩個男人在她的店裡忽然莫名其妙的反目，即使她的外甥基本上一直沒回頭，而且說出每一句話前都看看她，好像對她說：鬧著玩的，別擔心。

「聽著，」湯馬斯現在說，而安妮可以想像，他站在收銀台前，用沉靜的、堅定的聲音說……其實這樣的男性嗓音不就是一個強有力的證明，她很可以停止這種讓她睡前還要喝一杯助眠的杜松子酒的胡思亂想，有時候連海力西的份一起喝。他現在說話的語氣多麼堅定有力：「和其他的中學一樣，我們學校裡的學生有時候也會起爭執。有時候低年級的學生跟高年級的學生之間會有問題——這些問題老師會處理，有時候學校督導會處理。但是如果你相信可以利用這種事來報復」——像拉爾斯先前做的一樣，湯馬斯也指向窗外——「我們的『明星律師』，那麼你的職業想像力就太富冒險性了，還是寫射擊俱樂部和黃金婚禮吧！」

「有恐嚇的事發生，是或不是？」

「不是，沒有。」

「這不是很清楚嗎？再見，安妮。」

「再見，拉爾斯。問候你的父母，好嗎？」

「我會的。」然後他走出門。半個小時以後，她的外甥也離開了，安妮關上店門。像往常一樣，他拒絕了上樓去客廳喝杯咖啡的邀請。她用手背拭拭眼睛，在她經過店鋪和老舊烘焙間的小過道時。她該問他嗎？有可能他會做出這種傷害她的事嗎？樓梯間掛著裱框的照片，安妮的安排是，年代最早的照片掛在最下端：她出生前的家庭照、她和茵格麗小時候穿著星期日上教堂的洋裝，然後是在市立教堂舉行的堅信禮。就這樣階梯一級一級上去：婚禮、海力西受頒麵包師證書（很難看出來他在兩個場合穿的是同一套西裝）、外甥和外甥女的照片。湯馬斯懷德曼抱著書包第一天上學，頂著太長的頭髮，最後是捧著博士畢業證書，臉上一副不情願的表情。當然還有踏境的照片：先是黑白的，然後是彩色的，市場廣場上佈陣，然後慶祝勝利的早餐。所有的事物隨著歲月愈來愈豐腴盛大。海力西身穿踏境黑人制服的照片貼滿三樓，一大堆親戚和熟人在踏境節被他拋起再接住的照片。開心的笑臉，黝黑的臉頰。只剩下通往閣樓的樓梯間還有空位留給即將來臨的踏境節——如果奇蹟出現，上帝回應了她的禱告：湯馬斯婚禮的照片也會上榜。

04

她站在飯廳，不知道她比較討厭的是什麼：屋裡的沉寂還是她竭力的傾聽。深廣的安靜，四壁無語，這份寂靜中甚至沒有暖氣管和水管的唧唧聲。外面傍晚看起來早就像深夜。她坐在客廳裡，翻閱女性雜誌，直到她母親穿著浴袍走進來，拄著拐杖，假牙已經拿下來，跟她說晚安。

——晚安，媽。

——什麼？

——晚——安。

——百葉窗都放下了嗎？

——都放下了。

——頭又痛了，我……

——妳躺一躺就好了。

十秒後她轉頭看門那一邊，視線跟母親撞個正著，再說了一次晚安，然後又再一次。

最後她站起來，走到廚房，卻不知道她到廚房來做什麼。現在她站在飯廳，努力回想，她在客廳最後讀了什麼，對這個她也沒有記憶了。所有的事都不見了，只剩太陽穴裡嗡嗡作響，還有不安的沉靜。她在傾聽嗎？整天她都想理出一個頭緒來。而現在她反而比在花園工作更累，就爲了這白費力氣的思考。丹尼爾的房間一絲聲響都沒有傳出來，她在廚房裡洗了手，給他的班級導師打電話這個主意她打算放棄，或者延後，她必須先跟丹尼爾談談。家裡也沒有止痛藥了，她打開冰箱，把那一瓶香檳拿出來，看著自己站在廚房窗戶前，靠著流理台，雙手捧著香檳。麥利西家那一扇大窗戶後面已經一片漆黑。下午時丹尼爾短暫的出現在露台上，她在下面花圃裡看見他吃一片麵包，啃一塊冷雞肉，沉浸在自己的世界裡，眼睛裡透露著：別靠近我。她甚至不知道他是否注意到她在花叢間。

餐桌上擺的紫羅蘭，魅力失去許多。安妮妲的電話還沒打來，如果打來了，她的生日就算是過去了。

他是其中一人，尤根說。低年級的學生被推拉、恐嚇，幾塊歐元的主人也換了。這算勒索嗎？對尤根來說，很明顯是，但是他就喜歡給事情一個精確的法律名詞。是她的話，她根本不知道這種事該叫什麼名字，所以她在花圃瘋狂的工作，有時停下來問自己，安德蕾雅懷孕的消息到底傷她到什麼地步。該強調的是懷孕的消息，而不是它所帶來經濟上的後果。正式答案是，不是太大。還好有其他的事更讓她煩心。但是現在是晚上，當別的地方還有人在考慮新生兒的名字，笑著提出又放棄地篩選時，這整座房子只讓她覺得破落不堪，既空虛又昏濁。

凱絲汀打開香檳瓶包著瓶塞的錫箔紙，強把笑聲吞下，因為她想起，安妮妲從不說乾杯或祝你健康，而總是說：酒精不是解決的辦法。她把錫箔紙直接丟到水槽裡。她的手指握了整天的鏟子很痠痛，她的背因為整天弓著很痠痛，她的肩膀因為拉扯木柄很痠痛。冰涼的玻璃讓手掌覺得很舒服，但是這一刻，這是唯一一件舒服的事了，而自憐也不是解決問題的辦法。

啵！

祝妳生日快樂，她想，然後直接從瓶子喝下第一口，在她在櫥子裡找到兩個杯子之前。去找可怕大王丹尼爾談話之前，先喝酒壯膽？一時她站在廚房，真想把瓶子甩出關著的窗戶，甩出她的廚房，甩進麥利西家的浴室，透過兩扇打破的玻璃跟麥利西太太對視。麥利西太太會搖頭：先是讓鄰居的籬笆像雜草一樣亂竄，現在她又把香檳扔進來。賀曼，來一下好嗎？

再一次她將嘴靠近瓶口。

撫平自己的怒氣是很難的，尤其她是在恨和其他的感覺間來回徘徊。他完全沒有改變（每次見到他時，她都這麼想），外表沒有，其他方面也沒有：還是渾身充滿自信的氣息，很短的一段時間她著實違背自己的意願喜歡過他，而且她知道這只是環境下特殊的產物。有一次她對他說：你適合這裡，這個地方好像是為你而建的；但是其實剛好相反，是這個地方創造了他，把他變成是他。她只是很難不承認，她從不認為吸引了她的，是他的直率和透明。甚至他的一點點自戀，她都曾經喜歡過，只要他對穩定和真正的和諧做出貢獻。他具有同時令人豔羨和令人厭惡的天分，總是以自我為中心，不需要任何理由。一個男人，一句話，頂天立地，有屌有膽識。說話算話，沒有第二句話。

換一句話說：混蛋一個，她對自己說。讓另一個女人懷孕，雖然是年輕的，對不起，可惜是笨女人，而且正好在法律改變時的護航下。這一定會被判是在合理的範圍內，或者是可容許的「法律漏洞」。聽起來很官僚，卻的確分毫不差：剛好在界線的裡面，而且也是在這樣的漏洞裡，她辛苦熬了多年。她只是沒有想到，這個漏洞也可以是她的好處，因爲感覺並不是如此。吃不飽餓不死，如此而已。滿意程度有漏洞，並且她也經歷了一次或兩次絕望的邊緣，但是大體來說，還可以忍受。現在這一切也即將隨著立法通過而成爲過去。

普萊斯太太送的香檳很冰涼，而且有些太甜，所以這瓶香檳跟送它的人有點像。凱絲汀抬頭看時間，如果她不想冒險被安妮姐祝賀生日的電話，打斷她跟丹尼爾的談話，她必須馬上去找丹尼爾。香檳杯就先放在桌上，從櫥子裡拿出兩個本來是芥末罐的杯子，她走下樓梯。在狹窄的地下室過道裡，只有從丹尼爾房門下透出來的一線光亮，以及跟著她下來的廚房慘白的光線，她站定，再徒勞的傾聽一次。沒有音樂，也沒有其他聲響。

她用瓶頸小心的敲著門。

沒有回應。

「如果你不說出去，我就舉著雙手進來。」一個以前覺得好笑的笑話。

沉默。

她用手肘壓開門把，先是背對著房間進門，轉身之前，她已經感覺到他的目光：他躺在床上，手臂枕在頭下，腳上還穿著鞋。一個犯人在他的牢房裡。Buffalo的字樣印在他的T恤上。她的眼光很快掃過他的臉，然後迷失在這個空空如也的房間裡。在這個他雙臂一伸展幾乎就是全部長度的房間裡，他從沒有安頓下來，沒有貼海報，書沒有從搬家的紙箱裡拿出來，只有他的望遠鏡站在窗下，積滿塵埃。

她花了好大的力氣才能將門關上，完成從房門到達書桌這兩步路程，將酒瓶和杯子放到桌上一疊她早上才拿進來的T恤旁邊。這間房間像說：我過得不好，僅此而已。它沒有說：請幫助我。

「我請你喝一杯酒。」

「生日快樂！」他的眼光並沒有跟隨她，單單只是將雙臂像燭台一樣舉上空中，她將酒杯塞進他的手中。

「這不算。」

「什麼不算？」

「沒有看著我的眼睛，這種祝福不算。」

「乾杯。」他抬起頭，剛剛好就是下唇可以碰到杯子的程度，啜了一口，然後把杯子放在胸膛上。

酒精不是解決的辦法，她想說，但是她的嘴唇忽然抖得很厲害。

以前的家具，上面有些圖案，綠色調的，堆在角落。她沒說什麼。她不想幫他好過一些，也不想讓他更難過。她只希望他能自動開口，同時她也知道，一旦落入沉默，她是拗不過他的。早就沒有辦法。她在書桌前的椅子坐下，身體向前傾，看著她自己在門上的影子，試著追隨丹尼爾的眼光。房間角落有一攤濕跡，角落後面，暗夜壓迫著窗戶，栗樹和車庫的門中間一大團的黑。

「我們可以買一個音樂光碟播放器。」她說：「一個攜帶式的——改變一下。」

「我沒有音樂光碟。」

「那我們也買一些光碟，或者燒錄一些。」

他點頭，將兩隻球鞋足尖啪的併在一起。

「不過最近這是犯法的行為了，盜錄會因為侵害別人的權利而進監獄。」他躺在床上，僵直沒有反應，他的身體對床墊來說幾乎已經太大了，對他自己而言也是。

「妳以前的笑話比較好笑。」

「真的——什麼時候？」

長時間單獨一人待在房裡，空氣變得窒悶。有那麼一秒的時間，她可以理解，尤根為什麼乾脆賞他一巴掌，但是下一秒她又問自己，她的兒子在這無動於衷的面具底下，像石頭般冷硬的把流血的鼻子呈給他的媽媽看，他是否感到某種施虐的快感。在湯米艾德勒面前，他是否也戴著這副面具。

你不能再保護他了，或者類似的。

可是她連在他面前保護自己都沒有成功。香檳在她手中漸漸變暖，而且喉嚨裡嘗到一絲胃酸。雖然丹尼爾一個星期跟她住，另一個星期跟尤根住，她一直相信，他們兩人合作無間，而這個團隊精神建立在共同敵對海恩博克派別上。但是這個房間——而且她早就該察覺到——並不支持這個理論，他不把鹿坡當作他的家，如果他不把這兒當家，他又怎麼可能會希望是母子關係裡的一分子？這些年來純粹是她自己一廂情願的想像，而且當她行走在這個只是夢境的世界裡時，不是第一次懷疑它的確定性。這個躺在床上的傢伙一定是獨行俠，從裡到外。

她很想知道，他是不是知道安德蕾雅懷孕的事，也想從他口中聽到酸刻的評語，但是她不會問的——基於一種完全沒有必要的，想保持距離的感覺。

「要我走嗎？」

他聳聳肩。

她喝乾了杯子裡剩下的酒，站起來。她覺得很不舒服，好像某處有幾千雙眼睛正瞪著她，問她：妳站在這裡做什麼？

「或遲或早你總是要解釋的。」她說：「你相信你做得到嗎？」

「什麼事情都能被解釋。」

「我問的是，你辦得到嗎？」她站在床前，現在她看出來他是故意不看她的。他什麼都看見了，就是不用眼睛看。他有一對漂亮的眼睛，從他還是孩子時就很漂亮，現在還是。

「不要這樣瞪著我。」他說。

「學校裡到底發生了什麼事？」

「學校裡發生討厭的事，學校裡發生可惡的事。」

「換句話說，什麼可惡的事？」手裡拿著酒瓶，她站在他面前好像一個酒鬼。他轉身，用背對著她。

「妳以前的相好不是什麼都告訴妳了，妳還想知道什麼？」

她對這個已經有太多經驗了，但是她仍不了解：這種衝動，把所有的字眼都磨成銳角，每一句話都變成武器，去傷害自己，傷害她，傷害所有的人。這只是青春期，還是失敗的婚姻所造成的結果，丹尼爾變成一把錯用的刀？想到就覺得很奇怪，丹尼爾有一次對她說，我什麼時候應該住在哪裡，居然寫在一張契約裡面。這還是不久以前的事。爲什麼會奇怪，她反問，明明知道，這太明顯，每一個問題都是多餘的，而她也許只是想給他一個機會，讓他接下來的幾句話更精準的，只有自己的孩子辦得到的，一舉刺進她的心：因爲在上面簽名的人從來不是**我**。這是存在於他和他父親之間的不同：當他想傷害她時，有時候會射不準，他的語句沒有這種毒藥般的尖刺，他憤怒的時候，語言還是貝根城式的慢條斯理。但丹尼爾不同：可惜，我偏偏是一個人，要不然你們也可以把我分了。

「我想聽你說。」

「我不相信妳想聽，反正剛好——因爲我也不想說。」

她已經感覺到，事情正朝一發不可收拾的方向發展。因爲他已經在崩潰的邊緣，像她一樣，他今天的日子沒有比她好過多少。現在他們相遇在狹窄的峰稜上，她擋著他的路，他擋著她的，每一句話都是一個小推擠。她又希望此刻電話響起，可以結束這一切，又很堅決，她不要當那個先讓步的人。也許是因爲酒精，也許是因爲下午的怒火仍在她心裡面煎熬，也許因爲這是她見鬼的四十四歲生日。

「我要聽，你說，馬上！」

慢慢的，他轉過身來，而她不記得她什麼時候曾經在他臉上看見這麼多的辛辣。

「來啊，妳也打我一巴掌好了，如果妳想的話。」

她更覺得驚訝的，不是他說的話，而是她真的有想打他一巴掌的慾望：把他臉上這種令人憎惡的悻悻然打掉。她緊緊抓住酒瓶。他的目光閃爍，躺在那裡像受了槍傷，身體扭曲，一半勝利一半好像已經死亡。

「那就算了。」她的聲音堅硬，沒有高低，像一塊脆脆的木頭。她拿起桌上的破璃杯，這次他的目光從床上尾隨著她。像一個嬰兒的目光，像一個罪犯的目光，好像在說：看看我的眼睛，妳就明白了。但是她不想再繼續下去了，慢慢的她往門那邊走去，不是在等他開口，就只是慢。不再回頭，不向裡面也不向外面，也不向樓梯，而是進廚房，將香檳倒進水槽。

她把空瓶子放在垃圾桶邊，宣布生日正式結束。從冰箱裡拿出一塊奶酪，想平撫嘴裡那種乾澀的滋味。然後抱著雙臂，靠著櫥子，她站在那裡，徹底的空虛，她幾乎要覺得舒服了。

九點。殺時間是她從來不太理解的詞——它不是比較是緩慢的扼絞嗎？而劊子手具有技術的藝術其實並不是撐過幾分鐘、幾小時，而是幾年。只爲了事後才去追問，這些歲月都到哪裡去了。但是在這件事上，這不是個問題，因爲丹尼爾的眼光不會讓人誤解。十六年來她唯一所做的事便是去愛她的兒子，結果是如此清冷。

很少像現在一樣她感激電話鈴響起，跟安妮妲她雖然不能談心事，但是當她聽她的朋友報告她的情人、珠寶首飾和昂貴的旅行時，至少可以忘記眼前的不愉快。

「維納。」她這句話講得有點像她們以前說「親愛的」的時候，共同的聲調。

「晚安，」一個陌生的男聲回答：「懷德曼，我是您兒子的班級導師。」

「哦，我是說：晚安。」

「不好意思，這麼晚了我還打電話。」

「不會。我在……」困惑，驚訝，不是完全在狀況內，而且已經四十四歲了。她不知道如何把這個句子講完，乾脆直接把它晾在那裡。從飯桌邊拖了一把椅子過來，她坐下。

爲什麼她現在偏偏還得和懷德曼談話？

「我想，您可能已經知道，我爲什麼打電話來。」

「是的，我知道。」她說：「但只是大概猜想的。」

「大概，到目前我們也只知道這麼多。可以請教，丹尼爾現在還好嗎？」

「他不說話。」

「他常常如此，不是嗎？」

「是的。」她不知道，跟懷德曼談她的兒子，她能夠有多少禮貌和義務自覺。兩個星期前在五月樹豎立節時，他們交談了一會兒，談話時她無法將他想尋找些什麼的印象從腦中抹去，但是這個什麼是什麼，她還是不清楚。也許當時他就已經知道學校裡發生的事，所以她事後覺得他對丹尼爾在學校成績的稱讚感到懷疑。雖然並不是指他說謊話，可是也不是完全正確。

丹尼爾有一次跟她說，懷德曼是一個馬屁精，但是每個人都有可能是馬屁精，只要他們有剛好是十六歲小孩不懂的好感或關心。她自己則認爲他是一個和她年紀差不多、高大、衣著得體的男人，有著令人覺得安適的低沉嗓音，而且跟這裡的鄉音旋律比起來，他的語言要優美得多。單身，就她所知，無論如何那時候是，現在應該還是，也許因此不免被貼上標籤。他的句子尾巴是開著的，不調情，從不模稜兩可，在五月樹廣場上，他絲毫沒有影射上回的踏境，但是他說起話來和鹿坡男性社會裡那些在家吃飯的男人完全不同。她想不起來有什麼例子可舉，也許也是因爲反正知道，所以才會注意這些。

「我可以請問，您還好嗎？」他咬住不放。

馬屁精，她不禁想。在這一點上，她和兒子其實很像：陌生人的關切總是讓他們不禁想譏刺幾句，好像全世界裡，她是唯一有執照可以關懷凱絲汀・維納前夫姓龐培格的人，好像別人都自動犯了多管閒事的天條，所以她不自主有著挑高的眉毛和往下扯的嘴，面對這副表情，比如說她的前夫，已經不只一次搖頭嘆息。

「您當然可以問，但是答案您自己也知道。」如果他現在說，他想聽她自己說，因爲畢竟和她有過一段，那她非得把他三振了。

「是啊！」他說：「是丹尼爾的話，我想跟您保證，我很喜歡他。他是一個可愛的傢伙，比較安靜，但是非常聰明。我無法不去想，這可能是問題的一部分。我的意思是，他的聰明他自己還不完全知道，他的智力發展跑在他自己的意識之前。」

她很感激他的諒解——雖然如此：

「他犯的事，看起來不像是太過聰明的表現，不是嗎？」

「我也不是這個意思。那我們就不要用聰明這個詞，我想，他所理解的，比他應該理解的和能夠消化的還要多。這令他感到不安，並且讓他失去平衡。」

「爲什麼他做出讓他更失去平衡的事呢？」

「爲什麼他做出讓他感覺比原來的自己強壯，比原來的自己有自信的事。此外，您不必認爲有義務與我討論這件事。提供您談話的機會，是我的義務。」

「我知道，謝謝！」

「而且，分析您的兒子或者是做這類的事，也不是我的工作。只是，我狼狽的是，因爲我是導師，當然被期待應該提早發現這種事情，並且加以禁止。」

「是。」他希望她爲了兒子所做的事道歉嗎？

她聽到地下室傳來門響，不知道是開還是關，不知道丹尼爾是開始還是已經結束偷聽他們的談話。而且她無法壓下那種覺得懷德曼對理解她兒子的努力，還不如想在她面前求表現的感覺，給她看他有多理解她兒子的需求。

「您還在聽嗎？」他問。

「我還在聽，只是有些不知道該怎麼對待您的——您自己所說的——狼狽，這一切我直到今天才知道。」

「天哪，我絕不是想用自己的問題麻煩您。不是的，我要說的是：也許您已經知道，您的前夫今天跟格拉寧斯尼談過，我的第一個問題是，您是否也要求安排一場談話，讓您了解，學校這一方對這件事的看法，以及接下來的處理方式。」

「這是某種傳喚的邀請嗎？」

「您可以這麼說，但是決定權在您。不管怎麼說，我想請您將學校的邀請訂在家長會那一天。您收到家長會的通知了嗎？」

「收到了。」她說謊。

「如果您願意的話，我們在那之前先見面也是可能的，而且也不一定要在學校，我想了解一些事。關於丹尼爾，我有個想法，除了心理不太平衡以外，也許還有別的原因導致他的行爲。」

「那是？」

「我不太想在電話中談論這個。」他比較想要溫柔的看著她的眼睛，充滿諒解的說：我曾經安慰過妳。她想嘲弄的衝動又來了，但是，第一，她的合作是應該被重視的；第二，她不願意她的前夫在這件事上被特別授權；第三，她需要談話的對象，隨便跟誰都好，她無法再過一天又一天、再來一天像今天這樣的日子，拱著背埋頭在花園裡又鏟又耙，完全不知道兒子到底怎麼了。

「了解。」她說。下面又傳來一聲門響，拖在地上的腳步聲往樓梯移動，走上樓來。

「您的建議是？」

「我可以配合您。如果您願意，我可以去拜訪您。如果您哪天下午有時間到學校來，我們在校內也可以找到地方談話。如果您比較願意去鹿坡散個步……」

丹尼爾的臉從走廊地板上漸漸冒出，夾在樓梯欄杆的中間。他現在是另一種表情，漠不關心，無動於衷。當他不想表現出他覺得談論的題目很可能是關於他時，尤其是敏感的題目，這種表情就會出現。

我觀察我的兒子好像觀察一隻情緒化的公貓，她想。懷德曼剛剛說「散步」嗎？

「請讓我考慮考慮。」

「很遺憾我還有一件事要跟您說，這件事雖然不是我的責任，但是，我相信您恐怕躲不過。您認識拉爾斯班納吧？」

「認識。」她回答得快又短，好像在吐毒藥。

丹尼爾看了她一眼，好像在說：別介意，我就是要打擾。

「我今天在城裡偶然遇到他。他向我探問學校裡發生的事，很明顯他好像已經知道，不過他知道的只是大概。請別問我他是從何得知，在鄉下沒什麼像這類跟誰都無關的謠言傳得更快了。」

「請繼續。」她聽到丹尼爾在廚房裡翻箱倒櫃。

「我不知道他有什麼企圖。這個拉爾斯班納頭腦簡單到家，我覺得。現在他可能相信，如果他採用這個故事，並且替這件事裡的受害者湯米艾德勒說話，那麼他……您了解我的意思嗎？大家都知道，他不喜歡您的前夫。」

歡迎到貝根城來！每個人都互相認識，每件事每個人都知道。除了她以外沒有人覺得討厭嗎？

「嗯。」她說：「我很清楚您的意思，甚至他的意思我也很清楚。如果我是他的話，我可能也會這麼想吧。」

「但是您絕不會願意這件事被登在《訊使》上。」

「不會。」丹尼爾手上拿著空香檳瓶子從廚房出來，另一隻手豎著大拇指，好像說：真有妳的，老媽，厲害厲害！她的眼光轉向通往露台的門，看了一眼桌上那束紫羅蘭，非常肯定她的兒子對這束花也有話要說。「我再打給您。」

「好。」

「再見。」她沒有等他告別就掛上電話。牆上指著九點二十分。

「懷德曼，對嗎？」丹尼爾站在大開的冰箱前，聲音夠大。

「丹尼爾，聽我說。」

「妳確定如果妳是我，妳也會這麼想。如果真是這樣：那我到底是怎麼想的？」

「爲什麼這個夜晚剩下的時間我們兩人不實施樓層分隔政策？」

他慢慢從廚房裡出來，臉上依然頂著無動於衷的表情。

「因爲地下室對妳來說太暗？」然後他繼續拖著腳步，一片麵包一塊火腿拿在手上，再停下來一次，臉藏在欄杆後面。「妳要小心懷德曼。他，大家都知道，最喜歡孤獨的女人。那邊的紫羅蘭是他送的？」在她回答以前，他就消失了，反正她也不知道要說什麼。他的房門上鎖，廚房裡的鐘滴答響個不停。她實在不該就這麼把香檳倒掉。她扁扁嘴，眼睛睜得老大，堅信，這個方法今早已經奏過效。她回過一隻手，關掉燈，再打開，她不想太過戲劇性的憂鬱。她現在只能咬牙往前，她問自己，她的兒子是冷血還是如懷德曼所說看得太透。她自己什麼都不明白了。

比如說她不明白，爲什麼懷德曼忽然邀她一起去散步。

她的眼淚，因爲既沒有激烈聳動的肩膀或者哽咽，所以她不打算把它算作是哭泣，這應該算是疲倦。很想聽點聲響，所以她拿起聽筒，又再放下。

比如說現在。現在坐在客廳裡，翻著報紙，當她走進來時，對她點頭，她訴說時，手撫摩著她的背，這應該是一個男人的任務。他可以說「沒那麼嚴重吧」，或者「一切都會變好」，她真的要求不多。唉，他甚至可以翻翻白眼，讓她察覺，其實他寧願跟她談夏天要去哪裡度假。他只需要在，身體在，男性的，可靠的象徵。一個不需要多想即可說「我們睡覺去吧」的男人。

她很少再繼續想下去。有一條界線她認爲在下意識裡跨過比較好，像在夢中，或者清晨半睡半醒時。那時她緊緊摳住枕頭，翻來覆去，不小心睡在她自己的手上。然後淋浴，長長的、火熱的，直到窗玻璃和鏡子都像罩上薄紙，她的肌膚因熱而……

從前當她們直到灰濛濛的黎明還蹲在廚房裡喝酒，最後疲倦到幾乎什麼都看不清時，安妮妲常常就說，今天到此爲止吧。現在她輕輕的對自己說這句話，感覺著，她有多麼疲倦，累得多像條狗。她容許自己例外的不去刷牙，反正也沒有人會來容忍或者不容忍她。

「媽媽，我什麼都看不到，我什麼都看不到！」

「丹尼爾，我告訴過你：去問漢斯舅舅，看他願不願意讓你坐在他的肩膀上。」

「底迪(弟弟)，過來，我揹你。」

「不要！」

整個早晨一直這樣。凱絲汀和哥哥交換了一下眼神，丹尼爾緊緊抱住她的腰不放，頭埋進她身側，馬上又轉回頭來看他面前這一片在市場廣場擴散開、由背脊後頸及後腦組成的人海。貝根城所有的居民在踏境開始的這天早上都來了，所有人伸長了脖子，跟著各區男子組和青少年組健行。

「他們昨天給他吃了什麼啊！」

「別攪和，漢斯，他只是累了。」

「我不——累！」

「那就不要再抱怨，坐到我……」

「漢斯，」她一隻手搭上他的肩膀。她的太陽穴很痛，隨著脈搏起伏、滴答滴答的這種痛深陷在她的太陽穴裡，每種聲響都引起疼痛的反應，比如說音響和廣播的震動。整條卡騰巴赫街充斥著銅管樂，從眾多頭上望過去，她看見鹿坡的旗幟正在向市場廣場接近，載浮載沉好像木偶在舞台邊緣。前進的速度一直被迫停止，騎隊指揮的指令混雜在樂聲之中，直到幾千個小碎步全集中在一條巷子裡，這些男人才繼續前進。

凱絲汀轉頭朝哥哥說：

「我帶他走近一點，到那邊，比較沒有人的地方，我們會回這裡來。」她扶著丹尼爾的肩膀，讓他能順利在擁擠厚重的人潮中穿梭。在她心裡，她感覺一條一條的細線在崩斷，線上掛著的是她的自我控制感。去他的踏境節，去他的吹管樂和這些高盧牛仔，去他的整座貝根城！

「唉唷！」丹尼爾的臉撞到一個背包。

「到了前面就好一點了。」

「我什麼都趕不上了，討厭，我什麼都看不見。」

「到了前面你就會看到鹿坡隊進場，就在我們面前。」

「黑人來了！」有人大叫。她再抓牢一些，推著丹尼爾往雷維超級市場前的廣場前進，那裡人潮比較稀少。鹿坡男子隊的帽子和手拚命向市場廣場揮舞，好似白色的暴雨，而行進速度已經比較快了，旗幟大都已經抵達噴泉旁。從那裡，她現在要帶丹尼爾去的地方，又只能窺見一小部分，但是他們還是繼續往前走。太多眼光停留在她的臉上，太多了。

當下面公車站傳來競走者甩鞭子的聲音時，在她周圍幾乎毫無空隙。小小的回響在木框架老建築之間爆開。既失望又憤怒，丹尼爾全身顫抖。

「我們走錯了，媽媽。我們必須往下面去，我要看！」從昨晚開始，他的聲音開始尖銳得能割破玻璃，一個抗議者高亢的嗓音。他對什麼反應都很強烈，好像他全身的皮膚就是一個開著口的傷口，凱絲汀只能像一個無助的年輕母親面對一刻不停嚎哭的嬰兒般看著他。

那裡沒有帳棚！一個都沒有！整條回家的路上，他一直在重複，愈來愈大聲，好像在抗議一個不公的指控，完全失去理智，非常盲目。他把字一個一個推吐出來：那——裡——沒——有——帳——棚！他把這些字吐在兩個拉著他的手帶他回家的大人臉上，他打開兩隻腳抵住地面，最後大人得用拖的。她很不好過，整個晚上都是，頭痛就是這樣開始。

在他們面前又是死巷。他們站在人潮最多的地方，卻比之前更遠離一切，而且背對著發生的中心。凱絲汀避免直接面對看兒子的臉。

「我們先喝口水，然後繼續走另一邊，從房子前面走。」

「我不渴。」

「可是我渴了。」她把背包從兒子身上拿下來，在面紙、蘋果和一袋糖中間翻找阿斯匹靈的盒子。他們周圍站著幾個老人，媽媽推著嬰兒車，有個人徒勞無功的安慰著他的狗。再遠一點，雷維超市廣場那邊，樓上一個包著頭的女人探出窗戶，好像在看孩子玩一場特殊的遊戲。她直接在背包裡從鋁紙中擠出兩顆阿斯匹靈在手上，把水瓶拿出來，吞下藥丸，再喝水。雲朵在市場廣場上方翻滾。夜裡下了雨——她聽見的，因為睡不著，現在灰色的雲霧紛紛聚集到峽谷來，迅速、沉重，充滿威脅。她這三天是如何度過的，居然沒有尖叫，對她而言是一個謎。

皮鞭咻咻在頭頂上飛舞。她看著長長的繩索在空中自由行動，在一片戴著白帽的競走者中，她認出帽子邊緣那叢彩色羽毛，那套服裝，十四年前她第一次看見她的前夫時，還想：天哪，真是怪異，這些頭飾讓人想起女儀隊。

「可以繼續走了嗎？」

「丹尼爾，不要再惹我生氣了，可以嗎？我們現在往下走，找一個可以看得到的地方。晚一點當整個遊行隊伍在上城繞圈時，我們反正還能再看一次，那時候也沒有現在那麼多人了。」

「我現在就要看。」

「那就走啊！」她把她的雨衣塞進背包，重新抓住他的肩膀。沿著市場廣場左邊的商店，經過賭場、《訊使》編輯大樓，往要進入花園山的路口去。在這裡，丹尼爾昨晚再一次轉身道別，在他去跟諾布斯會合，到噴泉邊巡邏之前。

她看著黑人甩手，用鬍子把年輕女孩的臉頰抹黑。歡樂嬉笑跟著他，好像舞台上滾動的聚焦燈光。

他兒子在玩的時候看起來也是那麼嚴肅，這是愛薇艾德勒昨晚告訴她的，當她，當凱絲汀的眼光又在噴泉方向停留太久的時候。就是像這種句子，雖然她滿喜歡她的鄰居，但是她還是讓她覺得有點單調。很多時候，你只要看著她的臉，就會知道她下一句話要說什麼。他現在看起來很嚴肅，但是他現在也不是在玩啊。

她記得他的眼光，昨晚，當他已經躺在床上時。眼睛睜得大大，不肯因爲疲累而睡著，瞳孔裡因爲激動閃耀小小的火花，還太激動，無法入睡。她一直就在懷疑，但是不想要在漢斯在場時提出問題。她不僅比她希望的夠早，而是老早就發現了，她只是想準備好不知道如何準備的心理。

整個夏天她都有一種奇怪的感覺。尤根對踏境節的狂熱，他離開家時的興奮，時時陷入沉思以及對她溫柔不再，一句話：這些詭異行爲從五月中就躡手躡腳的開始了。幾個月下來卻不見具體的證據，連一個名字、一個謊言、一張記著不明人物電話的紙條都沒有。這大概還能看成是鬆口氣的理由吧，但是一旦警覺了，每次爭吵都讓她懷疑，疑慮陪伴她度過每個在客廳獨處的夜晚，讓她做出嗅聞襯衫領子、在他的故事裡編織尋找漏洞這種事。直到某個時候，一個之前從沒出現過的名字水落石出，即使只有名沒有姓，而且只是有些什麼在他的聲音裡，當他說這個名字時，她的情緒才穩定下來，雖然這是一種殘酷的方式。出於單純的怒氣，她問：

——如果這個安德蕾雅是萊茵街少女隊的領隊，爲什麼男子隊裡的一員必須去參加她的生日派對？

——什麼意思，「我們大家都是一個團隊」？

——你確定其他的客人不會覺得奇怪？你可是比她的客人平均年齡大了十到二十歲。

——所以她邀請了男子隊全體？

——這樣，那爲什麼不？

——好，那麼爲什麼偏偏是副領隊特別有能力代表整體隊伍？

——親和力吧，通常如此。

——我沒有生氣，我只是問，爲什麼你就不能在星期六晚上在家裡陪陪你的家人？一個月一次就好了。

諸如此類。當然她很不爽，像所有的人一樣，拚命不把受傷的感覺表現出來（因爲她試過表現出來，結果更糟）的不爽。並且，雖然如此，一個少女隊的領隊還是讓她覺得只是一個玩具，是塡補想像的東西，是男人不時會需要的，但是婚姻不會被玩具破壞。派對總是會結束，玩具會被擺到一邊，或者被別人接收，一切只是時間的問題。她也豎起耳朵打聽，知道了例如說，這個安德蕾雅是拉爾斯班納的朋友，也就是根據默契，不能去追的女孩，像這類的消息。爲了不想當等待的角色，她把安德蕾雅這個名字帶進遊戲裡來，用嘲諷的語氣講些評語，盡量把敏感度降低，好像兩、三年前她教丹尼爾，空槍只是給小孩玩的玩具，空槍什麼都不會，只會發出棒、棒、棒的聲音。

「你要我再躺在你身邊一會兒嗎？」她聽見漢斯在樓下客廳翻找，沒一會兒就是酒瓶打開的聲音。他最近的酒量有點驚人。已經喝下五或六瓶啤酒，現在再幾杯酒下肚，明天早上五點他還是能若無其事的起床。她沒有興致再陪哥哥喝酒或聊天，聽他解釋，爲什麼跟瑪麗娜離婚是無可避免的。用他一貫平鋪的嗓音述說，他的第二次婚姻並沒有開始觸礁，而是他試了新的健行路線，並且有了結論：這條路不像導遊說得那麼好。她的手在丹尼爾額頭上感到輕微的點頭，他的額頭比平常熱了一點。

「那就躺過去一點。」

漢斯也有那種她在丈夫身上所見到令人不愉快的特質：對自己的能力感到驕傲，在特別難的困境中冷靜分析，找出必要的解決辦法和所需承擔的後果。而且結婚十年之後，她也知道她爲什麼不喜歡這一點：因爲這種能力第一是一種無能，第二無能是一切由這種分析能力推斷出來，被信以爲真的必然性的真正理由。這種實事求是的精神只要把實事求是暫且換成同情，它就不是別的，而是把確實可避免的認定爲不可避免的這種能力而已。男人的結構就是這麼簡單，最大的困難在於，雖然如此，還是得和他們一起生活。

「那就躺過去一點。」

直到她拉過他被子的一角蓋在身上時，才感覺到自己有多冷。她把兒子拉近自己的身體，把在胳肢下沙沙作響，丹尼爾的童書《你身上有煙味》無言的移開。樓下露台的門吱吱嘎嘎。只要她一進客廳，漢斯就會繼續講他的婚姻歷險記，而她只能希望，至少尤根快回家了。整個晚上她和他沒有講到兩句話，在克羅芮飯店前，她看著他時而拍肩膀、時而敲桌子，和每個人碰杯，說說笑笑，看著他這麼簡單就能這麼舒適滿意，她都不知道是因爲他淺薄，還是因爲她被自己的嫉妒搞得快窒息了。爲什麼她不能讓他沉浸在無害的快樂裡？其他人透過買摩托車來彌補被家庭耗損的雄風，週末的時候在艾德堡坡地高速急轉彎，撞斷自己的頸脖，或者成爲一輩子要被照顧的病人。尤根不過每七年用三天的時間鑽進制服裡——跟他還滿配的，綁一把軍刀，然後跟萊茵街男子隊一起在森林裡轉一轉。

「我看見爸爸坐在長凳上。」丹尼爾說得那麼輕，而且對著她的臂窩，有一下子她還以爲聽錯了，他根本沒說什麼。

「好了，丹尼爾，你現在該睡覺了。」她的眼光遊移過整個房間，從牆上到兒童海報、書架及書架上的書、玩具，掠過總是堆得滿滿的書桌，在書桌上丹尼爾做他所謂的「實驗」：石頭，放進開著口裝滿水的杯子裡幾星期；曬乾的葉子；小塊木頭，從裡面他希望可以萃取出碳質來；自夏天度假的海邊撿來的貝殼，鋒利的邊緣可以割傷家家酒玩具的小人。他看見他的父親在長凳上，就這麼簡單。拼圖中的一塊，正好是仍然失落的最後一塊，她只需要把它放到正確的位置上，就可以看清整幅圖面，但是她現在太累了。尤根每一刻都有可能踏進家門。她再把丹尼爾拉近一點，但是沒有用。

「在河堤邊的長凳上，我看見他和那個女人在一起。」

「噓。」她說，覺得自己真是可憐。現在，他的兒子終於想告訴她，藏在他心裡的事的這個時刻，她只想要他閉嘴，疲累實在不是眼淚的藉口。「噓。」她又說，她的腳愈來愈冷。她抱住丹尼爾，他額頭的熱度也許不過是因爲她自己冰冷的手。

「他們在親熱。」她很感謝他沒有因爲她的懦弱而阻止他，畢竟是她的兒子。底下傳來開門聲，還有尤根的鑰匙丟在玄關櫃子上的唏嗦。她考慮，直接躺著不要起來，直到她睡著。

「他也看到你了嗎？」她問。

「我不知道，我跑開了。」

還是我應該下樓去摔幾件東西？像往常一般，她只要被激怒，第一個反應是：冷笑的衝動。她在丹尼爾額上親了一下，心裡想：其實我一直都知道。

「你們要離婚嗎？」他想的已經比她遠了。

「丹尼爾，我不知道爸爸做了什麼，或者他做的時候在想什麼，我也不知道我們接下來會怎麼樣。這些事情沒有人能在一個晚上就決定，要談很多次才行。而且現在又是踏境節，你爸爸根本沒有時間。」

「也許我看錯了。」他說。

「不，你沒有。也許是我看錯了，以前的時候。你現在只能做一件事，就是睡覺。想要走十二公里的人，都需要好好休息。」

「十五點四公里。」

「晚安。」她再親他一下，然後站起來，把門邊的燈熄了，離開房間，沒有再回身。開始了，她感覺：好像世界在遠離她，一條巷子在眼前展開，她走在裡面，頭有點暈，好像喝醉了。走廊是暗的，只有樓梯間有光往上擴散。漢斯和尤根在外面露台上聊天，一切都很家常，太陽穴中一縷輕輕的跳動。她走進臥室，打開陽台的門，從床上尤根的那一邊拿起枕頭和被子，放到浴室門口。從櫃子裡拿出一條床單，放在那一堆寢具上頭，然後她下樓。

菸味從打開的門飄進客廳。尤根背對著她，正在敘述明天第一段路的坡度，上克萊山的路。「超過四十度角，第一波人馬上就趴下了。」他說，在他聽見腳步聲後轉身之前，他們的視線短短的交會了一下。她決定要打量他，在他臉上追查蹤跡，可以洩露他祕密的蹤跡。但是她只說了「嗨」，站在離他一公尺遠的門口，問哥哥：

「今天晚上過夜需要的東西都有了嗎？我要去睡了。」

「都有了。」酒瓶已經半空了，但是他的眼神還是這麼清澈，像他下午剛到的時候。

親親，她想。那不是母親和兒子之間的親密，誰都沒有被背叛？她的先生在想什麼，竟然什麼都混在一起，公然在公園的長椅上和少女親熱，好像他自己還是一個青少年？現在她忽然想起來，丹尼爾說的是「那個女人」，好像他早就知道，她到底是誰，他們在玩什麼遊戲。她九歲的兒子，他早就知道，而她仍試著欺騙自己來支持尤根的背叛。

她看著他的臉，好像期待會在他的臉頰上發現口紅的痕跡。

「你還要跟兒子道晚安嗎？」

「不要了吧，」漢斯說：「今天小傢伙……」

「閉嘴，漢斯，你根本不了解孩子。」

她的眼光釘在丈夫的臉上，只從眼角看見她的哥哥聳聳肩，把酒杯送到口邊。她得趕快到樓上去，暈眩的感覺愈來愈強烈。

「不了，讓他睡吧，我也馬上上來了。」要是他迎接了她的目光，她便準備——至少這個時刻——相信這是一個誤會，會到樓上重新把他的寢具擺回床上。她會睡得很不好，而且爲了和諧會連續微笑三天。但是他看的是夜晚，她點點頭走開，數三步、四步、五步、六步，停下。

「你——今晚睡沙發吧。」然後繼續走開，上樓。

她一公尺一公尺的奮戰走下去到市場廣場。丹尼爾拉扯著她，她跟著，有時候她有一種錯覺，好像兒子正拖著她走過一場噩夢。幾滴雨落下，凱絲汀希望，一場傾盆大雨從天而降，把人潮沖散，把整個遊行隊伍沖走。她想回家睡覺，丹尼爾扯著他的手像一隻小狗扯著項圈拉繩。

音樂又開始，從他們這裡吵吵嚷嚷的上花園山。凱絲汀認出愛薇艾德勒，而她高舉著手，從熟食店旁一個空的位置向他們招手。

「你們要去哪裡？」

「我兒子要看遊行。」

「從這裡看視野最好。」她牽著湯米的手臂，他伸長了脖子，拚命往角落花園山上看。然後他們終於站定，丹尼爾放開她的手，爬上一個金屬垃圾箱。

「好好抓牢。早安，哈囉，湯米。」她的背上汗珠成串，當她撫摸湯米的頭時，把微笑掛在臉上，然後她把背包拿下來，深吸一口氣。

「對一個家庭來說現在可真早，不是嗎？」愛薇艾德勒踮著腳尖，因爲激動而臉頰通紅。她窄窄的臉既不美麗也不醜陋，而是很惹人喜愛的不引人注意。她把雨衣綁在腰上，音樂聲愈靠近，她就愈緊張。

「馬上就來了，湯米——親愛的，你馬上就會看到爸爸拿著大旗。」

丹尼爾攀在一根電燈桿上，好像掛在一艘船的桅杆上。

「你要喝點東西嗎，丹尼爾？」她沒有得到答案，反正她也只是因爲在愛薇艾德勒無時不備的母愛旁邊不甘示弱，才問的。

「他們來了！」愛薇一跳，兩個騎士出現在花園山入口轉角處，湯米馬上開始招手。一支大號出現，一列的長笛(總是女人吹奏最小的樂器，凱絲汀想)，兩支法國號，接著鈸、小鼓大鼓，忽然愛薇艾德勒再一次跳起來，開始忘我的揮手。比其他人都高一個頭的艾德勒先生看見他的太太和兒子，馬上揮手回答。用一隻手托著旗幟好像衝浪人挾著衝浪板。凱絲汀同樣舉起手揮舞，心裡想：萬歲！

七年前舉旗的人是尤根，她抱著兩歲的兒子站在市場廣場朝他揮手。幸福的，甚至是驕傲的，她忘了。不管如何，她喜歡看著尤根，不管是遊行的時候還是之後在早餐廣場上，當他搖著旗子，同時司令官一個客人接著一個客人祝賀，領隊站在啤酒桶上嘶啞的喊道：市民某某，萬歲！萬歲！萬歲！現在花園山隊直接通過他們面前，往市場廣場去，愛薇艾德勒愛戀的注視她先生的背影不放，而凱絲汀發覺，她的頭痛悄悄溜走了。除此之外，一切都沒有改變。

「下一個就是你們了。」

「什麼？」

「萊茵街。」愛薇艾德勒換手牽湯米。「下一個要經過的隊伍是萊茵街。」

「你聽到了嗎，丹尼爾？」

「我看到的比你們遠得多。」他說這句話的時候，連看都不看他們一眼。

漸漸的，她比較平靜了。不經意的聽著花園山隊的隊長大喊報到口號，隨即之前的樂聲旋律又起。她無法像揹著裝滿石頭的背袋，滿懷怒氣到處走三天。只要遊行再重新動作，她就需要一杯提神的飲料。一杯飲料，然後跟著主要人流移動，在人潮中，她總是會遇到她的丈夫，然後要怎麼辦就是他的事，讓他決定他們之間接下來要如何相處而不被人察覺裂痕。

「湯米親愛的，我們兩個最好再到熟食鋪去噓噓一次。」愛薇把手放在她肩膀上。「等會兒見。」

「等會兒見。」凱絲汀站在兒子後面，在他手臂下方看著萊茵隊進場。格拉寧斯尼化裝成歐貝里克斯排在中間，騎士隨侍左右，後面是她的丈夫。隊伍陣勢有些軍隊的威嚴，但同時穿著健行裝、年紀在三十至七十之間的男人看起來並不可怕。他們也不特別莊重，而是快樂的、農村的，即使是那些當地人一定要稱之為「領隊」的人，他們的大肚腩和球形身材，實在很難令人把他們和果決的將軍聯想在一起。他們的軍刀倒是鋒利到足夠剖開西瓜，尤根保證過這一點。只要他還遠在視線外，不會在人潮裡看見她，她的眼光便傾注在他身上。她問自己，陡然的，好像意欲突襲自己，逼求誠實的答案，她是否愛他。可是十年之後的婚姻什麼是愛？哪一種感覺？

「不要再掐我的屁股了！」丹尼爾粗聲說。

「對不起。」她完全沒有注意到自己的手在做什麼。

她喜歡和他睡在同一張床上，喜歡他皮膚的味道、皮膚下的肌肉、他在沙發上要她的方式，緊緊抱著她，當他射的時候。

愛？

萊茵隊正通過站在司令台上的委員會，凱絲汀不偏不倚站在丹尼爾後面，額頭抵在他背上。

「爸爸在揮手。」他報告所觀察的。

「揮回去。」

「不要。」

她抬頭往前探望，遇到他的眼光，非常短暫地，連認出的表情都來不及做。

「萊茵隊由一百四十八個居民和四個領隊代表遊行和踏境。」格拉寧斯尼的聲音聽起來好像在命令所有市民馬上屈膝，這掀起一陣私語。萊茵隊是最大的隊伍，很明顯地在貝根城市場廣場留下深刻印象。

一個軍官騎在馬上朝各隊前進兩步，從馬鞍上向左彎下腰，湊近高舉的麥克風說：

「早安，市民。」

「早安，首長先生！」所有人回答。

「騎士，上前！」首長說。騎士們開始動作，所有的馬都站到各自所屬隊伍的旗下。

「市民和年輕人們，安靜！」真的所有人都安靜下來。凱絲汀很驚訝，竟然沒有人笑。

「武器——端起！武器——呈現！」一陣刺耳的聲響，而且絕對不一致的，一排銀色的西瓜刀從穿制服的肩膀上卸下，刀尖向下指著地面。榮耀死者，尤根解釋道。但是當違背各項證據硬說一把刀是武器時，爲什麼死者會覺得被榮耀呢？尤根也說不出道理。傳統，在這幾天裡是對各種疑問唯一的答案。

旗幟也一樣往前向下傾斜。從這麼多的頭頂望過去，凱絲汀看見一頂皇冠被遞給委員會，然後樂隊奏起哀歌。

在這個早晨她的心中第一次感到愉悅，沒有預期的，而且有點沒品。塵歸塵，她跟著哼這首不認識的旋律，貝根城只有少數人還熟悉這首歌的歌詞，不論如何，這首歌在早晨的空氣中聽起來很薄弱。悼念的安靜追隨到最後一個音符，一直到首長重新朝麥克風咆哮：

「武器——端起！武器——放下！解散！」

凱絲汀追隨眾人的眼光，看向站著軍官的講台。市長果爾曼往前站一步，在準備好的台子上攤開一張地圖。他是一個滿臉鬍子、戴著厚眼鏡的男人。

「親愛的貝根城土生土長的女士先生們，親愛的女市民男市民們，親愛的遠客近客們。又到時候了：我們要慶祝踏境節！」

靜默重新降臨廣場。一群鴿子出現在屋頂上，然後又飛走。凱絲汀環抱丹尼爾的腰，把下巴抵在他背上，直到他開始掙扎，當他靜下來時，她很高興他沒有掙脫她。她有種感覺，這個早晨她想太多了。她像個陌生人站在貝根城幾千個居民當中，站在觸手可及的節慶圈子裡，只等遊行隊伍一帶開，所有人就可以開始狂歡。她在穿著制服的人群裡認不出丈夫。離她面前幾公尺遠的地方，萊茵街上的一匹馬正在大便。

市長說什麼？

「……一項傳統，在傳統裡表達結合昨天、今天、明天，結合世代，結合同一時代的女市民男市民們，最後結合所有社區成爲一個家鄉，一個你們創造出來的家鄉：美麗的大自然、熱忱的人民。我們慶祝踏境節已經有幾百年，百年之後我們一樣要繼續慶祝，正確的說：就是九十八年，然後在一百零五年——再慶祝踏境節。」

市長等著微微的笑聲逐漸平息，等著被音響擴大的回音平息。那之後靜寂籠罩頭上，好像它是從天而降，從幾千里外的空間剛好落在貝根城市場廣場上。

「因爲踏境是實現以及慶祝我們貝根城人家鄉的特質，這個特質是我們特意所維護的，是我們的驕傲，告訴我們，我們所屬於的團體值得我們成爲它的一分子。」

凱絲汀傾聽市長的演說，記起丹尼爾還是嬰兒時，她如何抱著他在屋裡走來走去，鼻子嗅著他頭上柔軟的胎毛，心裡想，世界上再也沒有比小嬰兒更好聞的東西。爲什麼她現在想起這個？因爲她完全不知道市長在說什麼。什麼驕傲？特質的內容是什麼？是否值得成爲這個團體的一分子，這個早晨她懷疑得更厲害了。她並不是懷疑他的話是否屬實，果爾曼站在司令台上那麼不可動搖，好像是一部起重機將他吊放在上面。他是認真的，然而：他描述的是他自己的感覺，或者他希望大家都這麼覺得，而他不會承認的是，這是一個願望，一個不管是七年後還是十四年後、二十八年後甚至一百零五年後都不會實現的願望。在他句子的休歇處，旗幟在早晨的微風中撲浪翻騰。隱隱傳來的車聲告訴大家，在這個工業大省一天的工作要開始了。而這裡到底在上演什麼劇碼？她想。

「我們要用『傳統』兩字表達的意思是——我們不能也說這是脈搏跳動嗎？是我們大家體內都能感覺到的震動，當我們聽到競賽者的管樂隊吹奏、皮鞭咻咻時？跟上一次或者上個世紀比起來，我們幾個月來準備節慶的工作量和喜悅有什麼不同嗎？傳統並不是常常說的只是過去而已，也是今天還在小心保養的？因爲沒有人想被說是不注重保養……」再一次笑聲此起彼落。凱絲汀忽然覺得很睏，她一句話都不相信，但是她喜歡她所聽到的。貝根城不該再舉行踏境節，因爲有一或兩個婚姻被判死刑？市長演講的目的也不在給聽眾搔搔癢，而是他似乎考慮了很久，徹底想過，現在他把他想到的最好的部分呈現出來。

「……也是因爲如此，親愛的貝根城土生土長的女士先生們，親愛的女市民男市民們，我們今年還是以我們一向的方式慶祝踏境節。謝謝所有在準備工作中出力的人，沒有你們就沒有踏境節。我祝福我們大家有一個快樂的一九九九踏境節！」市長休息一下，他的呼吸透過喇叭像是暴風。「一九九九踏境節萬歲……」

「萬歲！」大家呼喊的聲量充滿廣場，大到凱絲汀不禁打顫。

「萬歲！」

「萬歲！」

「萬歲！」

「萬歲！」從幾千個喉嚨裡喊出，比較是下決心這麼做，而不是熱情興奮，而且喊聲在廣場建築間迴撞，建築物好像因爲突然的壓力而向後仰倒。你們要全套的踏境嗎？她想，並且對自己有點生氣。爲什麼她不能停止這種無意義的嘲弄？掌聲雷動，人群激奮。背包上肩，最後一把傘也收起來了。剛剛好在凱絲汀相信踏境開始的命令要下達時，忽然國歌在無預警之下響起。

「統一和權利和自由……」這首詞比之前的哀歌要熟悉得多，雖然如此，國歌比較被看作是義務而隨便唱一唱，不會灌注熱血熱情。在她附近凱絲汀看到幾個踏境者忽然對她的鞋感興趣。「……爲祖國德國。」年輕人扮鬼臉或者不在乎的聳肩，其他人好像在參加由上面命令下來的不正經的事。「大家一起努力，情同手足血相連。」稀稀落落的人不在乎的隨意跟著唱，只有一個頂著刷子般頭髮的男人，一張像聖伯納犬的臉，站在講台上的前方，深情的扯開喉嚨：「發光發熱，我們的祖國德國！」然後結束，微笑重新回到臉上，凱絲汀看見競賽者紛紛就位，市民首長再一次出現在大家面前，高喊：

「市民和小子們，準備！武器端起！踏境——前進！」終於開始了。行進隊伍自動形成，黑人在隊伍前端舞動，騎士和遊行隊伍都入隊，委員離開講台。凱絲汀觀察市長，他在台上逗留有一會兒，收起他的講稿，好像是職業倦怠的老師在講台上收拾東西，而小學生在休息時間鼓譟吵鬧，不記得課堂上學了什麼。她有上前的衝動，告訴他，她很喜歡他的講詞。

「現在快點！」丹尼爾從垃圾桶上爬下來。

「快點什麼？」

「跟上啊！」

「遊行會先在上城轉一圈，然後我們才可以跟著走。」

「現在還不行？」

「現在只有青少年和男人可以跟，這是踏境的規則，我們女人必須跟在後面。」

「我不是女人。」

「你可以試試看。我去找漢斯舅舅，和他一起等遊行從城堡巷下來。諾布斯在前面。」

丹尼爾轉過頭。他現在看起來心情比較好了，似乎忘記了幾星期來咬嚙著他、昨天晚上撕扯著他，在他周遭發生的事。她用手摸摸他的頭。

「也就是說，我們在這裡要分道揚鑣了。和你在一起很愉快，兒子。」

他翻翻白眼。

「我打賭，我會在妳之前到達早餐廣場。」

「你需要背包裡的東西嗎？你還有糖嗎？」

「不要管我啦，媽媽，真的！我會好好的。」然後他拔腿開始跑，好像最簡單的真理卻在最繞路的遠方，她想，這個簡單的句子最適合她生活的真相：除了丹尼爾和尤根，她什麼也沒有。而她的驕傲以及驕傲的結果，不外只是在真相周遭圍上柵欄，當她從廚房窗戶往外看，等待烤爐裡的食物燒熟時，讓她自己不致不小心一頭撞上。一個月一次她到奧登堡去探望母親，讓母親可以問她，為什麼她三個月來都沒有時間來看她。有時候她繞道順便去看大她十歲的哥哥，所作所為令她不解的哥哥，混合沒藥可救和罪惡感的情緒愛著的哥哥，這種情緒裡還有堅信，這是他的錯，不是她的。她沒有工作、沒有信仰，最好的朋友離她幾百公里遠。如果尤根現在決定離開她去跟一個少女開始新生活，那她只能躲在被子裡，默默計算這十年的婚姻，確認她有一個兒子，一個不用她擔心的兒子。真的，媽媽。除此之外，什麼都沒有。

遊行隊伍在市場廣場的路上，往卡騰巴赫的方向去。皮鞭啪搭的聲音現在從上城傳來，隊伍的前端已經穿過狹窄的巷弄，馬上就要回來了。漢斯站在上面的藥局，抽著菸。看著她的生活顛覆，她感覺驚訝，而不是驚嚇：發生得多麼快速，她要離開的人事那麼少。一些丈夫體內的荷爾蒙、化學反應，這些在某時形成他嚴肅的稱爲決定的東西，那她呢？她會跌落，不是迅速、重重的墜地，而是慢動作，一開始時不能相信，也許因爲如此，所以感覺不到害怕，而是無止境的拒絕。所有人的反應都是如此：愛薇追著湯米滿廣場跑，丹尼爾和諾布斯已經消失在人群裡。貝根城人不是準備行進的狀態，就是已經在行進中。而她真的不能想像，他們的生活比起她的，安全得多。

她的婚姻過去了，她知道。遊行隊伍的尾端已經通過熟食鋪前的廣場，不久，就沒有人站在她身邊了。一個穿著藍色連身工作服的人，在司令台前捲收電線。這麼快，無法置信的快，一切就結束了。所有的人事都往卡騰巴赫或者城堡巷流動。她看到漢斯朝她做一個手臂動作，他好像想說：妳還等什麼？

她還等什麼？踏境開始，她已經到達終點，雲層間第一次有一絲陽光透出。

05

所有的感覺同時襲來：興奮、疲倦、無聊、好奇、緊張。逆著光，他看一看早晨的太陽，很想在人行道邊緣坐下來，讓遊行隊伍通過。再五十公尺遠的地方才是真正踏境的起點：隊伍把卡爾斯山上最後幾棟房子甩在後面，從國道右轉，進入森林，爬上克萊山。一公尺長的樹幹製成兩段樓梯，爲了讓街道上的溝渠和突陡的斜坡不至於令競走者太難克服，然後攀爬真正開始。既沒有路也沒有階梯，直到兩公里後的山脊上，這中間的路也沒有護欄。呼叫聲在林木間向下回響，隊伍的前端已經上到半山，懷德曼看不出尾端在哪裡，但是皮鞭的響聲聽起來很遠，似乎在職業學校那個地帶或者更遠。他的腿還因爲縮在小車裡半睡半醒三個小時以及之後漫長的車程而痠痛。

他把車停在市民之家旁邊，擠身混入市場廣場的民眾間，對這個大場面發出無言的驚嘆。他穿著輕薄的夏鞋，適合在柏林斐德烈街閒逛，然而可上不了克萊山。鞋子上面是法蘭絨褲子、不再無皺的襯衫，西裝外套他掛在肩膀上，好像參觀博物館的人。四周的人不是穿著綁腳褲就是粗燈芯絨，登山鞋，有些是球鞋，合成纖維外套或風衣，上了年紀的還帶了拐杖。從外面看來：愉悅、帶著歡呼的歌唱，在不起眼、粗壯臉上的好心情，全體一致——只有他不是。從市場廣場穿過城裡，接著沿著國道朝卡爾斯山行進的這三、四公里間，他一邊跟著走，一邊準備好隨時有人會轉過身來，禮貌的、但堅定的請他離開這個隊伍，不要假裝他屬於其中一分子。

他還沒看見他的母親，他也不知道，他是否已經準備好在她的眼前出現。

進森林之前的銜接路段上，隊伍堵塞了。旁邊是蘭河，渤渤流過舊普萊斯公司的廠房，地面上只有主建築還挺立著，是二次大戰前兩層樓有著巨大窗戶的房子，遠遠看去像是一座廢棄的車站。房子周圍叢生的雜草剛剛被推剪過，像是運動場的草皮般，草地上散落被拆毀、只剩建築基座的淺色石頭。它的背面，峽谷開展，草坪靜靜躺在早晨的薄霧中，阿諾爾芙麗霍夫山脈在這裡伸出一支柔緩的山丘。涼爽的空氣從克萊山上汩汩流下來。一輛警車停在B六十二號高速公路上管制交通，兩個救護人員靠在救護車邊看著隊伍經過。空氣裡是松香和啤酒的味道。一輛遊覽車開著引擎等候，要把在前方引導的樂隊載到早餐廣場去。樂器已經裝進箱子，樂手擦抹額頭，不斷旋開水瓶。一個穿著及膝皮短褲，臉紅得像蝦子、大號還扛在背上的男人，正靠在遊覽車門邊抽菸。

每次在人堆裡看見似曾相識的面孔時，他總是迴避。

踏境活動中有關健行的部分，這裡算是高潮了：幾千個健行的人和仍是濕漉漉的森林地面奮力抗衡，往上行走。四十度的陡坡讓大部分人不得不伸出雙臂，攫抓面前的草根或樹幹，或者手扶地面以助平衡，一不小心，就會往下滑。散散落落的第一批人有屁股著地坐著的，有體力充沛手腳靈活的年輕男人跳躍上山，對他們的女朋友伸出援助的手。再沒有像在森林地面上平坦的溝痕、暗色的裂口一樣的東西，可以用來當作邊界的記號。到處都是笑聲、呻吟聲、氣喘聲。帶著堅毅的表情，老人家踏出一步再一步，把他們的健行杖插進土裡，互相鼓勵著，孩子則玩得不亦樂乎。

懷德曼看著這些努力向上的屁股，真像一群可愛的澳洲毛鼻袋熊，他想。他解決了木頭階梯，開始向上爬，一隻手拿著捲成一團的西裝外套，另一隻隨時準備抓住最好的支撐點，幾步之後大腿開始出現被拉扯的感覺，而且這個早晨他第一次覺得他的不合時宜挺有意思的，他外表學院派的蒼白斯文相對於這座山凸顯的挑戰。他會讓身上到處磨出鮮血淋漓的水泡，接著大腿、小腿肌肉會痠痛，但是他無所謂。克萊山在他面前，並且希望被征服。他擦擦額頭和後頸的汗，這裡和那裡第一批健行的人靠著樹幹，大聲咒罵身上多餘的斤兩。樹林裡都是人，大樹濃蔭下的幽暗不時被相機的閃光打斷。攀登克萊山一方面是樸實的練習，另一方面則是最好的機會，讓人感覺慶祝踏境節時有所成就。有陌生的人經過懷德曼身邊時，他有了想喝啤酒的念頭。他腳下打滑了兩次，好像他的鞋忽然有了自己的主意想回頭，兩次他的膝蓋都跪撞在柔軟的林地上，褲子沾了土，並且感覺他走在正確的路上。離之前的他表現得像個白癡，拿石頭砸破柏林洪堡大學歷史系大樓的玻璃，已經過了十二個小時，而現在他對不尋常的體力勞頓、濕冷的森林空氣和自己的汗水感到高興。眼睛看著地面，貝根城人努力上坡，固執的投身進入跟自己的競賽中。一個奇怪的人性特質，懷德曼想。一到艱難的時刻，踏境人的血管裡流的似乎是暗黑、濃稠的汁液。儘管腿再怎麼累得舉不起來，目標地還這麼遠，放棄絕不會是選項，這和虛榮心沒有關係，而是內心忽然生出跟內心深處恐懼爲友的情誼。也許坎帕豪斯的意思是這樣，當他問他，他是否會自稱自己是個固執的人時。

他爬得愈高，通過太陽穴流進耳朵的汗水就愈多，四周的嘈雜也漸漸變成輕煙散去。最重要的是，你盡了全力，他的爸爸總是這麼跟他說，但是安慰多於鼓勵，因爲意思是：如果事情結果沒有成功，不是你的錯。貝根城人安於現狀，也就是濃稠不易流動的性格——這個市長在市場廣場的演說中也提到，不一樣的用詞罷了。而他，湯馬斯懷德曼，永遠擺脫不了這種性格。在柏林剛開始的那些年，在他身上像是發著微光而不是一種烙印的，是這種貝根城遲鈍冷漠的抱負，似乎有相符的形式配合，以便事情沒有成功時，不用責備自己。再多沒有，或者，總之沒有再多了。

你總是太誇張，他聽見康絲坦薮說，他搖搖頭。他的呼吸愈急促，他對所處的局勢就愈清楚。這是什麼鬧劇！四周一片罵聲。此刻又是踏境節了，七年飛逝，過去了，很快又是七年，再七年，一直如此持續下去，直到變成那些在市場廣場上被揮舞軍刀的領隊致敬的人的其中一員。傳統！森林！家鄉！緬懷這些死者的同時，渴欲冰涼啤酒的想望上來。這是傳統嗎？市長演說時，懷德曼以都會人的打扮在人群中站著，環顧四方：到處是嚴肅的、幾乎可說是令人感動的臉，似乎在那一刻所有人都相信從擴音器裡傳出的訊息。而現在，走在山脊邊的同時，爲了小心不要從愈來愈陡的山峭掉下去，他自己也相信了。這個正是傳統：緊緊抓住所有。一絲一絲的陽光各別突破擁擠的大樹上厚厚的葉子。他的父親相信這個傳統，就像深深的、自然而然的相信他的兒子有一天會成爲教授。只因爲他自己沒有成功，不能因此叫別人不要作夢。幾千人在今天早晨一起努力上山，他感覺一種幸福……至少幾乎是幸福的。一種簡單樸實的，幸福的前身，跟空氣、跟土地有關，或者跟團體、跟啤酒有關。但是幸福的前身竟然有根，令他難以置信。若果真是如此，那麼它是對某種意義的失去和輕微羞慚的感知。

他到達第一條森林小路，這條路圍繞著克萊山。他感覺脈搏在頸脖間跳動。愈來愈多的參與者倒在路上休息，笑著看視後面跟著上來的人，隨處都有人在喝啤酒。兩個年輕人捧著沉重的啤酒杯脫離隊伍，在一棵杉樹旁邊挖出事先埋好的幾瓶啤酒——啤酒供應人必須止住一整隊青年組的渴，沒有在路上設置幾個據點是不可能辦到的。

「湯馬斯？」

懷德曼眼睛往上看，認出他的阿姨：健行杖、帽子、背心，她靠在一棵山毛櫸的樹幹邊，用一條毛巾抹擦額頭，由於驚訝而眼睛張得大大的。

「哈囉，阿姨。妳需要幫忙嗎？」他盡量說得漫不經心和理所當然。

「今早在市場廣場我還和茵格麗說：他居然允許自己錯過踏境。現在你站在這裡像……湯馬斯，我親愛的！」她招手叫他過去。而湯馬斯剛好還有時間朝她旁邊的女人點頭，在他讓阿姨擁抱親頰之前，從安妮的肩後往山下望。「你從哪裡冒出來的？」

「柏林。」

安妮舒曼搖頭，把毛巾重新收起來。

「真令人猜不透，你們年輕人，我們來爲這個乾一杯迷你氣泡酒。茵格麗難道完全不知道你在這裡？」

「我還沒有看見她。」他聳了聳肩。她阿姨身邊的女子比他大概年輕一點，高大修長，有著灰藍色的眼睛。他剛想跟她握手招呼時，阿姨把一瓶迷你氣泡酒塞到他手裡，問道：「您也來一瓶？你認識龐培格太太吧，湯馬斯？」

「日安。」他說。

她對著他的方向喃喃的說了問候語，當阿姨從背包裡拿出相同的一小瓶氣泡酒遞給她時，她也向阿姨說了謝謝。

「龐培格先生的律師事務所正好在我們對面。好了，你們兩個親愛的：乾杯！」

「我們在學校時就認識了。他好嗎？」他打開瓶子，朝她的方向點頭。

「那是一定的。」龐培格太太說。

「看看你都成什麼樣子了！」安妮阿姨除了搖頭還是搖頭。「你連任何爬山的裝備都沒有嗎？」

「我今天早上才到的。」這可能不能算是足夠的解釋，但是他決定，就把這個理由當作解釋。剛剛才贏得的汗水流下他的太陽穴和脊背，顯然可以保持對自己的情況嘲弄的距離，而且還在增長。即使已經不冷了，氣泡酒，絕對還是有助於他。

他旁邊的龐培格太太看起來對情況反而更心不在焉，雙臂交抱，小瓶子湊在嘴邊，好像要吹奏它。她穿著T恤和牛仔褲，看起來卻還是不像大多數經過的人們，是一位嫉妒的看著他們手中氣泡酒的女人，薄薄的唇上一抹驕傲，她首飾戴得很少，而她的表情好像是在寂靜中努力思考。

「今天早上有一輛柏林車牌的車停在市民之家前面。」她輕輕的說，沒有看他。

「是我的。」

「你在哪裡睡的覺？」安妮阿姨又開始搖頭。

「別爲我擔心，阿姨。海力西在哪？」

「坐巴士。」她臉上的表情，是她感覺不滿又要用笑容壓下的那種表情，他以前就見過。「我跟他說：我跟你一起坐巴士，海力西。但是他理都不理我，然後他現在已經坐在家裡。」她看了一下錶。「也許他會坐第一班九點多的車。」然後她轉向龐培格太太：「這個腰啊！我差不多也慢慢有這個毛病，但是他喔，好像在打仗。」

「但是您還在最陡的地方幾乎就追趕過我了。」

「哪裡，像您這麼年輕靈活的女子！您的兒子呢？」

「我也不知道。」她看看山下，眼光又轉回來。「也許在山上。」

「啊，看哪，那邊誰來了。」安妮阿姨臉上的陰霾一掃而空。「茵格麗，茵格麗，偶

(我)還以爲妳早就到那邊了。看哪，**水**(誰)站在這裡！」

懷德曼環顧一下四周，看見母親正在上山。吃力寫在她的臉上，然後她停下腳步，搖搖頭，同時表情馬上被點亮。

「那個人不是我兒子是誰？」她今天像她往常健行的時候一樣，綁條毛巾在額上，毛巾上開始有汗跡。他迎著她走去，擁抱她像他之前擁抱阿姨一樣。真是幸運的一件事，他們現在才在這兒遇見。如果相遇發生在半小時以前，他沮喪的眼神就會洩露他的秘密。

「臨時決定的。」他說。

她再一次湊近來親他，先檢視的注視他的臉，然後才擦過面頰。

「原來教授看起來是這副樣子，當他們健行的時候。你沒睡。」

「跟我們一起喝個氣泡酒。」他說，並且在剩下的幾步路扶著她走上林道的平坦處。

「孩子們呀，這座山把我累死了。**安逆，偶一再的縮：今碾素最後一蹴啦。如果偶門七年後還猴著，就坐巴素。**(安妮，我一再的說：今年是最後一次了。如果我們七年後還活著，就坐巴士。)」她去挽妹妹的手，雖然相差三歲，兩人看起來幾乎像雙胞胎。

「我差不多已經猜到，」她說：「你小時候就是這樣，總是先拒絕，但是還是不願錯過。妳還記得嗎，**安逆**(安妮)，他總是……」等等，等等。她們站在一起，說個不停。懷德曼頰上不時受到慈愛的撫掐，雖然他沒有反抗，但是投給龐培格太太的眼神卻是抗議他沒有受到對待成人應有的態度。她則是心不在焉，禮貌性的微笑著，間或看看山下、山上，好像某處有什麼在威脅著她。他覺得奇怪，她爲什麼不繼續走，去找她的丈夫或者她的兒子。同時，健行的人潮隊伍不見散去，也不見減少。透過樹幹和樹幹的縫隙中，可以一直看到下面的國道，仍有各部隊伍跟著他們的領隊和旗幟從貝根城的方向來，轉往上克萊山的路。今天懷德曼第一次感覺真正站在地上，氣泡酒很舒服，適合他現在加了速的心跳，在喉頭間彈跳一番後滾下肚。

龐培格太太已經把她那一瓶喝完。

「把瓶子給我吧。」他說，並伸手去接她的瓶子。

「謝謝。」

「您是哪個隊的，請教一下？」

「萊茵。我先生是那一隊的……」她聳聳肩，「領隊。」

「了解。」尤根・龐培格是那種每一場婚禮都參加、在所有的協會都有一個頭銜的貝根城人。他的太太看起來對他這種跳梁小丑而言太聰明，不過，她還沒說過幾句話。

他們繼續動身上路，他把話題轉到別的題目。他驚異她完全沒有猶豫即抓住他的手，當地勢特別陡峻，他伸手幫她時，不過一路邊走邊說，讓他們兩人都有點喘不過氣來，氣泡酒似乎對龐培格太太的舌頭特別奏效，神態也是。不知爲何，愈往山上，她愈年輕，她邊走邊把頭髮紮成辮子，褲子捲到膝蓋上。然後他們發現，他們同一時間都在科隆念大學，剩下的上坡他們都花在比較地址、熟人、喜歡去的地方，直到懷德曼說：

「我們在科隆嘉年華一定見過，把我的領帶剪掉的那個女人一定就是妳！」

「可能是哦。」她還想了一下。

近在他們的頭頂，克萊山逐漸變平坦，一些岩石突出森林地面，森林的濃蔭到此變得稀落，陽光很容易便穿過，射在競走者身上。兩個小男孩從一堆亂石的高點上朝他們看，其中一個專注的看著手上的馬錶，另一個有點輕蔑的回應龐培格太太的揮手。

「您的兒子？」他問。

「是啊。」他喜歡她聲音裡的驕傲，其實她有相當多的地方他都喜歡，當她向兒子走去，並把他拉到一旁時，他想。

「你好一點了嗎，寶貝？」他聽到她問。

「寶貝個屁，我們在這裡已經等了十二分又三十二秒。爲什麼妳總是這麼愛拖拖拉拉？」

「競走開始前，我們已經在上面了。」另一個說。

「你們好棒。你看見爸爸了嗎？」

「他六分十五秒之前從這裡經過。」

雖然懷德曼覺得不妥，他還是覺得這是好消息。他看著山下，試著想把上山時一路在思考的事想完。整個夏天他心裡的感覺都是，他所有的努力是白費的，他的人生失敗了。而現在他才認識到，他其實並沒有做過那種意義上的努力，有的頂多是那種努力意義的醜陋雙胞胎弟弟——虛榮心罷了。問題是，現在呢？他應該雙手交叉抱胸，接受現實，在所有人性裡，不費力氣又能佔先的，活得最久？這種想法跟貝根城予人的麻木感有什麼分別，除了他在承認這個觀點之前，多繞了遠路以外？換句話說：這個觀點沒有什麼不好，但是如果沒有與它和平共處的能力，這個觀點的價值則有限。

「您在考慮，是不是要下山嗎？」

他轉過身。龐培格太太雙手抱胸，站在她原先所站之處——好像已經觀察他好一陣子了。那兩個男孩已經不見人影。

「您說什麼？」

「您站的樣子。」她用下巴指指山下。

「不，我不大想回去。您的兒子呢？」

「走了。」

「您知道嗎？這種感覺，像某種真理，突然間明白了其實一直都知道、而且預感到的事？」他驟然停止。他說的時候根本沒有考慮，就直接說出來他腦子裡正在想的事情。但是她看著，點頭，交抱的雙臂沒有放下。

「您會驚訝，您會非常驚訝，如果您知道，這才剛剛發生而已，我正有這種感覺。」

「好，很好，那您也能告訴我，在這種感覺裡是否能找到安慰，或者這也是一個必須害怕的理由？」

她定定的看著他，好像在問：您到底要什麼？陽光落在她的臉上，將微小的皺紋立體化。

「不能，」她最後說：「恐怕剛好就是這點我無法回答。」

桌上一字排開二十個小捲子，旁邊一把梳子、針、髮水、一罐銀色髮膠噴劑，而他的母親弓著腰坐在她的椅子上，望著窗外的雨，說她已經說過兩次的話：「這樣也好，那就不用總是提著那麼重的桶子……」

社會局的太太已經走了，只有她留在浴室的浴鹽和汗味還留著，瀰漫整條走廊以及她母親的房間。那是外婆的浴婦，丹尼爾這麼稱呼她，因為她的體積和通紅的臉，也因為要他想像讓她洗澡的畫面同時是可笑又是可怕，尤其對一個青少年來說，她的下臂都能媲美凱絲汀的小腿了。

「不要這麼用力，」她母親說，也是第三次了。「頭都快被妳拉禿了。」

「抱歉！」她把最後一個小捲轉回去一毫米，用她母親從右肩上遞給她的針固定住。薄薄的、白色的頭髮，髮間蒼白的、遍布老人斑的頭皮。外面的雨淅瀝瀝，她不熟練的手指顫抖，當她從一束頭髮的尾端開始捲起，一手用以固定，另一手把針穿過。透過她母親緊張的肩膀，她發覺，這個老女人就是在等她捲得太緊，或者針插得太深時，蜷縮起身體，好像等人重重一記拍在她後腦。

「好了。」她放開手，看一看外面。「妳會不會也適合剪短髮？像潔蒂嬸嬸一樣。」

「我這邊還有三支髮夾。」

「好了，頭髮不鬆散了。二十分鐘做頭髮，然後就該吃飯了。」

一個星期的雨把花園變成葉子和花的海洋，直接面對雨的澆擊。露台上她聽著雨滴啪搭，雨水沿著排水管奔流到集雨缸裡。外面個別的雨滴打在窗台上，發出空空空的聲音。

「丹尼爾呢？」

「在他爸爸那邊。」她右手把吹風機湊近，從母親頭上把髮夾取下，把沒有形狀的、令人聯想起浮鐘的頭罩，蓋在堆高的髮捲上。

「二十分鐘。」她再說一次，按下開始的鈕，溫暖的風便對著母親放送。

走出房間時別嘆氣，像早先一樣，她總是很注意孩子的指甲。

露台上雨水堆積在綠色的石磚上，形成小水塘，但是雨也漸漸止住了。西邊雲層變稀疏，讓紅色的光線穿透，把花園裡洗滌過的顏色點亮；香味濃稠的紫色和白色丁香在雨中低垂。坡上較陡峭的地方百花齊放，雞冠花、紫羅蘭、小堇花爭先恐後探頭出來，一直到較平坦的地方，玫瑰才從支撐的木架上伸出來，花蕾已經綻放但是還是像酒杯狀，又柔嫩又堅實。她花了很多天修剪，遲疑得像美髮師學徒的第一年，每剪兩刀就退一步觀察，嚴苛的審視結果。玫瑰不只需要養護，還要馴服，直到所有野性都成爲力量，從在風中顫抖、盛大綻放的花苞中釋放出來。

妳怎麼了？安妮妲會問。只是植物而已，妳幹麼那麼緊張？

「閉嘴。」她輕聲說，並走進廚房。「這妳不懂。」

自從她們認識以來，這是第一次她生日時，沒有接到安妮妲打來的電話。她很高興聽到這個信號：六月初又可以用這個號碼找到我。到那之前，安妮妲在哪裡，她的電話答錄器沒有說。

凱絲汀從櫃子裡拿出鑲藍邊的盤子和杯子，決定今晚把電子浴椅從浴缸裡拿出來，自己躺進充滿熱水的浴缸裡，啜著紅酒，翻閱已經擺在客廳茶几一個禮拜的女性雜誌。之前她接電話、擺餐具時，看到這本雜誌很多次了。外面的雨停了，比較是消磨時間而不是必須的：她把露台上的水掃掉，檢查丁香上有沒有蚜蟲，然後回屋子裡，幫她媽媽卸下髮捲。

晚餐她做的是焗烤土司、蛋和番茄。從廚房窗戶往外望，透過薄霧看著太陽再一次露臉，太陽琥珀色的光再次灑在籬笆的葉子上。看麥利西家的牆上，影子如何一吋一吋升高，像時鐘的時針一樣快，或者慢。

吐司熟了，她關上爐火，去看媽媽。她正把髮捲一個一個收進空餅乾盒裡，肩膀上還穿著綠色塑膠圍兜。她拿著一把桌上的立鏡檢查她的髮型，髮罩下她總是把助聽器脫掉，就算房間裡有人她都感覺不到。凱絲汀觀察她如何從桌上拿起一個一個髮捲，用顫抖的手，她如何動作到一半停止，什麼都不做了，只是坐在那裡。一動也不動，然後才繼續下一個動作。這幅不人性的緩慢景象令凱絲汀又同情又生氣，最後她只有關上門來保護自己不致太激動。她再一次步出露台，現在涼了，她裸露的小腿感覺冷。

一個禮拜以來，她每天都打算打電話給丹尼爾的導師，想要跟他約定一個談話的時間，結果還是沒打。倒是她的律師總算給她打了電話，三年來第一次。而且昨天嘭地一本有關贍養費新規定資訊文件就寄了來，決定性的段落用黃筆做了記號：婚姻後獨立責任的加強，再也沒有無限制的生活標準保障，現代意義下的新贍養費要求限制——一篇簡樸、具新知的散文。是否她必須去找工作，她在電話裡問了，這個問題的答案也在一段底下畫了黃線的文字裡：重回專業或者結婚前的職業在未來是被要求的，即使職業所得比婚姻所支持的生活標準要低。電話裡律師還說：這種情形可能會出現。那麼她在家裡的母親怎麼辦？他一時也無法回答。她的護理需求必須經過當局認可嗎？

不需要，律師說，然後她建議凱絲汀申請護理金。第一，這個申請成功的話，她會讓重新就業的要求條件泡湯；第二，會讓可能受到刪減的贍養費可以被護理金補充。在此的意義是指在婚後以自己能負起獨立責任爲前提，保持有限但是可以滿足的生活水準。

這是整個狀況。只有她兒子的行爲，在學校欺負小孩的事，她還不清楚。自從搬到鹿坡以後，昨天跟兒子道別時，她第一次覺得如釋重負，一棟空房子比晚餐桌上壓迫的沉靜容易忍受。所有的這些，她都準備跟懷德曼解釋，不知是因爲這些跟事情有關，還是因爲她必須找人傾吐，而她很相信，他會聽她說，安靜且有所思的點頭。

但是馬上她又想，她不要打電話給他。

吐司上的奶酪開始變黑，番茄醬一滴滴落在烤爐裡的底盤。乾了，變脆了。

門邊廚房月曆上，家長會的日子她做了記號，卻從此避免去看它。她寧願問自己，自己已經到這種地步，在她能跟一個男人約定某事之前，她需要一個星期心理準備的時間，而且跟她會談還是他職業上的義務，因為七年前一個短短的親吻？

飯廳裡電話響起，還沒響第二聲她已經把聽筒拿在耳邊。先是沙沙聲衝擊著她的耳朵，首先她聽到一個從極端遙遠的地方傳來的聲音，好像是無線電，然後是安妮妲快樂的、試探性的「哈囉？」

「是我。」她說，比她想表現的冷得多。餐桌上的鐘指著九點整，流理台上的紫羅蘭開始向瓶沿低頭，一幕向時間主宰致敬的優雅演出。「妳從哪裡打的電話？月球上嗎？」

「差不多，從月亮剛剛落海的地方，然後我忽然想到，妳……」她的聲音消失在沙沙之後，好像月亮真的正在落入海裡。「想聽聽，妳怎麼樣？」

「妳可能聽不到，這種干擾。妳在哪兒？」

「尼斯，妳說話我聽得到。」她的聲音聽起來情緒高張，氣泡酒味很濃，她從遠方打電話來時一向如此。

「我好啊！」她拿著原子筆在《訊使》邊緣亂畫。所有條件都齊了，在第一頁的一個小方格裡，標題這樣寫著。就在世界盃足球賽倒數的旁邊。

「妳說什麼？」

「我——很——好。」

「哦。我打擾妳嗎？」

「我正在做晚飯。妳怎麼樣，好嗎？卡爾大隻在妳旁邊嗎？」

「在我心裡，有時候。小心肝，夏天我們一定要一起來這裡一趟，這裡的海灣和山峰像夢一樣。我站在博物館的屋頂，四周都是燈火。九月妳一定要抽幾天空。」

「沒問題。」安妮姐的聲音間或有些尖銳，凱絲汀把話筒拿離耳朵，一邊穿過走廊，把露台的門半開，用另一隻耳朵聆聽母親房裡的腳步聲。她終於把美髮用具收進壁櫥。尼斯現在沐浴在光線之中。但是如果要沐浴，幸好我們有浴缸，她想。

「妳到底請了打掃的人沒？妳要不時的疼愛妳自己一下，知道嗎？」

「就是說，看著一個打掃清潔的人工作，就是疼愛我？」

「在那期間，妳可以找人來修指甲。」

凱絲汀的呼吸在露台門上的玻璃形成一團不成形的霧氣，從中央向旁邊擴散，然後消失。

「聽到妳的聲音真不錯。」她懶懶的說。

「我很抱歉今年把妳的生日給忘了，那一天我們剛好出發起飛，那天一早我還想，要記得打電話。」

「然後就忘了。」

「我會補償妳的，我至少寄了一份禮物。」

「謝謝。」

「妳媽媽好嗎？」

「她老了。」

「代我問候她。」

「好的。還有，如果妳想補償我的話，踏境節的時候來這裡。妳不在的話，我只有坐在家裡，想著除了我之外別人都在玩樂。」

「我看看。」

總是如此：她無法生安妮妲太久的氣，或者她不想。她寧願生自己的氣，因爲她不行或者不願意，而且對自己說：她是我唯一的朋友，除了她我沒有別人。

「妳是我的小心肝。不，妳其實是個小討厭，不過，我今晚還是會爲妳喝一杯，和格勞勃根底一起，如果妳不覺得太平常的話。」

「誰是格勞勃根底？」

「一種白酒啦，妳這個櫻桃小可愛，妳以前也喝過。」到安妮妲的笑聲從地中海的電訊干擾中解脫出來之前，她的耳朵在海波中著實晃蕩了好一陣子。

「妳從不喝紅酒真是很奇怪。啊，看看吧，今晚倒進我的酒杯中的，會是什麼。」她的方式，如何說出這個訊息，透露她不是單獨一人，在尼斯，而且期待夜晚的來臨好像期待一份昂貴的禮物，她早就熟知。她說的是「我們」，指的卻不是她的丈夫，並且現在她在夕陽下不知道正在向誰拋媚眼，準備晚上一起上床，而且是回到今天賴到中午才起身的同一張床上。

凱絲汀的怨惱馬上又回來了。

「因爲我喝紅酒會引起胃酸，我現在得回廚房了。」

「我們很快會見面，好嗎？」

「祝妳在尼斯玩得愉快。」然後沙沙聲和笑聲都消失，牆上的時鐘七點過三分。凱絲汀翻翻報紙，根本沒有在看，直到她的視線落在她母親用愈來愈難讀的字跡解了快三分之一的字謎上。問題的答案應該是眼睛裡的虹膜，四個字母，她母親寫的是B-U-N-T（彩色的）。

「吐司邊有點焦了。我幫妳切掉好嗎？」她問這位嫌棄的看著盤子裡不成形狀的東西，卻不知如何下手的母親。

「外面窗台上的溫度是十六度。」母親沒有回答，反而說起這個。「昨天還在二十度以上。」

「這種情形五月常有，總是變來變去。」

「我們家那邊一定也下過雨了，對吧，可憐的漢斯。」

「爲什麼可憐的漢斯？因爲天氣不好嗎？」

「他晚上還要上班。以前他晚上上班，白天還要割家裡的草、池塘邊的整片草坪。」

「一次，他只做了一次。」但是跟他的母親一樣，他到今天還在說這件事，好像他該爲此得到獎章似的。「我幫妳切吐司好嗎？」

「這番茄是我們花園裡種的嗎？」

「媽媽，現在是五月，我們的花園裡現在沒有番茄。而且漢斯現在是主治醫師，不用上晚班了。」

「以前我總是有很多番茄。」

「不會在五月。」

「馬鈴薯也是，還有黃瓜、義大利小黃瓜。妳還認得上面史密德家池塘邊那個大草地吧？那裡的陽光比下面多。星期六的時候，史密德威廉過來——當漢斯割草的時候，他問：**蘭愛雞卵莫**？（你要雞蛋嗎？）每次都這樣：**蘭愛雞卵莫**？」

「妳的吐司要冷掉了。」

「他的太太常常生病。」

「史密德威廉，割草的那個人，也是。漢斯幫了他幾次，幾次而已，沒有像我這麼常幫他。」

「妳總是在科隆，根本不在家。」

她的母親抓起刀叉，爲了交疊雙手，又放下。不由自主的，凱絲汀的雙手也停了下來，甚至停止咀嚼了一會兒，她發現母親的後腦還有一綹頭髮，她忘了捲進去。

外面陽光已經消失，只有在尼斯它可能還懸在海平線上，下緣逐漸融化，滴進天際。是時候開始第一杯氣泡酒。

她看著母親吃飯，看她如何用刀叉劃過荷包蛋、奶酪和番茄，直到三明治的每一層都攤在盤子上。然後她才切下一小塊，用顫抖的手把它送到嘴邊，頭像烏龜一樣往前伸。雙唇萎縮的嘴，完全不見牙齒。每吃一口她就放下刀叉，看一眼分成早晨、中午、晚上三個格子的藥盒，好像盒子剛剛才降落到桌上，打開蓋子，又關上。喝飲料，在杯緣留下痕跡，所有她所做的事，她都覺得有點智障，凱絲汀想，老化既不悲哀也不荒謬，而是自然的惡毒。而且她想，這樣想真是令人鬱悶，不只因爲這是對的，還因爲這些想法佔據了應該是別的想法的位置。不去想別的事，反而放大每個入眼的景象，好像她在母親剛洗好的頭髮裡尋找虱子。

「還要茶嗎？」她強迫自己把手放在母親手上，強迫自己對自己說，她沒有強迫自己。她對自己說：她畢竟是我的母親。

「我不要這麼常去上廁所。」

「妳知道的，彼德曼醫生說：一天至少喝兩公升。」

「妳還記得嗎？史密德威廉總是站在我們的籬笆外，當我們在花園工作時。」

「記得。」

「蘭愛雞卵莫？他總是這麼問：蘭愛雞卵莫？」

廚房裡的鐘正在消化時間，外面夜幕降下。母親還在吃的時候，凱絲汀把乾淨的碗盤從洗碗機裡拿出來放好，母親的吃相和嘮叨她實在無法再忍受。

麥利西家屋外的照明亮起來，馬上又熄滅。走廊上母親說：

「外面窗台上剛剛是十六度。」

她看著廚房窗戶玻璃上自己的影子，凱絲汀決定，過些天打電話給哥哥，問他有關申請扶養金的建議。爲什麼總是她的工作？爲什麼不是可憐的漢斯？他在母親還年輕正常的時候扶養她，現在他只有在少數日子裡到貝根城來探望母親，然而在他身旁散播歡樂的空氣卻好像灑了太多過甜的香水，此外就是帶著他第三任老婆駕船暢遊碧葛湖。爲什麼不是他？

從車道上突如其來的閃光，她看見連她門口的燈也被觸亮了。

「哦，」門鈴響起，她的母親發出聲音：「一定是漢斯來了。」

她穿過走廊時，在一條擦碗布上擦乾雙手，對自己說，一定不是丹尼爾。那是一個女人的身影，透過門上黃色的毛玻璃可以認出來。安妮妲，她想，特別愛跟她開玩笑，那根本不是從尼斯打的電話，而是從她的小紅車裡，在她從狄倫堡下交流道之前。安妮妲，自憐題目最終評論人、版權所有者，從車裡下來，車窗玻璃都還罩著薄霧。

安妮妲！

她感到自己的臉在發光，當她迫不及待拉開門時，卻見到是普萊斯太太站在門外，頭受驚的往後仰。清涼的夜風吹進來，那條絲巾，她包住頭髮的絲巾，令她看來像剛從敞篷車上下來。她微笑的搖搖掛在手肘上的籃子，說：

「我沒打擾妳吧？」

「完全沒有。晚安！」凱絲汀的喉頭感到一絲緊窒。鹿坡路空曠無人，在路燈下發光。

「您的丁香在我的客廳已經香了幾乎一個禮拜了，我覺得，我該來回報一下。」普萊斯太太用一手拿起架在籃子裡的紅酒的瓶頸。

「但是這太……請進，這麼一點丁香不值得您這樣。」

「我先生反正正在他的古巴情人那裡。不不，當然不是，他在公司，不然還會在哪？」

「我們……我母親還在吃飯。」

「哦，我這個不速之客，您一定要原諒我。」

「您來我很高興。」她的手放在普萊斯太太的肩上，同時另一隻手在衣帽間櫥櫃裡的大衣和夾克中間摸索空的衣架。透過開著的走廊，她可以看見母親坐在一堆曾是吐司的東西之前。

「剛好是你們吃飯的時候。」普萊斯太太充滿自責的對自己搖頭，一邊把頭巾解下來，理一理原來是金色、現在染成草藥方紅色的頭髮。「至少我也給您的母親帶了一點東西。她沒有糖尿病或者類似的問題吧？」她用兩個指頭把一盒夾心巧克力從籃子裡挾出來。

「還好沒有，您的圍巾和大衣可以給我。」

普萊斯太太穿在大衣下的套裝是淺色的，剪裁典雅，像一支簡單的花瓶，讓目光不覺被引導向上至腴美的花束，飄灑一肩的紅髮。

「媽媽，這是普萊斯太太，是住在附近的鄰居。」

「哦？」

一隻手還拿著大衣，踏進她突然覺得陰暗的走廊一步，走廊上只見露台門邊的罩燈和廚房裡投來的燈光。

「晚安，祝您好胃口。請繼續用餐，不要被我干擾到。」

凱絲汀看著她們招呼，希望她的母親至少手指上沒有沾到食物，普萊斯太太懂得禮貌，不要往盤子裡看。她最想做的事是用大衣把一切蓋住，然後往夜色裡奔逃。但是，她只是接下籃子，對像一個期待禮物的孩子般坐在那裡的母親微笑，她捧著巧克力圓圓的盒子，好像捧著一本童書。

「太好了。」她對巧克力喃喃的說：「真的太好了！」

「很適合您，這個紅色。」凱絲汀說。

「我女兒有一天晚上紅紅的從浴室裡出來，我就想：不冒險不會成功。這個顏色不會太強烈吧？」

「完全不會。」

「您知道我女兒說什麼嗎？爲什麼妳一定要讓自己看起來比原來的妳野性？真可惡，對吧？」她擁有，凱絲汀想，一種只有在比較年輕的女人身上才看得到的特質，像這樣，手插在腰上，看來好像在生氣，但卻不是假裝的。

「對我們的孩子來說，沒有比這更難了解的事，就是他們的父母也年輕過。」她說，但是不知道，這是否是普萊斯太太期待的回答。「請坐一下，我先趕快收一收。」

「謝謝。您喜歡紅酒嗎？」

「很喜歡。」她將微笑延長一秒，像一個魔術師一樣做個手勢，讓她母親反正已忘記了的盤子在手臂下消失。從廚房裡她聽到，普萊斯太太問她的母親，要不要幫忙剝開包著巧克力的玻璃紙。

「腦裡面血液供應不夠，」她的母親回答：「所以我什麼也記不住。但是，我什麼都寫下來。」

「我也應該把事情寫下來，但是我既健忘又懶惰，所以囉！」

凱絲汀把剩下的食物倒進垃圾桶，洗一下手指，把指甲裡的土刷出來，往下看一看自己，聳聳肩。沒什麼理由不能在星期一的夜晚，在自己的廚房裡穿著牛仔褲和線衫。就她在廚房窗戶能看到的自己的影像而言，她的頭髮還勉強及格。

「不用，謝謝！」普萊斯太太在走廊上說：「這麼晚了，還是不要好了。」

「我九點半上床睡覺。不能太晚睡，明天我一早就要出門，去教堂幫忙。」

「這樣。」

「如果有葬禮或者義賣，神父無法任何事都一手包辦。」

「這……是啊，他是不能一個人做。」

「您認識那些夜裡總是闖進這裡的男人嗎？」

「什麼？」

早該想到！凱絲汀從廚房裡飛奔出來，像裁判一樣站在兩個女人中間。

「媽，妳應該跟普萊斯太太說謝謝，她給妳帶來這麼高級的夾心巧克力，妳怎麼反而……」幾乎是立即，她感覺到手臂下薄薄的汗流，而且很感謝普萊斯太太自動轉移她自己的注意力。

「我們不是在聊天嗎？我當然必須知道，跟我說話的是什麼人。」

「是普萊斯太太，她住的地方跟我們只有隔一條街。她那麼親切，來看我們，還給妳帶了東西來。」

普萊斯太太修得完美無瑕的手放在腿上，她的眼光似乎停駐在瓶中的紫羅蘭花束，好像直覺感到，這束花中藏有秘密。凱絲汀擠出笑容來。

「您想馬上開這瓶酒還是想喝點別的？水？綠茶？」

「這瓶酒開了以後要讓它呼吸一下，我先生說的。我幫您端過去。」她端起本來凱絲汀要端的奶酪拼盤，站起來，微笑的回拒凱絲汀的抗議，領頭往廚房走去。

「那麼我給我們泡壺茶。」她不知道該覺得普萊斯太太的舉動是熱心助人還是雞婆，除了彼德曼醫師和浴婦，她家從沒有來過客人。突然間她不知道該到自己廚房的哪裡去，廚房裡的窗前站著普萊斯太太，她說：

「請您不要覺得不舒服。」她疑問的用奶酪盤子指指冰箱。

「就放在白色蓋子上面就好了。您是說那些男人？」

「人一旦年紀大了就是這樣，您不必感到難堪。」

「您真好，幾週前她開始有這種有人闖入的幻覺。自從那次以後，她沒有一天不相信，夜裡她沒有聽到屋裡有腳步聲。如果您每天必須面對這種胡鬧，您也會發脾氣，卻知道實在沒有理由生氣，馬上就又生自己的氣或者有罪惡感等等。」

「惡性循環。」

「也許這是很自然的，我只是無法適應。」她聽到她的母親再一次翻動巧克力，扶著桌子想站起來。支撐著她的腿的凳子，在木板地上摩擦。

「我母親住在養老院已經有幾年了，多發性硬化症，現在幾乎不能起床了。」普萊斯太太背對窗戶。「洗碗機在哪裡？」

「我們沒有洗碗機。」

普萊斯太太閉上眼睛。她的藍色眼影好像蝴蝶的翅膀，好像丁香花，好像夏天花園裡的香味，但是跟頭髮的顏色不配。

「我女兒總是說：要找到妳真的很簡單，只要注意哪裡又有人闖禍了，就行了。我到底在您的廚房裡幹麼？」

「您的女兒的確有些淘氣。」

「您認識這種感覺嗎？被自己的孩子甩掉？我是說，他們當然不是就這麼覺醒了，不是就這麼簡單趕上來，而是他們非常熟悉這個世界，我們身處的時代，您明白嗎？」

「例如說呢？」

「例如……」普萊斯太太的眼睛再度睜開。「一個很白癡的例子，您會這麼說是對的，只是我現在只想得到這個例子。最近，我們三個坐在——這很少發生——一起吃晚餐。總之，大概是我女兒吧，說了關鍵詞情人俱樂部，其實講的是有關電視等等。您知道，這個情人俱樂部到底是什麼嗎？」

「我猜，我聽說過。」

「您看，而我沒有。然後我跟我先生說，差不多像這樣：漢斯彼特，我們有時候可以重新一起出去做什麼事。也許一起去……我的計畫是運動、舞蹈社之類的活動。我女兒當然笑得從椅子上跌下來。」

「當然，哦，對不起，我是說：從她的角度看來。」

「是啊，這種感覺讓我覺得像活在昨天。」

「我不知道。」他們的眼光碰在一起。在這個廚房裡，狹窄、老舊、有棕色壁櫥門和抽屜門，角落有張小小折疊桌，桌上一大疊舊報紙，窗台上有小擺設，普萊斯太太優雅了。

幾個禮拜以來，凱絲汀一直想給廚房的吊燈換個瓦數較高的燈泡，現在這個微弱的燈光照在普萊斯太太的頭髮上，讓她的皮膚看起來比較暗。

「說真的，請您原諒。我站在您的廚房裡，說什麼情人俱樂部的。關於闖禍的我，我女兒還真的說對了。」

在地上拖曳的腳步聲往廚房接近，凱絲汀的肩膀震了一下，在這個短暫的沉默裡，凱絲汀突然有去擁抱普萊斯太太的奇異想望。

「請把東西放進碗槽裡就可以了，我晚點再洗。」

「我可以很快洗完。」

「絕對不行。您喜歡喝綠茶嗎？一個朋友從日本帶回來的。」

「真不錯。您泡茶時，我來開酒。有沒有……我是說，開瓶器在哪兒？」

「我也沒有開瓶器，真抱歉，我總是直接把瓶頸打斷。」從眼角她看見母親在門口出現，但是她的視線面對的是似乎吃一驚的普萊斯太太，她雙手抬起，像一齣突然被打斷的偶戲。「開玩笑的！」她說：「對不起，您後面牆上掛著的就是。」

普萊斯太太的笑聲令她想起安妮姐，都是喉頭發出的、亮的，而且有點太響。只有安妮姐不會拿手掩住口，不好意思的去看看凱絲汀的母親。麗織・維納用一隻手扶著門框，另一隻手拿著半滿的塑膠杯，顫抖著向前，像是窮人拿著要錢的罐子。

「有什麼藥要放進去嗎？」

「把杯子放在這裡給我，我把藥水滴好後，再給妳送去。」

「腦子缺血。」她母親轉頭對普萊斯太太說：「而且很多地方都痛，尤其是頭痛。可是，也只能這樣了。」

「您很幸運，在這裡被照顧得很好。」

「我記不住的事情就寫下來。」

「把杯子留在這裡就好了，媽。」

「什麼？」

「杯子。」

「還有藥水要滴進去。」

「我馬上拿去給妳。」

她們一起看著她母親離開，她如何回到走廊裡，用那樣的腳步，好像每隻鞋重十公斤。

「年紀大了就是這樣。」普萊斯太太把開瓶器從牆上拿下來，用手指把螺旋轉進瓶塞，還忍不住笑，嘴角一抽一抽。而凱絲汀想，她們兩人還是會互相擁抱的；也許不是今晚，但是會在日後的某一天。

「其實，」她說：「我比較想現在就馬上喝。」

第二部｜邊界

06

他沒有真正睡著，而是沿著夢和現實之間的界線走著，像在鋼索上維持平衡，每當屋裡有門關上，他就一驚，但又馬上跌回一連串沒有關聯的圖像裡：格拉寧斯尼用手指指著他說話、學生期待的看著他，而當凱絲汀・維納看著他的眼睛，嘗試去讀出他在想什麼時，電話響了。懷德曼把電話拋在腦後，緩步踏上走廊，走廊上一排從開著的門裡流洩出的光線。所有的，左邊的、右邊的房間都是空的。他有時間仔細考慮他要說什麼，聽著外面一輛車發動，有一段時間他知道，他肚子朝上躺著，然後他到達走廊的盡頭，想起：電話真的在響。

陽光透過寬大的窗戶射進來，將空氣中浮沉的灰塵照得一清二楚。把頭腦從夢境的最後一點糾纏中掙脫，花了他一些時間。這個時候誰會打電話來？懷德曼從沙發上坐起來，把毛毯摺好，眼光在他的客廳瀏覽一圈：一個單身公寓，沒有植物在窗台上，沒有畫掛在牆上，只有長長的、逐漸被書的重量壓成弓形的書架。書架就是這個房間的主人，讓房間看起來很窄，好像一個有閒坐角落的工作室。他從很早以前就一直想把一些書裝到箱子裡，搬到地下室去，其中很多書他根本沒有讀過。德國社會的歷史共四冊，碰也沒碰過排在上層；還是博士候選人的時候，這套書的第一冊出版後，他就預購了全部，但是出版間隔愈拉愈長，最後一冊直到三或四年前才寄來，就像來自「權威著作」這個名詞對他還有一定的吸引力的時代飄來的浮瓶傳信。現在這四冊書排排站在上面，按照發黃的程度來看，晚來的書早已和早來的成爲一體。

史萊格貝克今年要退休了，他是在網路上看到這則消息的。大教授漢斯維納史萊格貝克，他將和學生及同事一起慶祝，彬彬有禮的感謝無數的讚美，他的演說不但會詼諧雋永，還內含適度衡量過的尖銳挑釁。不著痕跡嘲諷挖苦歷史學大家中那些不做文獻考據，只喜歡不著邊際的理論的人，史萊格貝克熱愛掌聲。懷德曼用雙手揉揉太陽穴，把睡意從臉上抹去。坎帕豪斯——最近從萊比錫被聘到比勒費爾德當教授的太子——會在場，會在這個機會致詞讚美，懷德曼也能想像：以唇槍舌劍包裹的連篇恭維。坎帕豪斯最愛的是，從峰頂向另一個峰頂鼓掌致意。而退休代表的是，這個高峰的位置空出來了。

下午的陽光掛在峽谷上，西風輕輕的往蘭河上游掠去。格陵貝格街上沒有行人，三層樓多單位洋房，入口費心打掃過的出租公寓，一列刷上彩虹顏色的垃圾桶。史萊格貝克退休關他什麼事？在他面前，是一個無要緊事要辦、悠閒的下午，他卻沒有相對應的閒適心情，坐在陽台上看一本書，一頁一頁任時間翻閱而過。真是令人詫異，心情居然會被沒有殺傷力的事物影響。只有一點扯動、輕微的按壓，說不上是哪裡，而且一有別的活動就消失。但是一靜下來，它就在那裡，一向如此。臨睡前，剛醒來，每一個靜止的時刻都有這種感覺陪伴。他對這種感覺已經熟悉到無法對任何人描述了。它是什麼都不是，什麼都不像，它就是在那裡。像耳鳴，只是更沒意義，完全無形。它不會被煽風點火成為真的懷疑，升級成為憤怒，只會在留那裡，只是它自己，像它自己：天上沒有雲，但是也沒有太陽。只有黏呼呼的煙霧充滿在空氣裡，阻住皮膚上的毛孔，用昏暗的光罩住世界。也許這就是為什麼他喜歡在林子散步，當他不知道該怎麼辦時，他就直接走出去，呼吸。

離開之前再火速看一下他的電子郵件。

書房裡沉重的書桌上躺著未處理的信件，懷德曼把這些信件挪到旁邊，打開電腦。電腦開啓時，他到廚房去給自己塗一片麵包，喝一口蘋果汁，手上拿著麵包回書房，望出窗外。現在是六月初，時間飛逝，而什麼事都沒發生，一如往常，但是躡足逼近的夏天裡，似乎有什麼。冬眠裡醒來，有著小小牙齒、不耐煩的生物，緊張而且飢餓。而他根本不知道，他該期待什麼。

他的工作郵址上沒什麼消息進來，懷德曼打了他的第二個郵址和密碼「週末」，結果顯示三個新郵件。他認出一個寄件人，但是主旨「為什麼不？」引起他對內容的好奇。五、六週前他認識這個網名是玫瑰的女子時，比起她寄給他的，特意去拍的照片，她既乾枯又多刺。他們在哈瑙附近的一個地下室酒館碰面——第一次約會他總是選在地下室酒館——而這朵玫瑰其實不是不好，反而很舒服，甚至講起話來還很聰明，可惜不容改變的，她並不是他的典型。第一眼就足夠認定，如果她沒有馬上從酒館後面的小方桌回應他的眼光，如果他僅僅決定，在酒館裡看看，像一個被朋友放鴿子的人，筆直就開車回貝根城。但是結果是一隻又溫又軟的手壓住他，加上奶油一樣油亮的下巴線條。

很高興認識妳，他說，他總是這麼說。

違背他的意志，滑鼠一按，他打開郵件，看過內容，看到最後一行：你的玫瑰，臉上肌肉動了一下。登錄約會網站時，他的住址寫的是艾森／法蘭克福，以避免在燭光搖曳的小桌邊遇到同鄉的危險。而且十封電郵裡有八或九封是收入頗豐、四十歲上下的女人寫來的。有診所負責人、經紀人、藝廊老闆在法蘭克福或者陶諾斯。選酒時令他自覺不如的女人，法語和他說得一樣好的女人，當她們開始講述自己，公開她們對人生不再有幻想，她們跟失望那麼熟悉，讓他感覺他還像一個大一新生，而且人生只是他的選修，即使現在還是如此。

你本來就是。康絲坦薇會這麼說，現在她也還會這麼說。

跟這些女人第二次見面很少發生。

你的玫瑰。那個晚上他雖然喝了三杯紅酒，他還是坐上駕駛座開車回家。他拿出面紙把臉頰上的口紅擦掉，從那時起她的四封郵件就沒有回覆。此外，他還知道，她叫烏蘇拉，是個獸醫。連她的職業都讓他反感，想到她整天撫摸狗、貓的毛，雖然這些貓狗屬於有錢人的寡婦，她們讓貓狗梳洗的次數可能比她們自己梳洗的次數還多，他就是不願跟整天與動物在一起的人分享他的床。

第二個女人也不是他的典型，他已經可以從假作瀟灑的招呼語「嗨」辨認出來。這樣開始一段對話的人，不是有太多想要隱藏，就是太沒有自信。懷德曼按了消除鍵，回到廚房，再拿一片麵包，週末洗的碗盤在碗槽邊陰乾時留下白色的水漬。一段一段的，他從每十封郵件中回覆一封，每年見五到六個女人。在不同的旅館或者公寓過夜，有時候，如果化學反應對的話，就去海邊度週末或者去法爾茲。大多數時候期待都會冷靜下來，像坐在帆船上突然風向一轉。一個刺激和赤裸的時刻，當網路上的別名成為真的名字；第一眼不留情殘酷，跟修飾過的照片相比較，鎮靜的微笑後面藏著咒罵別人欺騙。或者另外一種情形，鬆一口氣，又能夠呼吸了，費力的掩飾住期待的興奮，不對剛剛開始的一局下注太多。所有的所有，只是一個給失敗者玩的遊戲。

他回去客廳之前，看了一眼電話上的來電顯示。電話響過，但是來電號碼沒有顯示出來，答錄機上閃著一個紅色的零。

給失敗者玩的遊戲，但是勝過孤獨，更勝過在貝根城裡的酒吧追女人。這是對某種東西的補償，某種在康絲坦薇之後他便已經停止希望的東西，以及也許他在康絲坦薇之前早已不再相信的東西，某種他完全沒有天賦的東西。有時候在限定的時間之內，甚至感覺很好，刺激的、也是輕鬆的。而且這種約會讓他認識到他另一個沒有預料到的天賦，這個天賦不能被小看，他對自己說，四十歲以後還有新的天地等著被發現。他能夠傾聽，不僅僅只是閉著嘴巴，而是真的聽進去。一種對時機的敏感是必要的，從酒杯裡緩慢嚥下一口酒，當對方尋找話語或者面紙的時候。在正確的時間點頭微笑是重要的，更重要的是，不注意到隔壁桌有更漂亮的女人。他發現了他的天賦，並且善加利用。另一個類似的天賦是，例如跳舞：領舞，但是不踩到對方的腳趾。並且當音樂響起時，用適當的音調說：去跳舞嗎？

「察爾斯B」第三封電郵的主旨。他的網名，跟其他網名一樣可笑，但這是必須。使用假名，表現出不同的自己，享受虛擬的輕鬆。好像用假錢玩撲克牌，一個女人曾這樣跟他說過。在他則是因爲紀念，紀念他以前喜歡讀的，現在還是喜歡但是不再讀的。他書看得愈來愈少，愈來愈覺得無聊。

她給自己取名叫薇多莉亞，寫道：

Cher Monsieur（親愛的先生），

我允許我自己用法文稱呼您先生，因為您的名字對我來說比較是法文發音Scharrl（沙爾），而不是英語的Tschahls（察爾斯），也因為我猜想，這個名字起源於十九世紀，當世界上還有真正的「先生」時。雖然您取名字所根據的那個人，一般不認為他是一個真正的「先生」。或者我誤解了？您的名字結果真的是察爾斯（像我真的叫薇多莉亞一樣）？

如果您允許的話，我想知道——您不需要馬上揭曉答案。有一個地方，在那裡像一個波西米亞人一樣的沙爾B也許會覺得舒服。您也是，如果您給自己取的名字像我所相信的一樣勇敢。

您勇敢嗎？我親愛的Scharrl？或者至少好奇？Connais-tu, comme moi, la douleur

savoureuse......(你如我一般熟知苦痛優美的香味嗎?)

Au revoir,(再見)

薇

懷德曼往椅子後背靠，好像他必須離遠一點，才能看清這些字，也許他不再讀小說，是因爲這些陌生女人寫的魔句提供給他的幻想足夠的養料。這些文字背後可能是女作家，想跟人上床的女作家。無論如何，他喜歡她用「您」。其實所讀的他都喜歡，尤其是這份必須不被說出來，無法被說出口的禮貌。他勇敢嗎？好問題，他從來沒有用這樣的方式問過自己。總之，他的指間感到一股電流通過，不去網站尋找她的照片，他反而在想，這首法文詩的出處可能是哪裡。讀了三次這封電郵後，他把電腦關上。

就這麼簡單，好像睜大眼睛欺騙自己：一個星期，也許兩個星期之久，這位謎一樣的薇多莉亞會占據他的思緒，上午下課休息時間陪著他，下午散步時陪著他。從她寫的電郵信裡，運用他的想像力，他將創造出一個生物，足夠吸引他到她的信裡描寫的那個地方去。然後見面，然後——這樣或者是那樣，或遲或早的發生而已，此刻只是消磨時間，沒有更多意義。

電話鈴聲把他從幻想中拉出來，他想起散步這件事。懷德曼大聲的清清嗓子，然後拿起電話。

「懷德曼。」

「日安，懷德曼先生。這裡是維納，丹尼爾的媽媽。」她說得很輕，幾乎是感覺自己有罪的輕。而他驚訝的感覺著，自己的手漸漸潮濕起來。

「日安。」他說。

她遲疑了這麼久才回這個電話，以至於她最終不是因爲害怕壞消息而打電話給他，而且還一開始就帶著引起他的不滿的恐懼，結果壞消息更不好。

換句話說：她給他機會贏得她的感謝。

「請您原諒我這麼久才回您的消息。」

「一點問題也沒有，維納小姐。」

「我無法更早回覆您。」她休息了一下。「有新的消息嗎？我的意思是：您知道的相關細節比上個星期更多了嗎？」

「多了一點，維納小姐。您希望在電話裡談這件事嗎？」

「不，希望您了解，我的母親在家，我必須早就作好計畫，或者伺機而動，剛剛我才送她到醫生那裡去。之前我已經試過打電話給您，真的很抱歉，在中午休息時間打擾您。」

「我沒有在睡覺。」

「總之我現在有兩個鐘頭的時間。」

「很好。」他說，但是不知道他自己是不是也這樣想。

「是嗎？」她好像順便在記東西或者忙碌的使用一個東西，也或者只是她緊張。「我本來怕您……那好。您到我家來的提議還算數嗎？診所會打電話來要我去接我母親，而他們沒有我的手機電話。」

「我想，我馬上出發吧。」

「非常感謝。」

「我十五分鐘以後到，可以嗎？」

「謝謝，真的。您知道我住在哪裡嗎？」

「我知道。」

他帶著一切都做對了的感覺掛上電話，但是他不知道爲什麼要做對。中午休息時打電話來約定馬上見面，對這個地方的習慣很不尋常。但是要說凱絲汀有善變無常的傾向，或者要提出條件來控制他，他也不相信。她必須克服自己才能跟他見面，面對當下的陌生感和模糊記憶中的親密兩種感覺的混合，她很敏感。所以她掙扎了九天，然後在她再也沒有藉口延遲這場談話的某個時刻抓起電話。

懷德曼換了一件乾淨的襯衫，刷牙，下巴拍了拍刮鬍水。鏡子裡的他似乎在問：「這只是導師對家長的談話？還是……」太陽穴邊的灰髮一直延伸到鬢角，但是他故意留點鬍渣，造成黑色叢林沒有斑晶的印象。也許會成功，他想，鬍子的作法。

兩分鐘後他急急下樓，塑膠雨鞋和兒童腳踏車立在樓梯間牆邊。愈來愈常，他最近感覺喉頭有種怪異的跳動。或者是肺裡？雖然格陵貝克街晚上十一點之後安靜得像田野裡的小徑，他睡覺時還是需要耳塞。每當史奈德家把裝垃圾的塑膠袋留在樓梯間半天之久，他的胃裡就會翻攪不已。

他走完格陵貝克街剩下的幾公尺，經過舊市公所轉寇納克街上去。幾百公尺以後，他忽然想到，他應該要帶些東西，至少要有一本記事簿什麼的，看起來才像學校的公事。但是他不想再回頭，如果她只有兩個小時的時間，他最好趕快。

你如我一般熟知苦痛優美的香味嗎？不假思索，他馬上想到這首詩的題目是*Le Rêve d'un curieux*（好奇男子的夢境）。這個薇多莉亞是一個高中老師？法語學教授？電郵信件她所選的字體讓他即刻就認爲是學術背景的暗示，以及對直線的偏愛。如果她的名字真是薇多莉亞，他可以到緬因茲、法蘭克福或者濟森大學的網頁上翻查，也許會找到她。然後呢？他受傷的驕傲會容許他去跟一個大學教授約會嗎？她想約他碰面之處，會是一個什麼樣的地方？

懷德曼感覺到額上的汗，放慢了他的腳步。腋下兩塊濕跡，他可不願意如此出現在凱絲汀面前。他比較想的是，他大概已經有了主意要跟她說什麼。

七年前在克萊山的半山上，他們相遇。然後晚上在慶祝廣場上。七年之前！而那之後什麼改變了？不是所有的一切都留在半山上，他甚至不知道，他自己是在爬山？還是下山？他所站之處是穩固的？還是馬上就會下滑？這座他正在攀附的山，爲了不掉落，努力抓緊之時，一直還在增高？他環顧這個地方，以及蘭河河谷，看看頭上白色的、在森林邊緣、烈陽下幾乎看不見的雲，他想：就是這樣。不論怎麼努力，他還是停留在原地，山在長大。現在陰影來臨，慢慢向他迫近，有些不如意的日子裡，他甚至可以感覺到腳上的冷意。

他觀察她和她的丈夫愈久，愈確定，他們婚姻中美好的日子已經是過去式了。在早餐廣場時他就這麼想了，現在在節慶帳棚又勾起他這種想法。他們跟彼此說話，並不爭吵，但是不需特別敏感，甚至從遠處就可以看見她眼裡壓抑的怒火，發覺他像孩子做錯事被抓到的固執抵抗。他們跟彼此說話，但是不談話。他常常跟康絲坦薇說：沒有已婚的人能逃過婚姻的平庸。

一向都是如此，第一個晚上帳棚都不會滿。只有少年隊和少女隊全體組員在這裡，大多數站在桌邊，跟著唱樂隊在舞台上演奏的曲子：熱門歌曲、民謠、流行歌。男的穿著及膝綁腿褲，頭上戴著插著羽毛的帽子；女人穿著近乎南德傳統服飾的衣服，頭髮束著髮圈，所有的顏色色調相近。他們大部分都非常年輕，懷德曼幾乎看不見幾張已過三十歲的臉。剛剛一首歌在爆雷的掌聲中結束。男子組的桌子有很多桌面是空的，而帳棚後面領啤酒的地方營作正常。懷德曼靠著站在一根帳棚支柱旁，剛剛甩掉一個老同學，在他還未能講完他的三個女兒所有的疾病之前，往萊茵街男子組那邊望。中學校長格拉寧斯尼，一身筆挺的領隊制服，挺著肚子從這一桌走到另一桌，跟在場的人敬酒。剛過九點，帳棚裡的氣氛跟著音樂的節拍走：副歌來時氣氛沸騰，中間逐漸平緩冷卻，歌曲結束時則癱軟，菸草的雲霧在吊燈下繚繞。

樂隊演奏致敬曲，也就是休息的前奏。

「你們太棒了！」樂隊指揮透過麥克風讓在場人知道他的看法，回答他的是這裡和那裡和諧的、但是不太清楚的齊呼，大概是「太棒了」之類的。

凱絲汀龐培格從她的位置上站起來，對坐在鄰近的人揮手招呼，做出一半是抱歉，一半是拒絕的表情。很長的一天，我兒子該上床了，明天早上見。懷德曼喝光他杯子裡的啤酒，把杯子放到隔壁空著的桌上。她的丈夫一邊看著她一邊點個頭，簡短的說了什麼，沒有身體接觸，至少從三十公尺外看來是這樣。

他喝了很多，但不是過量。他不過維持踏境節的傳統，手不空，杯不空。他的腿感覺沉重，腳上起了很多水泡，手指腫脹，呈粉紅色，因爲血液不暢。他沒有喝醉，也不算清醒，他被酒精籠罩，雖然清楚的思考不會成爲問題，但是他並不強迫自己這麼做。他可以這麼做，不需要想著這麼做，一隻腳跨到另一隻腳前，不需要知道要去哪裡，而在他四周，沒有音樂的帳棚裡，人聲嗡嗡，變成了一個蜂窩。這裡和那裡呼喊聲、歌唱聲此起彼落，有時候注意力被提起，隨即又沉落進帳棚深處。到處都是盡力的、興奮的、驕傲的精神，某種莊嚴在帳棚裡脹大，屬於某一群體的意義，好像他們剛剛從市長手中接過貝根城最佳奉獻獎，邊緣還鑲著絲帶。

凱絲汀的暗金色辮子離開出口往外去，左一甩右一甩，跟她眼睛在看的方向相反，也許她在尋找她的兒子。

紅色殘雲還浮在天際，看起來亂糟糟，又好像被金屬藍的湖凍住。白日最後的光線正劃過布帆。懷德曼周圍霓虹燈在升起的黑暗中閃爍。金剛把整條威尼斯小船連帶一個驚惶嘶吼的小孩吞下肚。乾冰的冰霧在網球場般大小的駕駛場地上營造混亂的交通，賽車場旁邊，旋轉木馬上情侶們伸長了手跟離心力對抗。迪斯可音樂和售票亭擴音機傳出的吸引人的廣告在空氣裡製造震動。焦糖杏仁、燒烤和廁所的化學味瀰漫各處。

他停住腳步，想對這鄉村式的娛樂作嘔，但是辦不到。最多只做到扯動嘴角，掛上一絲不屑的笑，也可看成只是微笑。這個晚上太溫暖，太柔軟，離正在消逝的天空太遠。如果他對自己誠實的話，他必須承認，在現在這一刻，除了這裡他哪裡都不想待。凱絲汀龐培格站在離他只有幾公尺遠的地方，在霓虹燈光中一道模糊的黑影。她把辮子扯緊，頭還是繼續張望尋找兒子。早上，上去克萊山的路上，他嘗試弄清楚他的狀態，他在喪失希望的高峰上正確的位置。現在他讓自己隨波逐流，朝著在人流中像是浮標的暗金色頭髮走去。她高大、運動神經發達，還帶著不經意的優雅，符合她所學，雖然她在早餐廣場上已經說過，她有很長一段時間都沒再做什麼了，在運動方面。

「哈囉，」她說：「您還是來了。」

她轉過身來，在她眼中找不到他以為會有的驚喜，她可能整個晚上都在想著他。代替驚喜的，是一個微笑，劃清界線的微笑。也許她在節慶帳棚裡伸長脖子，在鹿坡隊裡尋找他，雖然他不是正式屬於這個隊伍，但是他私底下自己覺得這是他的隊伍，或者之類的，他這樣告訴過她。家庭傳統，他的父親曾經……(停頓、微笑、聳肩)是領隊。

「我兒子堅持要來。您的腳怎麼樣了？」

「謝謝，坐著就還好。」

「至少您現在換了另一雙鞋。」

「您的兒子呢？」

她似乎很感謝有這個機會，繼續尋探。他也是：她的脖子修長，站得像蠟燭一樣直，雙手交叉抱在胸前。她把帶來的毛衣像皮手筒一樣繞在手上。她的姿勢透露出一些緊張、費力，這樣站在這裡，拉長了脖子。

「如果您九歲，一個九歲的男孩——您現在可能在哪裡？」

「碰碰車。」這麼多天怨哀之後，感覺像一種解脫，簡單的以男性的觀點來看：有機會。她雖然不會跟他跑到樹林裡，站著火速解決，背著丈夫偷情，但是她準備踏出的，離越界之前還有空間，這點他可以感覺到。

「您陪我去好嗎？」

在早餐廣場時他有種感覺，只有她的兒子不在場時，她才喜歡他的在場。只要兒子一來到，不管是喝他的可樂或者給她看他最新的徽章，她對待他就變成，離這個陌生男子遠一點。而這個孤立坐在斜坡上的男子，依然感受到孩子投過來疑難的眼光。她開始走，沒有等他回答。

「好的。」

像個男人，康絲坦薇說的，不是嗎？只要他不確定，這個機會是不是會背叛他的女朋友，他至少想把這個想法好好掂一掂。當成是準備，必要時就是代替品。他之前幾天忍氣吞聲太多，從史萊格貝克向他封閉的辦公室，到對他國家考試雙重的暗示。他對距離的感覺已經麻痺，而這個麻痺正好是他現在最享受的。一個局部麻醉，恰好迴避那個問題，那個平常在游樂時像蒼蠅繞著檸檬汁杯子揮之不去的問題。他沖了澡，換了衣服，感覺在他的自我外面包圍了一層香味和棉絮，他準備好要對自己大方。

凱絲汀一高一低擺動的、閒致的步伐他很喜歡。雖然她的夏裝很薄，內衣的線條卻完全沒有外露。懷德曼必須強迫自己轉移眼光，結果看到她的兒子，在她還沒有看到他之前。他假裝是意外的走在她後面，而不是跟她一起來的。碰碰車場燈光迷幻亮麗，環繞車場四周站著半大不小的孩子，跟著音樂搖擺。到處有小女孩被拉進一輛小車裡，男孩則只用一隻手搭著駕駛盤，似乎開著巡邏艇般瀟灑，另一隻手搭在隔壁座椅背上。「下一圈，再一次嘗試，誰都可以玩！」擴音機裡聲嘶力竭喊著。丹尼爾和他的朋友站在比較大的孩子背後，數著糖果，看起來並不高興看見凱絲汀龐培格過來跟他們站在一起。

「好了，」他聽見她說：「所有的車都停到車庫去。」

一陣突如其來的疲倦感侵入他編織的幻想，強迫他回家去。放棄吧，疲憊的聲音說。如果他不走，所要做的事留在他身上的可怕餘味，一瞬間那麼清楚明瞭，好像他已經做了。但是他不想走。準確說來，離開的相反他也不要——他甚至不知道，留下的話會發生什麼，對他來說，這似乎是同一種疲倦，讓他離開或者留下。這樣或那樣，反正所有的一切都是輸贏相對的零和遊戲。或者，有如坎帕豪斯在演講中提到的：爛遊戲，不是嗎？

「好吧，最後兩圈。」

「三圈。」

「丹尼爾！」

「三圈，拜託啦，又不會很久。」

雖然她背對著他，但是他能看到她眼睛一轉。倒是丹尼爾，看了他一下。這個小男孩眼裡有稀罕的冷硬，好像是給輕率對手的警告。

「好，再三圈，但是之後我們馬上離開，清楚嗎？」

「那妳要在這裡等我。」她的兒子說。

「我到前面橋那邊等你，這裡太吵了。」

之後的對話被售票亭的擴音機淹沒。懷德曼移動腳步往蘭河上國家技術支援中心所蓋的橋走了幾步，聽任凱絲汀自己決定，是否跟隨他。有那麼一會兒，他並不真正在乎她會怎麼做，她的腳步聲卻讓他明白，他是希望她跟著來的。

「您沒有小孩，您說。」

「沒有。」

「那您可能也不知道，有時候那有多煩。孩子總是要他們想要的，總是比他們的父母要的再多一點，您了解嗎？」她對他很坦率，當他們快走到節慶廣場、聽見河流的聲音、看見濃蔭下橋的形影時。

「嗯。」他說。

帳棚裡又傳來歡呼聲，接著樂隊吹奏馬上加進遊樂場上似蒸汽船節奏般的樂聲。再走幾步，河上的清風便迎面而來。寧靜棲息在沿岸長得東倒西歪的灌木叢裡，平緩黑暗的蘭河推流過它的河床。這一切，似乎是在他們身後降下了看不見的布幕，把噪音都兜進絲綢裡。

在橋邊，她說。雖然丹尼爾抗議得很厲害，所以這句話有可能有不對勁的地方，因爲孩子總是佔上風。只是她在這一刻完全找不到自己的意志，只是想找到平靜，停止僞裝。

頭轉到一邊，嘴埋進頸上的羽毛裡，一隻鴨子在橋下順水而游。凱絲汀在景像中所看見的自己，並不是這隻鳥奇怪的舉動，而是河上柔順的水流。

「您聽到了嗎？」她接著說。

「沒有。」他輕聲說。

她感覺到他的手伸向她，另一隻手尋找橋欄上可以抓住的地方。她整天憋著的氣憤，又在她裡面脹大。湯馬斯・懷德曼突然的站住，就如他的音調裡突然放掉輕鬆自在一樣，讓她直接擱淺。啤酒和刮鬍水，他的兩個男人味標誌，縈繞在他們之間非常窄的空間裡。我自己也沒有那麼清醒了，她對自己說。他的手現在放在她的腰上，她有一刻不能決定，用什麼話語來讓她的怒氣消散，她到底爲什麼這麼憤怒。不對勁的感覺模糊不清地，甚至太令人生氣的被動性脫離了她的掌握。取而代之，她握在手上的，結果是懷德曼的臀部。一個平扁的、學者的臀部。

他們單獨在那裡，望著彼此。只有她的眉毛在反應他手的動作，摸索她褲子鈕扣上的肌膚。這一切都似乎自有其荒謬得近乎邏輯的道理，她感覺。

「您不是真的想這麼做。」她耳語。

一個吻，像是翻找尋求她爲什麼這麼做的理由。堅定的，不慌不忙。她的雙手探索著他的背、後頸，又下滑到臀部——她什麼都沒有找到，她也沒有期待能夠找到什麼。他的唇或者舌尖上都沒有答案，最強烈的是，她發現這裡沒有一點驚訝的存在，發覺她對這種無意義冷酷的接受。爲什麼我在吻他，她問自己，並且讓他的舌再進一步。他壓擠著她的勃起，對她而言像是一個偵明情況的指示，她的手量測著他肩膀的寬度，她的臉上感覺到他的氣息。腳底下橋上的木條吱吱嘎嘎。

回應他對她胸部的撲攫，她抱他抱得更緊。他所做的，沒有什麼會讓她不舒服，她相信在她生命中，她第一次明白，冷感感覺起來，原來是這樣。他的唇只是唇，他的手只不過是手，他的舌只不過是潮濕。她聽著帳棚裡傳來的音樂，蘭河湍流的聲音，心中暗暗算一下時間：碰碰車的第一圈剛剛結束。

她的思緒隨波而下。十三、十四年以來她第一次吻一個自己丈夫以外的男人，感覺起來像是看一幅名畫的仿作：看上去沒有什麼相異之處，卻還是缺了點什麼。一切都那麼平，線條順得太快，沒有想像力只有筆力。懷德曼接吻的技巧並不壞，但是她想念上唇那一點點鬍子的摩擦。當然，欺騙自己丈夫的感覺一點都沒有，欺騙絕不會感覺如此徒勞。尤根很可能用發顫的手去探觸那個年輕的小東西，回收進來的是少女皮膚的香味和緊致綻放的曲線。男人絕不會覺醒，她正在吻的這一個也不例外，至少對那個她從昨天晚上起再也沒有慾望的男人。或者慾望還是有，但是不再情願了。

湯馬斯・懷德曼不需多久，已經察覺他所做的只是白費。他的撫觸、親吻，他的下體對她的壓擠，所有這一切都漸漸失去張力。當他的手第二次再放上她的乳房時，她甚至連要拒絕他的感覺都沒有。她的無動於衷窒息、遏止了他的慾動，唇與唇分離的瞬間，她第一次覺到這個吻是美好的。

結束之後，她想，一點都沒有弄痛我，然後覺得自己可笑。她雙手抱著他的頭，幾乎要在他的額上印下一吻。

這是不是說，我是一夫一妻制的人，她問自己。他的回收，手臂放下，她給他的反應是抱緊他的腰。他的高大讓人覺得舒服，他比尤根高，她的頭幾乎可以抵著他的下頦。

「我現在應該怎麼辦？」他問：「道歉嗎？」

她利用搖頭的動作，把自己更深的埋進他的懷裡。踏境過後，他曾說，要馬上回柏林去。她希望，這是踏境的第三天，而不是第一天。她可以給他最後一吻，知道，從此不會再見到他。他的手環住她的背，猶疑不決。她很想跳一支舞，緩慢倦累的，但是她不想俗濫。

第二圈緩衝車，內心一個聲音警告著。

「再一下下，如果您不反對的話。」她訝異自己這突如其來的需求，想靠著懷德曼的肩膀，沉沉睡去。再一次她抱緊他，然後放開。他聳聳肩，把襯衫拉平，倉促的看了一下她的臉。蘆葦叢裡一隻鴨子呱呱的叫，河流的黑顏色像是在表面鋪了一層油。

她往節慶帳棚的方向看，燈光絢麗人聲歡騰的那一邊沒有人出現。時間是九點半，不會再有人來參加，還沒有人要回去。

沒有人看見，所有什麼都沒有發生。

「我不知道您住在哪裡？」懷德曼在她身後說。他身後，很遠的地方，一盞孤寂的路燈在一條空的長椅旁兀自亮著。他們之間，已經隔著太多空間，不能再擁抱最後一次。

「那麼，再見了！」

「晚安！」她沒有目送他，而是走出草地上黑暗的柳樹影，整理她的衣衫。蘭河另一邊有人上橋過來，她交叉雙臂走來走去，似乎身在一個空的月台上，深呼吸。第一天她挨過了，成績不理想，但是挨過了。浮上臉龐一個微笑，唇上打一個招呼，最終轉過身來，當腳步聲靠近時。有一秒她期待會看見懷德曼朝她走過來，卻是丹尼爾的眼光擊中她的臉，好像在她臉上揍了一拳，打得她一個踉蹌。

他準確的站在她最後看見懷德曼的地方，橋的中央。他的頭藏在陰影中，她完全看不見他的眼神，在她突然撞上時。只有他百慕達短褲下裸露的小腿，以及T恤袖子下的手臂，然後眼睛，之後才是她原本直覺會有，但是不在的孩子的怒氣。縱然如此，她說不出一句話。她站在草地上像癱瘓一般，聽著自己的心跳，一張大網朝她兜頭一罩，網眼是如此細密，什麼都逃不出網去。

「這樣啊，老實說……」縱使很難，她還是強迫自己把交抱的雙臂放下來。「我不知道，我兒子和他爸爸的關係如何，我們不談這件事。」

然後她又把手臂交抱起來。

「如果您想知道，我和我兒子的關係怎麼樣——這個我也不清楚，因爲我們一樣不談這件事。」

沒有她的雙臂保護著她，這種話真的很難說出口。

「但是請不要隨便下結論。跟一個十六歲的人談話，真是……」她用點頭說完這個句子，深吸一口氣，發現她的嘴唇看起來薄弱又缺血色，當她緊緊閉起雙唇時。

「您可以責備我太愛我的兒子。我知道有這種事，也猜測，我們眼前就是這樣的例子。但是您知道嗎，其實人能夠選擇的很少，比我們以爲應該有的選擇少得多。」

不論如何，這句話說得很漂亮。

「您沒有小孩，不是嗎？請您……不，請您不要。算了，請當我沒說。」她私語，貼著浴室的鏡子，臉靠著自己那麼近，鏡面上幾乎出現了她的唇形。她的手指從鼻窩往眼睛下方劃過，停在顴骨上。防皺霜，女性雜誌的建議。爲了萬一懷德曼要使用她的浴室，她拿下暖氣機上掛著的換洗衣物，一下子不知道怎麼辦，便塞進洗手檯下方的櫃子裡。這個空間忽然禿了，黑色裂紋毀損了暖氣機上的白漆，後面的瓷磚看起來也殘破不堪、老舊，窗台則徒勞的假裝自己是大理石。

這裡也請不要輕易下結論，她想。

帶著蓋子的塑膠杯，晚上用來泡母親的假牙，她把它收進鏡子後面的櫥子裡去，隨即又心虛的把它拿出來。爲什麼要這樣假裝？假裝成什麼？她的眼光落在貝殼狀的香水瓶上，浴室裡雖然晦暗不明，瓶子卻奇異的閃著透明的、黃色的光。香水是某個她在打開郵寄包裹前從沒有聽過的世界頂尖名牌，安妮妲對她的罪惡感價值就是這瓶香水。她一把將瓶子攫起，瓶子重量剛好，光滑的、軟潤圓嫩的玻璃，握在手裡很舒服。不冷，也不是暖的，躺在她的手心之中。她把蓋子打開，拿到鼻子前，嗅聞。

真是太討厭了。

海邊沿岸，空氣滿滿的是薰衣草的香味，黃昏的光線似琥珀。香水聞起來就是這個感覺，洗浴後輕輕滑進夏天的洋裝，水珠還殘留在皮膚上。簡單如棉絮、珍貴如青春，這是一團欺騙的香味，誆你披在身上生命的舊衣，在香水噴灑那一時能恢復燦爛如新。安妮妲沒買過這樣的香水給自己，她不喜歡如幻的柔軟，她喜歡的是固若金湯的財富香味，珠不能是水做的，衣不會只是棉絮。可以推想，她去了一家香水專賣店，詳細的做了功課。在尼斯當然有無數的香水專賣店，只要幾句關鍵詞，就能發展想像，凱絲汀小姐何許人也，就能知道，什麼香味最適合凱絲汀小姐。根據安妮妲的理解，善意欺騙大圖中的一小塊，像這個香水味這麼不誠實，最終只是一道噴灑在香水籤上的試驗，職業性的手勢一揮，把香味揮散到空間中。瞧，可不是嘛，我們相信遠方的好朋友正帶著她單純的自然站在自己面前，或者自然的單純。讓我們把心裡的話說出來吧：就是她可愛的愚蠢。她以爲香味是一條絲巾嗎？走過之後還在身後飄逸？

凱絲汀將香水瓶放回去，將馬桶蓋子放下，克制住自己想坐下的衝動。廚房裡正在煮的咖啡可能已經好了，而懷德曼可能也已經站在門前的露台，因爲沒人而開始覺得奇怪。如果必須的話，她當然也可以請他使用大門邊給客人用的小衛浴間。但是，第一，那不再是客人專用，而是丹尼爾專用；第二，她恐怕這間電話亭大小、灰棕色瓷磚的衛生間反而會讓他留下更惡劣的印象。如果一個人的外表可以是住所判斷的準則的話，那麼懷德曼的浴室應該會像庇護所般素淨、簡單，而且非常明亮，也許還有一盆仙人掌在窗台正中央或者一個橡木材質的報章雜誌架，不經意的站在馬桶和牆壁之間。第三，她覺得給兒子的班級導師使用一間他一眼即可望見因爲沒有櫥子，所以在丹尼爾的浴衣口袋擠著的用過的牙刷、妮維雅男性止汗劑、刮鬍水瓶的衛廁，是一種褻瀆。不，眼前的局勢是，她只希望，就算是第三杯咖啡下肚後，懷德曼老師的膀胱還不到無法承受的界線。

「我就靠妳了。」她對鏡中的自己說，然後離開浴室。

從廚房她可以看到懷德曼坐在花園的椅子上，腿伸得長長的，但是背還是挺得筆直，同時隨意又不失專注力，如果她對肢體語言和非語言性表達的課程內容記憶正確的話。他似乎沉迷在坡上百花盛開的景象中。談話中間，他的眼光有時候會跟隨某隻蝴蝶幾度盤旋，或者看著栗樹上一隻斑鳩，讓凱絲汀有機會注意到他沒有贅肉的小腹、整潔的手。但是她現在臀部靠著流理台站在廚房裡，看著咖啡一滴一滴流進玻璃咖啡壺，問自己，爲什麼某種特定的緊張情緒總是盤踞不去？現在，他告訴她所有的一切之後，她有理由可以放鬆：她不必害怕被學校開除，而丹尼爾嚴重的過錯，這個導師似乎並不準備把它當成是暴力以及無法無天性格的表現。關於這一點他有一點含糊不清，很明顯是因爲盡力不違背她的意願，把敏感的家庭問題也帶進談話題目。他也不扮演心理醫師，只講客觀因素，不時自然的讚美她的咖啡，一點也不會噁心巴結。有關節慶廣場、蘭河橋、秘密等等的暗示，蹤跡全無。這個談話她很受用，她喜歡他汩汩涓流的方式，他默默的專注，她猜測，他的族譜中應該有好幾個牧師。雖然如此，她還是站在廚房，讓分秒流逝，客人坐在露台上，她幾乎打算在這個下午，她的母親被帶出去的下午，獨處。

這就是我，她想，我們必須接受。

——誰是「我們」？

——哦，不不不！忘了我生日的人不會得到有關那種問題的答案。

——只有妳自己相信，妳必須接受這樣的生活。事實是，妳必須改變你的生活。

——我們認識二十三年了，我從沒有一次忘記妳的生日。

——改——變——。

——丹尼爾切除扁桃腺時，我從醫院打電話給妳，打到克里特島。

——科孚島。所以妳決定要一直生我的氣。

——不是，我沒有隨便生氣。

——不錯的男人，外面露台上那一個。以貝根城的水準來說，反正。我不確定，但是我想，學校的舞會上我可能吻過他。

——我懷疑，我們兩人中到底誰才需要改變生活。還有，我吻過他，只是沒有告訴妳。

——妳給他倒咖啡的時候，聞聞他吧。我猜是聖羅蘭。還有還有，妳喜歡我送妳的香水嗎？

——不是我的味道。

——所以我才送妳呀。

就是，就是這樣！哦，用什麼東西才能拿來砸這種自負？

——有很多事情我無法自由的決定，但是我的味道聞起來是什麼樣子，我還是可以自己決定的。

——不要再生氣了，聽我說。妳沒有勇氣放膽去過自己喜歡的生活，妳甚至不敢讓自己聞起來像妳喜歡的那樣。

閉嘴，她想，她把咖啡壺移出咖啡機，把咖啡倒進保溫壺。然後回露台，走過五斗櫃時，看了一眼櫃上的紫羅蘭，但是花朵已經下垂，這束花不會再有活力了。

「請原諒我，」懷德曼說：「我沒有注意到已經這麼晚了，而我們已經商討過我們必須商討的，我該告辭了。」

「請把杯子給我。」她只說。

倒咖啡時，他們的眼光短暫相遇。他的刮鬍水有一股秋天的澀味，而且他抹上刮鬍水之前，其實並沒有刮鬍子。她腦子裡作主的那一部分極想知道，他站在鏡子前時在想什麼。

「您在花園裡花了不少力氣。」他說。

她點點頭，跟著他的眼光望去。自從丹尼爾不再需要在草地上翻滾玩耍以後，她便也在草地上開墾小花圃，三色堇、小波斯菊，野性的、會自己生長的花，雖然它們並不安分規矩。也許一個男人對自己手底下拉拔出來一個花園的滿足並不能理解，所以跟他一起，透過他的眼睛觀賞自己的花園，對她而言也沒有多大樂趣。躺在眼前的這一片，是一個有太多時間的女人所做的事。他也這樣想嗎？她注意到他的眼瞼顫了一下，雖然他像要戴隱形眼鏡般睜大了眼睛，想掩飾過去。反正，他避免正視她。

「您不工作嗎？我是說……」

「目前沒有工作。」她雙手交疊，捧著杯子，決定不接受這樣的侮辱，轉而拾起矛頭瞄準。「您也不相信他會做出這種事，對吧，我的兒子？」

「是。也許快七年的教育經驗，我該知道這個年紀的學生會做出我們無法解釋的事來。但是丹尼爾的例子……是的，我承認，一開始我完全不能相信。這對您是一個安慰嗎？」

「怎麼會是安慰？我兒子從十歲開始，就在麻煩的生活狀態中成長，這對他的影響不好，可是他能怎麼辦？如果是這個生活狀態使他做出這種事來，那我們也可以說，他自己也無能爲力，但是這樣也不對。」

「我可以打岔一下嗎？您並不欠我任何解釋。」

「我的解釋是，錯在我前夫和我自己，這是肯定的，但是：做出事情來的卻是丹尼爾。而我愈是嘗試設身處地的想，愈是沒有辦法解釋任何事。湯米艾德勒我認識，我們以前在海恩博克區曾是鄰居。」

當然她想過，是否要打個電話給艾德勒家。有幾年之久的時間，愛薇艾德勒和她隔著籬笆互相招呼，交換園藝的心得，交換自家種的水果和蔬菜。有的時候在露台上聊天，談小孩和家務，出去度假時幫對方澆花。當艾德勒先生冬天剷雪時，不會吝嗇越過界來也照顧一下他們家。離婚之後，艾德勒太太來過一次鹿坡，下午的時候喝咖啡吃蛋糕，以及無話可說的尷尬(您這裡真不錯，這句話她到現在還記得)。之後還有一、兩次的聖誕祝福，連絡就中斷了。這期間，當她們在城裡遇見時，轉頭往另一邊看似乎也很自然了。

懷德曼點點頭，用一隻手指壓住跳動的眼皮，他移開手指後，她看見，眼皮的顫動並沒有消失。然後他喝了一口咖啡，稍微擺了一下頭，更換話題的訊號。

「舞蹈，對嗎？」

「什麼？」

「您在科隆的主修：運動，但是專攻舞蹈。不知道我是否記得對？」

「我也還知道，您也在科隆念過書。」她點頭。

沒有什麼特別明顯的原因，他開始敘述。敘述之中，他似乎對仍舊這麼清楚的記得所有的一切，感到侷促。他甚至還背得出來她之前在科隆住過的兩個地址，以及他們當時不能夠確定，他們是否在安妮妲二十五歲生日會上已經相遇過。偶爾他會假裝他的大腦不合作了，但是她知道，他只是要避免她產生，自從那時起，他無時無刻在回想他們對話的印象。

她側耳傾聽，試著將她的緊張藏在微笑之下，藏在話語裡：

「您知道花了我多久的時間，說『「薩克費佛」山(暗喻吹簫)』時才不會傻笑？」說的時候，她覺得自己又犯傻了。爲什麼她必須檢視他的每一個動作，好像他的一切都有弦外之音，她必須解碼並分析。他絕對不會是想在字裡行間傳達給她什麼祕密訊息，他只是非常和善、禮貌的維持住話題直到他喝完她剛剛才又倒給他快滿出來的咖啡。

「真的？」

「我有愛胡鬧的傾向，您那時候可能沒有察覺。」

「是沒有察覺。那麼您花了多長時間，在講您的科隆地址『肅責歌爾特區』（暗喻喋喋不休的廢話）才不再別有所指的傻笑？」

「也許就是因爲如此，我才火速搬家。」她聽見自己笑，很想去拘他的手臂，告訴他：您知道嗎，我不是一直都是這樣，我只是需要時間適應一下。幾天前她和普萊斯太太聊得挺愉快，但那是兩個家庭主婦互相在聊父母經。下一個星期六普萊斯太太邀請她到家裡去，普萊斯先生將會去參加萊茵街聯會，而她們兩人決定要過一個女士之夜。在她，這將是幾年來的第一次。

「您的記憶力真好。」她說：「一個歷史學家可能也必須要有。」

他搖了搖頭，在他這個姿勢中，有一點什麼東西要引起她的注意。

「也沒有人會認爲美術老師一定是藝術家，不是嗎？此外，記憶力當時是我論文的研究題目。在大學裡，歷史學的記憶是集體自欺的媒介，也就是說制度化的錯誤記憶。」他停下，看著她故意抬了抬眉毛。「大家在歷史學家背後都說他們比較無趣，我恐怕正在向您證明，自認爲是歷史學家的人也很無趣。」

「錯誤的記憶是什麼意思？」

「每個人都有這種經驗：大腦會放人鴿子，記憶會迷糊不清。如果單一的個人會如此，集體怎麼會不會？集體記憶有可能是大家互相證明的單一困惑記憶的總體。假設我錯了，我們七年前沒有一起爬過克萊山，那時跟我談話的是另一個人，跟您談話的也是另一個人。您其實已經不太記得了，而現在我跟您說得愈多，您就愈相信我們的記憶是共同的，是吻合的。您把我的記憶當成是您記憶的證明，我也是，但是我們可能兩個人都錯了。」

她用了一點時間去了解，爲什麼她不想聽他現在所說的話。她掙扎了十天之久，提醒自己作爲一個母親的義務，警告自己這次談話是必要的，任何方式的逃避都是羞恥的。單單一個短暫匆促的吻，不足以讓兩個成熟的大人在七年後不能對看彼此的眼睛。然而她仍不由自主的一直想著這件事，爲那時候這件可笑的事情感到羞恥，好像要隱瞞脖子上的吻痕一般，難道是爲了讓他現在用手指著，而且假裝好像什麼事都沒有，把它當成某個理論的例子比他直接講起那次邂逅更是傷人。

懷德曼看著她，好像在等待一個答案，而她只是聳聳肩。

爲什麼他要這麼做？有可能他真的忘了那個吻？或者他記得橋上短暫的相遇，只是忘了他吻的人是誰？突然間她無法再靜靜坐著，無法忍受他說完後留下的沉寂，像一個啞巴問號的宗教陣式。突然之間，不可思議的那件事變成極可能的現實：已經七年了，他喝了酒而且累了，而且他們自此幾乎沒再見過面。爲什麼他腦子裡的連結不能在某時斷裂？對他而言不過是在某個沒多大意義的日子裡一件無足輕重的事。誰知道自從那時候起他吻過多少女人？

她應該感到羞辱，還是鬆一口氣？

「您那時候穿著襯衫和西裝外套。還有那雙鞋，沒有人會穿那樣的鞋去爬山。」她終究還是說了，語氣中帶著一絲孩子氣的反抗。這種語氣他可能無法了解，卻是她對自己說，她明顯絕不是鬆了一口氣。

他點頭並作一個不代表什麼的手勢。

「我的指導教授對我的題目也無法認同，這也差不多是我歷史學生涯的終點了。」

「然後您就回貝根城來？」

「這是歷史的嘲諷。」

「爲什麼您要留在這裡？」

在這段新起的短暫沉默中，她很確定電話這時會響起，但是身後門戶大開的房子裡也只是沉默，花園裡的光線漸漸變成下午暖暖的色調。凱絲汀用手輕輕撫過小腿上起的雞皮疙瘩，她欣喜的發現他有一對沉靜的眼睛，顏色介於棕和綠之間。即使他不知道眼光該放在哪裡，他的眼裡也沒有一絲驚促，只有人性從容不迫的尋找，或遲或早就會知道該要什麼。

「我問過自己，究竟是『我不知道』是最誠實的答案還是最懦弱的。我也自問，兩者皆是是否可能。」

「您——套用您的話——並不欠我一個解釋。」

「我留在這裡，」他說：「因爲剛好有了這個工作，也因爲有一段相當短的時間，感覺一刀兩斷真的很好。事情自己來找您，而不是自己負起責任。您跟著改變走，一段時間之後卻像是被逼的。追根究柢這是一個嘗試，嘗試將尊嚴從事故中贏回來，因爲最終您會到達一個您自然而然便會達到的點，所謂自由的範圍。問題是，命運握在自己手中的美好就在近前的感覺能夠維持多久。或者，用另一種方式來問，驕傲的半衰期是多久？」

幸好他還能辦到，用微笑來削減話語的重量。但是當走廊裡傳來電話的鈴聲時，凱絲汀仍舊很高興。

「好問題！」她一邊站起身一邊用手指指鈴聲的方向。他一直對她用敬語「您」，好像他不是他自己命運的作者，而是要暗示，這是她的命運。凱絲汀拿起聽筒，回應診所小姐的通知，她母親的療程結束了，請來接她。

「十分鐘。」她說：「有什麼新的發現是我必須知道的嗎？」她的聲音聽起來似乎不太情願，好像她母親的命運她並不特別關心。

「我想，這個醫生會跟您說，如果您等一下還有幾分鐘的時間。」

「當然。」她跟她道別，發出嘟嘟聲的聽筒她還繼續拿在耳邊。懷德曼在外面，雙手插在褲袋裡，站在她開滿花的斜坡前，肩膀直挺，好像在給畫人像的擺姿勢。凱絲汀掛上電話，站到露台門邊。

「不好意思，我得走了。」

他點個頭，順便抄起他的外套。他指指餐具，示意想幫忙，她趕快揮手拒絕。

在走廊前她檢查袋子裡駕照和健保卡是否齊全，如果彼德曼醫生要找她談話的話，也差不多是時間考慮說為什麼安眠藥素必克隆對她短期內幫助還多過傷害。希望他不要長篇大論關於上癮的危險，這個她比他還清楚。

「這還是沒有變，」懷德曼在外面說：「我們在家長會上見，希望這整件事就這樣結束。如果在那之前您有問題，或者想找人談一談，隨時都可以找我。」

「我開車送您一段吧，格陵貝克街，對不對？」

「我還想去上面森林裡轉一轉。」他的下巴往斜坡一指。如果不是這一切的話，她想，她不會現在就跟他說再見，而是把手插進他的腋下，勾著他跟他一起上鹿坡，跟迎面過來的慢跑者點頭，另一隻空著的手，則沿路撫摸路邊高高的草。

「謝謝您特地臨時抽空趕過來。」

「我很樂意。」他回答。

她坐進被太陽曬得暖暖的車裡，搖下兩邊的車窗，調整後照鏡，但是她背後高大的身影已經轉彎，走出了她的視線。鹿坡上空蕩蕩的，像被拋棄了，幾片雲靜靜的浮在山脊上。她的思緒跟著懷德曼走上寇納克，沿著空地後面狹窄的小徑，最後——一直一直深入貝根城可恨的森林裡。

07

「可不是嗎，您穿剛剛好，好像特別為您縫製的。」凱絲汀雙手交抱胸前，拿著香檳杯一下一下的碰觸下唇，當她在旁看著普萊斯太太左轉一圈、右轉一圈，最後終於站定，好像要跟她的穿衣鏡決鬥似的。

「就是啊，好像特地為我做的，只是我的身材似乎不太適合穿這種款式。」

「真的很好看。」

「魔鏡、魔鏡，世界上最沒有腰的女人是誰？」雙手插在腰上，普萊斯太太皺著眉看著鏡中的自己。壁燈發出橘色系朦朧的光，照得她的臉有些蒼白，卻也不是顯老，就是眼下有一圈凱絲汀先前沒有注意到的暗影。而她身上這件黑色洋裝，對她的身材的確是一個大膽的嘗試。問題其實並不在腰部，反而比較是裸露的小腿，她的小腿有點太粗壯。凱絲汀猜測，普萊斯太太的身高大約一六〇多一點，如果她們再熟一點的話，她會建議她穿蓬鬆一點、飄逸一點的裙子，長度到腳踝。然後搭配高跟鞋，而冒險進取的地方應該放在胸口，這是她最好的本錢。這類短打型的小洋裝適合高瘦的女人，凱絲汀禁不住憑弔自己一件類似的洋裝，掛在衣櫥裡已多年不見天日。只有這件洋裝真正適合妳，妳甚至赤著腳穿也很漂亮，安妮姐總是這麼說，而普萊斯太太爲了展示，把鞋脫下來以後，這件洋裝讓她看起來又矮又胖，原形畢露。凱絲汀卻不能這樣告訴她，就算現在是星期六傍晚，她們已經在喝第二瓶香檳也不能。

「什麼時候舉行，扶輪社的舞會夏之夜？」

「再過三個禮拜。」普萊斯太太嘆口氣，轉身離開鏡子，伸手去拿小餐桌上的香檳杯。「謝謝您的耐心，無論如何，我去換衣服。」

凱絲汀點點頭，踩著狹長的羊毛地毯進客廳。這裡的燈光是紅棕色調的，爲了跟暗色的地毯和鹿皮沙發組配合。一張沙發較長、一張較短，加上兩張單人沙發。其中一張單人沙發椅墊的痕跡透露出，這是女主人的位置。低矮的雙層玻璃咖啡桌上擺著香檳冰鎮桶、兩盤乳酪小餅乾和葡萄。桌下堆著時裝、建築雜誌，幾本汽車雜誌，一本青少年問題專題的《家庭與健康》，標題「荷爾蒙戰爭」印在封面上。凱絲汀放下酒杯，走到窗台前，微笑的擺置丁香花束，讓每一根細枝都深入水中，花朵向外開展。她一向敏感的太陽穴到現在還沒有出現喝酒反應的動靜，真是驚訝。

從宏恩貝格街的上方，視線可以直直落在城堡街的圓頂上，城堡頂上貝根城向晚的陽光均勻灑落。環繞城堡是黑暗的森林，森林與晚際的夜空之間幾乎沒有界線。峽谷裡唯一能清楚來處的亮光，是工業區那邊的麥當勞。幾個月前新開的分店，貝根城市長利用開幕儀式致詞的機會，爲了喚起兩者間是互相關聯的印象，他在一句話中把「經濟」和「吸引力」套在一起。另外，凱絲汀還認出巴赫街底端的養老院，那個地區最高的大樓，比它斜對面的銀行大樓還高兩層。下面的某處，丹尼爾正跟某群不可靠的朋友飲酒作樂，希望他們不要產生其他證明自己男子氣概的念頭和行動。

普萊斯家有溫暖和結實耐用的氣息，從顏色和偶爾有的「太多的一點點」傾向洩露出來，簡單的說：這房子的裝潢就像普萊斯太太打扮自己的方式。財富以和諧的方式裝滿空間，不一定以最新的和最好的爲主，而是經過時間考驗的好品質，一看就喜歡和信任，然後看都不看標價就買下來。不是那種想填滿內在空虛的奢華，沒有軟墊家具讓人陷入更深的無話可說。

她感覺情緒不高也不低，不太確定，自己到底在這裡做什麼，她很想比現在的自己更放鬆一點。

她回到桌邊，給杯子添一口香檳，看到廚房的燈亮起，不一會兒，普萊斯太太穿著原先的淺色褲裝從隔開客廳和飯廳的玻璃帷幕後走進來。除了她的杯子外，手上還提著一瓶紅酒，紅酒的商標朝著凱絲汀迎面而來像警察標誌。

「如果您不反對的話，我們就開這一瓶。香檳再喝下去的話，我會有現在是跨年的錯覺。」

「好啊！」

「跨年的時候，您是不是也會像我這麼傷感？」

「有時候。」她覺得這個問題問一個單身的女人很沒良心，但是她開始適應普萊斯太太有時候像傻大姐的個性。跟安妮妲的精密計算比起來，這種傷害不算什麼。她仍然在為香水的事生氣。每次她站在浴室裡，都得禁止自己想去聞這股夏天原野的滋味，每兩次就失敗一次。到她不顧一切把這誘人的混合灑在自己皮膚上，只是時間遲早的問題。

「我每年都這樣，」普萊斯太太說：「這些年來，時節和酒精，我先生會說。我反正是水做的，從以前就是這樣，如果我喝多了……我為什麼現在在說這個，因為已經十點半了，而您可能會見證我多麼多愁善感。您會用這個東西嗎？」跟瓶子一起，她把一個幾乎有瓶子那麼重的金屬開瓶器推給凱絲汀。

「而且，我不覺得您多愁善感，但是我們可以間歇的喝喝茶，我也不太習慣酒精了。」

「絕對不行。這瓶友善的葡萄牙酒已經十歲了，它等它的出場已經等夠久了。」普萊斯太太堅決的搶過開瓶器，打開瓶塞時義無反顧的看著凱絲汀。「不知怎麼的，您的動作真的很專業，如果您允許我這麼說的話。」

「您知道這是哪裡來的嗎？」

「不知道，我……哦，我知道。」普萊斯太太舉起一隻手，用力點頭。「您看，我在改進，至少我在嘗試。但是我可以想像，您以前就已經這麼熟練，可能一直都是。畢竟這是性格問題。」

「以前我也曾經獨居過，當學生的時候。倒也不是一個人住，只是不是跟男人一起。」嘭一聲，她拔開瓶塞，把瓶子放到桌上，開始將瓶塞從開瓶器上旋下來。

「您上過大學？」

「在科隆。」

「不是開玩笑的？」

「好久以前的事了，運動學理論，專研舞蹈。」

「念到畢業？」

凱絲汀點頭，無法抑制體內湧上的一股驕傲，也不想抑制。她擁有碩士學位，雖然這個學位並沒有得到職業上的發揮，但是這是另一個題目，而且這不會改變事實，證書上的成績甚至是「優」。

「我簡直目瞪口呆。」普萊斯太太瞪大眼睛望著她好一會兒。完美描繪、閃著銀光的鈷藍色眼影跟耳環相映。最後她站起身，從一個木製的玻璃櫃裡拿出兩個酒杯，從櫃子本身不同於其他擺設的恣意醜陋，可以知道它是家傳的古物。「不過，確實是跟您相襯的。再說，科隆也是我個人最喜歡的城市之一。您可以告訴我，爲什麼大家都跑到法蘭克福去買東西？此外，科隆啤酒也沒有大家所說的那麼難喝。」

「是還可以喝。」

普萊斯太太將酒斟到近杯緣，一杯朝她的方向推去，將另一杯舉高，說：「健康如意！我覺得，我們應該早點相遇。但是在貝根城我通常只會在踏境節前後改變日程，中間的七年……」她手指咯一彈。

「我們曾經一起吃過飯，如果我記得不錯的話，四個人一起。」

「您知道我那時候在想什麼嗎？他配不上您。真的，這是我的印象。不知怎麼的，就覺得他的爲人配不上。」

「真是很聰明的觀察。我們已經喝了嗎？」

「還沒，我們現在喝吧。」

「祝您幸福健康！」凱絲汀按下突然想咯咯笑的衝動，拿著她的杯子，一口氣喝下一半。葡萄和棗子的果香加上一絲肉桂的氣息盈滿喉頭，刺激著她的味蕾。一切那麼愜意圓滿，令她放下杯子後，猶豫了一下要不要吐氣。葡萄、棗子、肉桂，嗯——都還在。

普萊斯太太也望著她的酒杯，好像杯子裡有精靈出現，在跟她說話。

「噢，神聖的公牛啊！我先生會這麼形容。這瓶酒真有個性。」

「我也覺得，十年的等待真的是值得的。」

「嗯，還有：您覺得，我太常說起我先生嗎？」

「還有，什麼？」

「一般性的，例如我說，我先生會說，我先生曾說，就我對我先生的認識，等等。我感覺我好像無時無刻都在這麼說。最近我在您家時，我說：這酒要呼吸一下，我先生會這麼說。我馬上就發現了，可是我卻還是改不了。」在普萊斯太太眼裡出現一種在她身上罕有的專注，好像她說出的每一句話都出現在她眼前。「爲什麼我不直接說：這酒需要呼吸一下、這酒很有個性。爲什麼我總是要引用我先生的話？」

「我不想太無禮，但是您既然自己已經提出來，那我們離事實也不太遠吧？」凱絲汀試著把不情願隱藏在笑容後面，談論婚姻問題真的是她最不願意做的事。

「哦，真是抱歉，最近我常常會突然不自覺的陷進自我覺醒當中。」卡琳・普萊斯大笑，放下杯子，用拇指和食指掐掐自己的額頭。

「如果您繼續注意的話，很快的這個習慣就會改掉，我反正沒有察覺到您這個習慣。但是如果您願意的話，您一說起您的先生，我就馬上講嗶。」

「可是只許在我們獨處的時候。」

「當然。有可能屋子裡面暖了一點嗎？」

「有。」

她們對視一下，好像已經知道，接下來會發生什麼。

「……我先生會說。」兩個人同時說出這句話，停下，然後一同滑出互相對視的鏡像。

在太陽穴間，她幾分鐘前還在想，怎麼喝了酒沒有動靜，現在凱絲汀感覺到輕微的，像打鼓般的回響。哈哈哈，我早就知道。這個反應有點歇斯底里，但是她還是繼續笑下去，笑到被這個晚上綁住的感覺退去爲止。跟安妮姐在一起時，她常常尖聲大叫，當她大笑的時候，在公共場合常常讓她很尷尬。但是現在凱絲汀卻希望她自己能更大聲、更劇烈的笑，像那時候一樣。有那麼一刻真的感覺像一個間歇之後的繼續大笑，這個間歇的時間雖然長達多年，似乎沒有意義。她不能停止，不願停止。從淚幕之後她看見普萊斯太太雙腿併緊、手放在肚子上，另一隻手則在空氣中舞動，好像燒到手指。她聽到咯咯的聲音，以及從被壓迫的肺中逃逸出來的空氣嘎嘎聲。丹尼爾還是嬰兒的時候，也是這樣笑的。而她總是忍不住把他放在包尿布的小桌上，搔他小肚子的癢，因爲她太喜歡聽這個笑聲，太喜歡看他的小手在空中揮舞畫圓的樣子。她上次看到兒子笑是什麼時候？她上次看見母親笑又是什麼時候？她側轉過身，必須用力讓肚子的肌肉靜止下來。一陣痛楚橫過肚子上的肌肉，當「水」在她裡面升起時。卡琳稱它是「水」。水積聚在她的眼裡，水順著臉頰流下，她的呼吸終於又正常時，她飛快的將水抹去。

她的喉頭感覺好像喝進沙礫。

「我不能呼吸了！」普萊斯太太好一段時間講不出話來，只會噓噓噴氣，間或再來一次小爆發。

激動過後，一陣奇異的親密感懸浮在普萊斯太太客廳的沙發組之間。眉間和腋下有揉皺、汗濕的感覺。凱絲汀深吸一口氣。

「吁，好久沒有這樣笑了。」她稍稍挺直，好像在沙發上是坐著的，但是只要卡琳還未坐正，她就覺得沒有義務調整自己的坐姿回到正襟危坐。

如果懷德曼看到她這個樣子，他會怎麼想？在腦海中，她私稱他湯馬斯，不是懷德曼先生。尤其是，她覺得她笑聲中歇斯底里的成分會讓他皺眉，他會認爲這場大笑的原因其實是內心的不安全感。她將一隻手放到胸膛上，閉上眼睛。她這麼經常進到自己的潛意識中，幾乎是好笑了。像兔子和刺蝟的故事，只不過她不僅僅是兔子，同時還是那兩隻刺蝟。而她對每個角色入戲的程度到，她總是在其他角色裡尋找應該對她被欺騙的感覺負責的人，這反而成爲經常的角色變換後所存在的唯一貫徹。這個疲憊的一刻，她半躺在普萊斯太太客廳裡鹿皮味道獸性的沙發上，她看透自己的困境。她站起身，說：

「我必須趕快去一下洗手間。」她的襯衫不舒服的黏在皮膚上。

「前面左邊。」普萊斯太太在她身後大叫，巨大的穿衣鏡前還躺著她脫下的鞋。

凱絲汀找到浴室的門，在身後將它關上。

這兒裝的也是可調節亮度的燈，籠罩貼著綠色瓷磚浴室的光，像是幽暗房間中水族箱傳出的光。一個擺著香料草的貝殼盤裡散發出香草和洋紫蘇的香味，和室內的香皂餘香、仕女香水的花香以及刮鬍水的雨林香味混合。凱絲汀原先沒有打量這個浴室的打算，待看到雙洗手台玻璃架上、在潔白閃亮的白色浴缸周緣所擺置的裝香水的小玻璃瓶、管子以及小罐子的矩陣，看到搭在藤椅椅背上的黑色浴袍時，便徹底崩潰，浴袍的雙邊袖口上繡著卡琳•普萊斯的縮寫。卡琳似乎享有專人浴室，浴室裡沒有一絲痕跡顯現，這是一個跟青少年共用的盥洗室。一切都純粹整潔，幾乎沒有使用過的痕跡，跟她不由自主會拿來比較的自己的浴室不可同日而語。一個誠實的浴室，她想，當冷水流過她的雙手、濕潤她的臉時。鏡子是如此巨大，大到整個空間在鏡子裡又映現一次。她感覺肚子上仍留有律動，好像她的肌肉仍繼續按照大笑的韻律顫動。安妮妲浴室裡庸俗壯觀的超比例獅頭水龍頭，以及十段式按摩水流一直讓她不禁莞爾，但是她坐在浴缸邊才一會兒，這一間浴室卻對她造成強烈打擊。她也想要有這樣一間浴室，不是因爲這些亮晶晶的衛浴設備，不是因爲這個大浴缸，而是因爲這是一間燈光溫暖、讓人感覺清淨的浴室，這些瓶瓶罐罐所散發出的長年累月的兩人世界，不會見到老婦人的加強胸衣，不會聞到地面水管生鏽、甜甜的氣味。一間她會喜歡在裡面流連，一切日常盥洗都是享受的浴室，一間當她發現臉上皺紋又加深時，能瀟灑一笑置之的浴室。當她打開自己浴室的門時，愈來愈感覺是將踏進破損襤褸的等待更年期地區。

嫉妒——是大朵黑色的雲，酸雨從中不斷傾盆而下。

普萊斯太太難道不知道她對她的怨妒嗎？或者她的鄰居在興高采烈的幸福之下，也感到些許的寂寞，所以喜歡跟一個比她更寂寞的人共度一個晚上？藤椅上的黑色浴袍是絲製的，她一看就知道，不需要去觸摸。當然這是一份生日禮物，來自對自己品味自信的男主人。哪裡還有誰會把名字繡在絲袍上？而且，幹麼在這裡猜測別人因爲什麼原因做什麼？她自己在這裡做什麼？如果她連在她的浴室裡都無法不讓這些設備的閃光像暗影般投射到自己的生活上，那麼她在她的世界裡做什麼？甚至連馬桶都亮得刺眼，她剛一坐下，馬上想到，像這樣的房子肯定有客用洗手間，她進屋來的時候——大門左邊——所看到的門就是，門內只不過是一間小小的、當然一樣乾淨閃亮的客用廁所，也是普萊斯太太指給她的方向。而她卻坐在普萊斯家的主臥衛浴，爲了她的生活不如她而心情惡劣。屏住呼吸她順著腳步偷偷溜到走廊，趕緊的抓了一把紙。走廊上厚厚的地毯不太會洩露行跡，但是如果有人從門外轉動門把……

她聽見的，只是自己的心跳。

她急急的完事，好像蹲在公路護欄邊，看見轉彎處一輛車過來了，她趕緊了事，沖水，洗手，希望自己的髮型不太凌亂。當她帶著混合鬆一口氣與丟臉的緊張情緒溜出來時，還倉促看見門邊一隻男人的襪子。

畢竟她沒有去翻查陌生人的櫥櫃。

一陣舒爽的清風從她要去的方向客廳吹來，普萊斯太太一定是打開了陽台的門。在走廊鏡子前她整理了一下頭髮，斬斷自己不自然的笑。每次她只要小小的鬆懈一下，就會爆發這類自我審判的情緒。到底爲什麼？爲什麼會害怕做出失禮的行爲？不管這種失禮再怎麼無意義、微小，這該死的恐懼是哪裡來的？

要屬於一個旗隊，並不用交錢，但是大家還是會付費。你付你想付的金額，我付我的。讓人有些驚訝的是，大部分的人還是給得滿多。有些給二十馬克，這是大人，小孩的話就給五馬克，反正他們賽後也不喝啤酒，這是他父親的解釋。隸屬某個旗隊後，可以得到一個徽

章，用這個徽章可以在自己的隊上無限制換取飲料，只要直接去旗隊所設的攤子，到櫃台去取就可以了。因爲這是踏境節，因爲大家都有一個隊章。他已經有四個，而且還有兩個五馬克硬幣在口袋裡。漢斯舅舅坐在哪裡，他也知道。昨天長時間的健行，讓他的腿很受不了，當大家都去看熱鬧時，他連衣服都沒有換，就倒在床上，一直搖頭。不習慣了，他媽媽說。昨天她很奇怪，晚上的慶祝活動前就已經怪怪的，慶祝活動之後更奇怪。但是最近她就經常怪怪的，他不想再繼續爲這個傷腦筋，要不然就不好玩了。

昨天那個人他沒有再見到，反正他也無法看清楚，此刻他正手上抓著可樂在爬斜坡呢，上面的視野最清晰。大多數人坐在下面山坡的草地上，他媽媽、漢斯舅舅以及其他萊茵街的人。但是上面卻沒有人，所以他想去那裡。還沒有到冷杉林之前，這裡只有一條窄窄的、布滿草的甬道。到了上面，他把綁在腰上的毛衣扯下來，鋪在地上，一屁股坐下，整個早餐廣場盡收眼底，而且可樂半滴都沒有灑出來。

到處都見旗幟飛揚，空中飛人，甚至很胖很胖的人都能飛起來。四個或五個管樂隊在吹奏。飛起來之前要把名字告訴領隊，領隊才知道要喊什麼：某某先生或某某小姐萬歲、萬歲、萬歲！在最邊緣，邊境石那裡，人被拋入空中。昨天他就玩過，然後整個下午屁股火辣辣，瘀青了。而且也沒有像看起來那麼有趣。其實人沒有被拋向空中，只是被高舉過邊境石三次。尤其是下來以後，要給很多小費，少於十馬克，面子很難看，小孩也一樣，畢竟這些競賽者和黑人在踏境節真的要做非常多的事。他的父親所買的第一輛車，便是當踏境的競賽者賺來的。

昨天得的三枚徽章他還揣在褲袋裡(今天不能再用來換飲料，每天有新的徽章)，今天的徽章他別在T恤上，是萊茵男子隊的標誌鯨魚。別在T恤上其實太重，所以他又把它拿下來，先是別在褲子上，然後換到襪子上，又試著用鞋帶綁住，忽然間「嘩」的一聲，他嚇得徽章險些掉進裝著可樂的杯子。

琳達靠著他在草地上蹲下。她蹲坐在岩石上，手放在膝蓋上，下巴抵在手上，說：

「嚇到了嗎？」她聞起來又像泡泡糖，雖然她今天並沒有在吃。

「沒有。」

「明明就有，你這樣。」她聳起雙肩，頭縮進去。

「妳剛剛在哪裡？」

「樹林裡，我在尿尿。」

他四顧看一下諾布斯在哪裡，諾布斯不見人影。整個廣場人擠人；廣場的形狀像蘇格蘭風笛的管子，稍微傾斜，所以他可以從一端俯瞰另一端的樹林，樹林之後又是樹林，沒完沒了，貝根城的方向應該是另一邊。

「我可以喝你的可樂嗎？」

他不知道要怎樣說不，所以他什麼都沒說就把杯子遞給她。

她脖子上的項鍊不掛了，但是手上有一圈編織的手環，班上所有的女生手上都有一個。

太陽白花花，這樣看著廣場時，會刺得眼睛有點痛。

琳達把杯子還給他，他喝的時候，偏偏就是要避開她的唇印。

「你媽媽在招手。」她說。

「我沒看見。」他沒說錯。他雖然知道媽媽坐在哪裡，可是他完全不朝那裡看，所以他看不到她，沒錯。

琳達手臂高舉，指給他看。

他低頭在地上找他的鯨魚徽章。幾隻螞蟻在樹葉上爬，一片葉子對一隻螞蟻來說有房子那麼大，這種想像真是有夠怪。如果他是螞蟻，鯨魚徽章相對他來說，不就有一片樹林那麼大；而相對什麼生物來說，一片樹林會只有徽章那麼小呢？他還小的時候，曾經相信有這樣的生物存在，而且就住在森林裡。就在轉彎以後，在海恩博克。

「就在我們的正前方，」琳達說：「坐在長椅上。那邊啊！」

他斜眼看她，撿起徽章，在銀色的金屬面上呵口氣。

「又怎麼樣？」他問。

「現在她轉頭不看我們了。哦，糟了，我爸爸現在站到啤酒桶上了！」

他抬起眼睛，看見普萊斯先生站在先前他爸爸站的地方。他們總是輪流站上去，沒有原因大驚小怪。

「他還得當領隊呢！」

「我可不喜歡他站在那裡嘶吼召喚。」

現在他看著她的側面，琳達則看著別的地方。他聽著萬歲的喊聲，但是有那麼一刻，他只專注於她鼻尖上的雀斑，還有辮子紮不到的、耳畔的短髮，幾乎是白金色。她戴著耳環，看起來很害怕。也許是因爲這樣他才說：

「諾布斯昨天很討厭，我們其實可以再要一個人幫忙的。」

「都怪你們事前沒有想清楚。」

「是啊。」下一口可樂他對準她的唇印把嘴湊上去，咕嘟嘟把杯子裡剩下的全喝完。普萊斯先生揮舞著他的佩刀，而且看得出來，他才剛剛開始而已。如果是快結束的話，他們會揮動手帕。

他父親站在大旗旁邊，喝著啤酒，環顧四周，揮動帽檐給自己搧風。

「這個鯨魚章在哪裡拿的？」琳達問。

「萊茵隊的，男子隊。」

「這個我也要。」

她自己的T恤上、脖子上一圈已經到處都是徽章，但是鯨魚她真的還沒有。

「下去旗子那邊拿。」

「哪裡？」

「那裡。」他舉起手臂，指給她看。但是指得不是很清楚，不然他就指到媽媽了。

「什麼都沒看到。」琳達說。

當他站起來開始走時，他知道，她會尾隨他跟來，因爲她知道，他會領她到萊茵隊去。雖然他已經有一枚鯨魚章，他卻假裝沒有注意到這件事，鯨魚章他裝進褲袋裡。不需用手撐地，他一路往萊茵男子隊衝下山，並聽著背後琳達滑倒的聲音。他把玻璃杯還回櫃台。滿滿是人的廣場上真是熱，音樂就這樣到處流竄，不同的音樂來自不同的方向，當人潮變密，他必須推擠的時候，琳達正跟在他身後。有一下她抓住了他的手臂，他前進的稍微迂迴一點，但總是朝空間最小的地方鑽進去。地上躺著菸頭和餐巾紙，人人身上都有香腸和啤酒的味道。他突然站住腳，琳達從後面撞上他。

「這裡真是擠死了！」他說。

他們經過重重亮光和暗影，他回頭偷看了一次，看琳達還在不在。之後他們便到達了萊茵男子隊的攤子，這裡的人最多，因爲每個人都想拿到鯨魚徽章。這裡只有滿布的人潮，但是他知道，要去哪裡排隊。

「妳有錢嗎？」

她晃一晃掛在胸前的錢袋，點點頭。他的耳朵好熱，而且他不願意她這麼快便輪到。就這麼站著，等待著。他們面前，一個女人正尖叫著飛過空中，到處都是笑聲。他們周圍的人，體型都比他們大許多。他上學時很想跟她走同一條路徑。晚上入睡前，他有時候會這樣幻想，那時去學校的路並不是往寇納克路下去，也不像她的路線，或者沿著萊茵街像他的方向，而是蘭河的草岸一直下去，有陽光照耀的地方。倒也不是他注意著陽光，他注意的其實是她的頭髮，就像在坡上時一樣。陽光使眼睛有些刺痛，但是眨眨眼就不難過了。

然後他們前面沒人了，他抓住琳達的肩膀，把她推到前面，說：

「等會兒見！」

「你敢，你敢就這樣跑掉。」

指揮處的男人都異常高大，而且汗淋淋。有一個男人說：「終於來了一個小巧玲瓏的。」他的高度只能看到他們的腰帶，也是琳達的高度，當她朝他們走去時，他想。她站到中間，看著向啤酒桶彎下腰接酒的領隊。四周既不吵雜，也不安靜，琳達緩慢清晰的說：「琳達・普萊斯。」

她站立的樣子就是標準姿勢，僵直、雙手放在身體前面，因爲當她被向上一拋，手臂在空中時如果放在身體後面，會有倒栽葱的危險。只有她胸口掛著的錢袋，她把它收進T恤裡。

「第三領隊的女兒琳達到了我們旗下。」萊茵領隊站在酒桶上喊得那麼大聲，好像全早餐廣場的人都得看過來。

琳達說：

「請丟得愈高愈好，謝謝！」然後她鼓起腮幫子，自然的向後面伸出的手臂仰倒，像在學校裡演習，扮重傷者被抬的時候。指揮攤還有兩人閒閒站著，因爲要抬的重量實在沒有多少。

「琳達・普萊斯，萬……」

然後她飛起來了——「……歲！」，她飛得比他之前看過的所有人都還要高，她的腳都碰到旗幟，她的頭髮飛起來了，她脖子上圍的徽章飛起來了，她T恤下的錢袋也飛起來了。當她達到最高點時，他聽見她的笑聲。

他現在知道，他愛上她了。也許他之前就有點察覺到，但是感覺完全不像他想像的。學校裡老是有人愛上某人，而他以為，那就像長在鼻尖上的青春痘，或者褲子拉鍊忘記拉上，大家都在看，指指點點，吃吃的笑。但是現在沒有人看著他，大家在笑，但是不是笑他。原來愛上某人的滋味像在空中飛翔，真的是全天下最棒的感覺。

琳達在空中停留的時間相當長，久到拋接她的人之中，某個人還有時間搔頭。他決定用他還剩下的錢給自己和給琳達買一杯可樂。也許他可以幫她把鯨魚徽章固定在身上，像男人幫女人戴項鍊一樣。現在才剛剛中午，他們有幾個小時的時間一起走回貝根城，去看晚上的遊樂廣場。而且明天還可以再來一次！

第三次上拋完畢後，她拍拍胸脯，好像想咳嗽的樣子。她說：「我在上面朝你伸舌頭，你都沒在看。」

他朝她走去，而現在感覺起來，確實有一點像是鼻尖上長了一顆痘痘。他緊緊握住口袋裡的鯨魚章。他們站在巨人中間，琳達歡暢的笑著，好像在空中時，有人給她講了什麼好笑的笑話。然後有人說：

「你今天不是來過了嗎？」

他抬頭一看，所有的人都在看他。琳達在整理她的辮子。啤酒桶上的領隊是有鬍子的男人，居高臨下的他，朝他點點頭，沒有彎腰，忽然間一切比之前安靜許多，這些人似乎在想，是不是有人戀愛了，可以朝他指指點點嘲笑一番。

「我嗎？」他問。

某處有人說著什麼龐培格家的男孩等等，這裡似乎有規定，不能到同一個旗隊兩次，可能也沒有這麼多的鯨魚徽章，但是現在，他站在琳達身邊，他們不能就這樣把他趕走。

「我不叫龐培格。」他說。他說得既清楚又明瞭，好像在玩說謊麥斯，他拿到不對的數字時，就會這樣說話。喉頭和耳朵都感覺怪怪的，但是他這麼說是為了不讓人認出他。他不是龐培格，好嗎？

琳達的辮子弄好了，她說：

「那是我從漢堡來的表哥，他叫彥。」

不用仔細看也猜得出來，她是怎麼看他的。領隊聳聳肩，伸出右手去抓佩刀。琳達表情沒變，這表示，她也愛上某人了。她大可以走開，去領她的鯨魚徽章，但是她寧願站在下面，當他被拋入空中時。就像他之前這麼站著，這麼等著一樣。

「你要站到那邊去，彥。」她說，指給他看那個草已經被踏平，土都已經翻出來見人的地點。

他站到指揮攤的彪形大漢之間，站到汗味和啤酒味之間，把自己挺得直直的像一塊板子。

「從漢堡來的彥造訪我們的旗隊，」領隊大聲宣布，但是比宣告琳達時小聲些。大漢們抓住他的大腿和背，然後他變成防火演習中扮演重傷的人，醫護人員看著他，好像也不知道他到底有什麼毛病。

「彥，萬……」然後他騰空進入，「……歲！」又超越大家的頭頂直達旗下。他只能仰頭向上看，雖然如此他還是環顧了一下早餐廣場、教堂以及旗幟、肉店周圍的攤子和坐著與站著的人。音樂在他之下，眾人高呼萬歲。他的母親一定也看到他在飛，卻不知道他是騰雲駕霧漢堡來的彥。空氣在最高點聞起來還是像泡泡糖，只有一些樹枝比他還高。他所感覺到的，週遭比他自己還大，這個感覺跟他一起沐浴著陽光、萬歲的呼聲，並飄浮著。

「外面這邊。」卡琳・普萊斯通過敞開的走廊門喊著。一陣潮暖的氣息吹進屋裡，當她走進環繞房子兩側像露台一樣，也像環繞著田地高出地方的城郭的陽台時，夜晚和花園的芬芳團團圍住凱絲汀。公路上的車聲從山谷裡傳上來。

「呼！」她盡可能的深吸一口氣，很高興不必再回去坐在滯悶的客廳裡。陽台扶手上已經躺著夜的濕氣。

「我希望洗手間裡的紙還夠，萊恩貝格太太有時候會忘記，我們不常有訪客。」

「沒事，什麼問題都沒有。」

「您的杯子我放到那邊的小桌上。」

「謝謝。」

她們兩人沉默的並排站著一會兒，凱絲汀很慶幸身在黑暗之中，而且面前是遼闊的山谷，她的眼光可以不必專注在某個目標上。一個又一個的車燈將黑暗中環繞山谷的公路線條描繪出來。城堡山後，教堂的尖頂高高聳起。

「您的兒子現在也許可以告訴我們，後面那邊那一顆星是不是金星維納斯？」普萊斯太太遠遠伸出去的手指，指著花園山的方向。

「我母親還沒有跟我們一起住之前，他的房間一出去就是陽台。他的望遠鏡就架在陽台上，偶爾我也被允許朝裡面看上一兩眼。所以我可以確定：那顆星的確是金星維納斯，也叫做晨星或者夜星。」

普萊斯太太點頭。

「還真是一個美麗的嗜好，星星，行星。我真希望我女兒也有類似的興趣，甚至以後有一天可以當成職業。」

「或者塵封在地下室。」

「或者就塵封在地下室。」

「我也曾經想過將興趣變成職業。」

「是舞蹈嘛，那您跟我女兒的路線相同。我得跟她說，您是大學舞蹈系畢業的。這裡沒有做這類事情的機會嗎？」

「您知道有嗎？我可能很快得開始工作了，我前夫和司法院共同決定的。」她簡單提一下有關贍養費法令更改的相關規定，再加上一點自己的說詞，讓她不必把安德蕾雅懷孕的事說出來。「請不要誤會，基本上，我並非不喜歡工作。而且完全相反，只是我母親……」

「難哪！」普萊斯太太好像陷進底下草地上白色躺椅的景象中。「但是我還是羨慕您的學歷。我只有高中畢業，其他什麼都沒有。在綺森修過兩個學期法律，期間我學到的，也只有學生餐廳怎麼去。在那之前，我放了一年所謂自願社會假。那之後再兩年是沒有那麼自願的社會假，然後我就結婚了。您知道那個很爛的羅力歐短劇嗎？裡面有一齣山歌文憑？」

「我知道。」

「真獨特。」普萊斯太太搖搖頭，把笑意搖掉。「但是像這樣的獨特資格我也沒能做到，我沒拿到山歌文憑，甚至紅十字會的水底體操我都沒能通過。我在聖誕市場上賣過熱紅葡萄酒，跟其他扶輪社的太太一起。不論如何，意圖嘗試總是好的。」

「您把一個女兒養大成人了啊，就我所知。」

「這算是『獨特』類別裡的一件嗎？」

「哪一項類別裡有這個？我不是跟您講過，有一個現在住在史坦柏格爾湖，但是在這兒出生長大的朋友嗎？」

「安妮妲——她現在姓什麼？」

「何巴赫。如果您要氣她的話，就叫她『馮何巴赫』，這個姓也對。」

「我念九年級或者十年級時，我這一學年的女生很少有人不希望像安妮妲的，那時她大概十二、十三歲。貝根城當時有一個迪斯可舞廳音樂創作者，迪斯可那時也正熱門，有關安妮妲的謠言滿天飛，而且無奇不有，說安妮妲……她姓什麼來著？」

「貝克。」

「對啦，貝克。談論她在舞廳裡的穿著打扮、又跟哪個男孩子一起囂張的離開，也許都是編出來的。」

「我也覺得。」

普萊斯太太帶著一個驚喜的表情轉過臉來看她。就黑暗中能辨識的程度，香檳和酒在她的雙頰留下明顯的紅印。

「不是吧？她真的是這樣嗎？對我來說，她就是這樣，沒有第二句話。我希望她真的是這樣，我希望我自己是她。」

「她不是只有中學時這樣，她現在還是如此。不再是在鄉下，當然，也不再是在迪斯可裡。但是，這就是我要說的：安妮妲總是做她想要做的，做她自己的事，換句話說。她旅行去這裡、那裡，不停的與男人邂逅，在某個時間點嫁了這些男人其中的一個，一個有房有地有此類可宣稱的男人。」

「她真的是這樣。」普萊斯太太喃喃說道：「不知道爲什麼，我喜歡這樣，這個女人真是有勁。」

「她嫁了以後，擁有的錢她永遠花不完。開了一家精品服飾店，沒半年又關了，因爲她失去興趣了。兩個禮拜前她從尼斯打電話來，她的一個情人帶她去的，或者她帶他，誰知道。」這是她慣常、並不是真心的不滿，對她唯一的朋友。而她真正想說的，她沒有說出口：安妮妲沒有孩子，而她的年紀也漸漸讓她的生活方式顯得可笑。一次比一次不堪的情事，已經四十多了，跟她在一起的情人不是買的，就是比她更老。

「那又如何？」

「那又如何——您會想要這樣的生活嗎？」

「咳！」一陣突然爆發的咳嗽劇烈搖晃著普萊斯太太，讓她必須將已經空了的杯子放到桌上，緊緊抓住欄杆。這一幕顯得有些戲劇性，似乎是演出來的。花園裡躺椅旁邊有一張小桌子，桌子上一本忘了收進來的雜誌攤開在離開的那一頁，紙張因爲夜潮開始捲曲不平。普萊斯太太咳嗽了好一陣子才平息下來，抬起眼睛。

「剛剛那個問題是一個陷阱嗎？」

「不是，您不覺得這樣的生活只是一直在逃避？有些欠缺？她在追求的，是她永遠得不到的東西，因爲她在逃避。簡單一句話：是在逃避孤獨吧？」直到現在她才看到裝在小圓盤裡跳耀的燭光，從屋簷垂吊而下，斜斜的掛在她們身後，普萊斯太太的臉因此一半在光圈裡，一半在花園的黑暗中，好像缺了一隻眼睛。

「您不覺得人應該要避免孤單？我覺得這是應該的。」

凱絲汀張口想要反駁：我也覺得，可是……，但是她只有聳聳肩，看著遠處峽谷裡聚集的燈火，愈高的山上，燈火便漸漸稀少。然而黑暗的森林中，卻伸出一圈光環。宏恩貝格街是鹿坡最高處的一條街，這一串燈火中的最後一鍊，它之後便是一片漆黑了。

「我們進去嗎？」普萊斯太太問：「還是我把酒瓶拿到外面來？」

她只是點點頭代替開口回答。普萊斯太太也點點頭，鬆開欄杆，在她進屋前，手搭上凱絲汀的肩膀一下。

逃避孤獨，是啊，但是要逃到哪裡去？

她幾年來除了母親和兒子，沒有和任何人來往，究竟不是偶然的。就是安妮妲，她也只是打打電話，只是爲了能夠在她不停的自我質疑時，可以說，至少她還有一個朋友能說說話，而且幾乎是規律性的。對社會正常性來說，這是強有力的證據。但是，離上一次她沒能找到藉口拒絕安妮妲的邀請，已經是三年前了。現在呢？普萊斯太太一打電話來，她連想都沒想到要找藉口拒絕。但是這個晚上愈長，她愈強烈感覺到，要締結任何一種形式的友誼，是不可能的了，跟某個不認識的人一起出發，卻不知目的地在哪，這種毫無保留的開放態度她做不到。也就是友誼之路開始時這短短的一程，連手都還不互相碰觸的時候。

懷德曼會了解嗎？也許甚至他自己也是這樣？他真的具備幾天以前在她的露台上，她以為在他眼裡讀到的那麼多的理解嗎？他對過去那件事不敏感的敘述，她已經原諒他了，並且在她心裡，柔嫩的、但是堅韌的希望正在滋長，她希望在家長會前能再聽到他的消息。

她的手錶指著十一點半，貝根城的燈光開始在黑暗中浮游。她很想現在就告辭，穿過夜晚靜謐的街道回家。她希望，母親不要再在屋裡遊蕩，以為現在已經是早晨。彼德曼醫生把她的母親歸入需要看顧費的項目。根據她母親的狀況，他認為不會有困難，建議她申請第二級看護。此外，他還建議她去做個斷層掃描造影，看看她的頭痛有沒有原因，也許住院檢查一下。她告訴他，母親已經無法一覺到天亮，而他只是一直點頭，好像在說：我明白您的意思。她並不願意承認，但是母親幾天不在家裡，而且知道她這段期間會被照顧得好好的，確實是一個非常吸引人的想像。今天，在母親的床頭櫃上貼著普萊斯太太家的電話，如果她有事的話可以找到她。但是她的母親還有能力打電話嗎？她並不確定。凱絲汀吸一口氣，閉上眼睛，她敏感的太陽穴開始證明自己的敏感。

「您和安妮妲是怎麼認識的呢？」

手裡握著一瓶酒，普萊斯太太回到陽台來。

「跳舞的時候，在科隆。」

「她也念了大學？真的？」

「多多少少，我的意思是，這裡一點，那裡一點。每個學期科系都不一樣，直到她沒興趣再念下去。」

「您是跟她到貝根城來的？」

「二十一年前，那時只計畫待一個週末。」

「讓我猜猜看，不，不用我猜，這太明顯了。」

她們相對注視，凱絲汀點點頭。

「我喜歡上某一個競賽者。千萬別愛上這裡的人，安妮妲告訴過我。很顯然我不想聽她的。」

「這個踏境呀！」普萊斯太太倒酒，舉起杯子。「敬踏境，反正這裡也沒有別的值得慶祝的事。」

「敬踏境！」

「鹿坡婦女會不常看到您。」

「七年前我還常常去，那時候所屬的還是萊茵街組。」凱絲汀聳聳肩。「您現在也不去了，不是嗎？」

「是啊，老實說，我覺得這種聚會很無聊。我既不喜歡唱歌，也不喜歡甜酒。以前我是喜歡的，現在我寧願靜靜的喝一杯葡萄酒。」

凱絲汀輕輕啜一口酒，酒中滋味雖豐富，卻嫌太多。這個陽台像是一艘船的遮陽頂，她們站在旁邊的舷欄杆、輕輕上下起伏感覺像是波浪，還有腳底傳來的震動，它往上一直走到眼睛後面，變成若有若無的疼痛。

「今年是很奇怪的一年，至少對我和我家裡的人來說。」普萊斯太太說話的音量忽然提高。「我女兒行爲古怪，這是正常的。我先生工作也正常，一天二十四小時。而我卻有種感覺，感覺我自己陌生到我都不知道該怎麼說了。」她們腳下的花園沉靜，沒有風拂過野薔薇叢的葉子。「冒著再一次可能冒犯您的危險，但是午夜已近，我必須現在問您這個問題，希望您理解。您從什麼地方認知到，您的婚姻已經無法維持了？」

一隻蝙蝠從屋簷三角尖端下飛出，越過她們的頭頂進入夜空。這個夜晚已經進入躲進視線和對話間斷之中的部分，同時凱絲汀的希望，希望自己和普萊斯太太說出來爲什麼邀請她的原因之間，及時有一扇大門相隔，破滅了。

「從所有的地方。」她說。

「對不起，什麼意思？」

「從鬆散下來的體貼，從很多的藉口，爲什麼這個週末別的事情又比陪伴家人重要。從對踏境節的熱情，這種熱情對一個四十歲的男人來說似乎青春重返。從沉默多於歡笑。從對年輕翹臀的注視。我可以舉千百個例子，但是基本上是一樣的：首要變成次要，愛情變成例行公事，例行公事變成無趣，無趣了就吵架。大概就是這樣。到了某個時候您就覺得，甚至在床上……您想繼續聽嗎？」

「如果您願意說的話。」

「甚至在床上您好像也不存在一樣。我的意思是：不是什麼地方讓您發現，而是——就是發現了。或者也有可能有一天，您抱著寧爲玉碎，不爲瓦全的心態苦求真相，卻發現，其實您很早就一切了然於胸。」

普萊斯太太點頭，聲音降低下來，好像她突然不願意被人聽到。她的手平平的放在欄杆上，酒杯的左邊和右邊。

「您……如果您允許我這麼說的話，是從您先生的行爲發現的，而不是……從自己身上？」

「也許。」她的聲調中沒有任何情緒。

「請不要誤會。我愛我的先生，我不是只是說說而已。我的婚姻很美滿，雖然這句話的意思很空洞，我卻是真心的。但是今年年初某個時候，我站在浴室鏡子前面，忽然之間不知從何而來，我大聲對自己喊出來：我根本沒有婚姻生活！我愛我的先生，他也愛我，但是我們沒有婚姻生活，因爲他從來不在。從來不在，您了解嗎，他不在。」

「您的意思是，公司……」

「該死的公司，他不會談公司的事。也許是因爲要保護我，但是他不談我也知道。我不用看帳簿，看他的臉就知道了，因爲公司我們才有這些。」普萊斯太太的拇指越過她的肩膀指向身後。「房子、車子，整個省最多的女性內衣收藏，滿滿三個櫃子的內衣。我可以想像，我的性感內衣甚至比您的朋友安妮妲還多。但是這些正在拖垮他，也在拖垮我。公司毀了我們的婚姻。」她的鼻翼開始顫抖。

更讓凱絲汀驚訝的，不是這個戲劇性的話題轉折，而是她自己情感的疏離，不，完全沒有感覺是更正確的說法。

「您知道嗎，也許您問錯人了。我自己的結論是，所有的婚姻都以同樣刻板的方式收場，當婚姻結束時。我的意思是，婚姻有千百萬樁，但是婚姻失敗卻只有一、或兩種方式：負心或者平淡無趣。也許職業負荷太重算是第三種。很抱歉，我沒有想要諷刺的意思。」

「沒有關係。」卡琳・普萊斯點點頭，鼻子吸了吸。想都沒有想，凱絲汀半轉過身去面對她說：

「哭吧！」她想起兩個星期前想過，日後的某個時候她們會互相擁抱。當擁抱發生時，她卻訝異它的舒適與一點都不激動的感覺。比如說，還不如紅酒入喉時。她比普萊斯太太幾乎高一個頭，這種時候卻感覺很舒服。也許一切都還沒有太遲，也許她對親近的反感還不是沒有藥救，只是需要長時間慢慢醫治，用酒、用擁抱，還有用即使浴室亮晶晶不表示你的人生也閃亮耀眼的想法。

「不，我不會哭的。」普萊斯太太在她的肩膀上說：「相反的，我們不要再用敬語稱呼對方了吧——卡琳。」

「凱絲汀。」

她們鬆開手臂，搖了搖頭，好像在說：還能說什麼？然後舉杯相碰。

普萊斯太太用食指的指節印了印眼角。

「我已經決定不要難過。而且，我很明白，這一點我沒有能力幫助我先生。」

「沒有能力幫？」

「沒有能力幫。」最後一點酒交互倒在兩個杯子裡，填滿了杯子的一半，凱絲汀好像懂了她開始戰勝命運。卡琳休息了一下，喝一口酒，繼續像之前一樣靠在陽台的欄杆上。宏恩貝格街消失在濃厚的野薔薇叢之後，只有花園前那盞路燈的位置還能看見。

「我們年紀大概差不多，是嗎？」

「不久前妳才祝我四十四歲生日快樂。」

「我四十二歲。我們的孩子正在長成大人。我先生總是在工作。妳離婚了。」她猛的轉過頭來，幾乎嚇一跳。「不好意思，我可以問妳有沒有……」

「沒有，我沒有男朋友。」她看著她的眼光如何迅速轉離的方式中，有某種凱絲汀不喜歡的東西，而短暫的、正在萌芽的希望，希望能夠親密的盼望，卻因爲確信深深陷入而窒息。是的，她陷入某種可恨的陷阱中動彈不得。

「那種感覺，說明白一點，是：我們不再是二十郎當歲，不再是美好的生活還在眼前的年紀。我們也還沒有七十歲，並不是生活已經過去了。我們是四十幾歲，生活正在經過我們。」她喝口酒。

凱絲汀不再說什麼，太晚了。

「妳明白嗎？」

「不完全。」隨著燈火一盞一盞熄滅，貝根城正在她眼前消失。山谷中稀少的燈壓扁變寬，消融在漫無目標的動作中。她原本想望一份友誼，得到的卻是要她當共犯。

「我不要一晚又一晚坐在家裡等到因爲太疲倦所以能夠繼續等待下去，我現在就疲倦了。」

「我也是，我該走了。」

「簡單有力的說，我要去一個自由性愛夜店看看。」凱絲汀拿著杯子，沒有飲啜，只是左搖右晃。

「什麼？」

「沒錯，甚至在《訊使》上都有刊登廣告。不是在附近的店，而是在吉森附近，譬如說。以前我從沒有注意過，但是自從上次和我女兒談到這些事後，我就留意了。」

「妳不會是認真的吧？」她以爲自己會很吃驚，但是沒有。其實她早就料到了？「告訴我，妳不是認真的。」

「看一看，我是說看一看。去這樣的夜店又沒有規定一定要做什麼事，任何事都允許，什麼都不是非做不可。這是夜店一個親切的女人在電話裡告訴我的，這是那個夜店的宗旨，聽起來一點都不做作。」

「妳打電話……」

「波西米亞，聽起來很令人嚮往，網路上的照片看起來格調也挺高。」

「我不去。」

「妳考慮看看。」

「我不去。」凱絲汀喝光杯子裡的酒，在醉酒的清醒中，有那麼一剎那，想把杯子摔碎在陽台上她們兩人之間的誘惑是那麼大。怒氣從心中升起。「我要走了。」杯子拿在手上，她轉身朝門的方向走去。

「我們喝了三瓶，哦哦，是有點多。」卡琳笑了，把一隻手放到她的手臂上。「但是我們很快會再見，好嗎？」

當她們進入客廳時，凱絲汀覺得聽到街道上傳來停車的聲音。一切都太晚了。她必須在樓梯上見到漢斯彼得普萊斯，帶著尷尬的微笑跟他錯身，像一個正要逃逸的情人。她將回家，希望母親不會坐在飯桌旁等著要吃早餐。而且，丹尼爾現在在哪裡？走廊上她交出酒杯，換來外套，並且避免去看鏡子。她不該來的。她在人生的路上走得已經夠久，在一條路走到底以前，她應該認得出來是不是一條死巷子。

卡琳仍在微笑，好像她只是在開玩笑。外面的燈亮了。

「謝謝妳來。」

「聽著，」凱絲汀正視卡琳的臉像在看一顆水晶球。在她四周，空間忽然有多重接縫，而且開始旋轉。「妳會不會有時候有某種預感？突然間知道，有些事要發生了。」

「就算有，又如何。對我的需求來說，已經太久沒有什麼事發生了。」

「但是妳不知道是什麼事。不知道是好或是……」在石板路上的腳步聲愈來愈近。

「我知道得夠多了。譬如說我知道，我幾年都沒進過電影院了。我最近一次跳舞是在姪女的婚禮上，還有，今年羅特麗俱樂部的夏日舞會也會跟以往二十年一樣，枯燥無聊。妳有預感，什麼事將要發生了？太好了，要及時通知我哦。」

「嗯。」她回答，卻一時不知自己身在何處。腳步聲停在門口，鑰匙摩擦金屬，尋找鑰匙孔的聲音。是酒精的緣故，她對自己說，不然還會是什麼，單單只因羞恥與恐懼，沒有人會醉的。

08

雙臂交抱，她看著遊樂場。過了好一會兒，她才意識到，她所站的位置正是前一天晚上，湯馬斯‧懷德曼找她說話的地方。甚至這個時間也正好是昨晚那個時候，天氣也如二十四小時以前：冷冷的天空，卻有溫暖的雲朵，湛藍的穹蒼渲染灼日的玫瑰紅，肉眼不能見的光影列車往西方開去，日夜在交替著。遊樂場上人聲交織，在踏境的第二天晚上，一個星期五，這一天附近的居民用來造訪節慶廣場。鼓譟的聲響從閃亮叮噹的遊樂設施傳出，嘶嘶作響的乾冰、悶悶的低音節奏、變聲的廣播和招徠顧客的廣告、所有廉價幻象的重點全集中在這兒，或者貝根城人自己的語言所稱：樂趣。節慶帳棚裡人塞得滿滿的，像阻塞在血管裡的血液，以蒸餾的方式從金屬管子以及裝飾裡漫過桌子，而直到某個時刻，她感覺在裡面無法再吸到空氣，她朝丈夫點點頭，向站在四周的人告別，走了出去。現在她站在這裡，在外面。

她的周圍喧譁四起，聲量又馬上小下來，尖亮同時又靜鈍，像她這兩天一直帶在身上拖過貝根城土地的怒氣。在帳棚裡，尤根甚至擁抱了她一次，好像想說：看哪，她還屬於我。他幾乎吻了她，卻好像什麼事都沒有發生，或者其實發生了某些事，但是沒有什麼是可擔心的。而她也配合著。爲什麼？不是爲了維持表面，而是因爲期望使然。自從她前一天晚上吻了其他的男人之後，她完全的明白，她想吻的只有一個人。不是因爲他接吻的技術比較好，而是因爲他是她的丈夫，是因爲一大串沒完沒了的理由，習慣、熟悉感、忠實或者原則，這些原因其實都只在一個相同的名稱之下：她的心只要這一個人。如果這個人在帳棚裡擁她入懷，那麼她也合作，好像在說：看哪，他還屬於我。

湯馬斯．懷德曼一整天不見人影。她原本就希望不要再見到他，看樣子，她的願望已被垂聽。一陣冷顫她把夾克從臀部扯下，披到肩上。她想回家，只想趕快回到家。

她看到諾布斯從碰碰車那邊走過來。但是當她問他，丹尼爾在哪時，他只是搖搖頭繼續向帳棚裡走進去。臉上的表情像在說：下班啦！這兩個好朋友之間這一輩子第一次發生這種事，當然日後發生得會更頻繁：每對戀人令第三個人更形孤單。這樣的大眼睛、雀斑、微笑，像小琳達普萊斯臉上掛著的，也會讓男性友誼受到考驗。早餐廣場上她觀察了這對小情人，一起關在幸福的泡泡裡，忘了這個世界，像嬰兒一般純潔無邪，又像政治家一般嚴肅認真，美得令人想哭。

振作一點，凱絲汀，如果她想撐過踏境節這三天，就必須嚴守這個原則。

她任眼光瀏覽全場，發現了她的兒子在節慶草地的邊緣，在往運動場和網球場去的出口，琳達在身邊。兩個人從紙袋中吃著什麼，杏仁核果或者糖果或者小熊軟糖。隨便是什麼，反正帶著今日甜蜜的滋味。她現在無法過去打擾，丹尼爾和琳達一起度過的每一分鐘，是他不會想起迎賓宴那晚所看見的時光，也是能躲開殘酷現實的一分鐘，所以她現在必須雙臂交抱，從遠方透過注視參與她兒子的幸福，家裡反正沒有什麼可以溫暖她內心的事物在等著她。

丹尼爾往空中丟出一顆杏仁果或者核仁，然後用嘴巴接住，琳達拍手。凱絲汀身後有腳步停了下來。

就這樣了，她想。

「日安。或者更正確的是：晚安。」一個她不記得曾經見過的年輕人站在她身邊，對她點頭，直接正視她的臉，是男人已經喝了五或六瓶啤酒後自然會做的事。他大概是二十出頭到二十五的年紀，她猜測。

「您是龐培格太太，正確嗎？」他有一張什麼特色都沒有的臉，乳臭未乾，還在滴鼻涕，淺金色的短髮，戴著國家健康保險標準配置，一分錢都不捨得再加的眼鏡。他眼光的混濁跟眼鏡鏡片上的殘留物有關，他的鏡片讓人想起帳棚裡的空氣、管子外因溫差產生的水滴。玩樂的殘留物，但是他看起來卻不怎麼高興。

凱絲汀把回答縮減成點一個頭。

「我要直言不諱，而且我已經喝了一點了，我承認。」

「看得出來。」她說。

「很熱鬧，不是嗎？」他看著四周。凱絲汀考慮著，要不要直接離開，把兒子從小琳達的魔力區帶開——她正高高把糖果丟到空中，沒接著而打中臉頰，她大笑——回家去。這一天她已經見識過四到五個喝多了的男人，夠了。她想著這個詞「頭痛」，在她還沒有感覺到她的頭痛之前。

「我想說的是：您不能讓您的先生離我的女朋友遠一點嗎？」還在點頭，他就把眼鏡拿下來，用T恤的一角左擦右擦，但是就T恤本身的狀況看來，他的視線清晰度不會改善多少。

「您不想告訴我您的大名嗎？」她早就知道他叫什麼，只是除此之外，她不知道還能說什麼。

「拉爾斯班納，您可以不用對我用敬語。」

然後她站在那裡：面對著一個喝醉了的青少年，從她荒誕負面的這一對到他令人難堪的羅曼史，她的丈夫所羅織深陷的羅曼史。戴綠帽的和被欺心的，很高興我們也有機會認識認識，好像這兩天來的羞辱還不夠似的？也許這還不是整件事的結束。明天她就會跟安德蕾雅面對面，在早餐廣場上，然後聽她建議，要怎麼讓下垂的胸部重新獲得活力。

拉爾斯班納重新戴上他混濁的眼鏡，說：

「要不然我就會在結束時揍他一頓。」

「那您就揍他一頓吧！」

「……啊？」他說，好像她說的是請他馬上就地把褲子脫下來似的。

「您知道萊茵隊在哪，前面左轉就是，就在舞台旁邊。您過去，去揍他一頓。」

「他活該，對吧？」

「絕對是。」

「這個安德蕾雅有時候不租（知）道她在奏（做）什麼。但是您的先生……」

「他從來都很清楚，您知道您在哪裡可以找到他。」

「他俣（活）該。」

凱絲汀無法不讓自己去想，從安德蕾雅的角度來看，這是一個可理解的需求，將這個頑固戴著油膩眼鏡的小孩丟棄在某地，然後去感受一個男人的渴慕追求。不是出於叛逆，而是因為年齡的差距。她這兩天在節慶上這裡那裡都看到，而且不能抗拒自己感覺憎惡。一個年輕的小東西，漂亮性感，而且很清楚自己的漂亮性感，但是在凱絲汀看來，這種自覺是好奇多於自滿。她的男朋友面對她的吸引力可能像面對某種神聖的東西，他必須持續保證他的仰慕，即使他不能控制自己去玷汙這個神聖。恭順的、感恩的，偶爾會用男子氣概式的粗暴尋求一下平衡消抵。她相信這些都可以在他臉上看出，當他用鈍啞的眼光哀求，請她收回這個迫他使用暴力的請求時，並且給他買一支棉花糖來代替。有些尷尬的，他的腳絆了一下。也許他從七年級開始就是安德蕾雅的男朋友了。這樣一個飯桶對一個年輕女人的愛情怎麼能夠僅僅只令這個女人天真的欣賞自己的美，卻完全不會想到這個美除了可以讓拉爾斯班納色急的變成鬥雞眼外，還能拿來做別的？

你的女朋友完全清楚她在幹什麼，她想，她寧願理光頭也不會回到你身邊。

「還有什麼事嗎？」她問。

「您甚至不想跟他談一談？」

「我覺得，這應該由我自己決定吧。」

「他應該要有自知之明。」

「再見。」她留拉爾斯班納一人站在那裡，自己則覺得像中了一槍。她很想讓自己的怨怒爆發，對著整個遊樂場大叫：把他拿去吧，妳這個小娼婦！讓他幹妳幹個夠！但是她沒有，她只是微微笑著，向兒子的方向走去。琳達手舉得高高的，向她揮動，當她走到兩個孩子面前時，丹尼爾快樂淘氣的說：

「我的錶現在才七點鐘。」

他的小女朋友咬緊下唇忍住笑，點頭。

「回家吧。」凱絲汀說：「明天還有一天。」多糟的工作啊，她想，現實原則的總秘書，結束一天的魔力，就像用手指戳破肥皂泡泡一樣。

「我一定也該回家了。」琳達從護欄上跳下來，往帳棚的方向消失。但是凱絲汀從丹尼爾的眼光中看出，他們在她背後一定又回頭做了信號，點頭同意。丹尼爾這個時候看起來比他的實際年紀老了幾歲。

「我們要走了嗎？」她問。

「馬上，我們先喘氣休息一下。」

「當然。你今天過得好嗎？」

「很好。」

很好，是啊！她不再感到寒氣，把夾克從肩上取下，拿在手上，看著她的兒子。她兒子的眼光正飄往遠方某個不定的點。

「我們可以慢慢往橋的方向散步過去。」她用大拇指指了指後面。他昨天忽然像幽靈一樣在橋那邊出現，但是他的行爲並沒有表現出，他可能是橋上那一段短暫情事的目擊者。還是他已經習慣，他的父母在踏境期間都往婚姻外發展，所以他現在也追求自己娛樂的對象？他兒子身上有一種令人無法看透、一點也不孩子氣的東西，她只是不知道這是從什麼時候開始的。很顯然，她陷在自己的情緒中無暇顧及其他已經有一段時間了。

「我們從這邊走。」看也不看她，丹尼爾指向另一座橋，更上方醫院前面，琳達可能的回家路線。

「這是所謂的冤枉路。」她猶豫。

一言不發的他搖搖頭，再往遠方某一點望一望之後，點頭說：

「那就走吧！」

慢慢的他們沿著窄長的街道走著，在節慶草地和運動場之間，通往橋的方向。帳棚裡樂音震天，慶祝取樂者齊唱時幾乎分散成幾千個聲部。她的丈夫恐怕是其中之一，如果拉爾斯班納沒有咬牙勇敢起來，在她丈夫臉上揍了一拳的話。歡樂的混亂控制了這個世界，原子和荷爾蒙，酒精和腎上腺素。她的兒子倒退著走，因爲他們身後，琳達普萊斯的媽媽陪伴著琳達，正在起身往回家的路，而她的先生在兜著圈子走，因爲踏境上沒有人知道，境的界線究竟如何蜿蜒。大家只知道要跟著自己的直覺走，可是天黑了，酒也開喝了，然後沿著河岸走著走著，就走進也跟著自己的直覺走的年輕小姐。

凱絲汀看著琳達和她的媽媽手牽手朝橋這邊走來，但是有各自母親的陪同，兩個孩子決定遠遠的互相做手勢就好。天已經完全黑了，丹尼爾拉扯她的手。

「不要這麼慢吞吞的。」

「你有沒有想像過可以住在別的地方？不在貝根城，而是別的地方。」

「妳知道嗎，我真的想過。」

「哪裡？」

「例如麗織外婆那裡，或者漢堡。」

「為什麼是漢堡？」

「爲什麼要去別的地方？妳要離婚嗎？」

「沒有，我沒有要離婚。但是如果『要』的話也必須兩個人的意願一致，『不要』也一樣。」

「我知道，」她兒子說：「但是如果你們離婚了，我就離家出走。」

他們來到萊茵街的十字路口。普萊斯太太和她的女兒會在醫院這邊左轉，往小學、寇納克街和鹿坡的方向；而她和兒子則要在難民收容所右轉，往市場廣場、市民之家和海恩博克的方向去。到家以前還有一段相當遠的路程，他們停下腳步，揮手道別，琳達和她的媽媽也揮手道別。凱絲汀在腦中翻找可以呼喊道別的話語，但是她什麼都沒想到。他們曾經一起吃過一次飯，普萊斯夫婦和龐培格夫婦，去年或者是前年的事了，這次飯後並沒有讓他們的友誼更深一步。他們仍是不太熟悉，也沒有太多來往。

電腦像一個他懷疑在說謊的學生，他跟電腦對峙站著。圖像是黑白的，筆觸柔軟，光的遊戲一覽無遺，影的戲份又更多；顯然是一幅專業的作品，只是背景客廳中家具少得可憐，大概會被認為是工作室，而前景的一切卻又擺設得太精確：自稱是薇多莉亞的女人躺在一張長沙發上，四肢舒展，一條著網襪的腿伸直，另一條腿所著的衣物和彎曲的角度剛好遮住下部。看不出來她是否穿了內衣。一頂有帽簷的帽子，帽簷下眼睛雖然沒有消失，卻躲在暗影裡，而和觀察者對視的眼神，他無法看見。上半身是裸的，瘦的，胸部又只能從戴著長到手肘的手套下的手臂下看到一絲端倪。另一隻手端著裝在長濾嘴中的小雪茄，手臂彎曲，好像打招呼般稍稍舉高。白煙裊繞，煙霧多到在女人的大腿上投下陰影。她的年齡懷德曼猜測是四十歲以上，雖然身體上所有的線索都謹慎細心的從姿勢或是暗影的方式含混過去。一個比

較年輕的女人，他相信，會露得更多，而少去許多的暗示。

這就是她所能提供的。信文如下：

我親愛的沙爾：

很高興您這麼快就回了我的信，並且同意我們相見。您的照片也許並不是一般人認為的「真性流露」，但是可以確定的是，當我們相遇時，我可以認出您來。當您看著我附上的照片時，您可能會懷疑，會不會與我相反，您是否能認出我來。請您放心，我的裝扮會跟照片上的那人如此神似——風格上，不是詳盡細節，但絕不會出現混淆的疑慮。

您喜歡這種風格嗎？請您誠實以對，不要回答得像吃到不愛的食物說「很有意思」的那些人。

有關您是否有膽量的這個問題，因為您這麼快便對我的信作出反應，似乎令您以為這樣就算是回答了問題。我可不這麼確定，但是，當您睜大眼睛像照片（一張證件照，沙爾，真丟臉！您的想像力哪裡去了？我得安慰自己，至少您給自己取的名字……自己去結束這個句子吧。您對自己其他方面的品質似乎有很大的信心。）裡一樣，坐在我對面與我相見時，我自己會有譜的。

那麼，我們在哪兒見面呢？請您理解，我照片上特地為您設計的外表無法公開帶到市場上。因此我要約您到一個夜店，在那裡像這種引人注目的穿著一點也不特別。店名和地址在第二個附件裡，還有路線說明。二十四日星期六，二十一點，先生。如果您照片上的樣子能給人什麼保證的話，那就是無法不準時的個性。

不要被那個地方的獨特性嚇到，衣著請隨意。　薇

對一個星期天的早晨來說，真是夠濃烈的。搖著頭，懷德曼喝一口咖啡，再把照片點出來一次，現在他才真正準備把她的風格在自己的回答中評爲相當「有意思」。還會是別的嗎？誠實與禮貌的交集很少會很大，一點交集都沒有的話，就只能剩下冷諷。帶著路線說明的附件他直接忽略，反而再讀一次信的內容，然後對有關他「其他品質」的影射生氣。他證件照上的樣子也沒有這麼像波特萊爾的肖像這般平庸。他還要再回信嗎？他並沒有失望，他只是忽然意識到將他和他電腦螢幕上的女人分離開來的巨大的鴻溝。他問自己，都這個年紀了還裝扮成瑪琳・黛德麗（譯註：已故德國影星，以《藍天使》一片享譽全球。）堂妹的姿態，於她何益？從這個角度看來，他又一次太早醒來，在這個不是工作天的空洞早晨，並且記起他曾經讀過的一篇小說，小說裡聲稱就是星期天，讓夫婦還能維持是夫婦，在愛情早已遠離之後。高原上下午的稀薄空氣，沒有要事。而現在早晨才剛剛開始，從緊閉的窗簾上光影流竄、鳥兒吱啾、樓梯間缺席的腳步聲開始。代替腳步聲的是廚房裡收音機傳來的微微的鋼琴樂音。

另一方面，預感和經驗告訴他，從果敢的薇多莉亞女士那方面，是不會有伴著哭喪電郵來糾纏的危險。這麼明顯改裝的人，不會假裝，而且從她臉上可以完全看出來，鼻梁輕微隆起、薄薄的唇，都指出堅韌的自尊，她絕不會允許自己追在第一次約會後即表現出對第二次沒有興趣的男人屁股後頭。她反而會將不願意的人轉成不值得的人，斷然的刪除他的電子郵址。所以不會有嚴重的後果，如果那天晚上進行不順利的話。

第二杯咖啡他放著不再喝了，穿上堅固的鞋，離開公寓。總是一樣的掙扎，他愈常掙扎，身體想動的衝動就更強烈，似乎如此，事情就會加速解決，或者也許也只是簡單的爲了讓他的頭腦得到足夠的氧氣，只要衝突還在。枯燥寂寞是他和女人在一起時所先感覺到的，當他和她第一次在品酒店相見，或者第二次在旅館時，他愈來愈常用相同的問題討論先把枯燥無聊消除，而所討論的問題是，這個遊戲他是否應該再繼續玩下去。這個理由和那個理由支持，而另外這些和那些則反對，但是最終這個事實總是不容忽視，就是貝根城就是沒有任何可能性讓單身四十歲以上的男人擁有性生活，真正是性生活的性生活，而長期的禁慾他又不願意。

一切都被允許，沒有什麼是必須，但是總有一些是應該的……

懷德曼走出房子，驚訝在這個還很早的時刻，空氣竟然這麼暖和，然後轉身向右邊的街道，迎向短短的險上坡經過樂賢鴻恩街，這條街繼續帶著他到波茲坦街，然後沿著階梯走向鹿坡。在這裡他選好一棟房子，房子的窗板緊閉，居住人應該不在，他快步直接穿越這塊私人地產，躍過後面的格構柵欄，就站在通往霖黑克狹長的人行道上，再取被人踩踏出來的小徑進入森林。

他的額頭已經蒙上薄薄的汗水。在他腳下，小鎮躺在陽光裡。白色的蒸氣從蘭河草地升起，鹿坡的花園裡，樹木及灌木叢在草地上投下長長的影子。一隻貓穿越車道，引起樹叢裡鳥兒不安的鳴叫。偶爾聽見從廚房打開的窗戶裡傳來：碗盤碰撞聲、小孩咿咿啞啞，家庭生活的聲響。他走得太快，胸腔裡的心跳令他不舒服。在他上面，坡將愈來愈陡。宏恩貝克街的土地延伸在這裡結束，此地灌了水泥加強，由自然石塊、啤酒桶大小的花崗石堆砌成的牆，阻住山坡的土石。由下往上望，尖尖的屋頂、寬闊的陽台，這些房子非常壯觀。即使是車庫也不是平平的屋頂，而是有第二層樓的，大得夠做兒童房，木框裝飾的風格接近阿爾卑斯前山一帶的房屋建築。沒有一棟房子的配置是少於兩個車庫，所有房子的建築格式流露出同一種默契：鄉下地方常存的一般性，害怕鄰居的評斷。

多少的精力心血被消弭在這些花圃、籬笆、邊緣的花壇和樹籬裡。這些是建立在不容置疑、不受爭議的家的概念上！街道那一端，靠近文德翰滿之處，普萊斯家新的建築在山坡上像皇座般矗立，前陽台的大小就有露台那麼大。陽台的扶手上，懷德曼認出一個空酒瓶，像是家居建築雜誌裡一個小小的粗心大意，透露出這個像舞台布景般小鎮的背後，也有真正的生活。一支被遺忘的空酒瓶，兀自在星期日早晨的陽光下閃耀。

現在呢？他站在這裡，看著，並且問自己，他有些什麼選擇。應該走回去邀請凱絲汀・

維納一起散個步，藉口有關丹尼爾・龐培格的事件還沒有談論完？七年前他做了一個決定——輕率的，他現在知道了，像小孩在使脾氣般的、太早的、對結果無所謂的樣子，而那之後他就一直忙著調整自己的存在，好像帶著太多家具搬到一個太小的房子裡，每兩個星期就得搬動家具一次，來和時時浮起的幽閉恐懼抗爭。這花了他多少年的時間！然後，去年康絲坦薮結婚生了孩子，他相信，他的負擔已被放下一半，他終於可以在他生命的荒蕪裡開始去感覺熟悉舒適，不再因爲龐大的記憶而迫窘抑鬱。不到幾個星期前他仍這麼相信著，甚至爲此給康絲坦薮寫了一封信，但是她並不相信他，而現在他自己也不相信這些了。生命中又一個季節性舒壓的謊言。夏天席捲過來，樹木驚人生長，他則在星期日的早晨逃離自己的公寓，隨著狹窄的小徑進入潮濕陰涼的暗影裡。小蟲繞著從葉隙投下的光柱跳舞，蜘蛛網掛在枝椏間一閃一閃。空氣是這麼新鮮、這麼重，重到他相信它像水一樣，他可以雙手一掬就把空氣擦在臉上。樹幹的香味充斥，還有新鮮鋸斷的木頭味。他的體內有種東西，他自己也無法解釋，一種衝動，想衝刺，想把臉埋進森林地上的落葉堆裡，把陽具從褲子裡掏出來，好好射一射。四十來歲，要說老成卻太年輕，然而又太老無法感覺年輕。是的，可惡，教室裡女學生的短裙、小小的上衣和T恤，有些日子確實令他坐立難安。他的身體裡還有大家都知道的春蕩，像隔壁公寓叫春的情侶一樣煽情和不受歡迎(他每個星期六的命運，昨天也不例外，史奈德家雖然愛什麼時候把垃圾堆在門口，就什麼時候把垃圾堆在門口，他們方便爲主，別人都不考慮，但是除此以外，所有的一切都按照時間計畫表來)。一步也不停留，他繼續取徑上去，看到野豬在一畦窪地留下的痕跡，感到想把一切都掃除的需求，所有的一切都釋放出來，一點也不留。

只是，他能跟誰訴說他赤裸裸的、醜陋的恐懼，恐懼自己變成一般刻板印象中的單身教師？恐懼一步一步轉變成爲好色的蛤蟆、學生恥笑的對象，受到同事間遮遮掩掩的閒言閒語。他走得再快，都無法把腿上對這個恐怖想像的癱瘓感覺甩掉。直到他走到環繞著鹿坡半山腰高的環山小徑，才慢下腳步，他的背上冷汗直流。

孤獨並非不好忍受，但是問到孤獨會對他做什麼時，他心裡所升起的驚惶有誰會想要聽？這些年來他看過太多女人，他這個年紀的女人處在長期的孤獨下變成了什麼樣子，所有這些痙攣、憂慮，還有導致笑聲尖銳、突如其來摀進面紙裡的酒、抽搐、歇斯底里的強迫症。孤獨是慢性發作的毒藥，不，它是慢性發作本身，一旦它抓住了你，你就再也無法脫身。

康絲坦薇？

我擔心你，但是我再也不會讓我的擔心打擾你。這是她所宣告的，在她的孩子還未出生前不久。一如往常，她信守諾言。她所持著的耐心，在這些年來陪伴他的生命，在她有別的男友後還一直持續著的這個耐心，他一直覺得不可思議，這不是超人的，就是建立在自我欺騙的基礎上，但是她沒有給他任何找到答案的機會。他認爲比較是超人的。再一次跟他到黑森林去度週末，當她答應別人的求婚後，關於每個問題，例如她會如何跟未來的丈夫解釋，她都拒絕回答。她像以往在柏林時一樣跟他睡覺，然後，在停車場告別時她一滴淚都沒落下。一個欲雨的日子，雲層深重。他站在眾多車子之間，揮手向他的幸福告別，喉頭發緊，同時非常感謝，她讓他最後一次在她眼裡的明鏡中審視自己。我是多笨的大白癡呀，他想。

他完全沒有其他餘地，只能去見這個薇多莉亞，轉移自己的注意力，享受短暫的刺激和之後和著烈酒吞下的長長的失望。畢竟他不需要向誰解釋，誰也不用顧慮。他不過是一個逃開床沿的散步人，在星期日早晨。一個星期前他坐在凱絲汀・維納的露台上，忽然問自己：從上次我和一個女人談話，而不把談話當前戲的一部分，到現在有多久了？現在他從樹葉空隙間可以看到冷清的國道，往薩克費佛方向的叉路，以及後面克萊山險峻的陡坡。他心想：不會成功的。

她有過一次破碎的婚姻，家裡有需要照顧的老母，以及一個站在獨立之路上或者是變壞前的兒子。談話間她顯露出某種堅苦奮鬥以及微微受損了的尊嚴，而他除了問她驕傲的半衰期外，什麼也想不出來。此外對於一個不可原諒的缺失，他也已經解釋了，他早就不將對她的造訪看成是他職業義務上的補充。怎麼能呢？面對一個有吸引力的女人，七年前就已經是，現在依然如此，他現在想起來的這一切，是因爲路邊沿著黑刺李樹叢有紫羅蘭花蕾，讓他想起她走廊裡快枯萎的紫羅蘭花束。

懷德曼停下，擦一擦額頭。

其實紫羅蘭花季已過，但是它們正在他面前盛開，好像就是爲了他，這些花蕾才從土地裡射出。他費盡心力讓自己什麼都不要想，只是去數，當他蹲下身去，開始小心翼翼的採摘時。數到十時，他重新站直。最終的答案反正是沒有的，他以前都是如此教導他的學生。沒有方程式可以容納並表達我們在做什麼、爲什麼這麼做，只有不斷尋找，有時候還包括找尋到什麼。他常常提起這些話，在眼前這個時刻他幾乎敢斷言，他是對的。

節慶草地上的噪音在房子之間回響，不時有低啞的和音，從在回家路上、蹣跚困躓的醉漢口中蹦出。萊茵街上幾乎一輛車都沒有，車道和人行道上只有節慶裝飾散落在地，綠色植物剩餘的東西。小鎮似乎空虛又疲累，充斥著無規律的咆哮。節慶廣場上營火孤伶伶的繼續熊熊燃燒，吸引三兩個仍興致高昂的人。凱絲汀的四肢都感到倦憊，她的求告無門以及房屋後愈積愈深的黑暗，她從沒像此刻一般深深覺得貝根城是個深淵。

如果你們離婚，我就離家出走，丹尼爾在蘭河橋上說了。從那以後在他們同樣韻律的腳步上打拍子的只有沉默，而凱絲汀希望，她有車停在附近的某處。開展在他們面前的是市場廣場上的萊茵街。零零落落的聲音在夜裡亂走，噴泉前的石階上坐著一些黑影，薯條攤前聚集著還渴的人、又餓了的人或者一直站在那裡的人。直到現在她才看見畫得五顏六色、陳列在石塊路面代表男子隊和青少年隊的箱子，大小如巴士，上面塗著各個隊伍的名字。整個市場廣場下半部的樣子讓人想起服裝剪裁的紙樣。

兩天成功的熬過去了，還剩一天。

丹尼爾每邁出一步，就更累一點，歪倒在她身上，頭倚在她身側。就這樣她穿過市場廣場，朝花園山上去，方向是市民之家。最陡的地方她必須把手放在他的背上往前推。

他們前面有一個單獨行走的人，直到上坡結束後，她才遲疑的認出是她的丈夫。顯然在他們離開之後，他也離開，走的是經過科技支援中心橋比較近的路，他走在他們前面像一個深夜裡的陌生人。不多久他的身影就消失在視線之外，但是她還能聽見他踩在石階上往市民之家停車場去的腳步聲。

「前面走著一個也許可以揹你的人。」她跟兒子說。

「誰？」

「你爸爸。」

丹尼爾在她身邊搖搖頭，幾乎都快睡著了。

當她走到停車場時，尤根正往窪地維森古倫住宅區的方向下去，腳步緩慢沉重，她覺得。每棟房子前面都插著旗桿，掛著貝根城的盾徽。她一開始往下坡走，花園山就擋住了節慶草地所傳出的所有聲響，令他們的腳步聲因此響亮了起來，而地界上的寂靜更濃稠了。有時凱絲汀聽見尤根的佩刀擦到地上，她想叫他，但是開不了口。以潰散的小隊、一和二的方式，龐培格一家從戰場上回家，節節撤退。尤根沒有轉身，穿著制服和帶著佩刀的他，看起來像一個小男孩，剛從沒有人想跟他玩的化裝舞會出來，而且大家都嘲笑他的裝扮。

她沒有叫他的名字。

在她知道一切之後，他跟這個安德蕾雅在公園長椅上親熱了一次，而她則在第二天晚上和湯馬斯・懷德曼在橋上親嘴，雖然她並不準備將這件事告訴她的丈夫，這件事卻幫助她把她的處境改變成和局，她可以告訴自己：接下來若不再有什麼事發生，在她立場，並沒有必要逼丹尼爾離家出走。除此之外，她發現，在疲累和虛脫的後面，慾火在她身體裡閃著微星，她渴望盡快和平的結局，甚至渴望透過她最好的朋友安妮妲所稱的「和解性愛」來封緘這件事。根據安妮妲的說法，這反正是最棒的部分。

她像夢遊一樣帶著丹尼爾走下海恩博克陡峭的短坡，然後接上蜿蜒的上坡。尤根在上方消失在最後一個彎處，也許正在詫異，爲什麼家裡的燈是暗的。

「來，丹尼爾，還剩幾步路就到了。」

她的兒子不再回答，眼睛也閉著，半拉半扯，她推著他上去。夜間的空氣載滿這條街左鄰右舍大方的花園裡繁花盛開的香味。比較適合五月而不是八月，濃腴的、含苞的甜香。她一登上花園山的頂端，節慶廣場上的樂聲又重張旗鼓，但是在這佔盡優勢的海恩博克斜坡上，夜的氣息不再是窄窒、不流通的，而是從森林裡滲出的清涼。她看著客廳裡燈亮了，光，落在花園草地上，屋裡一個模糊的身影，她有一點感覺一切都會變好。

她拍拍丹尼爾的肩膀。

「到了，琳達一定已經睡了。」但是他不再是剛剛陷入熱戀的人，而只是一個累壞了的孩子，累到連用點頭反應母親的問話都沒有力氣。她抱緊他，把臉貼在他頭髮上，在他額頭上印了一個吻。然後，她準備好可以見她的丈夫了。

客廳裡的光源透過玻璃門直落到走道上。丹尼爾把鞋子踢到角落，穿著襪子躡著腳上樓。凱絲汀停在門邊。

「晚安。」她說。

他穿著鬆開釦子的制服，在客廳桌子和沙發之間，手裡拿著電視節目雜誌，尤根站在那裡，像一個人像攝影師叫他擺的姿勢。啤酒、汗水和節慶帳棚的味道一直逼到門這邊。他看起來很累，簡直可以說讓她迷糊了，一時她覺得他和拉爾斯班納也沒有那麼大的不同。

「我以為我是在你們之後離開的。」他說。

「我們繞了遠路。漢斯已經上床了嗎？」

「看起來是。」

他們相對站著，不是面對面，而是轉向側邊的，身體和視線都是，好像他們在避免正眼相對的同時，也避免給對方想躲避的印象。捲起的被鋪放在沙發上。

「我去看一下丹尼爾。」她說。

丹尼爾穿著內褲站在洗手台前，任牙膏從嘴裡滴濺出來。他的衣服散落一地，除了丹尼爾的衣服外，還有尤根的帽子和他已經糟蹋殆盡的白色手套。獨佩刀不見。

「稍微洗刷一下，趕快上床。」她擰乾一條毛巾，在他沖洗牙刷時，快速幫他擦臉、擦脖頸。她搔他癢想逗他笑的嘗試，也被丹尼爾嗜睡的厚皮打敗。「晚安，我的寶貝！」她在他的唇上親一下，她不常這麼做，但是他已經在睡夢中的臉令她無法克制。臉上肌肉絲毫不動，他讓她知道，她有異味。

在她收拾地上的衣服和襪子，把這些轉移到洗衣籃裡的同時，腦子裡也在盤算著該用什麼策略跟她的丈夫談。而他似乎毫無所動坐在客廳裡，至少她沒聽見腳步聲，或者水龍頭出水聲，或者廚房裡翻盤倒櫃的聲音。她要讓他在沙發上再過一夜嗎？現在到底是哪一種情緒壓倒一切？還是憤怒？憤怒被不關痛癢緩和下來了？被慾火加熱了？被他的啤酒味削弱了？她甚至手都不洗了。她並不想溫存愛撫，如果要做的話，她要迅烈的、骯髒的要他，而且不要在臥室裡。如果不做的話，那她最想的就是命令他到露台門前的擦腳墊上去過夜。丹尼爾馬上睡熟。她站在門邊一會兒，極力抵抗自己想再親他一次的衝動，也不想再去動他的被子。熄燈，關上門，傾聽，然後下樓。

當然她認識這種說話方式：把問題丟進一個空間裡——新鮮的是，進入一個問題已經存在的空間的感覺。任由他的目光尾隨著，她繼續走進廚房，轉開水龍頭，把玻璃杯裝滿，回到客廳。他坐在沙發上，現在像一個被要求寬衣檢查的病人，在解開第一個釦子後，卻想起他沒有健康保險。

「他睡了嗎？」他問。不是仰靠的姿勢，而是坐得直挺挺在沙發正中間。

只有沙發後的立燈還亮著，此外就是走廊和廚房裡的燈了。屋內的空間反映在暗黑的玻璃門上，透明、而且像骰子的形狀般投射在花園裡，玫瑰穿透家具挺立著。

「他戀愛了。」她說，代替回答。一個註腳，跟著這個註腳來的，本來應該是因驚異而產生的一連串問題，他的反應卻只是點個頭，好像他聽到的這句話只是潛台詞，一個加了密碼的指責，而他承認錯誤。

「我也去拿點水。」

她坐在看電視的沙發扶手上等待著，喝著水，她把汗水從額上抹去。她不只感覺再也沒有力氣抵抗要去原諒丈夫的感覺，她甚至完全沒有覺得有什麼好原諒、不原諒的，她只想結束這份沉默和探察，結束一絲柔情都沒有、無言的眼光。是不耐煩，讓她側耳傾聽廚房的動靜。每個解釋只會喚醒更多的懷疑，帶來更多的問題，讓注意力轉到微不足道的蠢話上，橫加猜測。換句話說：每個解釋都會自我演繹，變成它自己的解釋，就好像宗教課的老師在解釋上帝一樣。

你為什麼要這樣做？

她難道想知道，吻一個雙十年華的女孩感覺如何？

同時她又恨他的後知後覺，他正就是這樣從廚房過來，在飯廳站定，喝一口盛太滿的水。恨他小心翼翼，注意不要把水滴到該死的地毯上，他們一起從家具店抬回來的地毯，她抬左邊他抬右邊，四或五年前。

「我們這兩天所講的話，大小大概剛好是一個啤酒墊子。」她說。

「我在找一個聽起來不討人厭的方式說抱歉。」

「那就討我厭好了。」

他沒有坐回沙發，反而停在她觸手可及的範圍內。她看著他褲管上的泥汙，右邊襪子上的血跡。她伸出臂膀，原本以爲他會退縮，卻碰觸到褲子口袋的高度，把他拉近自己。他的杯子放到客廳桌上空盪的聲音，他的手抓住她的頭髮，無動於衷的他卻機械性勃起，一切都那麼虛假。手打腳踢，跟自己情慾的拉鋸戰開始，拉扯太用力布料發出的聲響。問丹尼爾是否真的睡著了，或者她的哥哥會不會聽見，都是假的。這麼假，假到感覺像得到救贖。

扯下他的皮帶時，她破壞了他的重心，強迫他在她面前跪下。她看著她和他映在客廳玻璃門上歪扭的身形，他們正在進行的事的全身影像的暗影，像透明的獸。她身上的味道怕也如此，聞起來像肉、像森林，在黑暗中，沒有光。但是她要他，把他從制服裡撕扯出來，把汗衫從他頭上脫掉。他嗅聞她的褲子。她要找的是最起碼不要多想、不要思考。她咬住他的肩，她的舌繼續逼近他毛茸的腋窩。什麼方式都無所謂，她想。她的性趣甚至也是透明的，這麼沒有顏色、這麼明目張膽。想都不想，無所謂什麼體位，或者抓住什麼來穩住重心，她讓自己直接往前滾落，而他則利用這個時候扯斷她的三角褲。帶著這種荒謬的、無可控制的貪慾，他們互相搶掠攻擊，在沙發和咖啡桌之間。她手上抓到頭髮就拉扯，接觸到他哪裡，張開嘴就舔。她從他唇上把他興奮的喘氣舔走，在他的唇上到處狠命咬嚙，直到慘叫從唇裡迸裂出來。她幾乎要笑出來，笑出來毀了一切，然後，終於，她感覺到他的下體，好像在提醒她，他們現在正在做什麼。她坐在他上面，擠壓著，將慾情渲染滿滿的疼痛。當他進入她毫不情願的恥懷內時，她才呼出那一口氣。

你為什麼這麼做？

他的低吟聽起來平扁沙啞。她要弄痛他，指甲緊緊鑿進他的肉裡，支撐她僵得直直的背。他們就這麼幹著，爲了一切，或者一切不顧。這是愛，降低到只剩恐懼的核心，熊熊燃燒後僅存的火心，凱絲汀死不閉眼，而是一壓再壓。尤根壓捏她的乳心太過用力。

爲什麼？她咬住他的手腕。

他們兩人同時加速，最後衝刺或者逃逸，總之一路向前，目標卻不是終點。在她還未張開眼睛，看見尤根收復故土的表情時，凱絲汀已感覺到她的劣勢，她還在感覺到錯誤的節奏——慌亂——之前，她遠遠不以爲是的高潮，變成海市蜃樓和一陣胃酸引起的心痛。

然後噁心。

他一隻手臂荒誕的扭曲著，圍繞沙發的椅腳，另一隻慢慢落到地板上。她的悸動迸發在咽喉，而不是在下腹部。汗無力的從背脊滑下。她從未有過的經驗，體驗真相像這次一樣，形象如此具體。

不，她想。不，不，不，但是她逃不了了。

「你沒有道歉，我知道爲什麼。」她並沒有想要說話的慾望，但卻是她發出的聲音。

「因爲你一點也不抱歉。」

他的臉澄淨而且空白，像白雪，或者玻璃，某種程度上可以說是美麗，但不是形體上的美，也許她從未好好的觀察過他。她從桌上抄起他的水杯，喝乾，最後一次閉上眼睛。最後一次永遠的閉上眼睛。

「『社會護理保險有義務支付，如果有護理需要的話。有護理需要的人，是因為身體、精神或者靈魂有病……』精神病和靈魂有病的差別到底在哪裡？聽起來幾乎是宗教問題的。」凱絲汀往兒子那邊看去，但是他根本沒有在聽，只專心瞪著電視，並且永遠只在當萊侯德貝克曼講評的時候，用的還是一種扭曲的聲調，他才會看。他臉上的表情恰如其份的透露出他對世界盃足球賽的興趣比對他母親爲了趕走客廳裡令人心慌的寂靜，正在朗誦的AOK保險公司資訊多，讓她能將心裡來來回回、緊張的思慮集中起來。她對足球不感興趣。幾近歇斯底里等待的興奮，整個國家個把月來一直在準備，在她就像水沖過的蠟一樣，一顆水珠都沾不上。但是現在，賽事結果和屋裡唯一的電視機前送給她一連串丹尼爾不躲在自己房間裡，而是在客廳裡陪著她的晚上。所以世界盃足球賽還是值得慶祝的，並且長命百歲到甚至足球皇帝碧根鮑華也長出皺紋。

她繼續看她的傳單：

「『……精神的或者靈魂方面的疾病，或者殘障幫助，日常生活中，習慣性的和規律例行性的日常事務有所需要的協助。這種習慣性和規律例行性的日常事務必須能夠歸類在身體上的、營養方面的、機動因應的，或者需家庭經濟供養支持的領域。』好，現在請你告訴我，我母親的例子算不算。」

「進……沒進！」球往波蘭隊球門方向滾擦而過。尤爾根・克林斯曼先把手高舉，然後放下，眼光看向他的助理那邊，好像凱絲汀看著兒子，尋求援助。

「算。」他說。

「我們是穿白色的嗎？」

「不是，穿白色的是所謂克林斯曼的人。」他坐在電視機前的單人沙發裡，穿著一件胸前圖案是三個番茄在跑的紅色T恤，寫著速食兩個大字。自從兩天前從他父親那裡回來以後，他便一臉若有所思的樣子，青春痘比以前更多，但是他的情緒在進入森林之前荒蕪地帶的末語區中，似乎算是穩定下來了。她小心的問他，在海恩博克那裡是否降了某種洗滌式的雷雨，去艾德勒家的拜訪如何，他用抿緊的薄唇，完全不借助話語，拒絕回答。

比賽以零比零結束，不只是在多特蒙德，她自己也覺得沒輸沒贏，同時仍處在高度緊張之下。一碟花生放在桌上，丹尼爾並沒有顯示出要吃的意願，她就拿了。夏日傍晚溫薰的從露台的門吹進來，混合著花園裡剛剛才澆過水，有著花圃氣味的花蕾芬芳，刺激著她暴露在外的神經末梢，幾隻彩蝶在窗前羽翼翩翩。她好想去散個步，沿著宏恩貝格街，驅散她的緊張，也許碰巧遇見卡琳，再跟她冷靜的討論一下夜店的事。但是這種稀罕的時刻，丹尼爾以某種實習生的方式加入家庭生活，她必須盡情享受。就算是對他念叨標題綜合項目條款——您的護理保險資訊 之下的內容，也在所不惜。

「這裡有三個等級，」她嘴巴裡還在咀嚼，「很大的護理需求、重度護理需求和最重的護理需求。那麼，我們的問題是，我的母親是很大的還是重度需求？」她想起彼德曼醫師的話：您可以試試第二等級。國家健康保險一點都不像我們想的這麼窮嘛。基本上這個例子很清楚：她的母親無法自己下廚，她再也不能自己洗衣服了，無法自己去買菜，而且從三月開始，移動門診護理服務的寇爾貝太太每個星期來給她洗一次澡——如果這不是護理保險所稱的「日常生活的習慣性和規律例行性日常事務」，那什麼才是？她再補充一點花生。「第餘（第二）……等橘（等級）也還有償付實物的三八四歐元和實領的二〇五歐元，月付的，我猜。」她一向習慣的小心謹慎，建議她從第一等級開始。

「滿嘴花生，聽不懂啦。」

凱絲汀灌下一口水。

「三八四加二〇五。」

「五八九。」

「很不錯，不是嗎？」無論如何她不能想像，她每月的贍養費幾年之後縮減的數目會超過這個。她朝兒子看去，準備提出自從他從海恩博克回來後已經想過幾百遍的問題，他覺得明年有個異母弟弟或妹妹如何。他是否覺得尷尬，或者無所謂，還是高興。像之前的幾百次一樣，她又放棄了。她絕對沒有辦法以正常的聲調提出這個問題。她可以假裝憤怒，如果策略上對她重要的話，但不在乎自己其實做不來。很明顯的，她從沒有不在乎，也許這也是爲什麼她總是愈來愈常覺得累的原因。丹尼爾感覺無聊的目光專注的瞪著電視螢幕。他的手指不停的去摳頰上和下巴凹凸不平之處，她必須要非常克制，才能管住自己不去把他的手揮開。

「你什麼時候開始不喜歡花生了？」

「丙烯醯胺，致癌。」

「丙烯醯胺只存在油炸的食物裡，花生是烘焙的。」

「還是對皮膚不好。」

我特地給你買的！她沒有這麼說，代替的是：

「什麼時候變得這麼愛漂亮了？」

他讓她的問題投進空虛中，冷漠的跟著，像球又再一次跟球門僅差一髮之隔，而汗濕的球員臉上的表情變形成失望的啞劇，一切沒有聲音，特寫鏡頭裡的情緒顯得非常怪異，整個情況都像在受苦，包括總理女士，但是一點呻吟聲都沒有，也沒有詛咒或者嗚咽。因爲丹尼爾要如此。黑紅金色的國旗在運動場內坐滿觀眾的樓座飄揚。有人戴著足球形狀的帽子，臉上畫著像戰士一樣的圖案，完成嘉年華和部落儀式的混合，開始心醉神迷的揮手，如果現代人的第七感官感覺到攝影機對準他們的時候。

丹尼爾在手指中間剝落什麼。

「精神疾病是腦損傷，」他說：「比如說，祖母的老年癡呆症。靈魂的疾病則是心理上的，沮喪、幻覺以及其他一切狗屁。」

「是嘛！」

「用電腦語言來說就是：硬體問題和軟體問題。」

「祖母有的，可以說是硬體問題？」

「硬碟出問題。」他叩一叩自己的頭。

她壓下問他問題的根源在哪裡這個問題，往後一仰背靠進沙發。還有，她自己的呢？自從下午普萊斯太太打電話來宣告，下下星期六要去這個名字叫波希米亞的夜店一探以後，她就不知道，頭該往哪裡放。她覺得她完完全全被自己的幻想追捕，一堆裸體性交人群的圖像，這些人在人工草地上翻滾糾結。一個換伴夜店！究竟爲何她會考慮這種荒謬的計畫？可能她是在看夜間電視節目時，偶爾撞上了聳人聽聞的報導，聽了喜歡性愛派對的人的經驗之談，問自己：這些人是誰？

現在答案揭曉：就是像普萊斯太太和她這樣的人。一個陌生的遊覽車駕駛開著巴士過來，把充滿性慾的手放到她身上，要把這樣的噁心甩掉，已經夠瘋狂了。在後面牆上都是鏡子的吧台上，被半裸的男人和女人包圍，他們互相打量、眨眼示意，最後相互走近……

妳不是認真的，她在電話裡這樣說，而不是說不。

她只是想看看，嗅一嗅墮落腐敗的空氣。普萊斯太太這副假天真的口氣讓她生氣，但也覺得有趣，同時很奇怪的竟讓她冷靜下來。也許有辦法可以探索自己的好奇，但是不必完全牽涉到這種鄉下地方性愛綠洲的下流環境。也許有這個可能性，在一個星期六晚上，當貝根城緊鑼密鼓準備踏境節慶時，抽出一個或者兩個小時的時間，去窺探一下在這種地方流連的都是什麼人。在科隆的時候，她和安妮妲有一次去參加派對，派對上一個房間裡傳出很明顯在做什麼的聲音，也沒有人覺得有什麼。

凱絲汀接下來說的，她自己都吃一大驚：

「給寇貝爾太太的一七〇歐元，護理保險無論如何會支付。即使在第一護理等級中，也已經規定：『如果需要護理幫助的人，他的幫助是由出診護理服務的人員完成，護理保險將把這筆費用歸入實物款項。』而最高可實領三八四歐元。」

「漢斯舅舅一定會說：徒勞無功。」丹尼爾還是繼續摳摸他下巴上的月球表面，除此之外，他倒是安靜的坐在沙發椅裡，腿張得大大的，像他的父親一樣。在多特蒙德現在是中場休息，球員帶著無計可施的表情，沉重的走向休息室。

「漢斯舅舅只是不願意承認，他的母親真的病得很重。」

「他是醫生，而作爲一個醫生，他知道什麼對大家最好。」

「彼德曼醫師說，第一等級我們一定能拿得到，不論電腦斷層掃描結果如何。我們遞出申請，保險公司就會派人來察看外婆，總之最糟的情形也不過是又回到現在這樣，直到明年我搬去蘭橋下面。但是你自己也說過，外婆需要護理幫助。」她把護理保險須知摺一摺，拿來當扇子搧風。丹尼爾照常對她的暗示不做反應。雖然晚上了，溫度還是很暖，而外面吹進來的氣息似乎蘊含著什麼凱絲汀無法用言語形容的東西，只是隱約知道，今夜沒有安眠藥就不會有睡眠。

她該跟卡琳・普萊斯說什麼呢？

浴室裡再傳來沖馬桶的聲音，接著她需要很大程度留心直至重度護理的母親拖著腳步穿過走廊，因爲幾乎整段中場休息時間她都在浴室裡。這只是因爲年老而有的緩慢，還是她又偷偷洗滌了她的內衣，因爲夜裡失禁的問題愈來愈嚴重，甚至生理護墊也沒辦法再支持？她又吐了嗎？最近嘔吐愈來愈常發生，但是這也許跟她母親自己在浴室找藥有關係，當她頭疼太嚴重時。十二顆包裝的阿斯匹靈，她置放在母親床頭櫃前，三天就沒有了。她閉著眼睛跟著走廊裡鞋子的聲響，等到在開著的客廳門邊吱嘎聲消失後，她才重新睜開眼睛。她甚至不清楚，她的母親是不是偷偷的吃泡假牙用的藥片，總之，才買的又即將要用完了。

像櫃台小姐一樣，回過頭去以前，她又綻放臉上的笑容。

她的母親穿著舊的、拖到腳板的浴袍，手上拿著她的漱口杯，用假牙已經拿下來、沒有牙齒的漏風聲音說話。

「好，我上床去了。」

「晚安，媽媽，一夜好睡。」

「晚安。」丹尼爾說道，並舉起一隻手，但卻沒有轉過身，而是專心在昆特納薩啞劇表演般的球賽分析。

她的母親站在門邊。

「丹尼爾還不想上床嗎？」

丹尼爾面無表情。凱絲汀正在讀這個句子「**其他情況的話，例如說，家庭成員或者是熟識的人來照顧需要護理的人，他們可以得到與護理工作相當的護理費。**」

「妳房裡還有水嗎？」她問：「要我幫妳拿一瓶進去嗎？」

「窗戶都關上了嗎？」

「是的，晚安。」

「那丹尼爾……」他臉上還是動了一絲肌肉。凱絲汀站起身，向客廳門走一步。

「那我睡了。」她母親說：「就是頭疼還在。」

「好好睡吧！妳需要妳的阿斯匹靈嗎？」但是她的母親已經把助聽器拿下來了，凱絲汀看著她的背，看她打開她的房間門時，如何把漱口杯裡的水搖晃出來，灑到地上，關門時再灑一次。兩天前她跟醫院通過電話，醫院安排了時間，讓她跟彼德曼醫師談斷層掃描檢查結果以及後續一些凱絲汀也不明白為什麼要做的檢查。她懷疑，這些檢查後面並不全都是醫療理由，彼德曼醫師尤其想讓她從全天候的家庭護理中得到休息。不管是這樣或者是那樣，下下週末會是她幾個月來第一次單獨在家，當然她一個不小心，在電話裡就把這個消息洩露給卡琳。正好，她只這麼說。

既然已經站起身，她便繼續往浴室去，在裡面她鬆了一口氣，沒有看見什麼不正常的東西。空氣裡既沒有尿液的味道，也沒有嘔吐的味道，而且根據她所能回想起來的，浴袍口袋附近也沒有什麼汙跡是她母親嘔吐後不小心抹上去的。她安心了，可以在洗手台上方壁櫥鏡子裡好好審視自己的臉，確認她看起來其實極度緊張不安。

「都是我的錯！」她其實不是這麼想的，但是差不多。

這是**他的**錯。爲什麼他不打電話來？

輕嘆一聲，她打開壁櫥的門，把鏡子裡的臉移到一邊，伸手去拿櫥子裡的安眠藥。然後她會在半睡半醒的狀態把球賽看完，但是她真的有無可抗拒的需求，想把超級好動的腦子關閉。直到現在，在浴室緊閉的門後，跟她的兒子有一道牆和一個走廊的距離，她才敢面對自己內心真正的風暴，原因不在卡琳・普萊斯的來電，而且擔心母親也只是部分原因，真正的根源是：這次她真的看見他了。週末那天在卡琳・普萊斯家的晚上以後，她在陽光下醒來，然後她在客廳門前站了一會兒，欣賞晨光下安靜的街道，然後看見他在那裡，從寇納克過來下去，不繼續往回家的路上走，他在十字路口猶豫了一下，轉向左邊往鹿坡的方向。他拿著什麼東西在手上，他走得比較近後——低伏在窗台上——她認出是花朵。他換到她家街道的這一邊。她站在客廳裡，聽著她的心猛烈跳動，好像命運在敲她的門。他消失在她的視野之外，但是她仍然看得見他。她蹲在窗台前，數秒，還沒有數到二十，他從相反的方向過來，手上已經空了，重新轉左，往寇納克下去。

鹿坡從沒有像那個星期日的早晨這麼寧靜、這麼日光閃耀、這麼美過。

十或十五分鐘之久，她站在窗台前，一動也不能動，什麼都無法想，一時也無法明白，胸中浮起的感覺有個名字叫做「幸福」。

她門前的擦腳墊上躺著十枝紫羅蘭。

一、二、三天前的事了。

她從包裝裡拿出一顆藥丸，放到舌尖上，從雙手接住的水中喝一口。她的臉看來有些凹陷，也許瘦了？她現在應該做什麼？

家長會還在眼前，下午時她仔細檢查了她的衣櫃，確認一件幾年前買的洋裝只需將裙襬改短一點，便又可以穿了。站在鏡子前，用針把要改的長度固定好，算計何時把衣服送到依瑪姿裁縫那裡去，才能及時完成修改。

但是爲什麼他沒有說什麼？他明明打了電話來，就在星期日晚上。她的母親已經躺在床上，她坐在走廊地板上，就在芳香的紫羅蘭花束旁邊，對他和拉爾斯班納間因爲拉爾斯班納所寫一篇關於生物中心報導中的論點而被他責備的對話，一絲興趣都沒有。她對那沒有興趣，也不知道到底是哪個論點，只是吸著紫羅蘭的香味，聽著他的聲音。總之，他認爲，《訊使》不應該企圖刊登學校內部事務。老路德維希班納在被諮詢過後，也是這樣認爲。

是，對啊！當然。

——我只是想告訴您這件事。

——我很感謝您……謝謝您的紫羅蘭。

——丹尼爾感覺比較好了嗎？

——很難說。比較好一些了吧……我也比較好了。

他的聲音裡有真誠的關懷，卻異常冷靜，好像他預期什麼可怕的事，卻不恐懼，而且他的慰問第一次聽起來不像是干涉。即使是對話停頓了，他也不覺得奇怪，他換了話題，簡短的講了一下眾多的德國國旗，因爲世界盃足球賽的緣故，國旗在汽車的天線上和陽台上到處可見，然後他想知道，她來參加家長會是不是會有困難，因爲顧慮她的母親。

那束花，她心想，有花啊！

——您可以打我的手機，我可以告訴您，到底有多少人來。

——我母親可以幾個小時的時間一個人待著，沒有問題，一定可行，我們可以一起去喝杯酒。

他的耐心真的快把她殺了！他難道不知道她的每一個想法，從早上一起床，就跟一隻掉出鳥巢的幼雛一樣：毫無保護的被交到周遭環境的手上，掙扎著生存。貝根城不是一個談戀愛的好地方。並且，不是實際現實上的空中樓閣！她一整天翻來覆去對自己說：丹尼爾可能會毛髮直豎，而要她將一個早餐桌上坐在她身邊的陌生男子介紹給母親，完全是無法想像的事。所有的一切，這一整件事，絕對不可能，卻具有莫大的詩情和魅力。然而這其中的問題在於她自己的渴望，因爲這份渴望逐日增長。

——那麼我們就在家長會上見。

哦，他絕對知道該在何處停頓，以利在談話間隔讓各種可能性滲透進來，讓人在掛上電話後才知道，又被他逃脫。早晨他放一束花在她門口，傍晚他打電話給她時——隻字不提！當她用冷水抹一抹太陽穴，走回客廳時，凱絲汀體內感到一股輕微的、想昏過去的疲累快要來了。隨著白日結束，她也下了決心：如果懷德曼到下下個週六不打電話來約她吃飯或者去散步，她就跟卡琳・普萊斯去那個夜店；如果他約她了，她就拒絕她。換句話說：這個決定在他手上，她是不會打電話給他的。

尤爾根・克林斯曼看起來相當疲憊焦慮。

「還是零比零？」

「真是再戲劇性不過了。」這個句子被他說得這麼平板，好像在背書。

「只有丹尼爾還能這麼輕鬆自在。」

「總得有一個人必須保持冷靜。」

「如果最後零比零平局，我們就被淘汰了嗎？」

「不要老是說『我們』！那是一些職業足球員，教育水準太低，薪水太高，那不是我們。」

「上週末萊茵青少年隊那邊怎麼樣？」也許讓她的兒子跟她說話時，一次開口說超過兩句話，還是大有可爲的。

「滿好，沒什麼不同。」

她一屁股坐下，連把手伸出去拿花生都懶。波蘭隊的球門前，那些薪資太高、她的兒子拒絕將他們在理解上納入「我們」的職業球員正帶著球挺進。她不太清楚的是，他是否有「我們」的概念？

球飛起來，大家都跟著跳了起來，球改變它的方向，航線朝球門去，被接住了。

「你還是不想告訴我，你去拜訪艾德勒家的經過嗎？」自從跟懷德曼談過以後，她幾乎沒有再想起學校這件事，因爲她的思路每次都卡在那次談話、紫羅蘭和到底這些都是什麼意思的問題上盤旋。

從丹尼爾的眼光中她認不出有任何反應，但是他在沙發椅內似乎挪動了位置，坐得離她遠了一點，客廳因此顯得更大了。安眠藥的組成分子開始入侵她的腦，她必須跟瞌睡奮戰，極力撐大眼睛，絕不能讓自己的煩惱妨礙她爲人母教育的天職！

「怎麼樣？」

「妳是不是在浴室裡偷喝酒？」他問：「妳說話好奇怪。」

「不要轉移話題，也別這麼沒大沒小，你欠我一個解釋。」

「我過去艾德勒家，說了對不起。沒了。」

「沒了？你覺得有這麼容易嗎？」她朝兒子的方向眨眼，他的眼睛起先似乎在尋找什麼似的滑過咖啡桌，然後落在窗台上。他會有一天也變成……那個詞叫什麼？一個充滿理想的年輕女孩會愛上的人，女孩忠心的留在他身邊，不會注意到，這個忠心會漸漸讓她愈來愈孤獨，直到她不再是年輕的女孩爲止，或者不再是地方上最年輕的。丹尼爾也會變成這樣一個人嗎？她還有能力能夠改變嗎？聽起來很天真，但是她仍然相信，在她愛的光輝下長大的孩子，不可能不成器。她的兒子可能運氣不好、不幸福、絕望，甚至早夭，但是絕對不會變成一個品行不端的人。

丹尼爾的目光跟她相遇，無動於衷，距離很遠。好像他必須開始練習，怎麼對付以後他要辜負的女人。正確說來，她不就是他第一個犧牲者嗎？

「殺手，兩個都是。」她的舌頭感覺奇怪的沉重。

「上床去吧，媽媽。」

她和一大群其他的女人，她們是不是寧願浪費生命去相信她們的愛有治療的神力這種童話，而不願簡單的去洞悉真相？去他媽的！去他的懷德曼和他的耐心，她要跟卡琳・普萊斯去那個夜店，上第一個伸手要摸她的男人。

她的膝蓋無力的向兩旁張開，也許她已經在做夢了。她決定要問懷德曼，他覺得跟卡琳去性愛夜店這件事如何。他給她的印象不是一個危險人物，反而是屬於她最被吸引的男人典型(配偶，即使女性雜誌也知道，不一定是最具代表性的)：穩固、牢靠、稜角已收斂但是嘴角某處仍暗示著存在第二副臉孔的秘密，一個會送花的男人。

丹尼爾抓著她的手臂拉她。

「起來，我幫妳。」

她不記得，曾幾何時單單一顆安眠藥就有這麼大的威力，能把她擊倒，不過，正確說來，在這個時刻，她什麼也不記得。一次又一次，她的知覺在潛意識裡載浮載沉，感覺屁股下的沙發是溫暖的漩渦。

丹尼爾重新使力拉。

「我會起來的，」她喃喃道：「現在，我無力的賴在地板上的時候，連我兒子都在憐憫我。」

「來吧！」

「不要慢吞吞的，以前你總是這麼說：爲什麼妳總是這麼慢吞吞的。」靠著他的幫助，她終於站了起來。幾秒的時間，她眼前的黑色簾幕變得明亮。她把一隻手臂環過他的肩，慶幸兒子比自己高大，兒子比她幾乎高了一個頭。誰需要矮男人？他的手環抱她的腰，當她再度睜開眼睛時，遇上一對怏怏不快、擔憂的眼光：「你的眼睛像我，我的兒子，但是你沒有遺傳到我友善的眼神。」她必須轉過身去，免得將呼吸的氣息噴到他臉上。「笑一個！」

他咧嘴齜了齜牙，而她閉上眼睛，心想：十六歲！像他這個年紀的男人真的有能力追求他們這個年紀的女人——也就是女孩，具體明確的而且真實的渴慕追求。多麼怪異的世界！她把一隻腳移到另一隻腳前，現在有點像在演戲，但是首先，這是她的權利，再來，這是拒絕她馬上癱倒在地毯上，身體像一隻肥貓般蜷起來的衝動，唯一的可能性。

他停下腳步，頭轉回去，說：

「得分！」

「誰射的？」

「諾伊維爾。」

螢幕上穿著白色球衣的球員互相在地上堆疊，然後她重新閉上眼睛，任自己被護送著穿過走廊。走到浴室門前，丹尼爾欲將她放下，她搖了搖頭。

「你知道會是男孩還是女孩嗎？海恩博克那邊。」

「不知道，也沒有興趣知道。」

「真的？」

「真的。」

「那你感興趣的是什麼？女孩嗎？你有女朋友了嗎？說！」

他的呼吸讓她想起他的臉的樣子。十四、十五歲的時候，她害怕口腔的味道怕到驚恐的地步，不管是自己的還是陌生人的，她每天刷五次牙，用漱口水漱口……

「我十六歲的時候交了第一個男朋友。還是那時候我才十五歲？」

「妳還是躺下吧。」

「你老媽可不是那麼不受歡迎，知道嗎？我是說，那時跟現在比起來。」

他們已經站在床前。爲了氣一氣他，她在睡夢之中慢慢往前栽倒，其他的她就不管了。緩慢的，她的身體告知她發生一個翻身，床沿硌到她的小腿，她再翻一次身，伴著一聲煩躁的鼻息，丹尼爾放手，她很慢很慢的掉了下去。有一天她會掉進懷德曼的懷裡，這件事似乎再明白不過。而且在懷德曼的懷裡會很舒服，現在就已經可以感覺到，她穿過現實往下掉，經過行駛的車子中間，車潮好似永不會終止。她躺在後面，車子的後座上，天上的雲看起來好像充氣的救生艇。她的父母輕聲交談。沙子就要出現了，她即將抵達的地方，細末微小的、淺色的。而光在像梳子的白浪頂端的珠沫上閃耀。小船邊緣水花飛濺。

真是不敢相信，她想，我戀愛了。

太陽然後下山。

09

他拿著小刀，握住棍子，把頂端的外皮刨掉。吹奏的音樂到處都是，整個早餐廣場擠滿樂隊，但是這些大號喇叭早就讓他煩躁不已。肥胖的男人鼓著圓圓的腮幫子，好像準備要放屁，而吹奏出來的聲音聽起來也很像如此。他又坐在斜坡邊緣上，只是今天沒有人偷偷溜過來嚇他一跳。陽光普照，所有的人都在歡笑，在空中比畫，指揮著音樂，當一團樂隊行進經過時，但是他只去了萊茵隊，爲了拿一枚徽章。那裡，他父親站在啤酒桶上，和昨天以及前天沒什麼不同，大喊萬歲！萬歲！萬歲！事實上他的眼睛根本在看森林，完全沒有注意，到底是誰來到他們的旗幟下。

只有一枚徽章，他領了可樂後，馬上又把徽章塞回褲子口袋裡。他最想的是自己站上啤酒桶，對著整個廣場大喊放屁！放屁！放屁！一切都亂七八糟，這次踏境節。早上在早餐廣場時，琳達站在她母親身邊，轉過頭來看他，甚至手上拿著鯨魚徽章跟他揮手。但是昨天是昨天，今天他不想被人問，你媽媽在哪兒？爲什麼你爸爸額頭上貼著這麼大一張創可貼。如果她們身邊沒有別人的話，他會過去，但是早餐廣場上她們不是單獨的，而現在她又和卡娜站在一起，數她的徽章，連望都不向他張望了。

他繼續削著木棍。

是他的錯嗎？他還是在戀愛之中，但是她第一次揮過手後，晚點可以再揮一次嘛。或者問他，要不要一起去萊茵隊領鯨魚徽章？她不但沒有這麼做，還消失在一大群人之中。昨天晚上，他還想著她泡泡糖的香味，今早一醒來，不了。然後他下樓去客廳，爲了去看血濺的印跡。桌下的地毯上。很多很多血。床單還有一堆衛生紙堆在沙發上，但是直到萊茵街隊在市場廣場上遊行時，他才看見父親。

他媽媽甚至還不想起床。

「是我的話，我會吃點東西。」諾布斯站在離他幾公尺遠的地方，嚼著他的香腸。他們整個早晨一句話都沒有交談。他走在前面，跟在遊行隊伍旁邊，獨自一人，因爲漢斯舅舅太囉嗦，很討厭。他叫他不用擔心。告訴他，大人有時候也像小孩，也會做出幼稚的行爲。諾布斯也許能夠告訴他，這代表什麼，但是他看起來好像對他這個忙著跟女孩在一起的人有什麼麻煩一點都不感興趣。

「我不餓。」

「好，等一下你抽筋就活該，我最高興了！」

「抽筋，拜託。」

「腿抽筋啊，想想看！」

你們兩個人完全瘋了嗎？就不能像正常人一樣說話？漢斯舅舅昨天夜裡聲音相當的大，

當他醫治父親，母親坐在一旁，什麼都不說的時候。她裹在毯子裡像發生意外事故之後。

然後他聽見競走者：起先只有一個，然後兩個，之後再來一個，因爲他們開始互相輪流。他在褲管上將刀刃擦拭乾淨，然後把可樂喝乾。開拔的訊號發出，某處有鼓手正按著甩鞭的節奏擊打，人們在鼓掌。這是最後的早餐了，下次他將是十六歲，而且是青少年隊的組員。並且，諾布思說：

「那麼，我現在要再去拿一條香腸。而且如果我是你的話，我會一起來，也給我自己拿一條香腸。」

「你會抽筋，想像一下，而且是肚子抽筋。」

「你如果再一直這樣躺著，什麼都做不了的話，那你就可以去問你的琳達，看她要不要把你揹回貝根城去。」

他說的是「你的琳達」，而不是「去你的琳達」，他如果真正生氣時，會用的句子。

「你拉肚子的時候，難道我會等你嗎？」

他話一說完，諾布斯就把屁股對準他，用舌頭發出好像在大便的聲音，說：

「只有吃烤碎肉丸才會拉肚子。」

然後兩人一起大笑。他把小刀收進褲袋，跟在諾布斯後面往香腸攤跑。香腸攤正要打烊，但是他還是拿到麵包夾香腸，上面塗了芥末醬。正當他們要往前跑，問人家遊行隊伍到哪了，競走者甩鞭子的那邊，人潮圍成一個圈圈，當他們停下來時，幾個人又用手臂做了海浪的動作。旗幟被捲收起來。每一隊都有個喊口令的人，他們大聲喊出隊伍的名字，所有人都回答萬歲！萬歲！萬歲！或者勝利！勝利！勝利！有些這樣，有些那樣。

他也看到他的父親，在萊茵街隊組成隊形的地方，中學胖校長也在那邊整理他的制服。暑假過去以後，他就必須去那裡上學了，過了橋在職業學校旁邊。五年級。意思是，他不再是小不點了，但是，這個意思也是，不再是小不點其實沒有什麼好處，因爲雖然在小學裡不再是小不點，但是他也不用再去上小學了，他現在要上的學校，是有學生大到能夠開車的學校。一切都比他想的要困難得多，因此他很高興，諾布斯不再站得離他遠遠的，也不再用那種眼光看著廣場。他仍然在笑。諾布斯暑假後卻不能上中學，因爲他數學不行，而且他本來就想成爲木匠。他們其實現在就已經不是同學了，只是仍然是朋友。

「我們一定要到前面去，」諾布斯說：「要不然待會兒閉幕集合時，我們會佔不到好位置。」

「我們反正不被允許站在隊伍旁邊。」

「我想站哪裡，就站哪裡，看他們能拿我怎麼辦。」

「你可以試試看。」

「你想像看看，我也會。」

「要是他們打架怎麼辦？很快就會結束了嗎？」

說到這個，諾布斯總是馬上知道他在說什麼。

「打架當然不好。你媽媽會說：老娘可不會白白挨打，你這個垃圾。那就沒辦法挽回了，他們必須去見法官。」

「那要是反過來呢？如果打人的是我媽媽？」

關於這點諾布斯也沒轍了，他只是睜大眼睛，說：

「哇！」

不要再說了，漢斯，她說。這麼小聲，小聲到躲在上面樓梯欄杆後面的他幾乎聽不見。

一些人會互相擁抱，在他們歸入隊伍行列之前。他把棍子拿在手上，棍子上皮被削掉的地方感覺冰涼，潮濕。一向如此，早餐廣場上喝醉的人必須進入樹林消失一下，去小便或者嘔吐。基本上現在已經在回程的路上了，再過不久，所有的人便都會已經經過。他還是沒有找到琳達，告訴她……隨便什麼話都好。讓她知道，他還是愛她的。雖然她自己應該也想得出來，怎麼可能昨天愛上她，今天忽然不愛了？但是話說回來：她是不是還喜歡他，這點他可不會用所有的零用錢去賭。他坐在早餐廣場邊緣超過一個小時，她也沒有過來找他，而是跟卡娜一起跑遍整個廣場，去收集徽章，去讓人丟高放下。但是，憑良心說，他自己的感覺也沒有像昨天那麼強烈，確實少了一點點。

諾布斯扯一下他的手臂，說：

「女生警報！」

她們一來就是兩個，琳達和卡娜，而且比所有遊行的隊伍還快，直到她們幾乎是直接跟上他們屁股後面。他完全不知道，他們跟著的，到底是哪個隊伍，走出早餐廣場後不久，便都混在一起了。

「我再走前面一點，」諾布斯說：「要不然等一下我們什麼都看不見。」

「我們才剛剛出發而已。」

「有人跟你說過，第三天的路程是最短的一趟嗎？」諾布斯搖搖頭，腳下加快，超過兩個男人，這時他才想要走快一點，但是還是沒有。就這麼一下，諾布斯已經走了。他想著要不要把小刀從口袋裡拿出來，繼續削皮，但是他的父親禁止他在行進中使用小刀。先停下腳步，才可以把刀刃掰出來，但是現在不行，不然他會被整個遊行隊伍丟下。

「啊，看哪！」琳達在他後面說：「這裡有一個人，他今天哪個營隊的旗下都沒去。」

「所以他可能也沒有徽章。」卡娜說。他幾乎不認識她，似乎是跟琳達一起上芭蕾或什麼的。

現在這兩個走在他後面，他單獨一人走在前面，低頭看他的棍子，已經開始考慮，他還應該可以在哪些地方削樹皮。

「順便介紹一下，這是我從漢堡來的表哥彥。」

「他說話也像漢堡人那麼滑稽嗎？」

「不會，他連話都不說。」

「說句話吧，彥。」

「是啊，說句話吧，彥。」

他繼續走，牙齒緊緊咬住，不轉身，超過兩個男人，但是他聽見後面有「嘟！嘟！」聲，他知道，琳達和卡娜也超過了。並且，他知道，琳達不再愛他了，不然她不會把他們的秘密說出來。

「也許他根本不會說話。」

「才不是，他只是害羞，所有的逗螃蟹的人都這樣。」然後她們嘴巴接著耳朵低語，吃吃的笑，因爲卡娜不知道什麼是逗螃蟹的人，琳達必須解釋給她聽。她舅舅老是說這個詞，昨天她在他耳邊告訴他的。

他加速腳步，但是沒有幫助。他的手在褲袋裡緊緊握著小刀，另一隻手握著棍子。下坡開始時，很遠的下方，他看見諾布斯在隊伍裡疾走，樹和樹之間已經可以見到蘭河草地在閃閃發光。這是最後一段，之後踏境便結束了，至少對他而言是如此。漢斯舅舅今晚就會回家，而媽媽一定不會跟他一起去節慶廣場。他喉間一直有個令他討厭的感覺，眼睛裡也是，他的唇抿得更緊了。現在所有人都往下走到草地上去，然後就結束了。他的父母會去見法官，接著就會分開在不同的房子裡居住。

「彥，如果你可以把男子隊組鯡魚沙拉說出口，我就給你一枚徽章。」卡娜說，她們兩人大笑。

「或者青少年隊組螃蟹蔬菜也可以。」笑聲更大。

「或者少女隊組烤碎肉丸拉肚子！」他往肩膀後經過他喉間的哽塞拋出這句話，但是兩個女孩煞住笑，發出「噁」的聲音，而他獨自一人繼續向前。反正所有的一切都是騙人的，他感覺眼淚從眼裡流出，但是他不要哭，手臂橫過臉擦拭。隊伍已經下降一個山坡，而第一個騎士已經從貝根城來到蘭河草地，甚至城堡他都可以看得見。也就是說，整整三天他全程跟著走，父親得把鞭子給他了，只是，他現在不在乎了。之前他多麼高興慶典即將來臨，而這個慶典最後卻什麼都不是。七年，對大人來說，聽起來像一個笑話。他揮著棍子，擊打路邊的草。隊伍的領頭已經到達草地，也許諾布斯會幫他佔一個位置。如果沒有的話——反正也沒有什麼好看的，只有馬和旗幟，以及某人隨便說點反正也沒有人想聽的話。

在格蘭德巴赫，卡琳・普萊斯轉往馬堡的方向。直駛到尼德威瑪的巴格爾湖十字路口，取它在到達吉森之前，會接上高速公路的快速道路。看到藍色路標，你就知道你在高速公路上了。這不是最快的路線，但是凱絲汀什麼都沒說，只注意著她的胃酸，還有一路駛來，沿線看起來一樣無趣的村莊：酒館、肉鋪、麵包店，村莊中心是教堂，有時候有魁樂百貨的分店，有時候又叫她和他服飾。反正她也不著急著要到達。壓抑的、令她想起青少年時苦悶的正常星期六傍晚的氣氛籠罩這些村莊，村莊之間夾雜著孤伶伶的運動場。肥胖的男人互相聊

著花園的籬笆如何如何。車子停在村莊入口像擦得發亮的獎杯。如果我在憂愁與空虛之間有所選擇……很久以前她讀過的福克納的句子，但是現在這一刻，凱絲汀覺得只有在小說裡才能夠有選擇。現實生活中，人只能在兩種憂愁方式中作選擇，而空虛，人早早就學到，不過是兩者間的區別。

換句話說：她現在完全沒有集體性交的心情。

西邊漸漸平扁的天際線上，還剩下一些夕陽，除此之外，天空是黑暗的，車道邊上還有輕微夏雨的痕跡。出了貝根城不久，她遺憾因為這點雨普萊斯太太便靠邊將車停下，把車篷重新拉上。但是現在黑森第三台的唱片選放員宣布：「明天期待著我們的，又是一個最夏天的夏天。從卡賽爾到貝根城的朋友們。」卡琳・普萊斯戴著眼鏡，端端正正坐在方向盤後面，她的背幾乎靠不到椅背。雖然如此，離儀表板會擋住她審視街道的視線也不遠了。每次，當凱絲汀從眼角向她一瞥時，她都問自己同樣一個問題：是什麼讓一個已婚的女人和十六歲女兒的媽想去一個名叫尼德恩巴赫的小地方，把自己暴露在完全陌生的鄉下人眼前？兩臉上掛著享受冒險刺激的表情，考慮周詳的模樣，就像她以前計畫琳達生日宴會時一樣。兩堆不同風情的女性內衣躺在後座，凱絲汀手裡拿著網路上印下來的路線圖，副駕駛座後面的手提冰箱裡，準備好了半打迷你瓶裝香檳，轉彎角度太大時，瓶子還會輕聲噹啷作響。

光只是因為無聊找事做，這個答案是不夠的，挫折感、被冷落、寂寞或者有名的生怕錯過的恐慌——這些似乎都不適用於卡琳・普萊斯，所以剩下最庸俗的藉口：我們這麼做，因爲我們可以這樣做。我們尋找理由，讓我們不這麼做，但是如果找不到，我們就做，或者找到一些理由，但還是決定這麼做。事情存有可能性就像存在無法拒絕的吸引力。凱絲汀瞄一眼在她腿上被緊張的手重複翻開又摺上，已經快碎裂的紙張，說：

「下一個出口。」

高速公路通過吉森市的路段在隔音牆之間，一個路標上宣告著美國設施。湯馬斯沒有再打電話來，她等得精疲力盡，不久前還相信自己什麼事都做得出來。

「一切都好嗎？」雖然她不準備超車，也不是上坡，普萊斯太太還是再往前推一檔，踩緊油門。她赤腳開車，高跟鞋她塞在車座下面，她的衣服領口開得很低，裙長到膝蓋下一點點。剪裁大膽但是圖樣保守，看起來很難分辨是誘惑還是樸實。各式各樣的香味聚集一身——髮膠、面霜、香水、身體除臭劑——從駕駛座向凱絲汀迎頭飄來。她自己則第一次用了安妮姐送的香水，噴香水時一邊咒罵，一邊感到極端的恭維，極端到幾乎是侮辱。

現在她聞起來像那個她想變成的女人，心想：欠幹的，安妮姐！

一個黑森三號電台的女聽眾用尖銳的嗓音點了貓王普里斯萊的歌，「給我還在辦公室工作的阿娜答（愛人），我好愛好愛的他。」凱絲汀心想，爲什麼她不等他回家時，再告訴他。

當她再次往西邊看時，夕陽已經無影無蹤了。再幾個彎，高速公路就會深深沉進維特勞低地。三條車道的車燈湧動，混雜週末採購的人、郊遊的人以及夜遊的人，這之間一對貝根城女雙劍客，自幾分鐘以來從各自的窗戶看著流經的夜色。像往常一樣，如果她內在的緊張不斷增強，凱絲汀便會從幻想的攝影機中觀察自己，好像想找到那張能讓她大笑的鬼臉，放鬆解除她的緊張。但是她所碰到的，是卡琳・普萊斯的眼睛和自己緊繃的聲音：

「怎麼了？」

「我仍然在想，爲什麼……我的意思是，到底是什麼原因，我們爲什麼應該去這家夜店？」她自己都覺得好笑，現在才問這個問題，目的地幾乎都已經到了。她很感謝卡琳，盡力把她的嘆息抑制得這麼好。

「是我問妳的，而且我很高興妳一起來了，但是我沒有強迫妳。」

「這不是責備的意思。」

「我們就去做吧。不要問爲什麼，因爲我們不欠任何人任何解釋。我們改變一下，做些別人不期待我們會做的事，距離我上次的「有什麼不可以」已經快一輩子了。」

有何不可。凱絲汀很想知道，怎麼有人能夠已婚，同時又不欠人任何解釋。但是她還是選擇不把她的疑問跟任何道德優越感連結——特別是她自己根本不覺得她有什麼優越感。

上午她把母親帶到醫院。麗織・維納，一個寡言、困惑的孩子，對所有的解釋她的回應都只有點頭，不問任何問題。一個年輕的醫生主持這個檢驗，他告訴凱絲汀，腦部斷層掃描結果並未顯示內出血的跡象。

她母親的失智是因爲許多小小的中風，也就是所謂的短暫性腦缺血發作所引發。頭疼不能解釋前面所說的症狀，但是他相信跟膀胱發炎有一定的關聯。漢廷醫師，名牌上的名字她覺得熟悉，但是沒有見過面，他一定是才剛搬到貝根城來的。一個帥氣的醫生，像是連續劇裡的人物，戴著眼鏡看起來非常忠實，鬍子刮得很乾淨，配上他這個職業一定要有的權威手勢：一隻手蓋在另一手的末端指節上。讓她不禁要問，醫生是否也去修像身體語言與非語言的表達這種課程，是否特定疾病的告知也經過研究、搭配特定的手勢。

他的白色外衣顯得有些蠻橫。

我們將留她在這兒一些時間，以便檢查液體平衡，最後他如此說。今天下午我們會做一個失智測驗，看衰退到什麼程度。她無法告訴我她的名字，您發現了嗎？

她怎麼可能沒有發現？他穿著白色外衣，好像就是這麼降生到這個世界，她想，而且知道，對醫生抱有敵意是沒有必要的，尤其他奉獻這許多時間來跟她談話解釋。爲什麼這個白色讓她這麼不順眼？洗得乾乾淨淨的、漿得硬硬的、用滾筒壓過的以及消過毒的、不人性的。有段時間她就只是看著他點頭，想著，他到底讓她想起誰。當她終於想起來時，她抬抬肩膀，問：接下來呢？

但是事實上她根本不想知道。她看著車窗外夜的漆黑，試著告訴自己，如果她今晚留在家裡，對她的母親也不會有幫助。一整天她都在醫院的檢驗室裡等待，坐在沉默的母親的床旁邊，從大扇窗戶往外看蘭河草地。

失智測驗中，她母親得到二十分，她既不知道自己住在德國的哪一省，也不知道現在是什麼月份。

「只要我喜歡，有什麼不可以。」她說，好像這期間她除了這件事，腦子裡什麼都沒想。

「沒錯。」

「但是，進去以前，我們先喝一瓶香檳吧。」

胃酸幾乎是整個晚上所有令人煩心的事裡，最小的問題。

「兩瓶。」

「但是不能，妳……我是說，妳還要開車呢。」

「我訓練有素，妳放心吧。」卡琳・普萊斯的右手放開方向盤，放到凱絲汀的膝蓋上。

「貝根城的天然產物。」

溫暖的感覺還一直滲進亮面絲布洋裝，當那隻手又抓回方向盤上時。有一刻她感到一股新奇的感受還伴隨觀察卡琳・普萊斯在一個陌生男人懷裡的想像，而此姿態明白顯示有人等不及要辦事了。然後她的手掌拂過起了雞皮疙瘩的上臂膀，重新看著窗外。隔音牆結束在一座橋墩上，之後開始一片黑暗的斜坡，廣告牌將它們的霓虹燈射進夜裡。問題在於她觀察自己觀察得太仔細。這一整個禮拜以來她不斷搜索潛藏的理由，找一個她雖然反感，卻能有力的阻止她放棄去尼德恩巴赫的理由，而這個理由就是這個星期她查出自己上一次性交的日期。她試著了解從那個晚上起，她性慾的發展，確認挫折感高到某個階段後，有慾望本身就是痛苦的，從那時候開始，慾求就像退潮時的浪退走再退走，直到最終它既不是漸漸死去，也不算還活著，而是凝固了，像結冰。她猜測是同一個理由，讓尤根站在她面前時，她仍對他怨恨不已，因為如此一來，她就不需去面對急劇增長的自憐自艾。此外，她對花卉的喜好，也不是完全健康的。

這一個星期以來，她的思緒好似一個鑽掘器不斷在過去翻找，過往不但不願消逝，還像是派對中堅持不肯離去的最後一個客人般，盤據她的腦子。第二次送紫羅蘭的舉動把早先第一次送花只是偶發興趣的攻擊轉成穩定的，同時比較溫柔的印象，雖然令她欣喜，卻也讓她痛苦。為什麼他不打電話來？他內心深處難道不是一個經驗豐富、耐心的浪漫主義者，而是一個精神錯亂的人，跟她玩著他自己也不理解的遊戲？他想軟化她，還是自己害怕了？平緩下來的上坡讓視野逐漸打開，不是很壯觀的城市夜景出現，只是燈光集聚但沒有中心。南方地平線上比較暗澹的那邊，可能已經是法蘭克福夜裡的反光，她很想請求卡琳，繼續往前開，開過下一個出口，開過法蘭克福，一直一直開下去，直到某個時刻再回來。

她身穿的黑色小禮服，是卡琳兩個星期前讓她記起的，當卡琳試著把沒有腰的身體塞進一件款式雷同的黑色洋裝時。她把它拿出來試穿的心情是，如果需要修改的話，就可以在下午跟另一件她現在會毫不掩飾的稱之為家長會裝的衣服，一起拿去依瑪姿裁縫店修改。結果修改並非必要，像第二層皮膚般，衣服的料子柔順的貼著她的身體曲線。在卡琳・普萊斯的眼光裡，她沒有發覺任何嫉妒。而為什麼她這個時刻會在往尼德恩巴赫的路上，這個問題的答案，確實跟這有關係：她要知道，她仍然是一個值得被追求的女人。她害怕湯馬斯・懷德曼認不出她的價值，不被她所吸引。

但是叫她再等上一個星期？倒不如去他門前放一束花。附上一張卡片，上面寫：這是回禮。

她們順著高速公路出口上坡彎道，聽著黑森第三電台主持人和女聽眾間無意義的對話。車燈掠過路旁的樹木，車速愈慢、對話愈少，車窗外的寂靜就愈強烈的擠壓著玻璃。在下個路牌上凱絲汀發現性趣療養地尼德恩巴赫在上面，然後她們停在省道十字路口的紅燈前，周遭不見一輛車。

「我得方便一下。」她說。

「我也是。」

「我相信，如果我們進去的第一件事是躲進化妝室，大概不會給別人好印象吧？」她也沒興趣去想像，「那裡」的化妝室會是什麼樣子。

「不會。」

燈號轉綠，卡琳・普萊斯起步很慢，好像在尋找停車的地方。她從高速公路下橫越，路面突然變得狹窄。路邊柵欄後面，黑暗的田野伸展出去，然後是燈光，模模糊糊看得出來是村鎮。

「妳的意思是——這裡嗎？」

「到達之前不會再有休息站了。」卡琳・普萊斯繼續用二檔開著，不理迎面擦身而過的第一輛車拉得長長的喇叭聲。「某一條田間小道吧。剛剛我們轉彎轉對了嗎？」

「看妳怎麼看。」

這次卡琳不再壓抑她的怨聲：

「最後一次，凱絲汀，我們現在就做。」

看，這就是重點，她很想說：我們早就過了「有何不可」的年紀，我們是成年人，見過太多的帳單，讓我們無法再相信有白吃的午餐。但是有什麼意義？另外，每次卡琳・普萊斯叫她的前名(名字、不含姓)時，讓她很不習慣，有如在提醒她，她們之間其實不太認識。不，這不是八〇年代安妮妲、凱絲汀雙俠傳說的新版，而是隨興亂湊，因爲危機而產生的劇碼：「唐姬珂德」握著方向盤，「珊秋潘薩」在副駕駛座，後者把路線圖捏得一團亂，以至於最後一段路只能找人問。

「我們會的。」她說：「但是之前我們先到草叢裡好好蹲一蹲吧。」

「正確。」安妮妲會說：好多了，親愛的。

幾百公尺的爬行後，有一條田間小路從省道分叉出去，愈走愈低，最後消失在濃密的灌木林裡。卡琳・普萊斯開進去大概有一個車身那麼長，直到汽車引擎蓋朝下，車燈照在一堵綠葉組成的牆上。然後她關上引擎，接著就是中空的黑暗罩住車頂，落在她們頭上。

「我把車停在這裡可能比較好。」卡琳把駕駛座車門打開，上半身探出車外。「鞋子穿著，還是不穿？」

比預期還涼的夜鑽進車裡，車內的燈讓車外的黑暗更加濃郁。高速公路傳來的隱隱車聲不算，寂靜張掛在平平伸展出去的田野上，此外，有一絲微弱的糞肥味。

「要看妳想讓牛糞靠妳多近。」凱絲汀下車前先讓一輛省道上的車駛過。小路上的路面坑坑窪窪，然而地卻是乾的。她撫平衣服上的皺褶，跟上她這位已經走到下端路尾、到處張望的鄰居。這個場景浮著一絲喜劇的味道，校園惡搞和鄉下鬧劇混合在一起。她們現在可以，比如說，弄斷一隻鞋跟，朝下坡滾去，並且一刻鐘之後必須跟一個鄉下醫生解釋，爲什麼她們半夜還穿著小禮服在田野間亂跑；或者一輛車在路邊停下，一整團喝醉的縣級球員下車來爲她們小便鼓掌；或者她們被強暴了，隔壁村莊從電視機前被叫開的警察聽完她們的陳述，說：可不是嗎？反正您計畫要做的也差不多是這樣的事。或者，或者這個荒郊野外對什麼都無所謂。下午，醫院的事情完畢後，她進城去依瑪姿裁縫店。幾乎花了半個小時，因爲市場廣場上所有人在大白天都像瘋了一樣，從他們敞開的車窗向外展揚國旗，互相開始打歌唱的混仗，從〈We are the Champions〉到〈這樣的一天〉……球賽她錯過了，但是顯然德國隊打贏了。

她的腳尖踩平了幾株野波斯菊，她撩高裙子，蹲下身去。一輪幾乎是圓滿的月從看來拉得長長的、長得像山峰綿延風景的雲鍊後方窺探。下午，在土耳其蔬果店前她終於找到停車位。把家長會服夾在腋下，她朝依瑪姿裁縫店走去。一個貼滿方形木板的空間，光禿禿的像搬得空空如也的地下室，角落有一張簾幕暗示這裡可供人試穿，面對簾幕擺著一張桌子，桌子後面坐著依瑪姿老先生，正對著她點頭。一個穿著藍色褂子的男人，頭髮灰白，頭上戴著編織的帽子。店鋪裡有一個櫥窗，裡面只有灰色的簾子。她把衣服在桌上攤開，衣服邊上有一排釘子把想要的長度做了記號，依瑪姿先生點點頭，把一本收據簿推給她，她在上面寫下名字，問：下星期三？對此他又再點點頭。直到已經走到外面人行道了，她才注意到，裁縫跟她一句話都沒有說，一個音節都沒發出。

手邊沒有面紙，讓她很苦惱。

卡琳已經站起來在等了，好像這種情形就是需要同進同出。

「妳說，那個老裁縫依瑪姿，」凱絲汀一邊站起來一邊說：「他到底是啞巴，還是他只是不會說德語？」

「什麼？」

「我剛剛想到，因爲我下午在萊茵街那邊。我拿一件衣服去給他改，他一句話都沒有跟我說。」

「那個老什麼？」

「依瑪姿，萊茵街那個土耳其裁縫。」月亮繼續躲進山峰般的雲裡，向低地送出慘澹的微光。一隻膠鞋躺在膝蓋高的矮樹叢裡。卡琳・普萊斯搖頭。

「我不認識。」

「妳不送衣服去修改，是嗎？」

「……不送。」

有一刻，她們兩人面對面站著像要決鬥，沒有袖子的洋裝對抗露背的女子，這期間一輛卡車隆隆開過省道，車燈照亮了山坡。突然的敵對狀態，降臨在她們的沉默裡，卡琳・普萊斯的手勢表示：妳就繼續這麼做吧。在國道邊某處，跟她們根本沒有關係的地方，卻還是讓她們覺得是在尋找的路上。

「那裡有一個裁縫。」卡琳輕聲說。「所以呢？」

「他不說話。」

她沒有得到回答。

「算了，只不過隨便想想。妳都直接買新的吧，我猜。」

像燃燒的紙一般，寂靜捲了起來。

「妳什麼意思？」

「沒有，什麼意思都沒有！我只是突然想起這個。我……」

「這算什麼？」卡琳的聲音突然改變。

「妳完全誤會我了。」她自己的聲音聽起來也變了，好像迎著風說話似的。

「說啊，說嘛，不用告訴我什麼啞巴裁縫！」卡琳充滿怒氣顫抖著，好像真的下一秒就會低著頭朝她衝過來。「如果妳覺得我是一個被寵壞的，從一開始就已經墮落的人，至少把它說出來。妳覺得我會沒有察覺嗎？妳一直是怎麼看我的？妳想我會白癡到讀不出妳眼裡的意思？她怎麼可以這樣？她怎麼可以？為什麼妳還跟我坐進車裡，如果妳每個機會都不放過，讓我感覺我有毛病？」

「我不知道妳是什麼意思。」

「是的，我是生活在丈夫辛苦工作賺來的財富裡，是的，我正要去背叛我的丈夫！我不知道，我是否會做，但是我背著他來到這……這……我他媽的知道，我不應該這麼做，貝根城所有的人都會對我指指點點。這一切我都知道，我不需要妳把這些都丟到我臉上來，用這種陰險卑鄙的狗屁方式！」

「請妳不要再大喊大叫。」

「我不拿衣服去改，不，我不做這種事！如果萊茵街上開了一家店可以修改生命，通知我一聲！什麼土耳其啞巴裁縫我用不到。」卡琳劇烈喘氣，看著她的手像那時在車裡，看著她手掌內側，裡面好像有什麼她無法看懂得東西。

她自己一點都不憤怒，雖然如此，她還是想用同樣聲量的聲音來回應卡琳的爆發。她感覺著胸腔裡這股壓力，她只需要張開嘴巴，繃緊所有的肌肉，但是她無話可說。她第一次替卡琳覺得難過。也許她甚至還是對的。

「那我們走吧！」她說。小心仔細她看著腳下不平之處，再爬上坡去。她旁邊，一隻獸在樹叢中簌簌作響。

「走？去哪裡？」

「夜店哪！」

「妳跟我丈夫一樣。」卡琳・普萊斯沒有移動，至少凱絲汀沒有聽到身後有什麼動靜。

「跟我先生一樣。妳到底知不知道我在對妳發火？」

「只是一個誤會。」

「妳理解我的行為。」

「不。」一道車燈的光束抓住她的臉，她轉身，看著下面的黑暗。一陣喇叭聲飛近，從車窗傳出一聲大叫，然後這個聲音也過去了。「我不理解。」

「但是呢？」

「我們走吧，好嗎？在有人停下來以前。」她到達車邊，坐進副駕駛座。她的心跳聲在太陽穴裡回響。輕輕的，一棵有香味的樹在後照鏡裡搖來搖去。她從冰箱裡拿出一瓶香檳，貼在額頭上。頭也不抬，當卡琳終於從另一邊上車，卻不發動引擎出發。

「對不起！」溫差產生的水滴像眼淚一樣從鼻窩旁流下來，留下清涼的、很快就乾掉的痕跡。

「我可以理解，妳知道，但是不能忍受。」

「我不想令妳難過。我什麼都不要，只是腦中剛好在想這件事。如果我瞧不起妳，我同樣必須瞧不起我自己。」

「好了。」

「再三公里，那邊的牌子上說的。」

卡琳往後靠，順著沒有明顯原因在平地上鋪設S形的路開。一個圍著欄柵的魚池是這片連續的田野和牧地唯一被打斷的地方。此時的沉默凝重到凱絲汀寧願將窗戶打開，路再轉一道彎，變成通進村鎮長長的直線。最後一棵楊樹之前，一個小十字架立在路肩旁邊，寫著地名的牌子瞬間被照亮。

草地逐漸被填滿，陸續仍還有健行者從森林中步出。一股扯不斷的人流沖進最後的斜坡往下走，塞堵在平野上。雖然在培嫩姆勒和蘭格里西中間人潮如此壯觀，卻是沉默的集合。這是最後一個階段，正式終結，在傍晚節慶帳棚裡徹底將所有的堤壩都擊潰之前。此時還算早的下午，明媚照人，從南邊過來笑臉迎人的天空張掛在山谷上方。綠色的山巒彎進穹蒼。在國道鄰近此處的路邊，車輛停下，乘客紛紛下車，用手圈住眼睛周圍，觀看這個行列。像曬衣繩一列接著一列，比人類更高的物種，高度集中在寬闊的山谷中遷徙移動，幾乎從一個天際線到另一個天際線。城堡不爲所動穩踞它的山頭，在日光下顫顫發光，遙遠地佇立。

「你說真的嗎？」海力西問：「不再去大學教書了？」

「不了。」懷德曼點頭。說出來了，感覺真好，這麼一個簡短堅決的句子似乎是將傷害他的事件，在事後轉變成由他自主獨立所下的決定。只要他避免去看姨丈的眼睛，這個感覺就能保持住，像一隻蜜蜂在花蕾周遭上下盤旋，嗅聞幻象的甜蜜芬芳。

海力西搖搖他的大頭。

森林邊緣傳來鞭子的清脆聲響，從人群頭頂飛過，最後纏繞在蘭河岸旁的樹間。懷德曼從眼角可以看到海力西額上的皺紋形成，這是他臉上經常懷疑的表徵，無法相信他人或者因爲受傷的髖骨帶給他的疼痛感造成的。這兩天這個老人總是坐巴士到早餐廣場，再坐巴士回家。但是今天，當行進的號聲一起，他搖搖頭，拿起手杖一揮，什麼都不能阻止他，誰也改變不了他的心意。是該叫踏境還是坐車遊境？海力西舒曼帶笑的眼裡閃著堅毅，也是他典型的臉。瘋狂的麵包師站在烤爐前已經那麼久，麵包還是烤不酥，他們這麼說。可憐的安妮阿姨撞上這堵花崗岩，也只好接受外甥的承諾，一秒都不會讓姨丈離開自己的視線。請自便，那個老頑固如果寧願剩下的一生都坐輪椅也不坐一次巴士，就隨便他了。

「我在你的鼻尖上看出，有什麼事不對勁。但是糟到這樣……」兩隻手支在拐杖上，海力西在尋找一個讓他的髖骨比較舒服的姿勢。

「我們爲什麼不坐下來？到開始還要一陣子。」

「湯馬斯，我一坐下，就起不來了。」

「我幫你。」不再繼續聽任何藉口，他像救生圈一樣雙臂箍緊姨丈的胸部，讓他慢慢坐到草地上。

「如果這不是一個錯誤的話，」海力西說：「現在我倒在這裡像一張廢紙。」

「錯的是，你沒有坐巴士過來。」

「你現在要做什麼？在職業選擇方面。」

「這真的是事情最微小的一部分：我一點想法都沒有。」坐下的時候，他把綁在臀部的夾克揉成一團，遞給他的姨丈。他的姨丈比較像是躺在草地上，而不是坐著，因爲髖部關節同時動作又負擔重量會引起劇烈的疼痛。

「你媽媽知道了嗎？」

「不知道，目前也還不需要讓她知道。」

海力西辛苦的支撐身體轉向側邊，跟從他身後走過的某人打招呼。他們坐在草地的邊緣，背對人群，懷德曼只能很模糊的穿過人頭認出騎士、領隊和旗幟，在最後的邊境石旁組織列隊。從森林裡出來的健行人流開始變少，現在出來的是跟著走的人，母親帶著孩子、喝醉的。他聽見區間火車的哨聲。

「接下來是什麼？」

「市民首長高高騎在馬上發表短短的致詞。真的非常簡短，因爲跟說話技法比起來，他騎馬騎得比較好。然後大家一起唱歌，就結束了。」

「就要結束了。」懷德曼望一望四周。他很想知道，尤根·龐培格額頭上引人側目的大膠布跟他與他太太在節慶草地旁的邂逅有沒有關聯。她今天一整天都沒有出現，沒有在市場廣場、沒有在早餐廣場，也沒有在路上的任何一段。她告訴了她丈夫那個吻嗎？他們爭吵激烈，這個爭吵是否在凱絲汀臉上留下即使再大的膠布也掩蓋不住的痕跡，迫使她放棄參加踏境的最後一天？他必須害怕龐培格也會朝他衝過來，如果他們兩人相遇的話？不管怎麼樣，他在早餐廣場上決定，從遠處觀察他就好，並且在行進間，給萊茵街青年隊足夠大的領先距離。現在他看到不是凱絲汀・龐培格，而是安妮・舒曼和他的母親在草坪上滑移，朝他們揮手，並且老遠就能認出安妮眼裡怒意的火焰。

「我最好還是裝死一下。」海力西說。

遠處，軍官所站之地，警告性的肅靜正在蔓延，使得安妮的聲音更加清楚。

「瞧，**茵娥，伊趟在那繄**(他躺在那邊)。我們最好也讓他就躺在那裡好了。」

「對，而且要平靜安詳。」海力西把帽子往前拉低，像牛仔在營火前。

「哦，我真想在你屁股後打一記。」

「我屁股已經準備好了，但是小心我的髖部。」

「海力西舒曼，怎麼可能有人這麼笨。」

「我不屈不撓的練習了很久呢，安妮。」

周遭站著的人注意力被這場口角吸引，紛紛轉過頭來，而海力西和安妮開始把口角變成一場表演；她插著腰在他上方站著，這期間他則已經完全伸直躺平在草地上，帽沿下眼睛因逆光而眨動。

「我們現在怎麼帶你回家？」她問：「我和茵娥一人抬一隻腿把你拖回家嗎？」

「把我丟進河裡，水流的方向是對的。」

「你不會游泳，海力西，你忘了嗎？」

「我閉著氣讓水流載著我不就結了。」

「說得好像是你這輩子第一次閉氣(嘴)。」這句話是對著周遭的人說的，安妮得到一分。

「這也會是第一次我讓水(人)牽著鼻子走。」他手臂往前一伸，眼睛一閉，好像已經躺在水裡。海力西，這個小丑，最愛的就是別人對他搖頭。不管用什麼方式，「它」最終總是要出來，有一次他對懷德曼說，卻沒有解釋，「它」——是一個十六歲孩子參戰的經歷，夢魘，或者是令他時時罵嚷、生氣以及失控的勃然大怒的髖部疼痛。一九八二年，科爾被選爲總理那天的白天，海力西舒曼早晨一起床便宣布：吃梨子囉！他行軍似的進了烘焙房，既不烤麵包也不做小麵包，而是只做梨子蛋糕。一盤接一盤，烤的時候電台正在轉播國會會議，各種形款的梨子蛋糕，另一邊，安妮在店裡試著解釋爲什麼梨子蛋糕是唯一的貨品(我先生發瘋了)，滿滿一玻璃櫥的梨子蛋糕，除了梨子蛋糕還是梨子蛋糕，這麼多的梨子蛋糕到了下午兩點以後，只有免費相送才有人要。路德維希・班納以標題〈梨子蛋糕時節〉寫出一篇在《訊使》的歷史中，新聞報導技巧和內容上少有的幾篇好文章之一。

懷德曼的母親在他身邊坐下。

「我們可能必須打電話給計程車司機黑先生或者救護車，用他自己的腳是無法把他的水泥腦袋抬回貝根城的，這裡有。」她給兒子看一張寫著計程車和救護車電話號碼的紙。

「我就知道，今天會有好戲上演。」

「他都已經走到這裡了，最後兩公里他也許也能自己走完。」

「他的髖骨已經完了，湯馬斯。完了，沒用了！」

「我們反正要等到這裡的活動結束。」懷德曼把紙條插進上衣口袋裡，朝已經不知道要說什麼的安妮・舒曼看，她的頭還是繼續搖著，很不情願的將緊緊握著的拳頭插在腰上。沉默的，她在丈夫身邊坐下。同時，四周的人注意力轉向麥克風喀喀的前方，市民首長坐在馬上，手向上舉高，表示他馬上要開始發表談話。

「猴了，猴了。（好了，好了。）」海力西輕聲說：「偶們兩人都租道測四最後一蹴了，再過七年偶就不素躺在草地上，而素草地下囉。（我們兩人都知道這是最後一次了，再過七年我就不是躺在草地上，而是草地下囉。）」

「你給偶殿去，海力西，這輩子第一次泥就閉上泥的嘴吧！（你給我住嘴，海力西，這輩子第一次你就閉上你的嘴吧！）」

市民首長說話的同時，懷德曼聽到壓抑的嘆息，有時從右邊，是他的母親，有時從左邊，從安妮・舒曼伸手去握她的丈夫的手那邊，並且把丈夫的手連同她自己的舉到唇邊。這場演說在最後一排聽來，就像被風吹亂殘缺不齊的文章，似乎基本上就是一些大家都知道的事：很多的森林和團體聯繫，家鄉和親密團結，傳統和囁嚅不清的紀錄，市民首長從手中拿著的講稿所念出來的話語，只吹進他坐騎的鬃毛裡。在懷德曼眼前的，是一個色彩繽紛壯麗、無比空虛荒蕪的景象：廣闊的山谷、形狀差不多的山丘、國道上一排反光刺眼的車頂、魅人的城堡以及面前疲倦的踏境騎士和扛旗者、所有穿制服戴羽帽的、綵帶、佩刀、徽章。一隊飢渴的、被太陽煎烤的人群，側耳傾聽他們的司令講話，或者自顧發呲。「……在我們踏境的心裡……保存……精力和喜悅……」風把一切往貝根城的方向吹去，躺臥在谷裡寂寞、孤獨、滿盛爍陽的貝根城。太普通而不真實。前一天，在家裡的露台上，懷德曼問自己，在這個鄉下地方生活的話，會如何？這個問題本身當然是一個玩笑，但是他卻認真的在想，這麼多年之後重新在這裡生活。一整天他都在考慮，要不要打電話給康絲坦薇，最後還是沒打。他問自己，在他內裡的這個乏膩的感覺是否可以叫做所謂的「罪惡感」，還是他替自己覺得尷尬，因爲見好就抓，吻了在踏境時遇上的第一個漂亮女人，在節慶廣場旁邊像個青少年一樣。

「……花在準備的時間這麼多……每天每天……這麼多勤勞的巧手努力……」

或者這裡講的是冷漠無所謂？在這個時刻懷德曼感覺給自己修剪太多，導致幾個月來一直存在的絕望鑽透了他，穿過他而去，像風吹過山谷。因爲沒有抵抗，因爲沒有他還有什麼能夠失去的證據。多少年來他一直在努力，努力多一點存在，比單單只是他自己多一點——如果事情反過來會如何？

「……因爲我們知道……就如市長所說……在我們這個社會中……」

他所缺少的，是意願，是從現有的情況中做到最好的意願，爲什麼要最好的？爲什麼不要第四好？或者第七好？在他周圍的人之中，有誰在生命中做到了最好？

「……七年後在踏境節上……健康的、感恩的……」首長的演說結束，他自己也像所有人一樣大鬆一口氣。口號此起彼落，然後音樂響起。

穿著制服的成年男人到處都是，並且稱呼他們的佩刀是武器，還說這是傳統。在貝根城人人都在各自的生命中做到最好，這個他喜歡。一個滿是掛在自己的自大上的人的世界，他們掛在自大上就像掛在熱氣球上卻沒有坐在籃子裡：掙扎著、荒誕可笑的、隨時都可能掉下去。他在學術會議上所觀察，在會議上觀察自己！他有多常用鼻音說話、咬眼鏡的腳，而且當他再也想不出什麼時，把「辯證」祭出。誰需要這些？誰需要他？康絲坦薇需要他比她自己相信的少，他的母親需要他比她承認的多，除此之外呢？在他周遭，所有人都從草地上起身。海力西稍稍張開眼睛一下，搖了搖頭。

「**偶(我)的屁股抬不起來了。**」

然後大家唱〈後方那邊我多喜歡〉，懷德曼很驚訝，歌詞超過一半他都記得。一開始還不錯，薄薄的、鈍鈍的，歌聲傳入空中，不需指揮的合唱。一半都是小調哼哼喃喃，從口渴的喉嚨發出。但是風不在乎，而城堡也假裝沒有看到。

豐腴土地上一個溫暖的夏夜，附近水果滋長。布滿森林的山丘後升起的，高速公路上遙遠的雜音還是能夠聽到。凱絲汀伸手拿起提包，下車。月亮離開了它的雲層山峰，現在高掛

在這片土地上。風帶著煤炭和花的味道，蟋蟀唧唧，跟樹親密私語。車道的地上是孩子用粉筆畫的人臉。

「我正在想，」卡琳說：「我在電話裡是不是用了假名，大概不會吧。妳覺得，普萊斯這個名字在這裡會被認出來嗎？我是說，因爲公司品牌的關係。」

「那我們就用(不加姓氏的)名字吧！」

她們到達了入口，一道堅固的鐵門矗立在兩根像人這麼高的水泥柱中間。平磚砌出的路緊接在門後就立刻轉彎，除了杉樹外，什麼都看不到。門鈴旁邊是名牌「米勒」和裝在玻璃內的鏡頭。凱絲汀馬上覺得有人在觀察她們。那是，好像她幾年來爲了自由的努力——不打擾到別人的那種自由——在卡琳・普萊斯按下電鈕、鏡頭上的紅燈同時亮起來的這個時刻都毀了，回頭的路已經被截斷。她幾乎去握卡琳的手，但她站近門口一步，朝著對講機彎腰，對講機裡先喀咯響一下，然後一個女人的聲音：

「晚安！」

「我打過電話來。」卡琳說。

「請進來，不要拘束。」卡琳謝謝都來不及說，一聲嘟，門跳開了，紅色的燈熄滅。

她們順著路走，一棟有寬大陽台的兩層洋房矗立眼前。有一片剛剛修剪過的草地，延伸到露台前平鋪著，還有大型花盆和一個好萊塢花園鞦韆搖椅。所有的捲簾都已經放下，在黑暗中可辨識的，是唯一一盞亮著的燈，在陽台底下旁邊的入口處。房子正式的大門由一道樓梯上去，但是那裡也是黑暗的。只有踝骨那麼高的燈，在她們穿越一棵一棵的杉樹向房子走去時，自動亮起。凱絲汀看著腳下，問自己，何時以及以什麼樣的心情之下，她會再回到這條路。緊張佔據了她整個心靈，可怕的想像再也找不到空間，所有的一切都化約成爲枯乾的喉嚨以及無能爲力的感覺。

這是一扇通往地下室堅固的木門，當她們快到達時，門開啓了。燈光從裡面落到外面地上的磚板上，接著看見的是一個女人的影子，她迎著她們的目光，雙手在肚子前合十。一副迎接客人的姿勢，頭同時向旁邊微微一擺。

「兩位客人是新面孔，真好。請進來，親愛的！」這個女人大概也跟她們的年紀差不多，凱絲汀猜想。她穿著黑色綁帶子的馬甲，裸露一片小麥色、不再平滑無皺紋的胸頸，頭髮高高盤在頭上。她的妝很濃，但是不過分，只是眼睛周圍太多的藍色，讓她的表情像一隻潛伏窺伺的貓。她介紹自己是「嘉碧」。卡琳・普萊斯馬上說她叫「卡琳」，凱絲汀說「凱絲汀」，並且握到一隻暖的、軟的——凱絲汀第一時間想起的字眼是黏不溜丟的——手。籬笆之前，也就是這塊地最後的界線，她看見一座小小的花園小屋，也許是置放園藝工具的雜物間，房子之前還站著一台手推車。沒有花圃，既無花朵也沒有蔬菜，在房子和籬笆之間的草地上躺著一顆足球。

「請進！」嘉碧又重複一次，一隻手臂舉在空中，好像她想透過在肩上輕輕的一推之力，讓客人滑進屋內。她的聲音聽來像抽太多菸的沙啞，跟她臉上那一絲委靡很相配，眼睛周遭星狀般的皺紋，化妝掩蓋不住。凱絲汀感覺到自己的眼睛閉起，好像在尋找一個理由，讓她立即轉身回去，將身後的門關上。有足球出現，表示屋裡有孩子？但是她所遇到的一切，不過是嘉碧友善的眼光和確認：

「這就是我們親愛的窩：波西米亞。」語氣乾淨，沒有絲毫淫穢的暗示。她手臂上原先看起來像刺青的圖形，在入口的燈光下一看，原來是金屬材質的臂環。許許多多的指環裝飾著她的手。長指甲，塗上的是黑色的指甲油，凱絲汀卻不難想像她在廚房裡穿起圍裙洗手做羹湯，或者套上膠鞋在花園裡翻土。雙手插著腰，她似乎在等待一個回答。

「滿漂亮！」卡琳的語氣有些空虛。

凱絲汀心想，鄰居是否知道，這個地下室在幹些什麼勾當。

她們進入一個有接待櫃台貼滿方形木板的玄關。沿著牆面鑲在框中印度愛經的圖繪，讓訪客有心理準備開始夜店裡的活動。一張黑色的布簾，簾上的圖案似乎是中國式的，凱絲汀不太確定，這張布簾攔住了往內室的通道。燈光是暖色調，空氣也是暖的。櫃台上菸灰缸一支燃著的小雪茄讓藍色輕煙裊裊升起。

「我們先談一談價錢，然後我再帶妳們參觀一下。」嘉碧吸了一口小雪茄，在一本簿子上寫了點什麼，除此之外，她的注意力一直在兩位客人身上。「每位入場是二十五歐元，兩杯飲料免費，特別優惠給第一次來的客人。」

凱絲汀感到尾骨因為坐車坐太久有些疼痛，並且又有雙臂抱胸的衝動。她回應嘉碧微笑的同時，嘗試去聆聽從隔開的內部接收到的輕聲音樂，一些聲音，似乎是一小群人所發出。她急著想照照鏡子審視自己。

「波西米亞，」嘉碧沙啞的嗓音：「是某種成人的探險遊樂場所，這是我先生和我的構想，我們的客人應該以他們最能感受到樂趣的方式來玩樂。這裡有一個附帶小舞池的小廳作爲酒吧，一個有按摩漩渦浴池的鬆弛廳——三溫暖夏天不開放——還有一些房間，有大有小，房間裡有躺椅或躺下的可能性以及一點情趣玩具，可以提供獨處的空間。這些房間都有門，關上的話，就不受打擾，或者讓門開著，就是邀人觀賞、參與。在我們愛的隱修所裡魔咒是：什麼事都可以做……」

「……也不一定要做什麼。」卡琳說得很高興。她們把錢包收好，凱絲汀趁機想檢查包裡是否帶了保險套，但是來不及。

「完全正確。」嘉碧對著凱絲汀微笑，似乎想檢查，她第二個客人是否同樣也理解了波西米亞基本規矩的前言。好像她確切掌握到，這裡遲疑的人是誰，誰的額頭上寫著：什麼都可以做，我什麼都不做。

「好。」她說，並且想著：我在鄉下一家性愛夜店，而且還不是被逼的。

「那就請吧！」嘉碧將手臂伸往黑布簾，另一隻手按熄小雪茄。她穿著一條黑色長裙，裙邊的衩高到除了網襪，在大腿的襪頭上方一圈淺色的皮膚也在熠熠發亮。鞋子她沒有穿，唇上哼著歌，她領先走到簾布前，她把布幕分開的手勢像是表演完後感謝鼓掌的觀眾。

簾後地毯吸淨腳步聲。牆上是紅、橘、黃色調互融互換，顏色上有小小的燈分發小小的亮光。人聲更清楚了，跟人聲混在一起的還有音樂。下一張黑幕之前有一條通道往旁邊一個房間去。

「這裡可以換衣服，如果客人有需要的話。」嘉碧剛剛要踏進去，一個身披羽毛圍巾的女人正好離開。她的身材高大，盤緊的頭髮戴著二〇年代風格的髮網，髮網以寬帶收尾，額前一枚黑色的飾針，她樣子有些驚愕，好像是在做什麼重要的事時被打斷。她的年齡不容易看出，身上是一套褲裝，上衣卻像晨褸，重要的是，透明的程度足夠讓黑色胸罩被看見。嘉碧叫她薇多莉亞，對她的打扮稱讚一番，並且告訴她：

「已經有人在找妳了。」

薇多莉亞臉上的表情這時讓人想起一隻鷹，一隻發現獵物的鷹。

「我知道了。」她用低沉、幾乎像男人一樣的聲音說道。對另外兩個女人，她一眼都不肯多看，彷彿那些像煙一般消失在第二道帷幕之後。嘉碧望著她的背影，搖搖頭，她的微笑在凱絲汀看來，比之前更像是家庭婦女了。

「怎麼有人會說，我們這裡的人不夠多采多姿？啊，更衣室，妳們需要嗎？」

卡琳搖搖頭。

「我穿這樣就好了。」凱絲汀有種奇特的需求想要說話，似乎在這片她正步於其上的搖晃之地說些什麼，能給她扶持穩定的力量。

在女主人嘉碧的眼光中，第一次除了友善以外有了其他的東西，當她說「很漂亮」時。無形中伸出的一隻援手？暗示妳不穿也會很漂亮？沒有雙層夾板，只有躺下來的地方和一點玩具。只有一點點不一定要做什麼，但是我們既然都來了……重力作用的力量反正比我們大，不必是愛因斯坦都知道這個原理，嘉碧米勒當然也知道。她舉起手介紹最重要的部分：「這後面有一間女士化妝室，比酒吧那一間廁所大，真的是化妝用的。」她的眼光在客人之間來回梭巡，然後停在卡琳的微笑上給自己加油，似乎如此才能再面對凱絲汀的多疑。

「對了，我忘了問妳們需不需要面具，小的，只遮住眼睛的。有些客人喜歡戴這樣的面具，但是今天到目前爲止，還沒有人戴面具。妳們呢？」

「不用，謝謝。」

「下次吧！」卡琳說。

「對臉上的妝來說，戴面具確實很麻煩。」嘉碧再次對著她們兩人的方向點頭。「好，那我建議，我們進夜店裡去吧。」

凱絲汀讓另外兩位先走，感覺心中升起一股歉意，想要爲某事說對不起、認錯，最好的對象是她的母親，當母親躺在冰冷病房裡時，她卻……然後布簾拂過她的臉頰，當它在她身後闔起時，她覺得她什麼也看不見、聽不見了。一陣綠洲般的平靜兜頭罩下，她感覺到自己的心跳，認出喬庫克的破嗓聲音，又深又遠，但是沒有聽到吹哨聲，沒有美女來了的呼聲，也沒有她其他的假設。有禮、有序的，像舞台上的龍套，其他的客人均勻分散在空間裡。多套小組桌椅，還有一個吧台。第一眼，她感覺到在看她的，是吧台後的一位男士，像匈奴人般的虯髯大漢，背心敞開露出毛茸茸的胸。室內空間正中心有一個小小的噴泉，發出小聲、規律的潺潺水濺。一股鬆口氣的震驚壓上她的知覺，在知覺裡波西米亞漸漸在成形：比預期還大、燈光溫暖、有高大的盆栽，鏡子代替窗戶。嘉碧扶著她的肘，帶著她走近吧台的最後一步。基本上這裡有兩個空間，因爲噴泉後面，兩棵巨大的王蘭棕櫚之間，敞開著一條通往黑暗的過道，那邊燭光晏晏浮游在黑暗中的座椅周圍。吧台形狀像馬蹄鐵，但是坐在對面的話是認不出來的，因爲那個匈奴人手臂大張，霸著檯面。嘉碧開口介紹：

「這是杰德，我的先生，這兩位是凱絲汀和卡琳。我是嘉碧，我建議你倒三杯皇家基爾給我們。」

「馬上來！」杰德的聲音完全配合他的長相。很容易便能想像，他如何用斧頭在樹上最後一擊，然後欣賞大樹倒下的樣子。他的下手臂都有女人的小腿那麼粗。問題是，遲一些的夜裡，他是否會加入**波西米亞**後房裡的韻事，凱絲汀一笑，把問題拋開。

「哈囉！」

「我太太其實一向只喝蛋酒。」杰德說。一邊他伸手拿下在吧台上方掛著的香檳杯，靠近燈光檢查杯子是否乾淨，一邊凱絲汀在一張高腳凳上坐下。從門到吧台這段短短的距離，在她好像走鋼索，她很高興，腳下又是堅實的土地。就是還少一個杯子供她的手把玩，她的心四周，還是有一隻看不見的手指偶爾戳她一下。

「我有的時候才喝蛋酒。」這句話嘉碧比較像是對自己說的。一陣想冷颯的衝動從凱絲汀的緊張裡蹦出，在這個像在家一樣的舒適之中，她愈是不覺得不舒服，她的自尊就愈要求要跟這裡保持距離：杰德的尾骨周圍也長毛，而且對他比較好，如果他能用皮帶把牛仔褲固定在恰當的位置。卡琳和嘉碧兩個都屬於圓滿結實的女人典型，傳統服裝在她們身上很好看：沒有腰身剪裁，但是胸部很飽滿。有一瞬間她幾乎不相信，這個夜店裡還有那麼多房間，從酒吧只要幾步路就到了，可以兩人行、五人行或者十人一起去滾一張床墊。她也沒有聽見任何暗示那類活動的聲響。

卡琳對嘉碧手臂上那只金屬鐲子讚不絕口，用指尖觸摸鐲子上的波浪起伏、火焰形狀、蛇形，得到這種手鐲哪裡買的答案：

「峇里島上買的。」

「或者藥妝店。」吧台後的大熊用鼻音哼出。

凱絲汀覺得夠安全，可以把眼光稍稍挪出吧台，掃視一下波西米亞。雖然顏色是暖調的，但是室內的空氣還是有絲如人工日光浴店裡果汁吧的枯燥無聊。盆栽植物發出的反而是無生氣的綠，而成套桌椅竟然是塑膠的花園桌椅。到目前爲止她所看到的雙雙對對，都是本來就是一起來的，或者已經找到對象的。一對坐在桌邊的年輕人似乎已經覺得無聊，她穿及膝緊身褲，上衣短得露出肚臍，肚臍上還有穿環，金色燦爛的頭髮。他上身赤裸，練過的肌肉，曬得古銅，脫毛上了油，總之，在晦暗的燈光下看來是這個樣子。剛過三十，凱絲汀猜，從他們的表情看來，他們不滿意波西米亞的貨色。他們的雞尾酒杯之間躺著各人的手機，兩人不時不耐煩的看一眼手機螢幕。

隔壁桌一個男的，穿著夏威夷花襯衫，領口敞開到胸毛開端處。他的手拉著一個身穿絲質短晨袍豐滿女人的手，在親她的指尖，不時還朝她的耳朵吹氣、耳語，逗引得他的女伴從喉中發出陣陣令凱絲汀想起安妮妲的笑聲。

薇多莉亞的貴族鼻子她沒有看見，她猜她可能身在王蘭棕櫚之後某個不可見的房間裡。

「三份甜蜜又活潑得冒泡，給女士們！」杰德將杯子放在吧台上，又回到他原來的姿勢：手臂大張，一隻手搭在生啤酒龍頭上，另一隻撐在洗手台旁的架子上。脖子上的金鍊一直垂進胸前毛深不知處。皇家基爾喝起來味道就像他說的：又甜又冒泡，醋栗的甜，冒的泡來自溫度有點太高的香檳。她其實想喝再烈一點的，再多一點酒精也許可以幫助她在這個詭異的地方感覺舒服一點，只要這個堅穩的木製吧台讓她感覺，起碼她可以隨時躲進去。

「妳們兩位互相認識已經很久了，是嗎？馬上可以感覺出來。」嘉碧站在卡琳和凱絲汀的高腳凳中間，雙手捧著她的杯子。

「我們是鄰居。」卡琳說。

「有一些年了。」

聽起來不像是生死之交，不過嘉碧還是點點頭，把它當成是認可。

「我們總是要注意，男人不能太多。我們已經停止招收單身男性會員了，要不然星期三我們的老客人都不來了。」

「星期三這裡有什麼活動嗎？」卡琳問。

「我總是說：就是藝術頻道主題之夜的標題：一千零一夜是上個星期三，下次是……杰德？」

「野性西部。」杰德說。

「我們也有歡虐，但是要先預訂。對大部分人來說還是太……」

「野。」杰德說。

「我們的空間也不適合。」

凱絲汀向後往粗糙的牆面一靠，用一隻耳朵傾聽他們的對談，寧願自己是一個人坐在這裡，沒有卡琳‧普萊斯。回程她們必定會交換印象心得，製造出這個經歷的共同版本，她們會說：多「熊」的一個男人啊！或者：妳會穿像這樣的一件馬甲嗎？或者：我不想多話，但是她一定生過孩子，看她的身材就知道。用句子羅織的網，一絲一縷她們互相證明，有默契的依賴對方替自己在各自的故事版本中指定座位。以後她們相遇時，她們將不再清楚，微笑只是簡單的一個微笑，還是它是一個隱藏的暗示。並且，誰知道，也許這樣一個祕密在將來的某一天會變得太沉重，兩個人再也扛不動。

「……我們買了一個愛的鞦韆，但是還沒有組裝好。」嘉碧敘述。「誰知道天花板上的裝飾能不能支持住螺絲釘。而且，想像一下，鞦韆掉下來時，如果剛好有人在上面……那我們的店就要關門了。」

「而且它的底座太佔地方。」杰德米勒估算過所有的可能性，但是仍然是具有難度。「如果我能確定，天花板本身撐得住，我會把板子拿掉。那裡應該還是陽台，陽台下面都可以掛一隻公牛了。」

「但是請不要讓公牛坐在愛的鞦韆上。」卡琳・普萊斯把手遮在嘴巴前咯咯直笑。「那就太……」

「野了！」凱絲汀說，大家笑成一團。

「至少招收會員時，我們會注意，美感還是要過得去。」嘉碧又變成生意人，她把喝空的杯子放到檯上。「但是散客怎麼辦？我又不能在電話裡說，請先傳真一張照片來。但是到目前爲止，我們的運氣都還不錯。是吧？」

「公牛還不見一隻。」她的先生確認。

「繼續加油，祝好運！拍板敲定。我們應該繼續參觀了吧？」

凱絲汀感覺，卡琳避免看她，當她無言的點個頭，從高腳凳上滑下時，她自己則搖了搖頭。

「我留在這裡坐坐。」她的腦筋裡有一個很清楚的想法，要把她在這個夜店的停留侷限在她已經認識，或者從她在吧台的這個位置開始，她可以看到的地域，剩下的僅可以是看不見的存在，當成她不想抓住的可能性，因爲剩下的可能性太多了。她跟她們兩個揮手，好像這個分別會很長，但是卡琳還是不看她。

第一次她認真的看了吧台對面的客人：兩個男人和一個女人，背都靠著吧台，以致凱絲汀只看到赤裸而無法辨認出年紀的背，還有一頭短髮，同樣不會洩露年紀。男人分別站左邊和右邊，各自都有一隻手放在檯上，他們的啤酒杯附近。多肉的、沒什麼特色的臉屬於其中一個男人，在他黑色的網衫下面可看見的身材，同樣指向發脹的白肉，跟年齡一樣，形狀也是沒有。一隻頂著短髮的爬蟲動物，引起凱絲汀的反感，當他的眼光朝凱絲汀的方向望來時，她的眼睛立即繼續飄移。她最想的是請杰德站回原來的姿勢，當她的防護罩。另外那一個只是一點都不起眼，既不給人好感，也不討人厭，有小鬍子和鬢鬚，眼睛裡的混濁讓人以爲他視力有問題的男人，他眼鏡不見了，用一種誇張的姿態，應該是要表達拜倒石榴裙下的模樣，他身體前傾，在女人肩膀中間印下一吻。他還沒吻完，另一邊對手馬上也照章辦理。

「再一杯？」杰德下巴一抬，她才注意到自己的杯子已經空了。

「可以來點別的嗎？」

「我會的不多，不過我可以盡力。」他指指酒瓶的陣勢，說道：「椰林風情、白俄羅斯、長島冰茶。或者純的：威士忌、伏特加加冰塊。白酒、紅酒、啤酒。我也有清酒，不過要找一下……」雙手扶在吧台上，他往前彎，蹲下去找。

「你不會開始跟客人調笑了吧？」爬蟲動物利用第一個機會，試著跟她搭話。一隻手還搭在女人身上，胸部的高度，用眼睛刺激凱絲汀對他反應，他的聲音裡面有些冷冷的東西。凱絲汀專心去看吧台桌的木紋，心裡感激杰德，當他站起來又以全部的身高矗立，把她完全跟另一邊隔離開來時，他疑問的拿著銀色的調酒杯。

「伏特加加冰塊聽起來不賴。」她說。相對於對面那隻潛伏伺機的爬蟲，杰德更是一隻舒服的大熊，散發一股安心鎮定的力量。她不反對他在檯上擺兩個酒杯，開始往裡面放冰塊。

「不是只是聽起來不錯，滋味也很好。」

「你們經營這家夜店有多久了，你和嘉碧？」

「三年，完全是一個餿主意。一個跨年時的想法，在這個地方想出來的，這裡當時是我們開派對的地方。沒想到，居然也能靠這個賺錢。」

「是可以的，不是嗎？」

「也賺不了多少啦！」他似乎沒有興趣繼續談這個題目。一個杯子他擺在她面前，另一個他自己端起來。「敬妳！」

「敬你！」她的眼光他不回覆。她開始懷疑，杰德充其量不過是早上帶著吸塵器和清潔水桶才踏進後面那些房間，而她剛剛所說的餿主意，比較可能是從蛋酒和他老婆的腦袋中跳出來的。凱絲汀喝一口酒，伏特加尖利的割進她的喉嚨。嘉碧和卡琳幾分鐘前就不見了，她的鄰居是否正在準備，要跨越那一道她們共同的旅程與將引起貝根城悲劇世界的分隔界線？

如果被人發現，她想，我們就完蛋了，讓自己成爲貝根城的地方話題這個想像，已經陰魂不散的糾纏她一個星期了。她在腦中描繪麥利西太太的眼光，國王超市裡的竊竊耳語，進肉店時突然一切都安靜下來。她的手緊緊圈住杯子，她並且看著杰德，看著他把伏特加澆在未融化的冰塊上。她抑制住想提卡琳和嘉碧的想法，她不要她和杰德之間形成被遺棄的人之間悲傷的親密。

「再來一杯啤酒。」吧台那邊傳來鱷魚般冷的叫喚。

「好。」

「給我們這裡的小金塊再一杯一樣的。」

「好的。」杰德翻白眼的動作洩露他對他背面這位客人的喜愛程度。

年輕的那一對從座位上起身，手牽手慢步從容往通道的方向去，卡琳和嘉碧之前也是在那裡消失的。小姐在走路時看著她的腳，兩人看起來嚴肅的成分比期待的喜悅還多。從爬蟲那邊的角落，視線尾隨著他們，舌頭還咂咂作響。

杰德專心倒啤酒，好像這是一項重大工程。

凱絲汀感覺，伏特加無法溫暖她，而且還冷冷的沉澱在胃裡，冰凍了她的五官。四周的東西都蠢動了起來，她所坐的位子，好像是漲潮時水裡的一根柱子。很長一段時間她將不能再如此不被干擾的坐著。在這個地方拘禮令人感覺非常虛假，無效的企圖掩蓋的眼光和訊號，像蔓藤植物般一團亂麻已經開始但是無法完成的溝通。甚至穿夏威夷花襯衫的那個提早退休的老頭也往她這邊看，當他重新向他滿頭捲髮的小鴿子彎下腰時。而對面的那個女人趁著接酒的機會轉過身來，給凱絲汀使了一個臉色，好像她想說：妳要的話，一個給妳！她穿著沒有肩帶的比基尼上衣，出乎意料的年輕，還沒有三十歲。她有飽實、圓潤的胸部，按照凱絲汀的印象，實在沒有什麼理由跟這種在她左右兩邊的傢伙瞎混。她朝凱絲汀無言的舉舉杯，又轉回身去。

這兩人怎麼還不回來？女主人的眼神裡，她相信她感覺到她對女人魅力某種程度的易感，現在她問自己，這對卡琳是否也算。那種方式，她如何將手放到凱絲汀的手臂或腿上，讓這個想法看似不可能，同時卻又不確定，所以這個可能性不會成爲真正的嫌疑。或者她們在觀賞那一對年輕人？或者別人，早已經進去很久的其他人？這個想像是荒謬的，同一時間又這麼確切的接近事實，就在布幕後面幾公尺遠的地方觸手可得，以致她必須克制自己，不要透過匆促的一眼去證實，或者否定。

「贈送的！」杰德說，一邊給她續斟伏特加。

「謝謝，我……」她把手放在杯子上，微笑。他有深色的眼睛，稍稍混濁一點，令他的眼光有點渙散，雖然這次他迎著她的眼睛有一會兒。「我不太會喝。」她輕聲說，儘量不要驚擾到對面的人也來說兩句。從他的肩膀看過去，她反應到兩株王蘭中間的邂逅，接著看見驕傲的薇多莉亞往吧台走來，僵硬的臉上暗示某種微笑，好像剛剛聽到了什麼，可以拿來利用達到她的目的。

「兩杯波爾多紅酒。」杰德都還沒有察覺她的來到，她便點酒了。兩杯波爾多沒有說「請」。她目空的方式，杰德在開酒，她完全沒感覺到鱷魚眼或者凱絲汀怯怯的打量，給人感覺是她在統治、自以爲是。王蘭棕櫚之後的暗黑地帶，有她的人坐在那裡，而她不想讓這個人離開，在她得到她想要的之前。她要的是什麼——從她的眼睛可以判斷，她要所有的一切。沒有說一句話，她把一張鈔票推過去，拿起酒杯，已經又消失在棕櫚之後，當杰德把找錢算好，要給她的時候。

「我也謝謝妳。」杰德嘟喃著，錢又丟回充當收銀台的抽屜。

凱絲汀又啜一口酒，當杰德重新往她這邊看來時，她無法再壓下這個問題：

「那兩個人到哪裡去了？」

他的回答比較是一個論斷，而不是問題：

「妳不喜歡這裡，對吧？」

「不太習慣。」身後她聽見新的客人來到，她奇怪，他們是怎麼進來的，卻避免轉過身去看他們。「你呢？你喜歡這裡嗎？」

「我是長途貨車司機，但是第二次椎間盤突出後，我就不能再做了。公司給我辦公室的工作，代替開車的工作，也不行，坐著的時間太多了。現在我是提早退休者和性愛夜店老闆，我還有什麼好抱怨的？」

凱絲汀點頭，也許他沒有像凱絲汀從他眼裡讀出悲傷後所想的那麼敏感。

新的客人杰德用越過肩膀往通道那邊指的拇指來招呼。一對情侶，凱絲汀認出，當他們經過吧台時，是對面兩名金髮的暗色反例。男的穿著一樣到膝蓋的緊身褲，像自行車騎士所穿，運動做很多，經常暴露在豔陽下。他嚼口香糖的方式，是她以前叫丹尼爾改掉的那種。

他的女伴如出一轍，緊身褲和某種運動胸衣。一點也不多想，對自己的身材感到非常驕傲。手牽手他們繞過吧台，說「哈囉杰德」，便往床墊的方向消失。在一個很不尋常的女人臀部上一條龍刺青，這是他們留下的所有印象。

王蘭棕櫚後方，凱絲汀又發現有動靜，她移開目光。她沒有興趣再看到薇多莉亞，掉進深淵的無力感在她裡面散開。卡琳·普萊斯很明顯剛剛發現互相沒有責任義務的換伴可能性，而她蹲踞在這張高腳凳上，高漲帶泥的潮水已經快把它變成一個島嶼，一個沒有逃亡設備的島嶼。伏特加的味道很糟，像人工蒸餾液。對面那個女人將頭靠在頸窩上，呻吟一聲，根據聲音，兩個男人中的一個手放到她最喜歡的地方上了。黑暗地區之前的動靜結冰了，猜測是薇多莉亞禁止她的包袱離開她的領區。她的鼻子令人想起一隻鷹，她的行爲卻像一隻蜘蛛，以自信的、致命的行動坐在她的網裡反應。

她將要等卡琳多久？

她感覺自己被蜘蛛網纏住了，在她心裡一直往上冒的，不是勇氣，而是對失望的怒氣。爲什麼不去迎接那個從王蘭棕櫚那邊朝她射來的目光？爲什麼不用果斷的姿態面對卡琳和嘉碧消失的那個方向？她還有什麼可以失去的嗎？有，只是她不管。站起來，仰頭倒進最後一口伏特加，然後將自己交到命運手上。隨便這個傢伙長什麼樣子，在那邊站著的那個。她將明示他跟著她，在薇多莉亞得到他以前，她將不回頭的踏進其中的一個房間，背著門脫下衣服，簡單的等待他從後面上來，做該做的事。冰冷，硬稜，像慢慢融化的冰塊，壓在她胃上的伏特加。慾望她沒有，但是她要有一雙手握住她的胸部，最好是陌生的手。她要這種混合，勝利和汙辱。站起來時她抬起眼。

那聲尖叫，從她身體裡脫口而出，她自己幾秒後才聽見。她注意到自己的手掩住口，還有眼光，在所有角落遇上的眼光。在酒吧裡所有的人都在看她，所有的人，除了湯馬斯・懷德曼。他站在王蘭棕櫚之間像凝固了一般，穿著白色、敞著的襯衫，讓掩蓋他胸部的體毛展露。他站在那裡，像一個流行歌手站在蹩腳的舞台上，他看著腳下，似乎歌唱到一半忘詞了。她想哭，想去廁所。在他身後她看見薇多莉亞的臉從黑暗中出現，黑色的眼裡閃著危險的好奇。

什麼都完了，都破碎了，也將一直如此，耳語開始填進她尖叫後的寂靜。杰德向她走來，她感到腳在發抖，緊緊扶住吧台的邊緣，問自己，還走得到車子那邊去嗎？

第三部｜直到永遠

10

一條毛巾圍在身上，她站在臥房，望著即將被拖下的夕陽。她感覺大腿和小腿跟著脈搏跳動的疲累。音樂這麼輕的飄進耳朵，讓凱絲汀一下子不確定，樂聲所出之處也許只是她的記憶。陽台的門輕掩，花園裡陰影愈長愈大片，樓下露台上她聽見母親在跟丹尼爾說話，極可能扶著他的手臂，對他講花，講鳥，或者任何引起他注意的事物。自從他開始學講大人教他的話，他眼睛裡的專注力增加，他的手會去抓任何在抓得到的範圍內的東西。每天他都在世界上發現新的事物，把它們抓近，但是不再放進嘴裡，而是放進兩歲孩子正在成長的心智裡。她怎麼看他都不夠。

「薇薇。」她聽見他說，想著，她母親聽得懂他要什麼嗎？

她前面草地上看見他們兩個出現，走向那座野薔薇長成的大籬笆，她母親還空著的一隻手從樹上摘下一個果實，拿給她的外孫。凱絲汀壓下自己想衝上陽台，對兩人呼喊的激動。一個夏末傍晚，陽光照耀整個地方，在五點至六點之間。甚至踏境節慶活動也休息一下，而且透過他們兩個，陽台前半掩的窗簾之前流過一股溫暖的微光。她母親將臉頰緊緊貼在丹尼爾的臉上，當她跟他說話時，就像她自己從來都是如此，被他頰上甜甜的奶香牢牢的吸引住。

有時候她覺得不太真實：三十歲，住在自己的房子裡，有先生、小孩，生命裡確切有一個位置。安妮妲做了一個譏嘲的鬼臉，當她第一次來看她，進到新漆還很刺鼻的房子裡時。親暱的譏嘲，對象明顯是某些家具，而凱絲汀也不以爲忤，而是想，當她看到廚房設備或者浴室閃亮的白瓷時，那麼她看視她的生活就會像電影一樣，會驚訝，電影裡的女主角跟她怎麼這麼像。

丹尼爾揮動他的小手，把花朵拋回籬笆。

凱絲汀從陽台門前退一步，在把毛巾取下來、擦揉濕髮之前。三天的踏境健行，她的腳板看起來又扁又寬，她幾乎相信自己感覺到血液在血管裡奔流，從頭頂到腳趾尖。她感到疲倦以至這種不真實感，最近少了很多的不真實感，現在卻這麼清楚的在她身體裡面擴展；跟著來的是渴望，環抱她丈夫的渴望，想迎向隨時會從浴室出來的丈夫。

花園裡幸福的笑聲響亮。

這個夏天所有的一切都銜接得順利巧妙。她的生活安定了，或者生活終於趕上了她，無論如何，她不再被感覺折磨，從學生式不受拘束的存在裡太過急於動身的感覺。這裡是她的房子，花園裡嬉戲的是她的兒子，而浴室裡，她的丈夫終於盥洗完畢，根據經驗，不到一分鐘，他便會穿過走廊呼地進臥室來。大學畢業後，這一切進行得很快。她生了一個孩子，當其他同學開始開設自己的舞蹈教室時，或者季節性的在度假營地工作並且和活動組織人上床時。懷孕時她感覺被甩在後面，被生活拋棄，被綁在自己脹大的肚子上，以及被綁在花園裡滿是建築廢料的房子裡。孩子出生後的半年，時間像飛一樣的過去，所謂的母親的喜悅，大部分都建築在不曾間斷的筋疲力盡上：夜裡起身、換尿布、感覺像被插在轉輪上，永遠快一拍的轉輪，總是讓她踉蹌追趕。當尤根從辦公室回到家，她只能鈍啞的靠在他肩上，羨慕他一切應付自如，對他應付自如的態度，她暗地裡也有些微氣憤。

然後——當然這和踏境節無關，如尤根強硬的堅持，有關的是，丹尼爾現在一覺到天亮，一個星期力西特太太會來兩到三個早晨，幫她打掃做家務。總之，三十忽然之間，對她而言變成完美的歲數。她不再浪費時間去數妊娠紋，而是高興自己通過了這個試驗，不費力便能保持住自己理想的體重，並且不久前承認，安妮妲信誓旦旦的警咒究竟還是對的：三十歲時妳將會到達享受性的能力的頂峰。

然後她終於聽見走廊傳來腳步聲，一霎時有點尷尬，因爲她還赤條條站在臥室裡，胸衣掛在肩膀上未扣。

他沒有擦乾，只把毛巾圍在腰上，走路姿勢手臂弧度擺得比平常寬，呼吸比較淺，爲了更凸顯腹肌的線條。

「幫我一下？」她把背轉給他，用一隻手抓高頭髮，好像自己穿的是晚禮服，請他拉上。亂來，他笑得很對，卻沒說什麼，只是帶著一團沐浴乳的香氣和濕氣走到她身後，期待的輕觸混進她微微麻癢的皮膚裡。胸衣落在她腳趾上，一滴水珠從他的頭髮落到她肩上，又涼又暖。

「我媽媽馬上要喊人了，因爲丹尼爾餓了。」她說進她萌芽的慾求裡，夢囈般，沒有翻譯。頭轉過來，又轉回去，因爲他的肩膀在那裡，幾根鬍髭，洗過澡後清新的皮膚。她的手撫過毛巾，撫摸那個帳棚開始成形的地方。

「所有的東西都在桌上，樓下。」桌上和樓下之間他的舌頭滑過她的耳垂，她直直站著。她的乳心在他的指尖之間，不再是受傷的，不再是母親功能的一部分，而是像以前一樣散播快樂的地方，只是顏色變得暗沉一些，大了一點，更容易握在手上。她眼睛睜得大大的，望出花園，越過這個地區的屋頂。外面的空氣也靜止了。

在他的懷裡，她轉身，把他的毛巾取下，說：

「我們躺下吧。」

再一次花園裡笑聲響起，然後她的臉就已經太靠近他的呼吸，再也聽不見別的。牙膏和啤酒，又涼又苦澀，她的舌頭伸進去又滑出來，再沿著有鬍渣的脖子往下，開始吸吮附著胸毛上的水珠。她得忍住不要笑出來，也許在早餐廣場上她還是喝多了。夫妻之間的房事是世界上最正經的事，真正說來，卻完全不是這麼一回事，而是一場非常複雜的情慾和反情慾爭奪戰。她很想問他，他的看法如何，在這個時刻，爲了多取笑他一點，但是代替問他問題，她反而用拇指抹去第一滴精液，把他的雄性含進嘴裡。不久前他開始修剪他的陰毛；這個措施的結果令她覺得舒適，但是卻不明白他的動機，反正，只要她不感覺到這是一個要求，要求她對他做同樣的事，就好了。她喜歡手上的感覺，握著光光的、堅實的球，球裡還有兩個小一點的球在懶緩的動。她全身蜷起，將一隻耳朵靠到他的腰間，只用唇緊緊含住他，而他的脛骨位置剛好在讓她幸福之處。

她的思緒掛在一條細絲上，許多念頭彼此擺盪相撞像丹尼爾小床上的小魚吊飾。問號解除，只有輕微的奇異感伴著在她舌上揮發的滋味，鹹鹹滑滑的，是她快動作從核果周圍的皺褶舔噬出的滋味。這麼正常的事卻讓她驚訝，在事情的表面之後有一大片包含很多可能性的場域，一種雙層的，但漏洞很多的地板，只有看不見地上時，才能通過的地板。她自己也看不見這個地板，她只是有一個感覺，一個她以前就認識，現在又回來了的感覺，從被流放的幸福那裡發出的感覺回來了。

除此之外她說不出和平常有什麼不同。他的手順撫過她的髮，觸摸她的肩膀，好像想要示意，他已經準備好可以開始主要進程。直到她讓他溫柔的進入，她的舌頭滑到他肚臍處時，她確認自己的性趣居然令人吃驚的消退了。沒有什麼原因。需求沒有了，不想躺在他身邊，告訴他，丹尼爾說的語言裡，踏境叫做噠噠。將三天來發生的事簡單的瀏覽一遍，這次不是爲了要愚弄他，她多想在自己的情慾裡渾然忘我，但是它不在了。凱絲汀喉嚨裡想笑的哽動也消失了，好像是她把它吞下去了似的。

一陣不耐煩的顫動傳過尤根的身體。他的陽具像一支多肉的天線刺著她的肚子。她機械性的起身，張開腿，用眼睛去尋找他被情慾蒙上一層紗的目光。

「我恐怕……」她正輕聲開始說，同一時刻，下面響起她母親的聲音喊著：

「凱絲汀！」

他的眼睛短暫的與她相遇，隨即撤回閉起，並且搖搖頭。

「為什麼是現在？」

「她找不到碗盤。」

「在洗碗機裡。」

「就是啊。」她的手再一次順著他的上身往上滑走，在這個動作中嘗試，雖然知道是徒勞，敏捷靈巧、但可以不顯突兀的離開他。

「在洗碗機裡！」他重複。

「你跟我說沒用，是我要去跟她說。」她已經站在床邊，抓到她的浴袍披上，沒兩步已經走到門邊。不理會尤根失望的嘆息，她溜了出去，一邊覺得有罪惡感，一邊又鬆了一口氣，還有她也有想要漱口的需求。

「什麼事？」她下樓梯時喊道。

「丹尼爾要吃什麼？」

「就他每天晚上吃的啊。」

「什麼啊？」

「麵包塗奶酪，或者夾火腿、夾莫札瑞拉，反正冰箱裡有的都是。最近他喜歡吃黃瓜，如果幫他把皮削掉的話。」

她母親的臉出現在樓梯底。

「妳剛才在哪裡呀？」

「我馬上就下來了，剛剛沖了個澡。」

「他的小盤子沒有在碗櫥裡。」

凱絲汀趕快閃進浴室，在她翻白眼之前。

天哪天哪，他的小盤子不見了。她的母親難道來自對夫妻大白天上床感到這是無法想像的一代？她洗洗手和臉，漱了口，穿著浴袍下樓前，避免再到臥室去。

丹尼爾坐在飯桌邊他的小椅子上，下一秒就要大叫的心情完全寫在臉上，如果不馬上把吃的放到他面前的話。一把野薔薇在桌上滾動。凱絲汀拉緊浴袍的腰帶，把兒子抱到懷裡。

「可憐的貝貝，」她靠近他的耳朵說，把一綹頭髮吹到旁邊。「阿嬤找不到你的小盤子哦？」

「盤盤……」

「在洗碗機裡。」大聲一點再說一次，在從廚房傳來的，氣急敗壞的打開和關上櫥櫃的聲響裡，說：「在洗碗機裡，媽媽。」

「妳怎麼不早說？讓我找得……」說完她穿過門進來，頰上有點病態的潮紅，凱絲汀不記得以前在母親的臉上看過。每次她來，她的舊式髮型上總是添了更多白髮，以及行爲上因爲對自己要求太多卻應付不來的怪異態度：害怕在別人的家務上做錯什麼、不會用爐子、怕打破碗盤，同時她似乎一分鐘都無法在客廳裡安安靜靜坐著看電視。對六十出頭的年紀來說，她的身體和精神狀況已經不太好。自從她的父親被診斷出得了癌症，她母親的臉就變成窄長憂戚的面具，她戴著這個面具一個星期去教堂好幾次，她也完全不讓漢斯解釋最糟的情況會如何。這不在我們的掌握之中，她執拗的說，不論漢斯再怎麼跟她說明最新的化療方法都沒有用。

「謝謝，」凱絲汀說：「我來就好了。」

「洗碗機就是用來把碗盤上的殘渣放到結塊乾掉。」

「你們兩個下午過得如何？好嗎？」她坐下，把丹尼爾抱在膝上，手臂環過他，在他面前把奶油和奶酪塗在一片全麥麵包上，露台門前停著他的三輪車。

「他喝得太少。」

「他喝水的杯子在哪裡？」她的母親開始去找杯子時，她把麵包切成小片小片，就是在廚房裡她還能聽見母親重重的呼吸，幾乎是哮喘的邊緣了。爲什麼她一下子變得這麼老？

「還有，他的圍巾應該是在碗櫃上。」

「哪裡？」

「水槽旁邊，乾的毛巾也可以。」

「我找不到那個杯子。」

「我來找。」她把丹尼爾放回他的椅子裡，回去廚房，看見杯子刺目的紅色就在桌上。

她的母親在窗台前忙碌反覆尋找。「找到了。妳下午很累嗎？我以為，他會睡到四點。」

「打掃太多對我的背不好。」

「打掃……太多？」從敞開的門她看見丹尼爾在試驗每一片麵包和地心引力的關係。她很想就抱起丹尼爾到外面去不再說一句話，很想就坐在屋後的長椅上，享受蜂蜜色的陽光，不浪費一點腦筋去想走廊、飯廳和客廳的地板。從森林裡回來時，地板看來很乾淨，很令人起疑的乾淨。「不要告訴我，妳整個下午都在……」

「像這裡之前的樣子，也難怪我……妳女婿是打算整個晚上都要在床上度過嗎？」

「媽，聽我說：我不要妳來我這裡打掃。妳這幾天能來幫我們帶丹尼爾，幫幫我們，我們已經很高興了，但是妳不用做下人。」

「地上！」丹尼爾從飯廳發出訊號。

「我馬上幫你撿起來，貝貝。媽，妳聽到了嗎？妳不需要在這裡做打掃的工作。」

「我做什麼都錯。」

「打掃不是妳的事。」

她們一前一後站著，像在超市結帳櫃台邊，似乎有看不見的推車阻在她們之間。屋子外面，海恩博克區被遺棄般寂靜。所有的踏境者都從森林裡返回，在準備參加晚上帳棚裡的節慶活動。凱絲汀看著母親強壯的小腿，笨重的鞋，從她有記憶以來她一直穿在腳上的鞋，鞋跟在歐斯柏克廚房地板上發出硬物敲擊的聲音。慢慢的，她的憤怒消失，只留下蛻下的不滿意的外殼，還有一個問題，為什麼母親總是必須讓兒女這麼難做，總是感覺不到兒女欠她的或者他們想表達的感激。

她拿著水杯和擦碗布走回飯廳，她聽見樓上浴室前的腳步聲，想著，尤根會不會乾脆就獨自做完其實本該是兩人在一起做的事。丹尼爾的衣服已經髒了，上面都是鮮奶酪印跡。虧欠但感覺不到——怨惱和罪惡感的差別在哪裡？

「把花放下，丹尼爾，花是不能吃的，我再給你塗一片麵包。」

「油油麵包。」

「奶酪麵包，奶——酪——麵——包。」她再塗一片，不再願意從陌生人手上吃東西的兒子也不鬧了。尤根似乎再沖了一次澡。從健行的疲憊轉成了困倦，當丹尼爾終於吃飽，奶酪塗得滿臉到處都是時，凱絲汀確定，自己對整個晚上待在啤酒味的空間，聽著踏境歌曲、手臂挽著手臂在節慶帳棚裡左右搖擺沒有什麼興趣。在客廳裡，她的母親正忙著把雜誌成疊堆好，打鬆抱枕並擺好。尤根從樓梯上下來，鬍子刮得乾乾淨淨，穿著旗隊的白襯衫。

「妳還穿著浴袍？」

「安妮姐出發前要打電話來。」

他在桌邊坐下，撿起幾顆麵包碎屑，似乎完全沒有察覺，有人從他的小椅子裡張著大眼看他。他的刮鬍水似乎用得太多，對一個只是吃麵包的場合來說。

「幫我一個忙，尤根，帶你兒子在花園裡跑跑，然後把他抱到換尿布的檯子上。我十五分鐘就好了。」

「我想現在就走了。」現在他看到丹尼爾的眼睛了。

「是啊！」

「不要說是啊，妳知道我身爲旗隊，必須先跟著隊伍繞場。」

「你身爲父親，也許應該在離開之前給兒子換尿布。」她看著他，努力的將他的惱怒用自己的大眼睛承接住，提醒他，她的上一個擁抱到現在還不到十分鐘。這不是第一次她覺得驚奇，在「婚姻」單位中隨便任何一秒，能載有那麼多不同的感覺、感情，而渴求擁抱會跟抓住他下部的衝動混在一起，比如說：給他換尿布，不然我就用力握。就像很早以前上生物課時，得知刀尖上聚集了成千成百的細菌時，感覺驚異一樣，這是一場無言的眼神的鬥爭，這次贏他的人是她。他喃喃念著什麼，不出現在市場廣場的話會被罰二十五公升啤酒等等，然後他把丹尼爾從椅子裡舉起，當她清理桌面時，聽見兩人在花園嬉鬧奔跑。一場賽跑，顯然，兩個龐培格中的小龐培格會以一髮之差跑贏老龐培格。她把保鮮盒收進冰箱，搖搖頭：英雄——站在他們的男性自尊的基座上，充滿期待的凝視著遠方，與此同時，他們腳下奇事一件接著一件發生，但是如果試圖叫他們注意到這些奇事，他們只會發出不耐煩的噓聲回答，因爲他們害怕會錯過遠方可能的發生。她母親終於在客廳的一張沙發上坐下，凱絲汀是經由響亮的鼾聲知道的，從客廳一直傳到廚房的鼾聲。這個晚上待在家裡會比較好。電視上會演《我們賭……》剛好是絕佳轉移注意力和無聊電視節目的混合，可以在觀看時順便聊幾句嚴肅的話，不用怕會以淚水收場。她自己也很憂心父親的情況，她只是沒有很多時間去想他。

她站在廚房窗台前好一會兒，注視著尤根和丹尼爾歡暢的玩耍，然後拿起無線電話走進樓上浴室。她的用品和尤根的排在鏡子下的板子上，女人的是多樣性的彩色的，男人的是簡潔的、功能具限制性的衛生用品：刮鬍刷、刀片、泡沫和鬍子水、一瓶體香劑。地板上總是堆著什麼，阻礙浴室無菌衛生功能的印象。一個家庭式浴室，骰子形狀有三個抽屜的換尿布檯大面積占據浴室的空間，檯上總是有幾堆毛巾，用來擦地板，才能把丹尼爾放到地上。浴袍敞著，凱絲汀站在浴室鏡子前，遺憾沒什麼費時費工的保養等著她，她很想給自己的小腿脫毛，或者給腳趾甲上色，只是單純出於享受耗在浴室的感覺，耗在這個尤根和丹尼爾隨時會闖進來的浴室空間，並以迷人的方式破壞她的平靜。

基於貝根城慶祝方式的較鄉野粗俗，她把上妝步驟降低到只有必需的基礎層級，當她薄薄上好一層唇膏時，電話響了。

「我馬上就好了，」她把這句話當成招呼來說：「只要再把丹尼爾帶上床，然後就可以走了。我媽有點應付不過來了。」

「說，妳不覺得無趣嗎？」背景是怪人合唱團的歌，如果她沒有聽錯的話。安妮妲讓情緒進入情況的方式既不舒服又不具感染力。「這個可悲的踏境節，總是那些老臉孔。我已經在這裡三天了，而……」一個故意的呵欠結束了這個句子。

凱絲汀很想反駁她，她覺得無聊的原因不在貝根城，而在她，安妮妲，在她自己的腦袋裡。相反的，她卻說：

「今天是最後一天嗎？那麼今天妳也得想辦法過完。妳什麼時候要走？」

「明天酒一醒就走。」

「這麼快。」星期三傍晚安妮妲到達，參加迎賓宴。從那時起，雖然她們在一起度過的時間很多，但是唱的比談的多。安妮妲一次都沒來過海恩博克區，她提過給丹尼爾準備了禮物，卻一點也沒有送到家裡來的意思。她們的同袍情誼在試煉中出現裂痕。安妮妲的觀點是：結婚，必要的話OK，生孩子，勉強也還好，但是搬到貝根城來住？在貝根城蓋一棟房子？從一開始她就不相信凱絲汀所說，認爲這只是她理智衡量過現實後所走的第一步而已，絕對不表示她和尤根就要在這窮鄉僻壤終老一生。

「妳還在聽嗎？」安妮妲問。

「我不知道要穿什麼好？漂亮時髦，還是不要那麼漂亮時髦？」

「隨便怎樣，反正要穿成是端莊的年輕媽媽。給人家知道，夫人有一雙美腿就夠了。」

安妮妲可以很惡劣，如果她要的話。那妳就太不了解妳丈夫了，在她提出理智衡量等等狀況後，幸好她只說了這個。

「在帳棚裡怎麼找妳？還是我只要往男人圍成一圈的地方走就好了？」

「在貝根城如果男人圍成了一圈，站在中間的不會是女人，而是啤酒桶。」

「這裡的女人身形跟啤酒桶通常也沒有多大差別。」她這樣附和安妮妲的惡意說，但是她一點也不覺得這說法有意思，尤其是有一部分還講到她自己。「到底哪裡？妳會在鹿坡隊嗎？」

「可能會吧！必要時，我反正知道要去哪裡找妳。」

「那就等會兒見。」她的情緒又小小的低落了一點。她到臥室衣櫥去翻出一條短裙，在鏡子前轉來轉去無法決定，雖然看起來不錯，但是她感覺有些赤裸。她很仔細的打開被子蓋在床墊上。再一次她轉動上半身，發覺：她的腿和以前相比完全沒有改變，這只是她以前可悲的弱點：不管別人對她的想法多麼荒謬，她自己馬上也朝這方面想。這是她自己決定要過的生活，如果安妮妲不能接受她，而且要繼續自己的歌舞秀人生，從這張床睡到另一張床，那她也無法改變。

不論如何，她沒有別的朋友了。

而且這條裙子簡直合身得太完美了！

尤根的眉毛往上挑，當她回到浴室時。丹尼爾躺在那裡，腳還不停蹬著。嬰兒油的味道在空氣中，還有一點嬰兒大便的味道，她站在丈夫身後，雙手環抱他的胸，暗地希望，如果他高她幾公分就好了。

「累嗎？」他問。

「嗯哼。」她閉上眼睛，感覺他手臂的動作。這到底有什麼不對？但是又有誰說過，這是不對的？安妮妲不過是愛挖苦她，她總是喜歡這樣，因為在她心裡的最深處，說不定她也嚮往這樣的生活，她只是不承認罷了。

「好了，小寶貝，新尿布你漂亮的媽媽會幫你穿，因為我真的得走了。」他從她的懷抱中掙出，站在浴室中間，手中拿著一包捲著的尿布，而她必須用眼睛指揮他垃圾桶在哪裡。

「我以為我們要一起去。」她說。

「如果我動作快一點的話，剛剛還可以趕上。凱絲汀，我不能就這樣不去。明天就結束了。」他把手指放到鼻下，聞聞有無異味。他強迫她一笑置之，既不投降，也不用爆發一場沒有必要的爭吵。他的食指順著她的頭髮而下，跟著她左胸的弧度起伏，然後右邊的胸部——這個溫柔，她一樣覺得沒有必要，因為他的思緒早已經奪門而出跑得老遠。「等會兒在帳棚裡見。」

「你還跟兒子道晚安嗎？」她看著他將丹尼爾的小腳放到他吹氣鼓起的頰上，用大聲放屁的音響把空氣壓出，剛好那個時刻轉身離去，當丹尼爾了解他們在做什麼，等著爸爸再來一次時。

「走了。」

他多花了一點時間跟她道別，但是她忽略他的舌尖和在她的裙頭游移的手，說：

「晚點兒見。」然後浴室裡只剩下他的鬍子水香味，丹尼爾自己把腮幫子鼓起來，但是當他想把腳抵到臉上時，他的腳老是滑掉。就這樣，可以是一聲有趣的屁聲，變成了一聲響亮的嘆息。

他站在窗前，並且傾聽，寂靜可以在學校走廊上擴展得多大聲。從早晨十點開始，家長會的嗡嗡聲便高懸走廊，大家互相招呼，互相道別，而他足足跟三打家長談了學生的成績，必要的話還加上他們的孩子社會性不足的問題。現在安靜終於降臨學校，好像最高的恩賜，僅剩各自的腳步聲回響在走廊，教室都關上了。格拉寧斯尼強制規定要出席到晚上六點，但是有人成功的讓他相信，他自己的家長會談應該迴避校長辦公室，而七年級的教室，也就是格拉寧斯尼教授德語課的地方，會是比較好的地點。這個地點在校園的背面。也就是說，格拉寧斯尼自己坐在那裡，直到強制規定的時間到，而其他在前面的同事則踮起腳尖偷偷溜走，像住校的學生在晚上時一樣：他們腳步快速，脖子往裡縮，反正五點以後也沒有家長再對他們的後代在課堂上做什麼感興趣，尤其不會在德國隊對阿根廷隊足球賽之際。只有懷德曼背著手，注視唯一的一輛車逆著足球迷逃離學校的車流，駛進校區，停在樹後腳踏車欄旁。

貝根城躺在緩緩下沉的光線裡，正好在太陽的對面。城堡山發著光。花園裡掛著三種顏色的旗子，飄動新德國散發貫有的劈劈啪啪的性感。當懷德曼感覺到時，他站得更鎮靜了。他其實沒有認出她來，即使如此，他還是知道那輛車是誰的，在樹下的那一輛，一輛Polo車頂上沒有德國國旗。也許她故意選這個時間，因爲她知道，到學校的路上幾乎不會再遇到任何人。他走到講台上，把幾張椅子歸回它們原來的位置，把最後一口咖啡從已經黏呼呼印著賓夕法尼亞州立大學字樣的杯子裡灌進喉嚨。慢慢的他讓目光從海報牆移到對面，教室的另一頭，經過被舞群包圍、肌肉發達、褲子太大像皮條客的人形，斜戴的帽子，經過張著嘴巴的比基尼兔女郎。十六歲小孩會被這些吸引，他們也是他解釋《小王子》一書和它的作者聖・修伯里的對象。這是他的工作。

他雙手平放在講桌上，在空的課桌椅前坐下來，感覺指尖的潮濕。走廊上不再有腳步聲，不再有聲音。只有在他的腦子裡，他還聽到很多喉嚨發出的嗡嗡聲，這個嗡嗡其實不是聲音，而是在這個建築物裡工作七年的影子。她等在下面車子裡，他等在這裡。不是她上來，就是他下去。然後呢——一段家長會談的滑稽曲？費力的假裝上個週末根本沒有存在過，他們兩人講到「波西米亞」時，先想到的會是二〇年代慕尼黑史瓦本城區的咖啡館？還是她會令他大吃一驚，凝聚所有的勇氣，直接提起在夜店的相遇？

他今天已經會談過她的前夫，會談時一直無法避免去想上個星期六晚上，去想那聲尖叫，她眼中的驚惶，她倉促逃離，同時他對所有的話點頭同意，所有龐培格認爲他該對責任這個題目提出的言論，而他也已經對兒子說過，也向艾德勒全家表達，他熟練精細得像是在法庭做結辯。明顯的他只是到學校來表示，他學到了教訓，至於其他的，他似乎認爲他的行爲會自發地傳給下一代。從以前到現在早已過去很長時間，至今依然沿襲舊日用「你」來稱呼對方的對話，現在「你」聽起來變得很勉強，當然也不會就此改變事實，他們互相從沒喜歡過對方。用一句斷然的「很好，尤根！」懷德曼終於能夠打斷他，並且問他，他是否也想知道一下丹尼爾的成績。

他覺得，曾經嫁給這樣的人，對凱絲汀・維納可不是加分。

然而，他還是無法忘記她的眼光。雖然他想到就不舒服，自己穿著可笑的西服被她撞見，襯衫在胸前敞露一大片，在這個發噱的派對夜店塑膠魅力裡——最難堪的是回憶她這個眼光，他因此感到凱絲汀・維納將他們相遇這個不巧的事實變成他對她的傷害。不是他的意願，卻無法再改變。對他，這是一個遊戲，即使跟薇多莉亞握完手後遊戲就開始無聊了（她暗示性的不告訴他關於她的姓，認爲他可能在「別的領域」認識她的名字），對凱絲汀來說卻是事關尊嚴榮屈的大事。她面對這一個殘暴的揭露，好像一群喝醉的水兵從身後扯下她的衣物。看她馬上衝向出口消失無蹤，手臂抱著胸肚，頭屈辱的向下看，而他至今仍然驚訝他能夠這麼清楚的隨她感知，感覺到她現在的感覺、椎心的恥辱。永遠不會消失的糟糕氣味，徒勞留在舌上、令人發瘋的渴望，希望發生過的一切沒有發生過。另外還有一個感覺，他知道只有他一人能夠幫助她緩和過來，只要他有一點點頭緒知道如何去做。

懷德曼把手舉高，看著掌印在桌面上慢慢消失。怎麼做？他在王蘭棕櫚後面就已經在問自己，當他看見卡琳・普萊斯困惑的整理著自己衣服的肩帶從後面的房間過來時。等到第二個貝根城女子在門口消失後，他除了說「別再寫信給我！」之外，沒有再對薇多莉亞廢話，直接走了出去。

他一站起身，打開門，但是從空空的走廊上瞪著他的，只是天花板吊燈返照地磚的微光。回到窗前，他覺得可以認出樹叢間車子的前端。他該下去請她上來嗎？正確說來，他其實很清楚他能怎麼幫她，對該說的那些字句倒背如流，畢竟他整個禮拜空下來的每一分鐘都在琢磨。她也不會要他說謊掩飾，他真的了解，她正在經歷什麼。奇罕的是，他不確定，在她面前他是否有能力不做假、不掩飾。幾年以來他將不愛上任何人的能力臻至完美，只抱好奇心而不戀愛，體貼、隨時待命而且不動感情。一點也不引以爲傲，真的，而且除了一定必要的狩獵直覺，一點也不需多，但是跟所有的男人一樣，他認爲他寂寞幻想中的性愛女王必須是，能夠以遊戲規則所要求的方式抓住他，如果他有緣與她相遇的話：她能作爲他的一個玩伴，將她魅力甜美的毒汁灌入他，帶著一抹微笑，觀看著毒汁如何發揮它的功效。這樣的一個女人，如薇多莉亞所相信的她自己就是。換句話說，他剛剛在那一點看見了這個只在狹窄的區域裡能玩的遊戲的魅力，而且越界的風險貫透整個遊戲。但是這道在他眼前的界線，他以爲是肉眼可以看見的，或者至少是直覺可以察覺的；以至於讓他感覺，現在所發生的，像是一場突襲。

爲什麼是凱絲汀？幾天來他觀察自己如何在浴室鏡子前問自己，只有笨蛋才會問的問題。

因爲她有吸引力、聰明，而且以她自己的方式追求人生樂趣的女人——而且凱絲汀奪門而出一事給出的答案，只有愚蠢得不可救藥的笨蛋才不會覺得慚愧。

這些年來，他說服自己，一切不過只是遊戲，千萬不要引起任何誤會：紫羅蘭是遊戲，僅此而已。而現在他眼睜睜看著，凱絲汀・維納如何把繩結套進脖子，好像他有意在年老的時候成為小鎮康德教徒：一切行動中，你意志的準則必須隨時能夠是無聊婚姻關係的原則。很可笑，是的。但是問題是：是她突襲了他？還是他一直就垂頭喪氣的站在那裡，只等著把脖子伸進繩套？

敲門聲響起，他不驚訝，只是對著空蕩的教室點個頭，好像有觀眾正期待看一場好戲。也許她走的是校園後的路。不管她向他要的是什麼，她都很謹慎。他雙臂交握胸前靠著窗台，沒有說請進，只是靜靜瞪著門的方向。當所有一切都太遲時，命運是這些名詞中很容易想起的一個。聽起來忽然一切都和解了，此時你深陷在內的所有深淵都成了朋友一般。

格拉寧斯尼大象般的頭伸進開了一條縫的門，左看看右看看，在他發現懷德曼之前。他說：「剩兩個。」

「什麼兩個？」他很訝異，他的聲音聽起來這麼冷靜。只是腋窩下他感覺到汗濕了他的襯衫。

「莫希干人（沒其他人）。您和我。此外都沒人了。」

「我就覺得怎麼這麼安靜。」

「都走了。」

「您哪，請原諒我說不失禮的話，就是太聰明，太清楚您手下的個性，以至於意料不到這一切。」

「謝謝您的金口，說得太對了。」格拉寧斯尼進來，在第一排的一張桌子上坐下。手在旁邊支撐自己的身體，害怕不這樣的話，桌子會從中垮掉。他的臉上看不出有驚訝的表情，反而有點偷笑的樣子，好像他捉弄了誰，而這人還不知道。

「您還在等什麼？」他問：「您不喜歡看足球嗎？」

「我在家看結局就好了。」

然後他們沉默了一會兒。格拉寧斯尼望向黑板，懷德曼相信，樹叢葉子中間看見Polo車窗架著一隻手肘，但是他不確定。他也不確定自己是希望撞見她，還是害怕離開學校時碰見她。他暫時對眼前這位像個百般無聊的孩子腮幫子全掛下來、坐在那裡的校長的陪伴感到欣慰。校長的小腿太粗壯，無法形容他現在在做的動作是不是晃動。

「學年底我們需要一個新的代理校長。」

「所以？」

「所以——有意願嗎？」

「沒有。」

「我想也是。」格拉寧斯尼拿了一本《小王子》在手上，一個學生遺落在講台的書。就他的記憶而言，懷德曼第一次感到不但是臉上的表情，甚至連總體的姿態校長都像是一個少見的深沉的悲哀，任何安慰的嘗試在這個悲哀上都會失敗。「你永遠不知道，這個傢伙總是這麼說，對不對？」

「我真的對做官沒有興趣。」

「那足球賽呢？我辦公室有一台電視。」

「您看足球？」

「沒有，但是世足賽是一個全民運動，國家級的踏境耶！不是有沒有興趣的問題，所有的人都自動成為其中一分子。」

「理解。」

格拉寧斯尼的眼光跟著他，當他朝台上走去，開始收拾東西。

「您辦公室裡也有喝的嗎？」

「干邑。」

他想著大樓外坐在車子裡的凱絲汀，急切想擺脫她的在場所發出的一種無聲的要求。這次可不是一場遊戲，它也不讓人隨便把它當成遊戲，但是這不等於他必須停止慎重的、自主的行動。一場不是遊戲的遊戲也是會輸的。他懷著完全不顧一切的溫柔思念她一個禮拜了，而乾脆向這份溫柔投降，在目前心智清楚的這個瞬間，他覺得這是最直接進入迅速清醒的懊悔之路。

「為什麼您的半生都在學校裡度過？」他問：「我說的不是工作，是這些週末，您辦公室的躺椅、干邑，以及……」

「爲什麼您的半生在貝根城度過？」格拉寧斯尼從中插嘴，不是打斷，是從容不迫，好像在黑板上擦掉學生的胡亂塗抹，完全不管那到底是什麼。

懷德曼點頭。感覺總是很好，察覺解釋生命現況的不情願是來自雙方。他讓最後一疊筆記消失在自己的書包裡，皮的書包，康絲坦薮送給他的博士畢業禮物。

「是好的干邑嗎？」

「是在附近就能買到的。這樣對你夠好嗎？」

「當然。」他說，書包挾進腋下。帶子的扣環三或四年前已經扯壞了，從那時起，他就一直想著要送修，雖然他知道，不是書包，而是損壞的部分讓他不捨。「不是這樣的話就太貴重了。」

這是第一次她坐在車裡聽足球賽轉播。眼裡是蘭河岸草地的風景，草地上空氣閃顫，岸邊的楊樹看來像棕櫚，像在沙漠中快渴死的人眼中的棕櫚：樹根不是扎在地上，而是晝在水漾的空氣中，不知是遠還是近的距離。阿根廷是大家期待較弱的對手國，「高楚人」，解說員這麼叫他們。凱絲汀想像他們是陰沉嚴峻，身披長大褂的男人，跑的時候手槍還在大腿上

一擦一擦。在她的車裡她彷彿看見看不見的觀眾隨意分散坐開，失望的呻吟、唱歌、屏住大氣、讓屏著的氣隨著失望的或者是鬆一口氣的大叫又洩露出來。上半場的中間她必須搖下兩邊的窗戶，免得幽閉恐懼爆發。想像七萬人坐在奧林匹克運動場裡，幾乎昏厥的觀看神的爭鬥。喜樂與悲苦，朋友和敵人，天堂與地獄，所有的一切都擠壓在一起，分辨時間只有幾秒之差。她覺得最詭異的一點是，有個裁判在這場命運爭鬥中，以哨音來分散注意力。每一次當刺耳的哨音響起時，她就期待聽見槍響，並且解說員用簡潔的聲音說：活該，誰叫他多管閒事。

順從一個吹發顫的哨笛保母的高楚人，算什麼高楚人？

已經一個禮拜了，她覺得最舒服的地方便是窩在她的車裡，不論她是開到醫院，還是去城裡買菜，她開車在路上而且獨自一人的時刻。有幾次她把行程延長成沒有目的地在附近亂轉，直到商店快關門了，才在亞爾瑙或肯恩巴赫採購她其實在國王超市就能買到的東西。什麼都比光在家裡坐等著好，上個星期的記憶像一個有口臭的愛慕者來陪伴她一般。

她生硬的感覺著，時間如何從她身邊溜走，像現在，除了敞開的大門外，學校建築物裡再也沒有其他人在場的痕跡。儘管如此，她還是坐著不動，聽著收音機裡記者壓平的聲音。

去吧，她對自己說。

從那天數過來這是第五個下午，她在母親的床邊度過。她握著母親的手，梳理她的髮，每十分鐘去抓有嘴的杯子，滴潤她一動不動的唇，期間跟隔壁病床交換幾句話，鄰床是一個老婦人，在等待大腿骨轉節的破裂傷痊癒，她總是念著：會好的噢，其餘的，就是沉默了。她的母親雙頰下陷，因爲假牙不在裡面，因爲發燒而泛紅額頭，眼睛瞪著天花板，她不再抱怨頭疼，但是臉上不斷抽搐，甚至睡著時也是。有時候她會找漢斯。短短一個星期，她從一個老婦人變成病懨懨的老嫗，而且原先計畫爲了各種檢查的短期住院，愈來愈像彌留一般。漢廷醫師當然不會這麼明講，但是他也沒有給她復元的希望，他稱呼病情發展情況不樂觀。即使是漢斯，在電話裡也緘默無語，隨即說他會利用週末來探視。

現在在車裡她問自己，她在等什麼。她周遭依然是醫院裡的味道，混合清潔劑和憂慮，在耳邊的細語及臥床的味道。她極想去散個步。這些沉默的、無所作爲的、白色帷幕後的下午時光在撕扯著她，但是漢廷醫師仍拒絕她們想出院的請求，首先還是得要繼續檢查，這頭痛造成的神秘因素。

收音機裡大喊，一球射偏了，據報導是「差之毫釐」。

她仍不見懷德曼人影，腳踏車欄旁的樹木，樹蔭深及整個校園前面。校門還是沒有改變的大開著，但是再沒有人進來或者出去，雖然如此，她知道，他坐在空盪的學校裡，而且她的第七感告訴她，他看見她了。從某扇窗戶裡。五個夜晚那麼長，她坐在家裡，拒絕自己打電話給他，告訴自己，母親的病比較重要，反正她在家長會上總是有機會和他談。但是現在家長會似乎比宣告的要早結束，而她無法找到特別急急的上路趕到學校的理由。她在依瑪姿裁縫店，去取她的衣服。在冰淇淋店喝了一杯咖啡，再嘗試一次，順理她的思緒。

然後她推了自己一把，把收音機關掉，打開手機。至少她必須確認，她有掌握丹尼爾的最新狀況。她為的是丹尼爾，而不是他母親和他的老師可笑的出軌行為。她打算盡可能正經的面對，不閃避，沒有懊悔。如果可能的話，她得鼓起自信心，她讓一切已經拖得太久太久了，徒勞的希望這個醜陋的事件自己會消失，成為插曲……

「龐培格。」她聽到對方話筒背景傳來球場的聲音，剛剛還充塞在她的車裡。眼下她真的不知道，怎麼正好是尤根來幫她準備與懷德曼的對話。

「是我。」

猛的背景聲響消失。往常他和她通電話時，他從來不讓她察覺他身在何處，但她清楚知道，在海恩博克他坐在哪裡，電視機擺在客廳的哪裡。接著她聽到一陣短暫的沉默，這個沉默可能是他轉向他年輕的太太，指指話筒，翻翻白眼，表現出厭煩，她傾聽背景有沒有笑聲或者不屑的哼，但是沒有。她很想馬上掛斷，但是她卻說：

「我在學校裡，想跟丹尼爾的老師談話。但是我們的兒子到現在還不肯告訴我，在艾德勒家的談話怎麼樣，自從那件事後學校裡的情況……」

「我今天去了家長會。」他明明知道，他這麼做讓她很驚訝。

「你來過家長會了。」

「學校那邊這件事原則是結束了，班導師這麼跟我保證。格拉寧斯尼已經教訓過三個犯錯的學生，認為以後他們不會再做這樣的蠢事。現在要看丹尼爾——還有看我們，看我們怎麼做，他才不會再犯。」

「這是導師說的？」

「最後一句是我說的。」

「在艾德勒家如何？」

「不太舒服，不過他道了歉。他說，他自己也不知道當初爲什麼那麼做。他只是跟著別人而已。作爲解釋，這當然不太令人信服，但是我看也不像撒謊。」尤根的聲音洩露出他只用一半的注意力在說話，眼睛跟著足球賽轉。他在自己的客廳裡很自得，世界上所有的痛苦都被高牆擋在外面，他可以高枕無憂。「十六歲的小孩可能也不了解自己。」

「那艾德勒呢？」

「凱絲汀，那已經是一個月以前了。我相信，他們會覺得很適切，如果妳當初跟他們聯絡的話。但是妳沒有，現在事情已經過去了，妳還要怎麼樣？」

「我理解，事情已經過去了。」

「妳真是後知後覺。」

「最近我還有很多事在忙。也許丹尼爾已經告訴你，我媽媽躺在醫院？」

他需要兩秒來調整，讓聲音變成同情、溫和的音調。

「聽到這個消息我很難過。她什麼地方出毛病？」

她用簡單的幾句話告訴他，同時她看著校工怠懶的腳步拖過校園。她知道跟他談過話後，自己心情會比較好，但這個事實讓她很難過，但是她此刻正孤獨地渴望有人能夠讓她傾吐鬱悶，她能怎麼辦？丹尼爾整個禮拜來對他外婆的健康情況並不特別感興趣，她不想跟卡琳普斯萊說話，她生她的氣，居然就這麼把她拖去那個該死的夜店！

手錶顯示五點半，太陽正在緩緩靠近鹿坡上的樹梢。

「換句話說，情況不太好。」她說。校工已經走到校門口，用腳後跟去踢地上的固定鞘。家長會不必再提了。

「像這種情況的話，把她轉去馬堡不會比較好嗎？如果貝根城的醫生找不出什麼毛病的話。」

「爲了檢查頭痛的原因，他們還要再做別的電腦斷層掃描。」

「妳母親的健康保險是私人的？」

「不是！」

「但是妳還是可以……」

「尤根，謝謝，但是我應付得來，而且還有漢斯在。」

「漢斯。」他說，而且她知道，他說的時候臉上是什麼表情。一個對過往時光怪異的回憶，那個他們一起對她不像話的哥哥都感到搖頭的記憶。其實這兩人是這麼相似，她察覺得太遲。

「我打電話是爲了丹尼爾，不是爲了我媽。」

「我不知道我還有什麼沒說的。」

「嗯，我也不知道我還想聽什麼。我們把他教壞了嗎？」

「他不是學壞了，他是十六歲，而且他也認錯了。」

「他在想什麼，我一點主意都沒有，包括他的感覺，他的想法。我的意思是，你剛才提到他不知道自己在想什麼。」

「他會平安度過這段時期的。」尤根想繼續看球賽，也許安德蕾雅在他身邊用手指敲彈椅子扶手。

「對你來說你自己是透明、可以看穿的嗎？」她理解得太遲，所以現在只能問些笨問題。與其把事情掌握在自己手中，只要事情還在變動，她就驚懼的等待著，等待一切都過去之後，再來收拾毀壞崩析。她打電話給前夫，不是爲了準備與湯馬斯・懷德曼的相遇，而是爲了再一次躲開這場相遇。因爲很明顯的，所有她踏出的眼前這步，都是爲了防止她踏出眼前這步，她必須踏出的一步。

「我就知道妳會利用機會提出這個。」尤根說。

她很想問他，難道他都沒有憂懼，在他這個年紀再一次成爲父親。但是她只說「好吧」，結束了這場對話。這次對談持續了六分鐘三十七秒，她的手機一如平常可靠的顯示時間。

「兩隊防守得滴水不漏。」報導記者氣急敗壞的抱怨，當她重新轉開收音機，發動引擎時。隨著她開車駛過時，她相信看見校長辦公室裡有電視的藍光閃動。然後她駛過要往亞爾瑙環城道路被掃蕩一空的街區。車子一開動，她馬上覺得自己好多了，窗戶開著，風拂過她的頭髮。蘭河草地上栽種了一些果樹。從記者所報的時間來判斷，當她還在講電話時，阿根廷隊取得領先，但是克林斯曼的隊員不放棄滑鏟攔截、奔跑、衝鋒，對抗「南美的防禦堡壘」，這些高楚人幹麼這麼拚命！

她認識她感知的模式，這個模式在過去一個禮拜的每一天支配影響她：擔憂、感到羞恥、眼淚，這些之間又有不真實的如釋重擔，當她從醫院的氣味中離開，踏入只不過又是一個被夕陽的柔光寵壞的傍晚時。明天她又得回到母親的病床邊，試著鼓勵她開口，將問她，渴了嗎，但她不會得到回答——明天。她不時踩下油門，帶著一種感覺，所有有關醫院和在夜店的相遇可以就此拋在車後。

沒有目的地、飛快的開著車，她駛進將要開始的夜晚。繞過環城道一次，她的計速表顯示時速一百四十公里，在柏林球賽時間愈來愈緊迫。亞爾瑙的廢水處理廠唰的過去，鷂鷹盤旋在草地上，然後不可思議的事情發生了：剛好就在預料中的地方，一個球越過了線，反應熱烈到令她愣住好一會兒。只有喝采聲透過喇叭傳出，短波發出響而刺耳的聲響，整個奧林匹克球場歡聲雷動。凱絲汀踩油門的腳移開，傾聽射門球員的報名，但是他的名字卻只有一個被興奮的播音員拉長的音節，直到他的聲音扯破，印地安式的呼聲充斥在她的車裡。亞爾瑙之後，環城公路在銜接舊國道之處結束，凱絲汀在紅綠燈處迴轉，駛向來路，同時記者一再一再的重複講述奇蹟的過程。

平局。

從車裡她看著亞爾瑙的居民跑到陽台上，短短的吹一聲喇叭展示他們的參與。以及一個決心：今天她將與懷德曼面對面。必要的話，就去他家裡。而且她還要穿上這件躺在駕駛座旁她身邊的洋裝。不論在波西米亞發生什麼事，他畢竟給她送了花。您爲什麼送花給我，她將問他，而且絕不姑息所有他可能用的藉口，直視著他，直到他對她伸出手臂，或者雙臂抱住他自己的胸。

在卡斯戶德她下了環城道路，取往薩克費佛的岔路，經過一個鋸木廠、一個人工養殖池，然後又是一片片草地和森林，在路上陪伴著她。第一隻鹿從較矮的樹叢中鑽出。她想到她的母親，躺在醫院裡凝視著天花板的母親。這樣躺在床上，她在想什麼？逐漸向世界道別的腦筋裡，都映現出什麼？幾個月了，麗織・維納很少再提到她的丈夫，他死去的第一年裡，她可是每兩句話中就提到他一次。她父親的名字上次被提到是什麼時候，現在凱絲汀已不復記憶，也不記得自己上次想到他是什麼時候了。以前，她的母親只要說一句她的髮型如何，或者她裙子的長度，都能讓她生氣得想撞牆。而父親在她記憶裡是一位溫和、大度的人，但是讓她跟父親有關聯的遺傳是什麼，她卻不知道。她繼承了母親性格、傾向氣度小的個性，這不是她所能引以爲傲的遺傳。

「德國隊進攻，但是他們小心的躲在掩護之後。」記者說。這個狡猾的傢伙眼睛真尖。

行進速度比她預期還要快，她來到岔路之前，一個白色的箭頭指往薩克費佛的滑雪區。早期在此，她和丹尼爾常常上去滑雪橇，尤根便去滑一趟越野滑雪。有一次她試了超級滑道，讓在後面瞪大眼睛看她的兒子直罵她慢吞吞。現在她順著窄狹的路往上駛進蜿蜒的彎弧，看著山丘無盡綿延的景色，這處那處點綴著村落。轉播記者報告比賽進行時間的間隔愈來愈短。闊葉林和針葉林輪流交替，這些樹讓她想起冬天的景色，當街道兩旁積雪高高堆起之時。然後，最後一個彎。一個空的箱型管護小屋站在打開的柵欄旁邊。左邊是踏境節第一天活動所在的早餐廣場，地上一大片凹地的陰影。

緩緩的，她駛過孤伶無人照管的水泥平面；發送塔從森林中高高擎起直擊天空，瘦長的、金屬的以及已經褪落的紅白顏色。

「比賽時間延長三分鐘。」凱絲汀隨著愈漸狹窄的停車場的邊路，往滑雪峰頂的路開去，當她看見山頂站的纜車椅時，她讓車子緩緩滑行直到停下。遠近一絲人影也沒有，她沒有關掉收音機，下了車。此地的空氣比下方的學校要涼，風吹的持續性也比較固定，而且幾步之後風就把記者播報的聲音帶走了。

她一直走到頂峰的邊緣，然後她把鞋脫掉，光腳走在蒼黃的草上。右邊再往上便是纜車，左邊是廣闊的下坡。上纜車的地方她看不見，因爲中間的坡又陡了一點，所以視線會失去與地面的接觸，卻能越過山谷之上飛到另一邊。幾處禿處在濃密的杉木林中乍然出現，一輛車在陽光下閃爍，可能屬於早已下班去看球賽的伐木工人的。除了她自己的腳步聲之外，此處無人煙，無聲息。纜車椅敞著安全帶在風中左右晃動，這麼溫柔，這麼固執，像動物園裡大象的頭一般。

天空透明的藍變成鋼的顏色，愈遠的山丘，頂端的圓穹便愈平均，像堆肥。再沒有柏林賽場的喊叫壓迫她的耳朵，她站在滑雪道頂端的中間，肩膀向後一扯。

「您爲什麼送花給我？」

然後她豎起耳朵，傾聽風的鳴哨吞噬了她自己的聲音，風吹過的時候，好像在說：別把妳自己想得那麼重要。

II

這裡的樂趣所在可能是：只要站在桌子上和長條椅上跟著唱就是了，愈大聲愈好。**我們大家一起……**手臂去挽坐在隔壁的人的手臂，跟所有左近的人敬酒碰杯，揮手，相對大笑……**太棒了……**跟其他五千人一起，而且知道，在隔壁帳棚裡一樣有這麼多的人站在桌上和長椅上，歌曲中在短短的休止符時聽他們唱歌，好像自己噼哩啪啦好情緒的回音。**萬……歲！科隆……尼亞**，有些歌她是在學生時代認識的。**我們熱愛生命，愛和樂趣。我們篤信上帝，但是有時候也會想喝酒**（譯注：歌詞在此穿插）。四周全是決定要快樂的臉，鼓著掌的手，當樂隊演奏完這首歌，歡呼聲衝擊整個帳棚時。第三天晚上踏境慶祝的熱潮再也沒有邊境，演奏樂器的人擦去額上的汗；要買啤酒的人，必須高舉手臂推擠進走道上的人潮，但是組隊被照顧得很好，沒有一張桌子旁邊是沒有啤酒桶的。人浪一再襲來，從左邊，從右邊，把帳棚中間變成輕鬆自在的漩渦池。

「妳的臉頰好紅。」尤根沙啞的聲音說。

她感覺他的手在她臂上，他的呼吸在她臉上。汗珠在他額上閃閃發光。她自己也沒有少喝，幾杯啤酒之外，之間還有甜甜的一些飲料，是萊茵婦女隊的領隊發下來的，它的味道每打一次嗝就沖上喉嚨，草莓的香味和酒精。整個晚上下來，在某個時候，她完全失去了時間概念，高漲的情緒戰勝了健行的疲累。「現在開——始！」角落那邊的青少年組大叫，當樂隊又站起身來時。

「你也是。」她說。

響亮的一聲吹奏起，大家鼓掌，過去一點的桌子那邊有人把T恤脫下來，在空中旋轉。凱絲汀伸伸腰，偷偷窺看帳棚對面那一角，萊茵組隊的地方，但是太多的頭、背、手阻礙視線，她看不到安妮妲在哪裡，愈來愈多人從外面擠進來。最後一天的踏境慶祝，貝根城周圍城鎮的人都蜂擁進來。帳棚好像是一只鍋子，鍋子裡的東西要煮滾出來了。

一個小時前她和尤根去坐旋轉吊椅，手牽著手像戀愛中的青少年，自那以後，她的太陽穴裡便一直嗡嗡作響，喉嚨裡老是有輕微想吐的感覺。音樂又開始繼續。她對面一個矮壯的男人，大家叫他蜂箱情人，開始像瘋了一樣跺腳。一些女人擠出尖叫的聲音，當長椅開始搖晃的時候。**雙手高舉向天……**漸漸的，她失去了與世界的聯繫，想要獨處一下，去呼吸一些新鮮的空氣，但又擔心丹尼爾會醒過來。道別的時候在門邊看到母親憔悴的臉，她覺得不太對勁。憂心和疲累，令她短暫的失神，當她在廚房裡料理日常工作時，目光突然的呆滯。然後在她額上的皺紋中浮現「癌症」兩字，一個詞，自己聽起來就像皺褶，短的、沒有顏色的、被輔音壓碎的元音。她問母親，要不要陪她在客廳再坐一個小時，直到她確定丹尼爾睡熟了才發問，但是她揮手拒絕，並祝她玩得愉快！在跟女兒談話的同時，她的手已經像在禱告般合了起來。**雙手高舉向天**……凱絲汀聽見自己也跟著唱，聽見旁邊尤根的男中音，看著那些瘋狂的、扭曲的、興奮的臉在自己周遭，然後思緒一轉，她問自己，爲什麼她的性趣、渴望在下午的前戲中，忽然就這樣消失無蹤；還是因爲她自己用對巧合發生的事件和背後意義所做的不必要的臆想而喚起慾望的中斷？有時候她會很不舒服，當她想起她自己心中的依賴、丹尼爾午睡時寂靜的時刻，一大堆如果當初如何的假設便會來侵擾，這樣的攻擊雖然短暫，也不會糾纏停留，但是卻一次又一次在海恩博克她靈魂的住所造成的干擾，成爲她午休時糟糕的代替品。

她一定得去透一下氣。

「我去一下洗手間。」她在丈夫汗濕的耳邊說。

他把她拉近，一時兩人好像在擁抱中失去平衡，但是在他們周圍，長椅上人站得這麼近，不會有跌落的危險。在他眼裡燃燒著一個小男孩的興奮。她去抓他的臀部，驚訝他居然勃起，壓擠著她的小腹，她忍住向他道歉的衝動，事情遠比他知道的複雜得多，但是她是可以信賴的。一些小危機是正常的。（危機？什麼危機？她母親的喊叫！）他的手指想伸進迷你裙內，但是她用粉拳捶打他的胸部，跳下了長凳。

漢斯彼得普萊斯和他的太太好像在跳波蘭雙人舞一樣穿梭在擁擠的人群中。帳棚裡的木頭地板上積著大大小小的啤酒漬。

她仍然徒勞的張望，尋找安妮妲，當她朝後面的出口望著人群走去。到處都坐著年輕男人，已經喝醉瞪大眼睛，空望四周。然後，終於涼風拂上她的臉，噪音都留在了帳棚裡。她的眼睛好一會兒才適應了外面的黑暗，一對對正在親熱的情人坐在路邊的護欄上，男人尿進運動場前的排水溝裡。凱絲汀覺得自己跟剛才身在亂糟糟的帳棚裡比起來，此刻她既清醒卻又更酣醉，她享受清新的空氣，有一種感覺，自己像走在深陷滑溜的泥裡，雖然節慶廣場上的草地已經兩個星期沒有得到雨水。

她繞過帳棚尾端往蘭河的方向去。移動廁所一長列站在那裡，長長的立方體，沒有燈，幾個女人已經在等。大多數男人都決定把蘭河當便器，站在河岸斜坡上，斜著嘴聊天，完事時用手去探他們放在腳邊的啤酒杯。小朵小朵的雲掠過月亮，在節慶廣場上留下藍藍的微光。當她交叉著手臂等著方便期間，凱絲汀聽到音樂從兩個帳棚裡流出，似來自兩個整體的各一半所結合，並且讓人想起一隻太大的獸被關在太小的籠子裡所發出的聲音。從遊樂場那邊廣播的聲音壓迫中傳送過來，而迪斯可音樂的節奏正好跟廁所沖水器的嘶嘶聲合拍。

「偶說（我說），去吧，她已經像滾油一樣沸騰。」在蘭河旁這番話正好是這個時刻的主題，凱絲汀點頭。像這樣的類比，女人可是很愛聽。

她極想喝一大杯冰涼的水。橋那邊，新來的人還是不斷的往節慶廣場這個方向挺進。醫院在夜中黑黑一片，所有的窗都躲藏進放下來的百葉窗裡。

「啊！」她前面的廁所門開了，安妮妲站在船艙般的出口處，投下一個四十瓦燈泡微弱燭光前的陰影。一股分解劑的重味跟著她走下小階梯。

「妳自己可快活了！」凱絲汀說：「整個晚上我都在找妳。」

安妮妲把黑色的頭髮紮成馬尾，戴著長長的耳環，看起來有點像女海盜。她稍小的乳房擠在一件類似馬甲的上衣內，上衣上的帶子給人的印象是，已經有幾雙手拉扯過。她的臉上沒什麼妝，眼睛罕見的大，甚至在這幽暗的流動廁所前也閃爍著深藍色的光。

「等我一分鐘？」

「妳的話，兩分鐘我也等。」

安妮妲的香水雜在其他味道之間，還飄浮在廁所小艙室裡，就在凱絲汀試著同時大腿用力又保持呼吸淺平時，她聽見外面安妮妲在跟某人講話，有聲音個走向帳棚，而當她出來後，深呼吸時，安妮妲還在搖頭。

「只有這樣的地方才有這樣的人。」

她們面對面站著，安妮妲雙臂交抱，身著短裙、長靴，有沒有氣質先擺一邊，效果絕對百分之百，模樣冒險大膽的、漫不在乎、自信。凱絲汀很想告訴她，下午在她臥室裡所發生的怪誕的情況，但是她又不想聽安妮妲的高論。婚姻是性慾之火的滅火泡沫，或者其他她想得到的論調。凱絲汀到現在還是摸不著頭腦，她到底真的相信這些無稽之談，還是只喜歡把這些句子掛在嘴邊。她朋友的虛榮心反正不在於表現得像知識分子，更有可能的是，虛榮心本來就不適用在這裡。在安妮妲的經歷中她暗暗洞悉一種有如亂麻、幾乎是雄性的野心形式，這個形式讓她甘願短暫的自我降格，重要的是，她在最後能得到她想要的。換句話說，安妮妲被這個想法制約，她必須保護內在自我的一部分，保持純潔，然後有一天可以將它交託給某人，而這人知道，他拿在手中的，是怎樣珍貴的東西。只要他們男人還在排隊，我就給，這是她的宗旨。

「親愛的，妳看什麼看？」喝醉了的挑釁在她的聲音裡擺盪。她試著把香煙噴到凱絲汀臉上，但是風擋在她們之間。

「妳看起來很不正經，我這個當媽媽的看著很難過。」

安妮妲低頭看自己。

「我覺得我看起來像一個很有品味、裝飾得很美的邀請。妳看起來嘛……」她語帶威脅的提高聲音。

「請注意我裙子的短度。」

「妳看起來……沒有啦，妳看起來不像這樣。妳看起來太美了。如果我是男人的話，先一槍打死妳老公。」

她們面對面看著彼此，又是一陣沉默，等待著，等安妮妲尖銳的讚美消散。昏暗的蘭河岸邊動靜很多，一朵音樂的厚雲懸在節慶廣場上方。

「但是我絕不會原諒妳把我一個人丟在科隆。」安妮妲說。

「我丟下妳？」

「妳丟下我。」她看起來既沒有受到侮辱，也沒有受到傷害，吸一口她的菸，慢慢吐出。「這是客觀事實啊，妳想，像妳這樣的朋友我還有幾個？」

「爲什麼妳突然提出這件事？」

「因爲這三天來妳看我好像什麼都不對，而且好像就是我一個人的錯。」

「妳想，像妳這樣的朋友，我在這裡有幾個？」

「一個都沒有。而且妳知道嗎？妳一個也不會有。在這裡，像我這樣的人，最後一次存在，就是在我搬走的前一天。」

「這就是客觀事實，啊？」

「我只是不想我們之間有任何改變。」風把她一綹頭髮吹上眼簾。

凱絲汀忽然喉頭一陣緊，她噘著唇把頭往前伸，讓安妮妲給她一口香菸。總是這樣，菸的濾嘴是濕的。她很久沒有抽菸了，感覺這一口菸像輕輕在咽喉一敲。她們旁邊，兩個女人進了隔間，隔著塑膠板，兩人還繼續對話。

「也不會有改變。」她讀出她聲音中想相信對方的努力。

「一定？」

凱絲汀並不回答，她往前走一步，把她的朋友抱在胸前，可笑的眼淚成串從眼裡流出。安妮妲可以是很惡毒的巫婆，但是她就是有天賦，三兩句話就是天大的戾氣也消弭無形——或者，無論如何，讓人辨認出相應的誠意。她們就是這樣一直維持著：安妮妲是那個惹起氣惱的原因，接著她再把氣惱撫平；凱絲汀的脾氣則是，先生氣，再原諒。她們兩人第一次相遇是學校註冊時，安妮妲幾乎直接把門摔在她臉上。

「一定。」她用一個安慰的姿態，撫摸安妮妲的頭髮，也爲了安慰自己。「我們進去跳舞吧？」

「誰帶舞？」

「我們兩人之間唯一知道跳舞和亂扭兩者之間差別的人。」

安妮妲的回答只是做了一張猴樣的鬼臉。

舞池直接敞開在提供給樂隊的舞台旁邊，白色的彩飾布滿整個場地。大概有一打人踩著華爾滋混狐步的舞步，大部分都跟隨自己的心情而不是音樂的節拍起舞。一對對小腿粗壯、肚子像圓球、臉頰紅潤的人，這裡沒有熟識的臉孔，再加上兩個女人組成的一對，普通的貝根城人比較喜歡挽著手臂搖晃。從上面往下看，帳棚裡更滿、煙霧更多，貝根城啤酒出售處的牌子幾乎消失在藍霧裡。她看見丈夫站在長椅上，手上端著啤酒，但是自從婚禮上的挫折之後，她向他保證，再也不會把他拉進公開的舞池。

她的短裙和安妮妲的緊身上衣令她們鶴立雞群、引人注目。她的手都還未架上她的腰，膝蓋還未警告性地踢她應該先跨出的那隻腳的大腿，她就已經說：

「我們再來玩蕾絲邊那招？」

「不要，不玩！」

安妮妲盡可能的把眼睛睜大，裝作可憐無辜的樣子，然後自己都忍不住要笑出來。她就是無法不讓凱絲汀像一個綁辮子住宿學校嚴肅的女學生，像她這樣直直站著，用下巴數著拍子。當凱絲汀示意她開始時，她動也不動。

「現在又怎麼了？」

「舞由妳帶，但是我來決定，我們朝哪邊跳。」

「妳醉了，是不是？」

「妳少說這種青少年的句子。妳那時候從來沒有真的親吻，都是假裝的而已。」

「我們兩個都是假裝的，只是一個玩笑。」華爾滋圍著她們轉動，讓地板也跟著震動，好像在邀請她們加入它的節拍。安妮妲放在她肩膀上的手動了一下，不清楚這個動作是指示方向，還是只是一個撫摸。

「可以開始了嗎？」凱絲汀問。

「隨時奉陪。」安妮妲唇向前一噘，像一個美麗的新娘，同時很清楚自己的優越性，而這個優越感不無傷害別人的樂趣在內。漢斯二十歲出頭時，也以同樣的方式觀察追蹤自己妹妹身體的綻放，以他即將成爲醫生能像X光般透視的眼光，彷彿可以清楚知道，十三歲的女性身體內有無不自信之處。凱絲汀咬住下唇，而今兩人完全和好的蜜語，讓之前受的傷看來只是一場秀？一場安妮妲做的秀？爲了現在在舞池裡可以報復她？

「爲什麼妳就不能接受我現在過的是另一種生活？我先生就站在後面。爲什麼我要假裝跟女人親熱很享受。」她的聲音裡有顫抖、憤怒和失望混合的震音。

「凱絲汀，拜託，我只是……我們跳舞吧，妳這個小笨蛋。」

「開玩笑的，對，非常好笑！」

然後她們跳舞，由凱絲汀帶，安妮妲在過程中有時假裝好像要把頭偏一邊，張開嘴唇。這就是玩笑所在，凱絲汀好恨，恨這個在臭氣沖天滿是鄉下人帳棚裡可憎的舞！她來自鄉間僻壤，現在又陷入另一個僻壤，而同一時間安妮妲睡遍幹盡科隆所有的床，只在踏境節來訪三天，讓她的好朋友明白，她是一支動不了的圖釘。她感覺被音樂的拍子節節絆倒，好像被地上的洞絆倒。慶祝的人變成轉動的風景，她越過安妮妲的肩膀望向遠處，感覺到安妮妲的目光在她臉上，像之前蕾絲邊的做作一樣，這種觀察令她不快。

「我知道妳是怎麼想的。」她說。

「我怎麼想呢？」

「善良美好的凱絲汀怎麼變成這樣。」

「我擔心妳。妳跟他在一起幸福嗎？」

「不管妳能不能想像，他從來沒有嘲笑過我任何一個弱點，沒有嘗試過改變我，叫我變成別人，沒有在我面前高人一等過。從來沒有！妳知道，這有多舒服嗎？」

「但是這不等於愛情。」

「還是擔心妳自己吧，安妮妲，不要再像小孩了。」

「我最近去墮了第一次胎。」

「妳……」

「我們繼續跳吧，他媽的！」安妮妲把她的羞恥感蛻下，像卸下禦寒的大衣一樣，讓她在華爾滋的節奏裡帶領著，其他的完全看不出來，她心裡在想什麼。凱絲汀頭暈起來，在她們周圍跳舞的人比剛才多很多，她手肘伸出去和臀部挺出去時，要小心才不會撞到人。樂隊演奏踏境節華爾滋，整個帳棚都一起唱起來：

當踏境時大家齊步走……

「那是什麼時候的事？」凱絲汀在噪音中輕得不能再輕的問。

「年初。」

……由首長帶領著……

「為什麼妳從未說一聲？」很奇怪的，她們現在轉動比較容易，她和安妮妲，終於在木頭地板上飛旋起來，就像華爾滋要求的那樣。

……當黑人在裝飾著佩刀的街道展示……

「妳會叫我不要去，對嗎？我不會聽妳的。妳會像現在看我的樣子一般看著我：可憐的安妮妲。而這個我同樣也不要。」

「誰是……呃……可以說是『爸爸』嗎？」

「不能說，也不重要。」

……音樂加進來，什麼還會更美美美好……

唱歌的聲音愈來愈像響雷一般，攀爬上最後最終的樂句，聲音大而鈍悶，在節慶帳棚裡潮濕發亮的帆布裡面，並未迴盪。

「那現在呢？」

「沒什麼現不現在，緊抓一下，生活就繼續。我是成人，凱絲汀，我只是不是妳。」

……**當踏境進入美麗的森林，呀哦。**

帳棚裡爆發出熱烈的歡呼，跳舞的人也高舉雙手鼓掌，向樂隊那邊看，大叫再來一個。在人群中間，她們兩人那麼孤單，背著身轉了一圈，這次是安妮妲，她上前一步，將凱絲汀拉近。她的抵抗逐漸削弱，因為花費太大力氣嘗試著避免流露不被需要的同情。像男人一樣，安妮妲把手搭在她的頸項上。所有的眼睛都在看別的地方，倒是沒有人看見，她們的唇如何緊靠在一起。一秒，溫軟的錯，錯得溫軟。她感覺安妮妲的乳房在她的手掌下，當她們掙開擁抱時。

「現在妳得到妳想要的嗎？」

「恐怕沒有人看見。」

一個大肚腩樂師走近麥克風，技巧漂亮的扯響他的褲帶，並宣布，五分鐘後盛大的煙火即將開始。再一次，歡聲雷動，現在不論什麼芝麻蒜皮都會被歡呼。踏境進行曲！要打賭嗎？她必定是唯一一個有如蝌蚪樣的生物掙扎、免得被塑膠吸器吸走意象的人。

遷移開始，行列往各出口方向行進。

「我去找一下老公。」凱絲汀說。

「妳生我的氣嗎？」

「不知道。妳真的去打胎了，還是這也是妳的玩笑之一？」

「不是開玩笑的，那時候我也想告訴妳。我們兩個就像是老夫老妻了，妳不覺得嗎？雖然一直吵架，但是我們還是相愛的。」

「今天還是先到此爲止吧。」

安妮妲點點頭，擺弄著一包菸。

「妳那邊有點唇膏，Sorry。」

跳舞的人離開舞池，樂師收拾他們的樂器。集結在樓梯口的纍纍人堆裡，凱絲汀碰到卡琳・普萊斯的目光，她的臉因爲使力而漲紅發亮。她伸出指頭朝凱絲汀的方向搖一搖，似乎想說：嗯哼，這種事情我們這裡沒有。然後她便消失在樓梯下。

凱絲汀看見丈夫往出口方向走，跟其他萊茵街的人一起。有時他也會張望尋找，但是他與她相距太遠。深深的疲倦又回到她的腿上，好像今天什麼都沒有意義，任感覺、印象和念頭互相紛至沓來，模糊的希望又縮回她剛剛才從裡面探出頭來的蝸牛殼裡。除了她以外，舞池裡再沒有別人。她看著一群一群的人，不是喝得爛醉，就是專注在自己對煙火的興趣上。兩個青少年旁若無人的在長椅上熱吻。樂隊指揮把兩隻手指擺在羽毛裝飾的帽緣，向凱絲汀致意，當他經過凱絲汀往出口去時。她收到樂師群中很多友善的眼光。

「啊！偶不喜歡吼箭(我不喜歡火箭)。」有人說。

跟著此起彼落多聲部的「啊」，貝根城上空爆開第一顆火花，帳棚裡似乎忽然暗澹下來。在餐飲部斟啤酒的工作人員，收集著空杯子，在凌亂不整的裝飾之間清掃玻璃碎片。她有興趣到外面去看看，但是她如何在萬頭鑽動中找到丈夫？

一聲低吼撕破無聲，火箭以愈來愈快的速度刺向天空，在帳棚帆布的阻擋下，她都還能看見亮光。七年前，煙火之中，她第一次吻了她的丈夫；正確來說，應該是對方主動的。而從那以後，因為她再也沒有看過任何煙火，所以外面的聲響這麼直接就把回憶帶回來，好像她的生命在這七年之中並沒有經歷什麼基本的改變。一個吻；有時候從眼角朝天空一瞄，唇還繼續動作著。有多少男人，她曾這樣吻過？也許一打，還不算上少年時玩轉瓶子的經驗。而她計算這個，想得出什麼結論？

她的雙手緊緊抓住舞池邊的扶手，卻希望抓在手上的是別的什麼東西，但是心裡清楚，那不會讓她抓到的。這才剛剛開始，帳棚在煙霧滿室、狼藉一片的狀態下，人們還期盼得到最後一支舞，但是後面滿天都是火樹銀花，等到這些煙花爆完熄滅下完黑雨之後，還有一列繞著舞池轉圈的排排舞會繼續跳到黎明。她沒有選擇，只能置身其中。

「我有高血壓，卻沒有人注意到。」格拉寧斯尼說，當裁判吹哨子，在場上觀眾的反應像是從中心爆開時，一個在緊張與放鬆之間中性的平衡。有那麼一刻鐘，在他們小跑步到邊線之前，這些球員釘住在一個地方，好似在做幾分鐘的默哀。

十一公尺罰球。

「我以爲，您對足球不感興趣。」懷德曼說：「只是爲了社會義務而列席。」

校長室裡浮懸著不流通的空氣，滯怠的夏日熱息被干邑香和格拉寧斯尼的汗酸滲透。站在書桌上的電視機好像位於喜與哀之上的占卜器，神器之前他們坐在兩張訪客椅上：兩個不懂足球的客體，酒精雖然稍稍緩和了尷尬，卻不能解放舌頭，問自己不願被問的問題，他們到底在這裡做什麼。整個下午懷德曼除了咖啡外，什麼都沒喝。現在他三杯干邑入喉後，覺得整個人發乾，當格拉寧斯尼將瓶頸往他的方向推過來時，他搖手拒絕。

「您想賭一賭結局嗎？」他問，順便給自己倒一杯。那隻扶著杯子的手，支撐在膝蓋上，很明顯這樣他比較不受到重力這個暴君的折磨。「好玩而已，引誘我們能真正的參與。」

「您的血壓已經讓我信服，您確實身歷其境，如果我沒有誤會的話。」

「四比三賭阿根廷贏。」

「那我賭反面。」

「獎品呢？」

「賭好玩的，爲了有點參與感。」

「我們也可以叫披薩來吃。」格拉寧斯尼把平局時從皮帶裡滑出來的襯衫塞回褲子裡去。德國射進的那一球，是整個下午最詭異的時刻：格拉寧斯尼突然變身成爲一顆大球彈彈跳跳，爲了不掃興，懷德曼也站起身——卻心虛得像在教堂裡爲了禱告而站起來，然後兩個人並排站在小電視機螢幕前，肩並肩，忽然之間，似乎必須互相表達內心的興奮或者至少對在柏林發生的事表示認同。新近人們在轉播球賽大螢幕前如癡如狂互相擁抱的模式，對於他們兩個而言，一個握手便完成了。要是默默無言，也行不通，相對於柏林的瘋狂歡聲逆差太大，相對於從貝根城客廳裡各自傳出的歡呼也是。畢竟每一家的窗戶都大開。

射得漂亮，格拉寧斯尼最後說。誰射的？

是克洛斯先生，懷德曼回答，接著兩人相對窘窘的一笑，又坐回去。他們啜著干邑，直到哨聲宣布球賽正常時間到，沒有再交談一句，整整十二或者十三分鐘之久。

「謝謝，」懷德曼現在才說：「我晚一點再吃。」

平局之前很久，他就已經看見紅色Polo駛離校園，從那時起，他不知道自己是再一次倖免，還是是一個失敗者。不論是哪一個，他都覺得在這個藏身之處，自己卑劣不堪，希望這場柏林的球劇趕快結束，他可以被校長室釋放。爲什麼格拉寧斯尼要邀請他，其中似乎沒有什麼說得出的理由。校長把干邑的大肚瓶放在他的肚子上，用襯衫袖口去抹額前的汗，就像他們剛剛觀看的球員擦汗一般。

「我知道我們可以賭什麼了？」他說：「要是阿根廷贏了，如果是這樣，您明年就是代理校長。」

「我以爲副校長的人選是由教育當局指定，或者由政府機構。」

「關於這點我可以讓會議強行通過。」

「怎麼強行通過？」

格拉寧斯尼看著他，聳聳肩膀。

在柏林，足球員躺在草地上讓人按摩、喝水，再把水吐出來。攝影機掠過緊張專注的、汗流滿面的臉，掠過足球場坐得滿滿的觀眾席，然後忽然向上一揚越過屋頂，鏡頭一搖變成一片平廣的、吸滿陽光、位於西邊城市際緣的風景。懷德曼相信在綠林窪、甚至萬湖，只要在地平線上就可以看見一朵朵白色的風帆。這幅沒有預料到的景象在他心中勾起的，是對柏林赤裸裸的鄉愁，也是他所記得感覺最赤裸的一次：那兒隨便在任何地方，他可以坐在一棟裝修得體、有歷史的房子裡，打開陽台的門，從門外交通聲響和晚風一起吹進屋來，讓他感覺，他和某種東西是有關係有牽連的，並不需要他刻意經營就存在，這只有在他的注意力聚焦在某個對象的情況下而存在的，也只有以大都會形式裡才有的存在方式與狀態：一個陌生人的集合，許多生活環境的混合，一個多可能性組成的混雜體。那時他可能在修改學生的報告，不時望一眼窗外，爲了要知道，離房子四或五公里遠的地方正在發生什麼，也可能敞著襯衫，稍晚一點去**史洛森庫格**喝一杯啤酒，或者其他好坐的地方，同時天空漸漸變暗終致熄滅。這種存在方式的名字叫做「生活」，並且直到現在他才發現，格拉寧斯尼從頭到尾都從側面注視著他，好像在期待一個對他而言是荒謬提議的回答。

「難道您從來沒有過那種感覺，」懷德曼問：「對您生活在其中的大環境來說，您的個子太大了？」

「去你媽的，懷德曼！有些日子我確實覺得像《小人國遊記》的格列佛，不要用這種假意的關心來煩我。您要當代理校長嗎？要還是不要？」

「不要。」

「您的薪水級別會是A十五，還可以早點退休，搬去你想生活的地方。」

「不要。」

「您的生涯規劃是什麼？在這裡靜靜的凋零？您還有十八年哪，好好享受吧！」好似從他一團亂麻般油膩、捲曲的頭髮中不停有一道秘密的泉水噴湧出來，格拉寧斯尼的額和太陽穴汗液直流，他的臉蒙上了一種晦暗的紅色。

「我們可以開一扇窗嗎？」

「請便，Polo車裡的女士早就不在了，您沒有什麼好怕的。」

「去你媽的，格拉寧斯尼。」

「沒問題，」校長把臉上表情清空，困難的起身，走到窗邊。「去你媽的，我們所有人，我會假設，最近發生的這件事和學校沒有什麼關係。」

「您就是因爲這個邀請我來看足球？爲了告訴我這件事？」

「有關這個職位的事，您應該再考慮一下。這樣好了，到暑假結束之前把您的決定告訴我。」然後，一絲和暖的晚風吹進辦公室。兩隊的射球員在半場站好位置，守門員也朝各自的球門走去。格拉寧斯尼坐下，倒給自己一杯干邑，不再問懷德曼要不要。十分鐘後大局已定，一隊集結著狂亂、欣喜，另一隊把臉埋進手掌中，而懷德曼步出校門進入還早的向晚。播報員的聲音從校長室開著的窗戶傳出，第一個訪問在進行，格拉寧斯尼在藍光裡像尊神像般坐著。

最要緊的是，他很渴。從市場廣場傳來歡呼和汽車按喇叭的聲音，一個汽車遊行好像漸漸成形。時機到了，顯然所有曾在電視裡播出的、表達喜悅的方式，貝根城也要躍躍一試。對人們來說，這下忽然不只是慶祝，而是將自己捐獻給這個世界盃足球賽的方式之中，似乎有一些法則在起作用，好像自由意志是世界上尙未出現的發明一般。但是是哪一些規則，誰規定的，哪些機制保證它們會被遵守，懷德曼無法說出。他走過行人用的橋，可以根據喇叭的聲響得出汽車遊行的路線。無論如何，此時可以觀察人們，看人如何互相適應，當人被告知，愛做什麼就做什麼時。

城鎮出口的方向同樣有一些坐在車裡搖旗的人在路上。懷德曼沿著寇納克走，考慮著要不要繼續往上走，去按凱絲汀家的門鈴，卻因口渴被迫往格陵貝克街去。在他的居室裡，等著他的是寂靜以及夏日凝滯的熱氣。他拿著一杯水，站在陽台上，看著影子慢慢蓋過城堡塔端的旗幟。雨燕飛馳，擦過三角屋頂。然後他沖澡，用平底鍋煎麵，他站著吃，拿著一瓶啤酒回到陽台上——帶著自虐的堅定，當人違背自己的內心所願地靜靜坐著，或什麼也不做時所需要的堅定。他身上穿著的襯衫，也可以當成普通人的外出服，但是他把光腳抬上第二張椅子，小口小口的淺嘗啤酒。從史奈德的廚房裡，煎肉的味道一直吹向他的鼻子裡。氣候上來說，這是一年中最美好的夜晚。區域辦事處旁的公園站著高大的栗樹，多節多疤、歪歪扭扭的老樹，老樹後面建築物的赭黃消失。在他下方的另一個陽台，正在擺設刀叉，史奈德先生說「再煎個兩分鐘」，然後他太太令人摸不著頭腦的反駁：「是啊，那是你，但是我可不想。」

她會，還是不會來按門鈴？他要，還是不要她這麼做？

您勇敢嗎？那個薇多莉亞這樣問他，而現在，他相信他有足夠的確定性能夠否定這個問題。每一次，他聽見有車子轉進格陵貝克街，他就屏住呼吸，直到車聲遠去，他才又吐出氣來。如果他能勇敢的表現，他會打電話給她，問她，喜歡他送的紫羅蘭嗎？但他卻進屋去，把一瓶白酒放進冰箱。你永遠不知道，只能準備好，等待著。

他爲了轉移注意力，考慮格拉寧斯尼提供的職位：貝根城市立中學副校長，薪水級別A十五，完稅後大概是四千歐元。之前的幾年裡，他已經存到六位數的款項，沒有想過這筆錢將來要拿來做什麼，也沒有在觀望什麼比放在存摺裡更有利可圖的投資方案。股票太麻煩，他沒有那個耐心，或者其他隨便什麼爲了去想股票漲跌趨勢和預估盈虧所需。雖然他早就不是了，但是他從來沒有停止過以學者對現實不熟悉的心態爲榮。他堅決不作物質的奴隸，但是卻改變不了事實：一棟房子在法國，一個公寓在柏林，退休後他會有足夠的錢滿足這個願望。問題只在於，十八年後他成了什麼樣子。「枯萎凋零」，格拉寧斯尼說，離事實也沒有那麼遠。另一方面：十五年或是十八年，差別在哪裡？他不覺得累，只是空。一般人所稱「經濟上的優勢」，對他來說沒有意義。曾經有意義的，已經在他生命中消失，那麼在死巷中前進得多快，並不特別重要。得到這個職位的人，應該是要供孩子念大學的人。一個有前景的人，就像一般所說，一個擁有還未被感染的未來概念的人，不會是他。

門鈴一響，他才記起他聽見一輛車。站起身時他發覺，干邑和啤酒對他的影響比他所以爲的大得多。他喝多了，不過，視凱絲汀要從他這裡得到什麼，也許這樣恰巧比較好。

「四樓。」他對著對講機說。走廊上的鏡子裡，面對他站著一個不洩自己底牌的男人。模糊的警戒心是所有能在他臉上讀到的東西，一個女人必須自己決定，面對這個表情她要提高警戒，還是要放下心來。飛速的張嘴一咧齜齜牙——沒有食物黏在牙齒上，他將門打開。

腳步聲在三樓停歇了一下，但是彎下腰，他可以從扶在欄杆上的手認出她，或者認不出她，但是不再沒有把握。然後他退進屋裡，他在裡面爲自己的加入尋找合適的聲調。晚安，是第一句話。沒有理由在這個地方要浮誇。

她從下面的右邊進入視野，其實他想發覺那個她發覺被發覺的時刻，但是她一上樓把一切都打亂了：穿著無袖黑色洋裝的她轉過樓梯間最後一個彎。她的目光輕輕沿著牆面擦過，然後眼睛才往上抬。她是凱絲汀‧維納，卻又不是那個他意料中的女人。無論如何不是那個他在波西米亞親眼目睹倉皇逃走的女人。伴隨著她的「晚安」，她加諸而來、他的眼光裡，沒有認為她的難堪是他的責任。

他只說「是」，好像她的「晚安」是一個問題。

她的洋裝突顯她纖長的身姿，同時點出腰臀的曲線，但是她的臉上妝粉不施，她的頭髮不是在短時間之前洗的。一股價值不菲的香水味飄過來，但是她也流了汗。她用雙手把手提包放在下半身前方，像是去教堂唱詩的婦女拿著讚美詩歌譜。

「要把您打倒才能進去，還是您會讓開請我進去？」她問。

「請。」他退進屋裡玄關。

她是屬於某些特殊類型的女人，這一類當然不包括母親保健機構的募款人，也不包括他的阿姨安妮，第一個踏進他的公寓的人。從這個角度來看的話，這是一個歷史性的時刻。很多年以前了，那時他曾問自己，他的公寓會給女性訪客留下什麼印象。

「如果您不覺得太冷，」他說：「我們到陽台去坐吧。」

「我想先用一下您的洗手間。」

他指一指洗手間的門，當時他在節慶廣場上喜歡欣賞的她款擺的行姿，此刻又在眼前浮現。然後他進廚房，把白酒取出冰箱。一個女人在他的公寓裡——有一刻他覺得，似乎就這樣塵埃可以落定。她也許在浴室裡，正從提包裡把東西拿出來擺到洗手檯上、他的架子上。

她看起來有一些因爲耗力工作而導致的疲累，想必是因爲她把她的房子徹底打掃乾淨，把白布罩在家具上。他是不是應該趁現在先去把第二套寢具準備好？

真是荒謬的想法，藉著思索這些，他希望可以減少他的緊張，而有一會兒它的確也起了作用。他把兩個玻璃杯拿在燈下審視，再把杯緣擦一次。浴室裡有更多的水聲傳出，應該是洗手的水量。以前星期五晚上，是一段蘊含特定期待的時刻，而期待也是屬於星期五晚間的特有基調。那時候在星期六早晨雖然是多了一天，但是眼前的人卻不完全仍是原來的那個人。人遇見某人，就愛一愛吧。現在呢？也許過去幾年來，他太習慣去戒改習慣，不論是因爲年紀的關係，還是鄉下地方不是如意袋，從袋裡會突然出現美麗的女人。但是在整個貝根城，年紀四十多歲的女人裡，還有身材穿這樣一件衣服的，此刻正在他的浴室裡。對一個開始來說，是不錯的。天哪，他忽然想到，若是對結束而言，甚至更過得去。

他因此決定什麼也不做，什麼也不阻止，意思是，他會放棄去嘗試，在開始之前就已經像事後那麼聰明。水槽下方他找到一個葡萄酒冰鎮桶，既然凱絲汀・維納還在浴室裡忙，他就找出放了很久的暖茶用的小圓蠟燭。他傾聽一下樓下陽台的動靜，但是史奈德家只有電視的聲音，性交的聲音按照常例明天才會聽得到。格陵貝克街安靜的躺在年輕的夜裡。他想，如果失望是我們所需求的、和現實之間巨大不協調必然的結果，雖然此刻不是他的救贖，但是至少是避難所，那麼他會贊成在時光延宕裡尋找。最好兩個人一起。

首先，她打開水龍頭的水，深呼吸。她沒有時間，卻必須謹慎行事，而且——這就是藝術所在——只能靠直覺。她不能跟自己解釋，她在做什麼，不能考慮爲什麼要這麼做，卻仍然還是要審慎深謀，尤其不能被這個浴室的問題引開注意力，包括是否符合她的期待，以及它告訴她有關它主人的一些什麼，她用一隻腳拉開洗手檯下，浴缸前邊的小地毯，發現一疊毛巾放在開放的架子上，旁邊有一個籃子，應該是用來放換下來待洗的衣物。這樣就夠了，她需要的，就是給自己一個小小的動力，就像在薩克費佛山上的停車場時，當著敞開的車門，急急的脫掉衣服，又更急促的換上衣服一樣。現在她脫下這件黑色的洋裝，她甚至還鎮定到想要檢查浴缸邊緣的水痕跡，在她把洋裝擺在上面攤開之前，然後陸續脫下胸罩、內褲。她在這個浴室內的赤裸，是瘋狂的前奏，但是她不能讓雜亂的心緒動搖她。整個從學校回來的途中，她都在跟自己角力：是不是應該先回家，好好的洗個澡，更換內衣褲，等等？畢竟她大熱天已經在外面奔波了好幾個小時。但是她早就知道，而且現在也還知道：當她在鹿坡家裡將門在身後關上的那個瞬間，她渴望去懷德曼家找他的決心，就會被一些疑慮、藉口以及「下次吧」這種最後定案的念頭所瓦解。再加上丹尼爾在家，又可以擁有一個沒有母親在身邊、僅和兒子共處一個晚上的時光。假設她先回鹿坡了，那麼她現在不會在這兒，之後也不會。

她從架子上拿了兩條小毛巾，這樣的數量，在單人家用中也許不會被發現。她將一條鋪在地板上，另一條游移在脖子上，像一條圍巾。她沒有勇氣踏進他的淋浴間，因爲他會聽見的，因此她必須快速的在洗手檯前清潔身體，她決定用肥皂，而且對大鏡子絕不回看一眼。看來他平時用泡沫刮鬍子，她喜歡這樣的他。她壓下想用口哨吹一首歌的衝動，取代的是傾聽，房裡的聲響是否會告訴她，湯馬斯・懷德曼在做什麼。期間，她相信鏡子裡浮現一行紅字，寫著「妳站在他的浴室裡什麼都沒穿」，但是她更專注於手上正在做的事，以及噴濺而出的水的半徑，這對她而言有幫助，肥皂的香味令她覺得很女性化，他可能買的時候什麼都沒想，像她自己買洗碗精時一樣：剛好抓在手上的，或者因爲掛著特價的牌子。

她對她在做的事暫時感到很滿意，即使是在這樣的環境：浴室沒有如她所期待的那麼整潔，卻也沒有髒衣服丟得到處都是。根據她快速的轉頭看一圈所得出的結論，他洗完澡應該會把排水口的毛髮清乾淨。

然後就到了清洗肥皂的時候，她更要雙倍小心。一分半鐘，她估計，水流了這麼長時間——即使湯馬斯・懷德曼注意到水聲持續沒有停，也不會引起他的懷疑。

明確說來她並沒有多想：如果他知道的話……而只是把泡沫從腋窩下抹去，盡可能的抹乾淨，剩下的再用第二塊毛巾擦拭。她的脈搏在和緩的起伏中時而強時而弱，直到她的眼光落到他的牙刷上時，才允許自己想這個問題，如果她的眼光落在兩根牙刷的上方，對她的情況來說代表的是什麼意義。

她不想耽誤時間在找尋答案上。她有個在做勇氣測驗的感覺，而她快要通過了，所以認爲如果自己現在去想像失敗，是糟糕的策略。浴室外面還有夠多的陷阱在暗中等著她，但是要遇到這些挑戰之前，她必須確定，身上沒有任何異味會吹向湯馬斯‧懷德曼，當她在陽台上與他面對面坐著時。她需要感覺自己剛剛出浴鮮嫩欲滴。她帶著安妮妲的香水，下午她把它放進車裡副駕駛座前的抽屜。她現在的行爲是勇敢的，不是冒失的，而這也是她要繼續保持下去的思考方向。這也包括，她在其間寧願不使用他的牙刷，而把一些牙膏擠在食指尖上，然後在牙齒上摩擦。

然後她拿下脖子上那一條毛巾，完成她的行動，兩條毛巾都放回洗衣籃裡。她站在懷德曼的浴室裡，赤裸、乾爽、潔淨，而且允許自己在穿上衣服前暫停一下。兩秒鐘，咔，像用肉眼給自己照相留念：她剛剛做的，在一個月前她是絕對不會做的。不論這是好的還是壞的跡象，但是當下這一刻感覺是對的。現在把三角褲收進手提包，甩一甩蓬鬆的金髮，然後再穿上剩下的兩件衣物，腳滑進涼鞋裡，壓下馬桶沖水器，並且還有十秒鐘，可以從容查看這間浴室。

「得體」應該就是對的字眼。一間男人的浴室，對裡面所進行的日常事務抱持實際、低調的態度，對自己的態度也是如此，藍色瓷磚、白色天花板，乾淨的水龍頭、把柄、腳架等等。兩種洗髮精站在浴缸邊緣和牆面的中間，而且像所有的男人一樣沒有擦洗身體的絲瓜布——極可能是不願有陽具與絲瓜下垂互相間的聯想有關，反正她沒有看到絲瓜布。這間浴室很有湯馬斯•懷德曼的風格，也是因為從中幾乎看不出來他在想什麼。他既不是愛漂亮，又不是不愛漂亮，既不超群，也不平庸，不是自戀，更不是從自戀中解脫。他給一個女人送花，跟另一個女人去尼德恩巴赫的性愛夜店，中間其實有某種一致性，只是她短時間內無法了解而已。也許是矛盾之間的平衡，也是他嗜好矛盾的平衡，結果就是他的為人被諸多張力所貫穿的連貫性：他的所做所為，並不與他的個性互相矛盾，而是他的所為是逆著內心的反抗。

她決定，此刻，時間到了。眼前的要務是，她必須嘗試從他的臉上讀出某些東西，而不是站在他浴室的設備中間。她的緊張，她已經可以控制，同一時間，她想起相對於她想要完成的任務，她的內衣缺少花俏刺激的元素；也想起自己太久沒有練習或許已經生疏，該如何與可能的性愛對象相處。她猜測他的情況剛好相反。如果她解讀他的眼光是正確的話，那麼她身穿著這件黑色洋裝的模樣成功的在這次相見的早期階段進了一球，一比零，用今天的足球術語來說，而現在湯馬斯•懷德曼必須表現，真正的高楚人是什麼樣子。

她必須立刻離開這間浴室！

檢查最後一眼，然後她溜進走廊，覺得走廊比她剛進來時黑暗了一點。衣帽間只有幾件夾克和地上三雙男鞋。她望進第一個門是敞開的房間：客廳，他過去學術經歷的證據白紙黑字擺在長長的書架上。對面是通往陽台開著的門，懷德曼的側影在搖曳的燭光裡。她喜歡他在屋子的外面等待她，對待她像她對這個房子很熟悉的人。安妮妲，陪我！走過他的客廳時，她想，就這樣，撒嬌的痕跡自然出現，有些事是不會荒廢的。房間裡充滿它所藏納的書的味道，也就是紙和與時間有關的乾荒的味道。外面的夜，同時也已經完成它的蛻變。燈光一點一點分布在格陵貝克街上。陽台小到懷德曼要站起身讓她過去，到露營桌另一邊的第二張椅子。對她示意坐到旁邊去的那一隻手，停在幾公分之外，在那隻手觸摸到她的腰之前。凱絲汀相信她感覺到在那手、溫熱的空氣和她衣服下缺少的某塊布料之間有某種關聯。而且她同時相信，她正在贏回體內的某種感受，她很早以前在跳舞時所知覺到的感受，或者更清楚的說，在跳完舞之後，這個感受是彈性和力量的混合。她的身體是屬於她的，而且恭順於她。她的身體相信，它所送出的訊號是對的，而且它操作時所依據的反射本能也是對的。在這個他們兩個坐定之後懷德曼才結束的寂靜時刻，她就欣賞這個感覺。

「您喜歡麗絲靈白酒嗎？我希望是。」

「喜歡啊。」

空空的陽台，水泥做的，沒有植物攀緣其上；圍欄是磚石砌起、粉刷過牆墩，中空鑲著小柱子，一個排水孔在地上。這個氛圍讓她想起學生時代，想起從有握柄的杯子裡喝廉價的酒，以及靠在走廊牆上談話。懷德曼的杯子杯腳修長，杯子是鬱金香花朵的形狀，從杯子裡該喝到的，是白酒。在她喉嚨裡滴溜迴轉的，跟她在科隆那幾年所喝的摻水產品不可同日而語。這款白酒並沒有如同卡琳・普萊斯的葡萄牙紅酒這麼名貴，雖然不甜，卻果香四溢，而且溫度恰到好處。

「好酒。」她說。

「不會不夠甜？」

她搖搖頭。杯子拿在手上，發現他兩邊都有扶手的陽台椅讓人忍不住想併攏膝蓋，採取沙發坐姿，只是她不確定身上改短了的洋裝是否允許這樣的坐姿。

她淘氣一點的話，會說：怎麼樣？上個星期您和女伴還繼續夜間活動？那個女人看起來似乎知道印度愛經的內容。她卻只是小啜第二口酒，點頭：

「真是好酒！」

懷德曼一樣再喝一口，說：

「您今天來，不是要談您的兒子。對嗎？」

「……我想不是。」

似乎為了將開場白與接下來將發生的事斷隔開來，下面街道上駛過來一輛車，懷德曼從Golf低深的底盤認出，車子屬於住在過去第三棟房子的白癡。有加速癖好中的一人，在鄉下地方的街道上很常見。隨著第二檔引擎的滾動，他的眉高高揚起，幾秒後尖銳的煞車結束，才放下他的眉。引擎熄滅，音響嘭嘭的低音從開啓的車門沖洩出來，直到那個傢伙整理好自己的皮帶之後，格陵貝克街才又沉入寂靜中。彷彿那人在宣告著「你們的貧窮讓我作嘔」，像懷德曼所知道的，像一張貼在車後導流板上的標語，不過在這個時刻並沒有困擾到他。喉頭處除了風之外，他還感覺到心跳的回音短暫的一閃，告訴他，他問的問題是有風險的。而凱絲汀・維納，他確認的女子看起來百媚橫生，當夜風掠過她的髮梢，她的唇平平的相疊著，嘗著風的滋味以及尋找著適合的話語時，燭光反映在她慧黠的眼睛裡。

「了解。」他說。

夜店裡偶遇的事件橫在他們中間，可笑而且猥褻，似乎就像是他們在散步時，經過路旁兩隻正以狗的方式交媾的狗：所有的，能說的，自身都會變得愚蠢無比，並且有猥褻的傾向。所以就一語不發的繼續往前走，忽略在那個時刻大家心中其實想著同一件事的事實，並且希望所想的能夠是別的事。只不過，他們兩人並沒有在散步，而是相對坐在才兩個電話亭般大小的陽台上。他仍在苦苦思索對方身上這件無袖洋裝要傳達的訊息。至於她當晚所受到的侮辱和羞慚，他想彌補，這也是過去七天以來他主要的思緒內容，從她離開波西米亞時，她看著他的震驚眼神所引發的。但是她的眼裡不再有一點驚嚇的痕跡：她看起來非常誘人。雖然如此，他不相信她外表的堅毅，而且幻想，那個時刻，當他第一次用手撫摸她時，她會哭倒在他懷裡，並且向他哭訴她所有的不幸，一個有如倒栽蔥從陽台摔落的想像那麼誘人的念頭。

「您相信，」他試探性的問：「您可以放棄想知道，我在那個地方做什麼嗎？我說的地方不是貝根城，而是……」

「我知道您的意思。」她點頭，但是接下來的暫停時光長到足夠他認清，他期待的是一個快速的肯定。然後它甚至長到給了足夠的空間，讓他憂慮著她清楚感到他對她有所期待，而現在正在破解這個認知。與之同時，她看著他，喝口酒，而且大概已經得出結果，就是他事實上並不是想排除某個特定的問題，而是希望以完完全全的互相坦誠爲基礎。而她是對的：網路交友確實是禁忌，就是這條紅線，將他陽台上的兩個電話亭分隔，是這條紅線，他不想要踰越。但是她的沉默拉得愈長，愈讓他覺得，他對她所說的話非常嚴重：您能夠放棄試圖接近我嗎？關於我是什麼人、我過什麼樣的生活，對您是重要的，您必須知道？您能夠與我在這種情況下相遇，好像我們仍置身在夜店裡，在那裡唯有一個問題是重要的：如何做是您的最愛？

「我的意思是，目前先這樣。」他輕聲說。

「好。」

「尼德恩巴赫。」他搖搖頭，自己覺得這麼搖頭並不合宜，便假裝在趕一隻討厭的昆蟲。如果他相信，自己對這類的對話經驗老到，她重新挑起的沉默給他機會去發覺，所有他在幽暗酒室裡的曖昧跟他現在的情況比起來，就像是學校裡的消防演習和真正火焰的焦味。而這意味著：單純的讓它發生，是不夠的。人可以讓事物自己降臨，但是當這些事物來到之後，人也必須做出反應。

他吸口氣想發話，但是她搶先他一步：

「您知道，我不是一個人去的，而是跟……我是說：您看見她了嗎？」

「她出去的時候，看見了。」

「您不會說出去的，對嗎？」

「當然不會，而且您真的不欠我任何解釋。我們在那裡陷入一個共知的圈子，在我眼中，我們互相之間除了保密之外，沒有其他義務。」

這句話，她也是點個頭表示知道了，卻不一定表示同意。她的一綹金髮隨著食指順向耳後。

「即使如此，」她說：「也不是想干涉與我無關的事，但是您的意思其實不是我不欠您任何解釋，而是：您不願意聽我解釋而徒增負擔，是不是？我會這麼問是因爲您在我的露台上，已經說過這個句子，當我們在說丹尼爾的事時。」

「那麼請回答我一個問題：我們所做的事當中有多少是我們真正能夠理解的？我的意思是：我們理解的程度不只是達到讓別人信服，而是必須說服自己相信。」

「很少有，但是那不表示不值得去嘗試，不是嗎？」

有一刻她讓他那麼清楚的記起康絲坦葳，甚至他都覺得她的那些話過於自大。她如何承認他是對的，同時卻也能保持了自己的正確性，以一種只有女人才擅長的方式，按照字詞本義來說就是：好像道理完全是她的，但是她分給他一杯她認爲分量適合的羹。一小杯羹，當然是。男人自己感興趣的只是得到小茶匙這麼多，還會導致上癮的藥。還有，那個音調上揚的「或者」根本不是一個問題，而是打在後腦的輕輕一記，這一記據說可以提高智慧。但是他所感覺到的，不是怒氣，而是幾乎壓抑不了的搶回優勢的熱中，這也讓他覺得似曾相識，所以他不對她屈服——按照他自己的興趣。

「您願意嘗試嗎？」這一整個禮拜來他都有一個既定的說詞在眼前，或者至少一個對她說出這套詞語既定的方式，沒有任何一個時間點讓他覺得有疑慮，他的話她是否歡迎，或者能不能夠安慰她。一整個禮拜他的腦海裡反反覆覆都是這個嚇壞的女人身影，這個恨不得死去，好讓她在波西米亞木製吧台後躲入地下。他視自己是扮演安慰者的角色，而她則會靠在他的肩膀上，因爲他這麼諒解她而感動得眼淚直流。但是他錯了——凱絲汀・維納提出條件，在她允許他的安慰之前。她不感激他願意保密，卻打開天窗說亮話，照亮他所說的，以及他所想的之間的夾層，或者說她以爲是他所想的。女人！

「不，謝謝！」她說得短促而堅決。

他深深陷進他的椅子裡，坐在她的對面，好像他想在這個窄小的陽台上與她保持最大距離似的。一如平常，她太魯莽，當她在自己的不安感深水地域前行時。太直接。她卻不覺得他的在場讓她不舒服，至多不耐於努力的讓他知道一些她自己也不完全確定的事。爲什麼要如此複雜？她想問他，反正他們兩人都清楚，在性愛夜店那個不幸的夜晚像大大的陰影籠罩著他們，這個陰影卻能被他們幾句公開的話驅趕無蹤，也不必是私密的供認。她又不稀罕想要知道，如他自己所言，他去尼德恩巴赫「做」什麼。她寧願簡單的敘述和傾聽，畢竟他是唯一能跟她談論那天晚上的人，但是男人總是認爲，赤裸的真相才是唯一被承認的誠實形式，好像一定非弄得痛苦不堪似的。爲什麼她不能跟他像跟卡琳在回貝根城的車上交談一樣：摸索著、小心翼翼，短句子陪上長長的中斷，努力呵護珍惜，卻又心胸開放。卡琳也像她一樣心境混亂，當她們終於坐上車，她的手放在方向盤上時，一段時間她們只能瞪眼發呆。當卡琳對她描述，她孩子的導師一樣也在派對夜店的小房間裡，兩人沉默了。一分鐘那麼長的時間她在手提袋裡翻找，在她找到鑰匙以及能夠經過毫無人煙的巷道把車子開出這個地方之前。那又如何，當她們在隔音牆中間穿過吉森時，她才說。

現在呢？凱絲汀想知道，幾公里長的路上她看著自己在腿上的手，在從駕駛座傳來回答之前：我也不知道。外面又是夜間田野上壓迫的黑暗，令沉默變得無法忍受。妳真的……她不是出於好奇才問，而是出於必要性，而卡琳・普萊斯了解她，她在說話時第一次注視著她：我相信是。

「反正，」她繼續下去，並不知道她的話語是否符合剛剛在說的話題，還是她剛好有什麼就說什麼。最重要的，是得說話。「……這可真讓我覺得安慰，知道薇多莉亞不是您喜歡的典型以後。如果您允許我從這裡作推斷的話……」她可能不被允許如此做，而且又該從哪裡推斷？但是他馬上點頭。

「絕對是這樣。」

她送給他一個微笑，再多的她現在也沒有。

他回敬給對方一個微笑，這個難以接近的紫羅蘭送花人。無論如何。她不知道，這是他的責任還是她的，他們的談話這麼快就走上沒有出路的死巷。在夏日溫暖的夜晚間他們坐著，喝酒，可是露營桌橫在他們之間，像邊界的關卡橫木。

「我去了學校，」她說：「但是今天下午我沒有膽量走進去。」在某個時候，省道中央，卡琳・普萊斯把車子停下，下車，把車篷打開，甚至沒有把車開到旁邊才做這件事。這個突兀的、無言的作爲中，凱絲汀覺得太戲劇性，但是之後就好得多了。有更多的風吹過，看著樹梢、星星、路燈，她仰著脖子坐在副駕駛座上，一個小時持續規律的動作讓她安靜下來。而且如果這個陽台不是黏在房子上的話，她想，而是在夏夜的天空漫遊，現在也會好得多。

「我看到您了，照理我應該出去迎接您，但是格拉寧斯尼邀請我去他的辦公室觀看足球賽，雖然不知道他爲什麼這麼做。」

她覺得自己察覺到他的聲調有些改變，語中多了一些邀請，少了一些設限。

「您是說：格拉寧斯尼先生對足球感興趣？不會吧！」

「不，當然不會，他……怎麼說呢？他在有社會性關聯的事件上表達他的參與，成功的從做這個事情上，掩藏他其實是全心全意投入的那個自己。」

他們兩個都很感謝題目的轉換，懷德曼在敘述之時，凱絲汀感覺她自己深深陷進這把陽台椅裡。從鄉鎮辦事處公園的樹那邊吹來清涼的空氣，好像來自秘密的泉源一般。先前，當她不當的評論薇多莉亞之際，她覺得，湯馬斯・懷德曼似乎壓下了想藉一笑來化解這個緊張時刻的衝動，犧牲這個他同樣可以說些關於她的笑話的女人。但是他沒有，而現在事後看來，就是他身上這份自信穩健，讓她覺察他具十足的男人味。

「可惜您沒有看到平局時，他的樣子。」他不是一個很好的模仿者，但是很有觀察力：射門時格拉寧斯尼的歡呼，他努力專心令他出汗，他偶爾發出的言論，以人爲的方式、堅持不在乎的態度——所有的這些她都能夠準確的想像。而且如果他直覺就知道，什麼是她會覺得有趣的，那麼相同的這份直覺，也許有一部分掌握在他手上。畢竟兩個都和敏感的知覺有關，而且與她所無法忍受的男人的笨拙，剛好相反。

另外，她也知道：她的笑容可以看得出來，雖然不假，但也不是即時的反應，而是有意識而爲，她意欲向懷德曼感謝他的敘述。自動的，她調整成笑容，而他的反應精準異常：將模仿動作限制在幾個臉部表情，作些嘲諷的評論，說的既是球賽，也是格拉寧斯尼關注球賽的方式。換句話說：他們在調情。第一批小規模的、準備臉紅的行動正小心的展開。好像囚犯在通信，沒有字語的潛詞來來回回。如同談話氣氛這麼突然的轉向一般，他們之間的氣氛也轉爲友善，也許跟校長對足球賽的熱情一樣的天真。和暖的夜晚、沁心的酒，她對面的男人以某種沉著抓對了他們相處的氣氛，既不似夢遊，也不是巧遇，而是他敏銳的知覺能力與體貼的表達，還有智慧，與此相伴。這個陽台現在是一艘小舟，它開始緩緩的搖晃起來，像薩克費佛山頂上的纜椅。

「您真會說故事。」她說，當他敘述完畢時。

「這個女人，薇多莉亞，」他做這個回應之前沒有緩衝的片刻，「我之前從沒和她碰過面，我是在網路上認識她的。見面地點在那個夜店是她的提議，我之前沒有去過這一家，或者別家類似性質的店。」他聳肩的動作並不是顯得沒了主意，而比較是，他似乎想透過這個短短的動作試試某種負擔會不會從他肩上卸落。**請吧，這是您一定要知道的，現在滿意了嗎？**

對她，剩下的又只能是點頭。小舟停頓下來，風繼續吹著。她沒有感覺被欺騙，只是吃了一驚，而對那樣的時刻，她又沒有準備好的面具在手邊可用。蘭河岸邊草地上某處，營火正燒著。在他的解釋裡，有沒有最後一畫的暗示？

「您不覺得，」他問：「『網路戀情』這個詞有種奇異的聲音在裡面？它赤裸裸的表達了典型的現代感、不認真而且不知怎的讓人覺得很二手？好似一種病徵詞語。」

「總好過『目錄戀情』！」想都沒想她就說，同時「網路戀情」這個詞在她腦裡一樣散播一種模糊的不快，這正是他所暗示的。他只願意給她看他第三好的一面，爲了不必某一天被迫忠於他的第一好？再一次，只是這次帶著的是合和而不是挑戰的姿態，她把空了的酒杯推向他。酒精把她心中的失望揮發而去，在核心中正給她編織新的希望。也許他只想趕快把事情解決，免得日後在更不利的狀況下遇上這個問題。

「敬您！」她說。她養大了一個孩子，她知道，耐心是什麼。但是屈居二手，她絕不滿意。

直到稍晚，當她敘述，她如何會到那個夜店去，他才在黑暗中看到一線光明，猜到自己又想錯了。總是如此，她搶先他一步，尤其在那種時候，當他相信他讓她感到意外時。發表的意見，發表時希望能發揮的效果，最後都空轉進了她無意義的點頭裡，幾乎是只有在她挑揀過、修過看過後，他才得到符合自己的形象。期間她的微笑提供他小小的方向修正，但是大部分時間他都盲目的在友善的水域上航行，不知所措，卻不會感到不舒服，並且隔些時候就告訴自己，畢竟他並沒有想要到達的目的地。酒精在自我欺騙的困難任務中，一直都是忠實的幫凶。

而凱絲汀・維納說：

「我當然好奇，但是我同時又有一個感覺，這個好奇本身就已經……，您也會這麼說，是某種病癥。我是說：在別的情況下……」她在這之間貼進椅子的側邊，雙腳擱上座位的邊緣。一手握著空的酒杯，另一隻手拉著裙襬，不讓她雪白的膝蓋從裙底顯露。他坐著，看著，等著那個時刻，她會用手將髮絲往腦後順，溫柔的逆著夜風的氣流。

「單身一人，沒有什麼好丟臉的。」他說，在此同一時刻，他自己被這話嚇到。

她的背挺直。

「您不是真的這麼想。」

「不是，但是這句話仍沒錯。這是對的，因爲它的另一面，就算不是單身也已沒有什麼能讓人繼續走下去。我們只是傾向擔起比落在我們肩上的，更多的責任。然後我們可以責怪這些責任，最後自責。我們感到羞赧，雖然沒有人，沒有一個理智的人，會要求我們這樣，我們雖然獨身一人，並不表示沒有人對我們是否覺得羞恥感興趣。您明白我在想什麼嗎？」

毫不遲疑，她說「明白」，承認他話中帶有真誠的意思，不多去思慮內容。更進一步當她接下來要使用他的浴室時，他走進廚房，再將一瓶麗絲靈白葡萄酒放進冰庫。午夜的最後時刻即將降臨，整個晚上他們聽著街上傳來的，醉酒回家的人尖聲怪氣的歌唱。他們盡情扯開喉嚨、身穿黑紅金三色醇暢的勝利感。明天報紙會從幾年來第一個勝利寫到所謂的最大的勝利，好像德國足球國家代表隊是小學五年級生，自從入學以來他們便一直在校園裡被痛打修理，一個所謂的湯米艾德勒共同體。懷德曼走去廚房水槽前，洗洗臉、漱了漱口。她從浴室出來，不是宣告她要準備告辭，就是……

就是他們要做了，結束。當他聽見浴室的門響時，他雙臂抱胸，眼睛閉上一會兒，傾聽凱絲汀・維納光腳的足音穿過客廳，然後在陽台門口傳來她驚訝的聲音：

「咦？」

「在這裡。」他穿過走廊喊著。

也許是因爲她赤著腳，當她越過客廳回到廚房來時，他很清楚知曉，她沒有要回家的企圖，她和他一樣心裡都明白，什麼是另一個可能性。一個沒有勝利感的念頭，裡面幾乎沒有激動。這整件事難解的平庸最終是因爲人無法事先預知，事後感覺會比較好，還是更糟。在什麼形式的寂靜中，人會從心醉神迷中醒來。而形容第一次發生、總是較困難的親密行爲，心醉神迷是否是對的字眼。

「我又冰了一瓶。」他說：「要等一下。」

她點頭，站的地方離他有一公尺遠。冷靜的，伸手可及。她擦乾她的手，說：

「您也累了一天。我什麼時候該走，請您務必告訴我。」

「我不要您走。」

她把頭歪一邊，第一次明目張膽的俏皮，以及那一小步，她朝他走近的一小步，足夠令他們伸出手交握。她的指尖撫過他的掌心，在她的手指找到他的手指，並互相圈住之前。就這樣，他們靜靜的站了一會兒，一個兩人的框框，兩人身體之間，空間逐漸變窄的遊戲空間。極想避開的衝動在這空間中也因被限制而瓦解。直到剛剛他還能夠決定這樣做或者那樣做，現在他們兩人已避無可避。兩人靠得夠近，除了香水，他能感覺到她凝脂與秀髮的味道，從張開的毛孔中所散出的液體。他的拇指尖足夠搆到她的腕關節，撫過脈搏與血管，隱隱約約的感覺遠方心跳的回響。因爲廚房一片漆黑，她的眼神因此有些空無，眼裡微弱的光，被他接收、視爲是她發出的請溫柔善待的欲求。

然後現實不知不覺崩潰，成爲細微良好的和諧互動。他知道，情慾已經發動，正耐心的等待她的參與。一度被印證爲睿智的手，短暫碰觸後，又再度分離遊走：沿著她的、他的下臂走去，她的手走上他的胸膛。他們之間，空間融化，時間滿漲，充盈每一瞬間直到溢出，又悄悄過渡到下一刻，好似所有一切都已合而爲一。在肩膀的高度他讓指尖探一眼衣服下的風光，爲了平衡而掠過她的鎖骨。窄窄的肩，細長的脖子，以及她如此薄弱的防禦，一如其需求。

他知道，下一個喘息的時刻裡，她的眼光會等著他，而且心理障礙會一直存在，如果她不說話。她不會像那時候在橋上那樣未加思索以及沒有意願的吻他。然後他想笑，當他在臉上感覺到她的一絲氣息時，還在她準備說話之前，他認出他牙膏的味道，而且他不能想像，凱絲汀·維納在她無袖洋裝下還藏了一管牙膏。

謝謝您的紫羅蘭，她想說的是這句話，也影射現在他們互相親近其來有自，而這個背景瞭解是兩人共享的。整個晚上她都在等待機會，一個可以告訴他這句話的機會，讓事情步上軌道。雖然現在這句話有點多餘，她還是要在接吻前的小中斷裡把它說出來。但是懷德曼的笑讓她停了下來。

「您現在一笑，我會在您的背後摸出一把切蛋糕的刀，捅在您身上。」果然她伸出手來，把身體更貼近他的懷裡。這個中斷她不是覺得不舒服，而是覺得像是在壓力過高的活塞上短短一轉，他的臂環著她的背。那時候在橋上他們也是這麼站著，那個吻結束後的寂靜中，又一次的，他的高大讓她覺得十分舒適，跟她的比例很協調。她適度的靠在他身上，感覺著他的手指在背上游移，感覺他的手潛下布料的表面。此外，這也是時間組成的表面，積聚沉澱，在那底下，她自己也不如以前那般熟悉了。多年的孤獨橫在她和意願之間，願意把衣服從身下扯下，跟一個她幾乎不認識的男人上床。她面前站著湯馬斯·懷德曼，似乎是完全理解的事。

「不需要。」他說。她感覺他聲音的震動，他的呼吸在她的髮間。然後他的下巴落在她的髮分線上，來回摩挲，她感覺到自己受到鼓勵，繼續在他的背上移動小小的手指步。多一點情慾會好一些，但是她所感到的舒適氛圍，讓她少了些急切的渴求。她想要比擁抱更多、想要比撫摩他的背所需還更多的勇氣，更勇敢一點。她的唇印上他的脖子，找到陌生土地上的第一個果實：亞當的蘋果，蘋果在唇的撫觸下開始顫動。他的臂箍得更緊了，她想著，也感覺到他肚腹下一個動作。他半開的唇在等待，當她第一次在嘴中感覺到他的舌尖時，擁抱霎時轉變成前戲。她往前推進的，不是不耐，比較是找尋一個點，一個地板本身的動作擋住停止這個步驟的結束點。些微的慌張迎頭兜來，像黑暗中的樹枝。也許一切進行得還是太快，但是這是她自己的錯：是她，而不是他，之前給了繼續前進的訊號。現在他的手放在她的臀上，他一定在驚訝怎麼少了一件內褲。

為了因應他短暫的遲疑，她加強吻的密度。他的手繼續往她的大腿探查下去，短暫停留在裙襬處，而當她閉著牙用吸氣回應時，他的手伸進去從裡面又探觸上來。再游移下去。下一次手再往上走時，凱絲汀希望它遲一些回轉……或者不要回轉。她把他的頭抱在手中，舌頭找到他的耳朵，心喜聽見從他的深喉中深處升起的第一聲呻吟。感覺很好，去解開一個男人的襯衫，用舌頭去舔探，伸進V領之下，襯衫領口所裸露的肌膚。即使沒有緊繃的肌肉，那個胸口也是她曾經覺觸過的。取而代之的不完美所具有的安慰性質，有一種寬容的保證承諾，誰要它誰也就必須提供的寬容。現在從她裡面升起的，是一份溫暖的、柔軟的情慾，但是對下一步已經足夠。

「我會跟著你，」她輕輕的說：「如果你告訴我，去臥室的路怎麼走。」

在一個理想情境裡，現在到了他們將這一場情事完好落幕的那個時刻，在靜靜相擁中享受「此後」於皮膚上的感覺，感覺「之前」的成功在他們體內擴散。沒有穿內褲的凱絲汀・維納又不是完全的、他原以爲的凱絲汀・維納。而且她是否真的想做她正在做的，他也不清楚。但是要知道的話，他就必須聽她的，握著她的手，離開廚房。

臥室裡迎接他的，不只是黑暗，還有性安全，保險套是有——但是在浴室。此外，還有一個可能性，就是讓她去操這個心吧。她會知道，她在做什麼，他放開她的手，因爲要走三步去開床頭櫃上的燈。

「我們先不要開燈好嗎？」她說。

「如您所願。」

「……請叫我凱絲汀。」是她的語氣，讓他重新退回來三步，她在門口的影子成爲他們共同的影子。月光和路燈透過窗簾落到室內。此刻的擁抱他幾乎更喜歡，因爲他感覺自己靠壓著她下腹的勃起，好像無關緊要。他的手找到她衣服的拉鍊，沿著拉鏈，找到隱藏在紐結之下的拉鏈頭。床並沒有鋪，也不凌亂，床罩是半開的。她用一隻手把頭髮向上挽，避免頭髮被夾進拉鍊裡，發出一個似歌唱的，往下溜的聲音，滑過溫暖的肌膚，以及她脊梁上暗示的潮濕。

房間在它的黑暗中隱退，羊皮紙般蒼白的光從外面進來。從走廊飄來的空氣拂過她裸露的背脊，然後皮膚上輕柔的布料聲、她赤裸的臀。這是那個再也沒有秘密的片刻，而且她的裸體上似乎有什麼以相同的方式感動著他們兩人。她感覺到，他的觸摸改變了，感覺到在他的手中她肌膚的觸感：身體感覺舒適的不安，令身體不再能安靜不動。

他的襯衫也像她的洋裝這麼輕易就從身上滑落下來。從現在起指令不再被需要，她禁不住不伸手去抓他的皮帶，然後，再抓住他從褲子裡向她的方向迸出的欲求。他們合力用腳把最後一絲束縛掙脫。一個短暫的休息——然後他喀的解開胸衣的鉤子，她更確信自己之前的決定：不會有什麼發生的，而在這一日也不用要求特殊防護措施。輕率大意的建議也許不適於這個時刻，但是這裡要防護的，反而是剛才熱絡起來的，感覺所做的事是正確的安全感，不需要中斷。一小步一小步他們接近床緣，大量的欲渴在她體內散開。他們緊緊抱著，漸漸垂直墜落。

她比他以爲的還更瘦、更年輕，而且肌膚擁有彈性的力量，這個力量透過對他輕輕的抵抗讓他的勃起更激動。一點點溫柔的野，一個佔有的意願，她往後倒下讓出上面的位置，他喜歡的地方。直覺的……不，有意識的，他的唇和手繞過她的胸，停留片刻。他愛女性的興奮，這個興奮從腰下傳到臀部蠕動的線條，她用指甲抓他，以她身體的重量，臉上的頭髮，啃嚙的吻。他無法放棄觀察，但是現在這是樂趣的一部分——他感受到所有的遊戲她都拋在腦後，她處在忘我的、專注的情慾裡。她很想把話語混在她的吻裡，告訴他，他男性的放任就是她所要的。他如何接受她的步調節奏，用手臂支持她，讓她感覺自己比之前更堅強。但是她什麼都沒說，而是在他身上坐起來，坐起來時的身姿，她自己都覺得欽佩，她的手放到背後，抬起她的臀，指引他進去她裡面。她驚訝從她自己喉嚨深處脫口而出的聲音，以及她在做的，是這般毫不費力，帶著解放與幸福的暈眩。一支陽具含在她的腹懷深處。

她像盲人一樣，用雙手去探索他的手，當他慢慢回應她的動作時，他觀察著她幾如塑像般凝肅的臉、閉闔的眼、兩道唇。她的手指和他的緊緊交握，她動作著，好像要把她的情慾在第一次的上下起伏中無聲的拼寫出來。所有的一切都交託在她伸出的手上。他不願去想，雖然他知道，這是她長久以來的第一次。在他目前的被動狀態中他太幸福，整個人減縮到只剩這個感受幸福的器官。

雖近卻遠，有一段時間他們兩人各處一方，只有靈魂相依，各自都在頂峰之前。這是那個片刻，如果心智存在的話，心智可以被解讀。凱絲汀俯身向前，頭髮散落在臉上，沒有任何問題緊急到令他們挺身干涉這個遊戲，輕鬆的軀體，卻伴隨小小的汗珠。他握住她的胸，她的呼吸變得幾不可聞，似乎停止了，然後注入沙啞的聲音。一段直入另一個世界另一端的單程旅程……

12

有時候在嘈雜混亂中他停頓下來，問自己，心中的感覺到底是什麼。幸福是太大的字眼，無所謂又太小，但是這兩者中間的某處就是那個感覺——一種輕快，不讓人抓住的輕快。此外，他已經不清醒了，就像其他五千、六千位貝根城節慶帳棚裡的賓客，還有康絲坦薮頰上顯現的紅霞，當她喝了一點酒後總會浮上。所有的人都站在桌子和長椅上，以高聲歌唱、舉止中藏著怪異勝利感的手勢來表達他們的興奮，手勢像在說：看哪，我們多會慶祝！這邊和那邊到處都有人把帳棚邊緣的帆布捲起來，但是進來的新鮮空氣馬上和帳棚內濃稠的滯怠混合，踏境節集體的氣息變成藍色的氣團在天花板下集結般。

他喝乾酒杯裡的酒，感覺——很好。他不習慣的只是，自己的感受用這麼簡單的字就可以表達。

三天的踏境已經結束。超乎尋常的大量新鮮空氣和啤酒，還有晨間早起以及鄉下環境清幽，令城市人康絲坦薮感到對世俗甚至是溫柔的傾心，而這份舒坦卻又這麼令他的父母動容，到迎賓宴時，他們已經放棄對她使用敬語。這是一個完全的勝利，康絲坦薮第一次拜訪貝根城的收穫，尤其他的父母完全被這位來自柏林的小姐迷住，三天以來眼睛發亮，控制著想要多接觸對方的願望和緊張的手。他父親還是做他自己，他儘量客觀，提出以前柏林圍牆範圍的建築物蓋建進度問題，甚至很滿意的得到他想知道的，但是看得出來他對自己熟悉柏林而引以爲傲。舊地鐵線一號是否快通車了？（其實他想的是二號。）現在康絲坦薮傍著湯馬斯站在長椅上，偶爾撞一下他的肩膀，當他忘記一起搖擺的時候，而令他感興趣的卻是與她單獨在一起，幫她從細肩帶上衣裡解脫心靈。

「你是累了還是完全沒有節奏感？」又一個擰掐從旁邊襲來，她的額上都是汗，唇上則是鹽和啤酒的混合。他把手放到上衣和牛仔褲間細狹空隙中的皮膚上。

「喜歡嗎？」他問。

她點頭，在這第三個同樂的晚上顯得如此貞靜美麗。

「對妳來說一點都不怪異嗎？妳是外地人……」

她搖搖頭，他也學她搖搖頭。

「這些是鄉下玩意，不會嗎？」

她無言的把手臂圈上他的脖子，再給他一吻，這次多了一點舌頭，而且身體的重量靠著他。最近他們沒有什麼機會一起慶祝，但是他喜歡音樂和啤酒升高她的溫度，喜歡所有的人興高采烈一起搖晃，喜歡她的聲音如何加進了佔有慾的調子，當她稱他「我的男人」時。他喜歡自己是她的男人。這樣他整個晚上就比平常容易卸下他的另一個書桌前的自我，單純的在康絲坦薮輕鬆自在加速的節奏裡跟著一起搖擺。

「我們應該常常取樂。」他在她耳邊說。

「我們整個夏天都要尋歡作樂，沿著大西洋海岸玩下去再玩上來。」

「妳還要喝嗎？」

她再次點頭，他跳下長椅，推擠過人群，朝吧台走去。他的時間感已經離他而去，現在開始夜晚千篇一律的放縱歡樂，沒有宵禁，有一剎那他驚訝的浮在盈滿酒氣的液體裡。他成功了。四年焚膏繼晷不但沒有白費，還給他一個特優的成績，以及在史萊格貝克團隊前的答辯獲得騎士般的勝利：第四個助理席位，老狐狸死命交涉爲他的教授職團爭取得來的席位，現在是您的了，懷德曼先生。他在試驗期時一點時間都不浪費，現在史萊格貝克收錄他成爲團隊的一分子。歡迎加入，坎帕豪斯臉上的笑別有心機。九月職位正式開始，到那之前，他們要去旅行，穿越法國和西班牙，享受生活。康絲坦薇已經過夠了波羅的海岸邊的夏天，希望終於可以認識南邊的海岸。整整四個星期他們只追求情趣和陽光，他只要一想到這裡，就忍不住想把興奮之情大聲喊出來，喊進節慶帳棚中的嘈噪裡。

他點了兩杯啤酒，站在柱子邊靠著等待，直到康絲坦薇轉頭朝他尋過來，他對她點頭示意，邀她過來。舞池裡旋轉著幾對貝根城式的胖墩狐步。他喜歡她新剪的短髮，強調她的臉型，尤其突出她深色的大眼，眼裡的專注和挑戰的光芒。

「爲什麼我應該要覺得奇怪？」她問，好像他們前一秒還在說這個話題似的。

「我隨便想的，這本來只是一個粗俗的節慶，但是卻還喝那麼多酒。」

「本來就該如此。」

「還有那些不開明的人物。」他感到她探尋的眼光瞟過來，但是他不回應，而是眼睛瞇在一起盯著帳棚裡的霧氣，這裡那裡都有熟人的臉，才發覺，這些天來他沒跟多少人談過話。除了他的家人，在貝根城裡，他並不特別高興見到誰。

「我覺得很奇怪，」她說：「爲什麼你總是必須把這個地方形容得比原來糟糕，我不喜歡你這樣。」

「在踏境節的時候，貝根城充滿樂趣，但是二十一年的時間中，總會有一些磨損的現象出現。」

「或者忠實的親近感，只是人們不太願意承認的。」

現在他的頭朝她的方向轉過去，感覺到一些什麼，也許一些對他還是新的感受，因爲他這個夏天才認識它，自從夢想成真，願望實現後：用一種自信的方式存活，感覺自己好像很大方開朗，好像一點都沒有僞裝的微笑。他覺得自己很不尋常的強壯。他甚至喜歡她對他小小的挑剔批評，徒勞的在他裡面尋找過去不存在的感受。

「三天，然後出發向南。」

「你一天問我五次，我是否喜歡待在你的家鄉，但是你自己從來不說：我在這裡的時光很美好。」

「我——在——這——裡——的——時——光——很——美——好。」他學機器人講話，她用食指點他的鼻尖，說：

「怪胎。」

「不，妳是對的。這裡雖然是可憐的鳥不生蛋狗不拉屎的地方，但是我喜歡這裡。我去看看有沒有房子在出售？」

她搖搖頭，然後他猛地把她拉近身邊，他們的啤酒都灑出來了。不只一次他問自己，康絲坦薇是否真正明白他鬆了的一口氣有多大。她知道，這個晉升到象牙塔第二高樓層對他的意義有多重大嗎？他剛剛被授予偉大教授漢斯韋納史萊格貝克的助理席位，不是隨便誰給他的，而是漢斯韋納史萊格貝克本人。歡迎加入。坎帕豪斯憑什麼這麼趾高氣昂的對他笑。

「有人的運動神經已經失去控制。」康絲坦薇把上衣的汙跡擦掉，把肩帶拉好。「你爸媽呢？你媽媽一定要跟我喝一杯……小梅酒還是什麼的。」

「他們已經走了，我父親已經不行了。」

「你的朋友呢？你在這裡一定認識一些朋友？」

「那邊海力西姨丈在跳舞，如果那可以說是跳舞的話。如果他從長椅上摔下來，那麼他的髖骨就真的完蛋了。」他用手臂指向麵包師傅所站的長椅方向，對方正跟著音樂的節拍揮舞他的拐杖。與此同時，他還不時脫帽，向四面八方致意。在他身後的人堆裡，懷德曼認出他的阿姨，他阿姨的眼睛一刻也不離丈夫，不斷搖頭，而且一定正在想像那個他剛剛才說出來的事件。

「我今天早上在早餐廣場才碰到他，妳那時正被拋起，幾乎與旗幟同高。我感覺，他並不想跟我說話，所以我們就靜靜的站在一起一會兒，然後他突然轉身說：社會主義又來了。我活不到那個時候了，但是它會回來的。」

「典型的海力西。」

「意思是：他是認真的？」

「他是認真的把這件事說出來，不代表他自己這麼相信。」

「但是他希望？」

「尤其他覺得說這個很好玩。妳不覺得，他在逗妳嗎？」

「完全不覺得。」

他聳聳肩膀。

「瘋狂的麵包師也老了。對了，他挺喜歡妳，一路上他這麼說的。他覺得，我們應該結婚，在太遲以前。」

「什麼時候是太遲？」

「比人預料得還早，海力西說。」

「海力西是吧。」她用點頭結束這個話題，並且回到上一個話題。「其他的呢，你認識的人應該比這多吧。」

「妳覺得單獨跟我在一起很無聊嗎？」

「是。」她說，嘴從一個耳朵咧開到另一邊。「說真的：好比同學什麼的，而且在現場指出一個以前你愛得死去活來的女人給我看。」

「只曾經有過一個，她現在也許正坐在家裡陪她的孩子。昨天在早餐廣場我遇見她，幾乎認不出來。」甚至名字他都尷尬了一陣才想起來：蘇珊娜！她是他高中畢業後那個夏天感到憂鬱的理由，而現在她卻成爲一個沒有年齡的女人，比她的標準體重多十公斤。「你好嗎？」跟「最近在做什麼？」之後，他與蘇珊娜的對話就說完了；他手中捧著啤酒杯搜尋著早餐廣場，尋找下一個註腳，任何可以說的，感覺自己像是沙漠中的行者，在淨空的天際線前孑然一身，無論是遠方或周圍，連可以講一句話的人都沒有。

康絲坦薇把他空著的一隻手臂圍上自己的肩膀，然後去握他的手，他把臉埋在她的髮中。即使前一刻，他臉上掛著尷尬的笑容，終於與她道再見，兩人都被這個失敗的重逢嚇得不知所措，但是又不能夠把它表達出來。

「如果要我說實話，」他說：「貝根城最讓我喜歡的一點是，我做到了，我成功的離開了這裡。也就是說，過去我所來自的地方和現在的我之間的差別——這就是我喜歡的地方。」

「超越的感覺。」

「不是超越，我只是簡單的以我所做的努力爲傲。爲什麼不？我沒有歪曲事實或者欺騙，我有理由覺得驕傲。」

「因爲冥冥中有個神對你說：幹得好，好人。」

「第一：他不是什麼冥冥中的神，而是一個領導權威，他有能力區分什麼是好文章，什麼是譁眾取寵。」

「我沒有意思要剝奪你的驕傲。第二呢？」

「我知道，但是妳也可以多爲自己感到驕傲。妳有足夠的理由，只是不允許自己這麼想而已。」

「第二？」

「我自己也可以分辨出什麼是認真的文章，什麼是譁眾取寵。」

她的「OK」回應裡傳出比較少的贊成，比較是「讓他先這樣想吧」的甘願。他的野心引起康絲坦薮的不快，而他對學術的抱負她尤其嗤之以鼻。她並非沒有發現，他連續三、四個學期之久對在史萊格貝克講座裡年輕的公子滿懷嫉妒：不是酷酷的超人，也不是在女性同學面前很成功，這最終只是一個歷史系，就算在歷史系裡的高級成員也服從這個圈子對眼鏡與髮型的不成文默契，但雖然如此——以他們的方式，他們還是超越其他人，聰明、有學養，口才便給，精通多國語言，稍微傲慢，這便是坎帕豪斯與其他人的總體形象。有一點像是他想變成的人，而康絲坦薮不肯讓他改變，但是這無所謂。這個張力應該繼續存在。千萬不要討好我，讓我喜歡，有一次她這麼對他說，而且她是認真的。他知道，她有很多方面贏過他。他會怎麼辦，如果有一天他屁股下的地連同他的工作都一起被抽走？康絲坦薮曾經工作過一年，然後才開始念書，因爲之前她被禁止升學，她在夜校學了法語，雖然她根本不需要這個語言，但是這才是重點：你永遠不會知道。雖然他高度渴求成功，與她一比，他就覺得自己懶散怠惰，當他在節慶帳棚內舉目四望，這種懶散怠惰更是歷歷在目。大屁股顛一顛，完全沒脾氣。大聲嚻叫歡呼下，樂隊正在爲準備演奏踏境華爾滋在調音，舞池漸漸被填滿。他感覺很好，卻還是想見到下一個踏境者時，就把空啤酒杯砸在他頭上。沒有特殊原因。當他認真的向自己內在傾聽時，那裡有另一個聲音，陰暗、尖銳，但是他現在沒興趣搭理這個聲音。不過是這幾天踏境累積下來的勞累罷了，而且在康絲坦薾的幫助下，總有一天他會擺脫它。

「那邊有兩個女人在跳舞，後面還有兩個，這在貝根城正常嗎？」

「救急的辦法吧，也許。」他遠遠的認出安妮妲貝克，身著她一如往常的奇裝異服，但是她跟她的女伴似乎還在討論舞步先後。

「如果不是的話，我是說：這裡女同性戀被允許嗎？」

「我不認識任何女同性戀。但是如果妳想的是那邊那個穿著奇怪黑洋裝的女人，跟一個金髮在跳舞的那個，我保證她絕對不是女同性戀，這點這裡超過幾打的男人都能證明。」

「這又是我的一個惡夢：一度曾經是什麼，會讓所有的人都知道，而且喝啤酒時還互相交換他們的經驗。」

「鄉下地方嘛，」他說：「但是，如果我了解得正確的話，妳也沒有結識過兩打人的歷史。」康絲坦薇聳聳肩，他則把腦子清空，跟隨著安妮妲的舞步動作，這些動作卻沒有令人覺得她全心全意在跳舞。兩或三次他在科隆大學念書時遇見過她們，她帶著蔑視裝模作樣的半吊子知識分子的表情，說話一點也不留情，他則毫不掩飾的欽羨她身畔那位多采多姿的膩友，這是他從貝根城的八卦所得知的。他不認識她身邊的女伴；金髮，漂亮，從團團藍色煙霧中望去，他只能看到這麼多了。

「突然覺得，」康絲坦薇說：「我沒興趣了！」

「我們把煙火看完，然後就走。」

從上千個喉嚨裡，踏境華爾滋的最後一個樂句被高聲宰割，然後歡呼吞噬了樂聲，將帳棚像氣球一樣塡滿脹大。懷德曼喝完他的啤酒，四處望一望：如果人潮要擠破帳棚，他寧願先遠遠站一邊。不願成爲這滾沸湯鍋裡的一分子，而是靜靜的觀察，在自己的邊緣位置確認感覺——一直以來他都是這麼做的。康絲坦薇宣稱這是一種保持距離症狀，並且以她的方式來矯正他：不放棄，只是時而會放鬆一下。而且當他宣稱，根據荷爾蒙的分泌，愛情最終不過是一種耐心的特殊形式，他很明理的點頭。

「也許這兩打男人偏偏就是搞錯了。」現在她說：「不論事實如何，她們兩人剛剛親嘴了。」

「有嗎？」他的眼睛在舞池上搜尋，但是當他找到她們時，兩人面對面站著的方式，不像剛剛才親熱過。「妳確定？」

「親在嘴上。」

「做秀吧。」他說。音樂噤聲，歡呼平息，樂隊指揮靠近麥克風，宣布煙火即將開始。所有人趕緊跳下桌子椅子，帳棚內的人像從漏斗口湧出去一樣拚命擠向外面。

「我們也走吧。」她挽住他的手臂，因爲這個句子是他們看電影時的標準句，所以他說他一直都是這麼說的句子：

「我還要看片尾字幕。」

赤裸、白漆老舊骯髒的帳棚四壁被孤單拋下，人群退走之後。他擁著康絲坦薮，她的後腦靠在他肩上，這樣她不會看到，他的額上忽然暴汗，涔涔流下太陽穴。帳棚內很臭，幾個喝醉的人在長椅上睏盹，工作人員穿梭在這些人中間收拾杯子和瓶子。他忽然可以聽見樂手在舞台上的交談，但是這爲什麼會加劇他喉頭噁心的感覺，他也不明白。從外面飄進來遊樂場嘈亂的聲音，以及集結的人們充滿期待的嗡嗡聲。康絲坦薮的頭髮有菸草的味道。他是一隻笨狗，居然被這喝醉的人丟棄在空帳棚中，任自己被可悲虛無的景象牽著鼻子走。然而，雖然如此：封閉性格讓他難過。台上，獨自一人，他看見與安妮妲貝克先前跳舞的那一位女伴，她觀察著這個場景眼神僵直，好像她也無法明白眼前所見——一片空虛。書上他曾讀過這些莫名的恐怖時刻，但是現在他第一次親眼所見。醜陋直接跳上他的臉，如果他不是背靠著柱子站著，柱子上因溫差產生的水珠正流進他的領子裡，他會直接往後翻倒。

「什麼事？」康絲坦薮問他。

「哼？」

「你在捏我的手臂。」

他鬆開手，她轉過身來，但是他不想面對她的臉。把她的頭攬在胸前，好像是他在安慰她。然後外面第一支火箭爆開，他覺得他透過帳棚的帆布看見天上綠色的鎂光。長長的一聲「啊」在夜裡從幾千個喉嚨裡迸出。他希望，一輛已經備好行李的車停在他父母家門前，今夜他們就能夠出發。離開，只是離開。但是他還是一樣的站著：兩隻腳定在地上，背靠著牆，準備要走卻無法動彈。因爲即將來的，終將會來，無論慢，或者快。

畢竟他不是懦夫，他寧可就在第一線犧牲。

晨光蒼白的藍穿透窗簾。她做夢了，而夢像泡泡一樣破了，現在知覺在她身軀周圍慢慢部署，她裸身躺在陌生的床上。甜蜜的驚惶讓她大睜的眼睛無法轉動，她深深呼吸，規律的繼續，好像她仍睡著一樣。這麼深這麼規律像躺在她身邊的湯馬斯・懷德曼一樣。這是不同的房間，她醒來的，一個稜角分明的房間，不再是昨日探險的幽暗園地，這是這裡和現在。身體一動不動，她的眼睛沿著牆壁慢慢探索，掠過衣櫥，衣櫥上放著一個行李箱，往門邊的五斗櫃移去，淺色的壁紙上面沒有圖案。她傾聽身後的呼吸，接收到肩上的微癢，一張臉朝

她轉過來。所以她感覺到的是皮膚上男人的吸吐，這是一個艱難的、好的預兆，一個訊號，叫她還是先乖乖的躺著。如果一個晚上什麼都不表示，早晨不算真正到來，或許這是她的運氣也是折磨她的地方，這個時候她和心中無以名之的感知，一起探測昨晚情事發生的痕跡。除了輕微的頭痛以外，她什麼都找不到。然後，還在她意識到之前，她已經在與希望抗爭，與躺在自己床上的希望，當天光逐漸增亮，床頭鬧鐘顯示五點過十分。

有時候她憎恨她自己的願望。能跟這個願望抗衡的，只有對昨晚的回憶，對性交本身的回憶，然後丹尼爾從她思想的後門闖進來，問她，她是否打算把他推擠出讓同學嘲笑。他以他的方式問：

妳惡搞我嗎？

昨天吃中飯時，是她最後一次見到他，之後她只是在樓梯口往下對他喊，她要去醫院了。而今他的話讓她無所遁形。那個在她肩膀上吐納的，是他的導師，而她不知道該如何跟兒子解釋。在憂慮和什麼都沒有中間，詩人會選擇憂慮，但是憤怒與和平之間看來如何？衝突和寂寞之間呢？複雜與簡單？她確定她無法繼續在這張床上躺著，直到早晨完全降臨，丹尼爾起床，將知道，媽媽不只是回家很晚，而是根本沒有回家。

她把一隻腳趾伸出被蓋之外。她應該說她在醫院嗎？但是說謊絕不是辦法，母親不能對孩子撒謊，即使她現在希望，她的母親成分能少一點。

啊呀，母親。

一隻腳在被子外面，她從側身轉成平躺，沉進枕頭裡，試著往床邊滑動。她的母親是否醒了？如果是：有多清醒？湯馬斯・懷德曼的手臂動了一下，但是他還是睡著的。她的頭偏向一邊，注視著他，很想把他臉上的一綹頭髮拂開，這綹頭髮讓他看起來像一個瘋狂的教授。很想把他的肩膀蓋進被子，用手撫摸他的髮順勢來到胸膛上。而且她想要抓住他的性器，把它捧在手上，柔軟的、毛毛的一整束，不帶激情時溫馴的性器——作為表記，把他們綁在一起的，不只是性。但她卻只是在他臉上尋找她的愛慕的痕跡。她問自己的記憶，衣服放在哪兒，衣服只有兩件，鞋則在走廊上，手提袋應該還在陽台。她問自己，他醒來時會是如釋重負？悲傷？還是無所謂？當他確定她已經離開時。現在最重要的是，當她走過房間時，他千萬不要睜開眼睛。

沒有掀開被子，她溜下了床。她的衣服掛在房間裡唯一的一張椅子上，一定是他昨晚去浴室途中拿到這裡來的。她很想再多觀察他久一點，但是她有一種感覺，好像她的目光會搔他癢似的，會讓他醒過來，所以她趕緊從開著的門鑽出去。之後一切就快多了，她最不願意的就是被人看見，在樓梯間也不行，在花園、在街上，都不行。直到上了車她才休息一下。

一切無情緒的，雲掛在天上、鳥在叫，沒有比這裡更美的地方，念頭忽然像箭一樣射過她的腦海，完全沒有上下文，像今天早晨一樣。她的車窗框住的視野裡，格陵貝克街早晨空蕩的街道。這條街的居民處理他們的前院，似乎和她早先的寫字練習簿一樣：事物看起來必須有條有理，因為必須看起來有條有理。字跡是個性的反映，髮髻一絲不苟的小學老師一再灌輸給她的想法，老師的名字早在腦海中消失，她現在一定躺在紹爾蘭某個墓碑下。

凱絲汀坐在車裡，她感覺自己必須痛哭一場，才能鎮靜下來。或者，眼淚才能讓她相信，她心裡有多混亂。她甚至沒有給他留個紙條。

——像個青少年，一不小心就行爲隨便。

——早安。

——也不高興一下。

——這次要在哪裡發動？她看一眼照後鏡，整理一下頭髮，用兩手的食指把眼睛下面的皮膚撫平。眼淚擦掉，少來歇斯底里這一套！安妮妲這次破例是對的。

——破例？

——我從來沒有像妳一樣，也不會變成像妳一樣。對我來說，這是有某種意義的。

——而且還是正面的意義，對吧？

——也許。

——除非，妳把它搞砸了，在……之前。

她轉開廣播來對抗腦海安妮妲的聲音，然後在手提袋裡找薄荷糖，喉頭輕微胃酸的味道提醒她昨晚喝的酒。這是一個星期六，她哥哥這個週末會來談如何治療母親的事。他們會同住一個屋簷下幾天，或好或壞都要試著相處，心理準備，也許最後……這樣治療或者是那樣治療，之後降臨的就是結局。

——我認識妳，安妮妲被音樂蓋過的聲音說：妳媽媽會去世，然後妳會責備自己，她的死亡會給妳改變妳生活的機會，但是妳會因爲她的死亡懲罰妳自己而放棄這個機會。妳就是會這樣，好像透過放棄妳會得到正面的結果，妳的過錯就能消除。

她提醒自己，安妮妲在真實生活裡根本就沒有這麼敏銳，其實是多餘的。

——提醒妳，這裡根本沒有過錯是妳必須消除的，其實是多餘的。

凱絲汀點燃引擎，沿著街慢慢開，直到下一家車庫前，她在這裡回轉。日光還沒從城堡升起，凱絲汀昨晚從陽台上看見的，在社區辦事處旁的栗樹，在清晨的雲霧中看起來很蒼白。她停在十字路口一會兒，考慮著，右轉進城去買早餐的麵包。一個孤單的行人從寇納克街走上來，這好像是她必須深呼吸，集中力氣來做一個簡單的選擇，但是她呆呆的坐在方向盤之後，直到那個行人穿過了窄窄的鵝卵石路時，這條路在格陵貝克街對面，是寇納克街分岔出來的，它沿著地方辦事處的牆走，而此際坐落在地方辦事處建築裡的也不再是地方辦事處，而是汽車監理所和勞工工作中心。但是公園的裡裡外外沒有變，還有幾隻鴨子在池塘。然後剛才那位行人忽然停下腳步，眼光掉轉過來，站在街的另一邊，她的正對面，穿過擋風玻璃，她看到的是她的兒子。

他穿著他的牛仔夾克防禦早晨的清冷，手上拿著一個麵包店的紙袋，他注視著她，眼裡沒有驚訝。「目前沒有道路阻礙消息，祝您行車平安。」她感覺到車子在往前滑動，然後才驚覺，引擎已經熄火了。丹尼爾頭往一邊歪，她覺得他站在那裡的樣子很陌生，還帶著裝著麵包的紙袋。一個陌生的人物，突然變成是她兒子的外形。

她不知道該怎麼辦，只好拉上手煞車，下車，站在敞開的車門旁，好像她還必須確認，那真的是她的兒子。

「早。」他說，鳥鳴以及潮濕的空氣在仍然酣睡的房子中間，地方辦事處前空空的停車位。

「早。」她說。

確實是他的臉，還是青春痘滿面、不成熟，但是沒有迷失的、嘲弄的神情，取而代之的是安靜以及鎮定，這個鎮定讓她不安了幾秒鐘，但是現在不會了。現在她身著黑色無袖洋裝站在打開的車門邊，門後面是她昨天在薩克費佛山頂的停車場穿過的衣服。有時候就是這些簡單的小事讓人一下子不知所措，不知如何擺脫，平庸的以及瘋狂的，生活如此組成，就像其他一切都是原子和分子所組成。

「妳比我還驚訝。」他滿意的確認。

「是啊！」她只說。

「妳停在那裡很不好，十字路口中間。」

「你從哪裡來的？」

「先把車子從那裡開走吧。」他用下巴指指格陵貝克街，從那裡一輛車正在靠近。好吧，再把車子發動一次，開十公尺，然後丹尼爾上車，從此刻到車子到達鹿坡的半分鐘時間裡，只有收音機說話的聲音，不，正確說應該是唱歌的聲音。在花園門前她把車子停下。

「現在，你從哪裡來的？」

「從醫院。」

她用緊張的手指拔下車鑰匙，看著她幾乎住了七年的街道沿路。鹿坡這一帶是怪咖集居地，他們到處潛伏伺機般。

「發生什麼事了？」

「他們打電話來，正好妳不在。昨天有一個後續檢查，類似斷層什麼的，結果出來不是很好，某處不該有血的地方有血。檢查完不久，外婆就失去意識了。」他把袋子放進車門的格子裡，平放躺倒。她知道，他說話時用眼角看著她。他說的這些，已經事先想好了，這是很久以來他對她說過最長的一段話。她的手指冰冷，知道一切了，又好像什麼都不知道，而她昨夜在哪度過的，已經完全不重要了。

「大概是九點的時候，」他說：「然後我就出門去了。」

「去醫院。」

「他們給了她一間單人房，醫生說，我們可以和她待在一起。」

「我們？」

「是我，按照當時情況來說。」

「那現在呢——她是一個人還是她已經……」

「漢斯在她身邊。」

「漢斯。」

「我離開家之前給他打了電話，今天早上他到了，剛到不久。」

「你整夜都在醫院？」

「嗯。」

謝謝，在她的嘴邊，她卻還是沒有說出來。鹿坡在繁花盛開的花園中間形成一道鋪了瀝青的甬道，街道上面那邊，樹枝和灌木樹叢後面的房子只能依稀辨認出剪影。早晨晦澀的光線蒼藍麻木的掛在地表上面。她在尋找某種情緒，適合丹尼爾的話的情緒，尋找害怕、驚嚇或者惶恐，但是此刻她只要這種方式，這種丹尼爾對她說話的方式：安靜以及開放。車子外面的空氣中充滿雀鳥的鳴叫。她的思緒一再的出軌跳接，也許湯馬斯・懷德曼剛剛醒了，也許在醫院的哥哥會以責備迎接她，以爲是她讓一個十六歲的少年守在臨終的外婆身邊過夜。

「漢斯有說什麼嗎？」

「話不多，這麼早也還沒有醫生在。」

「但是他說了什麼？」

「我這一輩子第一次看見他哭，不知怎的……」他把頭歪向一邊，點一下，似乎在腦中衡量考慮。「不是幸災樂禍，還是什麼的。我只是之前不知道，他的母親對他這麼重要。」

「我也不知道。」

「他也不知道，他一定是凌晨三點就出發了。」

她扭轉鑰匙讓車內的電器啓動，然後把駕駛座這邊的窗戶放下。布魯能家的栒子繁茂得蓋滿山坡。到處是鳥語，不成調而且雜亂。此刻她應該記掛她的母親才對，卻反過來心疼她的兒子到眼裡幾乎都要蓄滿淚水了。城堡山上的天空，這時已轉亮到出現第一道沒有顏色的光束。也許感覺不到驚嚇已經屬於某種震驚的症狀，荷爾蒙的分泌，將決定性的神經連結鏈置入大腦，說：看哪，天空多麼美麗！在某一個時候現實還是會找上她，帶著它摔落的重量，會全速趕上她，讓她墜落。可是現在，手肘支著窗框，兒子在身邊，而且——她沒有在注意，但是它還是在——皮膚上有一種特定的感覺，現在，好像死亡和傷逝在按她的門鈴，而她就是不在家。

「情況很糟嗎？」她問：「在醫院？」

「不會。」

「你整個晚上在做什麼？」

「看雜誌，從窗戶往外看，想東想西。我覺得，妳應該問一下外婆的情況如何，畢竟生病的人又不是我。」

「也許我害怕知道。」

「一點幫助都沒有。」

「這樣啊？」她摸摸他的頭，而他沒有躲開。「我可以先跟你說聲謝謝嗎？謝謝你所做的。」

他沒有去正視她的目光，從襯衫口袋裡掏出一張紙。

「這是腦靜脈竇栓塞，第一次斷層掃描時無法診斷出來，因爲掃描是原色的。現在用染色掃描，出血便顯現出來了，正確一點說是血塊，頭痛應該是從阻塞的血管來的。他們現在試著降低血的濃度，看阻塞的血管能不能通順，但是第一，這很冒險，第二，血塊相當大，佔據不少空間，傲慢無知的漢廷醫師這麼講。他的診斷是：很不好。」丹尼爾眼睛再一次掠過這張紙，然後把它摺起來。「此外，這裡還寫著『中線移位』，但是我已經忘記這應該歸到哪一類。」

城堡山上的光線看起來好像太陽將在一堵紙做的牆背後升起。她去抓他放在大腿上的手。「我們來吃早餐，然後我去看她。你想讓漢斯睡在你房間還是要我幫他在客廳沙發鋪床？」

「好像沒有別的更重要的事似的。」他說，並且打開副駕駛座邊的車門。

她等著，在她也下車之前，直到他把家裡的門打開。整夜令人心智煩亂的醜陋死亡逼近的陰影壓在他年少的無憂上。與此同時，她跟湯馬斯•懷德曼共享一張床。現在她承受著罪惡感像一個不方便的、但並不是特別重的負擔，她不過需要不時的換手。剩下的就看，路還有多遠。

房子裡迎接她的是清冷，在這昏暗的走廊上。丹尼爾已經進了廚房在忙，她則走進臥室去換衣服。有一會兒她注視著沒有睡過的床。她將吃早餐，然後踏進母親臨終的房間、人生的終站，看來是這樣，在一切覆蓋著白色布巾的房間裡嗅聞著消毒水的味道。很久以來第一次她把頭髮盤成髮髻固定在後腦，穿上襯衫和一件暗色的裙子。

廚房裡丹尼爾手上捧著一杯咖啡，靠著廚子站著。

「你什麼時候開始喝咖啡了？」

「從我覺得好喝開始。」

「你不需要先躺一會兒、睡一下嗎？」

「我不累。」

「我們坐在桌邊吃早餐是不是已經不流行了？」她指指他身邊的奶油和果醬瓶子，對面的麥利西家一個百葉窗慢慢被拉高，普遍性的提早逃床起身在鹿坡這已無希望的老化社區。

丹尼爾無言的把封口打開的麵包袋推向她。

「看來很明顯的，你也不想知道我昨晚在哪裡。」這句話嚇了她自己一跳。她當然絕對不會告訴他，還是她想？只是不敢？而且她禁不住要去刮這層效果像成人的審慎表面，她兒子躲藏在後面的表面。或者他根本沒有在隱藏什麼？這是剛從不成熟的殼裡掙脫出來的新面貌，正自信的、以試圖安撫她的神情跟她對視？

「不想。」他說，並且吞下嘴裡的食物。那件他穿在身上的襯衫，一定是新的，而且散播出他穿著品味大幅改善的訊號。「但是我知道，住在格陵貝克街的是誰。」

「所以呢？」

「所以怎麼樣？」

「拜託，丹尼爾，你媽今天早上神經很衰弱，你沒有發覺嗎？說點什麼，開個玩笑，對我發脾氣，但是不要那麼酷的站在那裡，好像這些都不是你的……」然後她就不知道該怎麼結束這個句子了。事？責任？

「生活？」他問。

她一邊搖頭一邊去拿麵包，咬一口。至少：她有餓的感覺。丹尼爾雖然感覺好像變了，但是除此之外家裡的角色還是一樣，她總還是陷進母親的語調，連她自己都受不了的語調。然後他還往上加一記，講一句在她思緒最狂野的時候也不會期待聽到的話，一句遠遠超過她心目中以兒子的年齡會講出的話：

「我也不會讓妳來干涉我該跟誰睡覺。」

實際上他感覺自己其實完全不必要思考。天氣以及四肢百骸中的感覺和自己合而爲一，但不容易描述：似乎皮膚自己就會記得曾跟它的同類接觸過。每個毛孔因溫柔的撫擦而張開，讓夏天的風吹拂而過。他醒來之後還躺在床上許久，也不拒絕自己去聞嗅第二個枕頭，去想：懷德曼，恭喜你！

那是九點的時候。

之後到底什麼改變了，他被蒙在鼓裡，直到這個問題成形，並且在早餐和中餐之間植入他的腦袋之後：什麼改變了？那時之前說的那個枕頭已經在洗衣機裡以九十五的溫度旋轉。他自己的思緒察覺到那個跳動，而這個跳動正是昨夜幫助他得到內在音叉脆亮聲音的跳動，也讓他站在蓮蓬頭下良久，因爲他持續不斷想起老踏境樂曲的節段。男人對性能力孩子氣的驕傲。還是是別的？

「再來。」他對自己說，洗髮精的白沫皇冠戴在頭上。他還很清楚的記得，十六、十七歲時他真的確信大人是不同的。嚴肅的——不稚氣的、不嘻皮笑臉的、無可救藥的對孩子的淘氣免疫。但是年紀愈大，他愈相信，在他身上，轉成認真的大人這個蛻變並沒有發生。出於這個確信他從三十歲開始得到一種感覺年齡，這個感覺年齡總是一跛一跛，追在差距確實頗大的實際年齡之後——不論別人看他是多嚴肅的人，這也不能說是錯的，但的確也不是對的。嚴肅是他職業的一部分，他不一定會費力在離開學校後，將職業外部特徵卸除下來。換句話說，他放棄持續使用感覺年齡，給誰看呢？而當他現在這麼做時，同時用毛巾擦乾頭髮，他問自己，長久的習慣是否終於讓他戴上這骨質已經硬化的嚴肅面具，以致需要更強大的刺激，讓他一整個早上都在感覺，其實曾經是他尋常生活中擁有的感覺。

他失去了青春，像別人失去彈琴的技巧能力？因爲疏於練習？

懷德曼把臉上殘留的刮鬍泡沫洗去，它們在鏡中突然怏怏不樂的瞪著他。總之，他自己選擇了一種生活方式，建立在悲觀上的生活方式，也是對抗失望最佳的防護，人類智力所能想出的最好的辦法。而他不能讓這個基石消失。太遲了。沒有一個女人能引誘他離開，即使她再如何不設防開放性的說，這樣一個高潮比她從這次相遇所期待的還更多。就算她笑得自由隨興，如他在凱絲汀身上永遠料不到的。這座基石的材料來自破碎的夢想和延展而成的後果，不是笑一笑就能處理克服的。

懷德曼走到陽台上，覺得自己被困住了，被這個地方的夏天所拋棄，被自己煩得像被一個愛看熱鬧的跟屁蟲纏著。再一次他想去散步，好好思考，知道自己無力反抗自己的「可悲的黑色注目」，康絲坦薇所起的這個名字是對的。她只不過沒有料到，她把他的悲觀看成是整件事不愉快的起因，但其實悲觀卻逐年成爲事情的後果：比方他搬回貝根城，當一個老師。他以頑固的態度投降，以及把失敗以堅持承擔。他如此生活愈久，這個句子就愈真實，人一輩子只有一次轉變的機會，之後人就只能假裝和掩飾。

他收拾桌上兩個酒杯，在廚房第一次問自己，爲什麼她在破曉前，沒有留下一句話就離開了。這個問題，他覺得是具有療效也令人震驚，因爲她這麼晚，而且這麼突然的造訪，闖進他關於轉變和佯裝兩個議題走向情緒惡劣的哲學探究。

爲什麼她先離開了？

回到陽台，與其說他在尋找答案，不如說他在找一個感覺，找將這個問題從他心中勾起的感覺。他唯一的機會在於自己去摸索，他是如何比想別的女人還更密集的想她，以及想她的時候心中帶著更多的暖意，或者更多恐懼，害怕她透過她的失蹤告訴他，這只是一夜情，不打招呼地刪除自己的軌跡。但是另一方面：多賤，又多屈辱，尋找他根本沒有的感覺的情況證據。好像他想證明她的質地給他的理智看似的，用理由和辯論，這些都遠遠不及他想確認凱絲汀•維納沒有令人討厭的性格。不會隨地大小便，不會咬人。

他通常對自己如此不滿時，便想打電話給康絲坦薇，跟她描述自己的現狀，挖苦自己，然後以她的反應來說服自己，她雖然不再愛他了，但是仍然還是沒有到無所謂的地步。然而她的孩子出生後，他便羞於打這個電話；母親的喜悅遠超過他想像能力的範圍，而且讓他更像是一個從過去來的闖入者，一個鞋子滿是汙泥的陌生人。聽起來很荒謬，卻是千真萬確，即使分手多年，她的母性特質更加深了他的孤寂。

中餐時，他直接站著吃麵包，然後去散步；路走得比平常慢得多，習慣的路徑上鹿坡，沿著環道，從這裡可以看見通往薩克費佛山的國道。綠色山丘，藍色天空，白色雲朵。孩提時代他就已經在這裡行走，與父母一起。冷杉、赤松、樺樹和櫸樹，還有橡樹。下面窪地、卡爾滬德池塘那裡，是他這輩子第一次也是唯一一次溜冰的地方，那次以後他整整一星期躺在床上因為懷疑摔成腦震盪而不能起來。另一邊則是牧場、草地以及無盡的森林。他隨著路經過鹿坡小屋出去，上坡緩緩開始，路也曲折起來。長長的櫸樹幹躺在壕溝裡，剛砍下不久的，斷層處還呈淺色。他只聽見自己的腳步踩在地上的聲音、葉片嘩嘩以及山谷下不清楚的車聲。然後他來到一個形狀像星星的路口，站住，往綠蔭濃處張望。天色還早，才下午兩點剛過。家中既沒有工作也沒有人等他，雖然他原本只想散個步，現在決定，整個下午就健行吧！他有種感覺，每一個遠離居處的腳步都是往對的方向。峽谷左邊的路開始爬升，走勢像他的路往那個頂端去，那邊他必須橫越國道，才能接上一條管制的小徑，這條小徑會帶領他到滑雪山的山腳。到處都是野覆盆子，以及滿布的其他綠葉，一邊走一邊拂開，希望不要招來虱子。

這條路上沒有樹蔭的地方，陽光便緊密的黏在他身上。小蟲子嗡嗡的群聚在空中，隊形奇特，他的汗吸引蒼蠅飛來。他爬得愈高，植物就愈濃密，小徑時而消失在雜蔓和高高的草中。有兩次懷德曼都以為路走偏了，但是他又在樹下發現地上被踩出來的途徑。這趟夏日健行變成在他自己思緒不尋常的區域裡辛苦的蹣跚行走，襯衫黏在他背上。凱絲汀・維納會怎麼想，她能觀察到他與自己的鬥爭嗎？從樹叢間他已經認出滑雪山禿禿的坡，坡旁纜車的吊索和鋼索上緩慢上下的吊椅。他好像在等待醒覺的那一刻，也就是環繞著他的泡泡的破滅。為什麼他不能簡單的不忠於自己？哪種變態的內在力量驅使命令他一定要遵守這個他最不在乎的品性？

懷德曼踏出最後一塊林地，這塊地夾在兩座錐形山峰的中間往上拉。赤裸、土黃，滑雪山頂在他眼前高高聳起。下面的、更形陡峭的部分一半已經隱入綠叢中，較緩平的上面則在他的視線之外，只有山頂纜車站的屋頂在太陽下發光。他將一隻手擋在額上，欣賞這幅景色，灰色筆直窄細的滑道，只容得下兩架雪橇呼嘯下山。半秒的誤差他才聽到雪橇駕駛的呼喊。空空的雙人座在樹上的空中晃蕩，護圈是開著的，軌道沿線站著無用的強力照明桿。一幅應該是雪景的景色，現在看來並不優美，禿禿無毛而且不知目的爲何。滑道在一塊平地盡處、在兩個輪胎接續的地方結束，兩個駕駛站起身來，用力舉起雪橇離開滑道。有一刻懷德曼以爲在他們中間認出兩個學生，但結果是陌生人。木頭做的扶手像漏斗的形狀一直延伸到纜車站，冬天時滑雪的人擁擠不堪，現在只有一個模糊的人形從影子裡出現，踩熄香菸，扶兩個人上纜車椅，雪橇被掛在靠背的鉤子上。

他很想知道，他到底期待什麼，這產生了測量標準，讓這個時刻去測量自身。就這樣他迷惘的走著向纜車站的幾步路，問那個人，是否也可以在這下面買票。

被詢問的人把他的小酒瓶栓緊，用點頭的動作回答。襯衫已經穿舊了，牛仔褲鬆垂，其他可以用來形容對方臉的形容詞連懷德曼都想不出來。他跟著他時，他把皮夾再收進口袋。從小站裡的窗台長椅他可以聽到收音機的音樂。一陣涼風從山坡下吹上來，嚴峻得像槍斃口令，單單回頭一望，他站在地上的一塊石板上，然後纜車椅搖搖晃晃的來了，座椅打到他的膝蓋窩，當那個人幫他把護圈鎖好時，一陣廉價的干邑味籠罩他。

「謝謝！」懷德曼說，然後人就被飄走了般。幾秒之後他已經接近樹頂的高度，一段哼唱靠近，纜車椅嘎嘎的經過第一個支點，哼唱變成在他身後。靜靜的、規律的，他掠過空中。他很驚異，卻不知道爲什麼。空氣載著他卻沒有發出聲音，什麼都沒有，除了空氣自己的多空隙活動。他的上面有一支鐵臂，這支鐵臂淌著汗抓住鋼索——他的生命懸在這一線。

它繼續嘎嘎的往下一個支點去。慢慢的，平坦的山頂截面出現在他面前。空的雙人椅迎面而來，在他前面座椅也是規律的一排搖晃著，都是同種類的形體，只有透過背面的號碼才能區別它們。他的正面前，搖著12號。本能的他坐在他的座椅中間，好像他不信任這架機械的平衡感，但是現在他滑向旁邊，背往後靠，慢慢呼吸。他到底對什麼感到奇怪，他忽然想起來，是無動於衷，有時候就這麼襲上身來，內心的感情以一種麻醉的方式突然結凍，把除了是直接反應的感官感覺之外，其餘一律淡出圖象外。一個情緒的真空，但是這個情緒真空卻又能感覺到，這令他生氣，好像在看牙醫時不能控制舌頭不斷去抵觸麻痺的牙肉。這是否是一種他變老的特殊方式，在身體開始不聽使喚之前？忽然間他飄浮在寂靜裡像身處惡夢。好像這張雙人椅直到他生命的最後一天都會載著他穿過無意義的風景，他是杳無人煙的世界裡唯一的一個乘客。下面的纜車站裡魔鬼本人站在那裡，恫嚇的笑，在他身後用小酒瓶敬他。

他眼睛緊閉，掙扎著把這個想像抹掉，他知道：他必須改變他的生活，生活才配稱爲生活，但是他卻浮在十公尺高的空中，飛過一個孤伶荒廢的野外遊樂區。他沒有對凱絲汀說一句想要再見到她的話，而她接收了這個信息，曙光乍現之時她便離開了他的公寓。

當他再張開眼睛時，山頂的纜車站已經迎面飄浮過來。他右邊的下面是停車場，半打的車子停在那裡，而在滑雪小屋前他看見桌椅和太陽傘，一隻手數得完的客人。太陽比他所預期的更傾斜了一些。地面靠近了，一個指示牌教人如何打開護圈，下一個牌子又警告不要墜落：紅色的三角牌裡面一個翻觔斗的小人。

太遲了，他想。

幫他下纜車的人身上聞起來不是干邑味，而是便宜的刮鬍水，除此之外，他看起來和他在山下的同事相當一致。懷德曼在磨損的地板墊子上走了幾步。山上這一站設在一個小丘頂端，左邊下去是一個平坦像馬鞍形狀的坡，冬天是用來滑雪橇的。懷德曼在坡道中間停下，跟隨高草內的足跡到滑雪屋去，滑雪屋旁的電話亭是他的目的地。他確認喝咖啡的客人中沒有他必須打招呼的人，感到放心多了。剛剛那兩個雪橇駕駛也是同屬這個大家庭裡的人。他點個頭走過去，在腦中找尋她的電話號碼，而且找到了。他不知道，他打算跟凱絲汀·維納說什麼，或者丹尼爾，如果是他接起電話的話。

慣常的猥褻裝飾被塗抹在電話亭玻璃牆上。大家庭中的某一人一定說了他什麼，因爲他透過玻璃往回看時，映入眼簾的是覺得有趣的臉。一個孤單的、不再年輕的男子在週末時來滑雪橇。懷德曼把聽筒從架子上拿下來，將五十分錢投入投幣孔。

想知道一下妳好嗎。

我本來想給妳煮咖啡。

妳的東西忘了放在我這裡了——我——。

話筒響了很久。那個家庭不再注意他，也許決定，不要來惹這個孤單的神經病比較好。纜車雙人椅上來又下去。他做的事，是一時衝動嗎？因爲星期六下午太過緊張的思緒？不管是什麼，他的手已經汗濕了。我們所做的事有多少是我們能夠解釋的，昨天在他的陽台上，凱絲汀・維納對他這麼說。能解釋的很少，雖然如此，嘗試還是值得的，她說。而他想：多好，還是有話語能把意義的表象喚醒。它們躺在沉默之上，像池塘上秋天的落葉，色彩如此繽紛，以致底下的黑不會被看見。

13

她聽見鑰匙插入家裡大門，隨即便是他在玄關的腳步聲，她沒有上前去迎接他，只是把收音機關小聲。廚房裡潮濕的空氣讓窗戶霧成一片，她透過它在觀察，克萊漢如何以握手和鞠躬跟一對她不認識的人告別：一個非常不雅觀的鞠躬，從他圓球般的肚子將上半身前探而下，方向朝女士完成整個動作，看起來像是威脅著要行吻手禮。眼前這對情侶是對房子感興趣的人，一個禮拜以來，從道別的情形看不出來他們是否會考慮買。四十歲中旬的一對，她穿裙子和襯衫，他西裝外套沒有結領帶。蘭河迪爾區車牌，克萊漢的賓士車先發動，輪胎短短一聲吱後離開，顯示的大概是又一樁沒有成功的交易。第十次，如果她數對的話。麥利西家的房子似乎有什麼不對勁的地方，如果要她說實話的話：這件事有某個地方讓她很高興。湯馬斯在早春的時候把最重要的建議提出，別管鹿坡五十二號生鏽的管路，直接搬到另一棟房子裡。但是去住麥利西家以前住過的地方，這個想法似乎並不合適，而且沒有品味。何況她對前鄰居的憎惡也不因爲他們的過世而有所改變（先是太太，然後是先生，三個月之內，像一對共命鴛鴦）。在那棟房子裡生活，這個想法本身就讓她不舒服，那棟房子，她多年來從廚房窗戶每一眼都會看到，好像讓她持續不斷在回首過去。鹿坡五十二號老鏽的管路的確很煩，麻煩甚至一年一年變大，所以她每個星期五都仔細研究《訊使》上的房屋廣告，希望趕快找到下一個居處。在宏恩貝格街有很多公寓，但是湯馬斯不願意繼續往山上搬。太闊氣了，他說。這個害怕變成暴發戶的先生。

「湯馬斯？」她沒聽到腳步聲了，便朝背後叫他的名字，當她身後兩公尺的地方傳來他的「是」，她嚇得半死。一隻手撫著胸脯，得深呼吸兩次，她才說得出話。

「老天，你嚇得我……你變成印第安人嗎？」

「嗯，遵守住房公約，老水牛在玄關就把鞋子脫了。」

「我沒聽見開門的聲音。」

「因爲門本來就開著。」就像廚房的門，當他站在那裡用好笑的、有些嘲弄的表情看著她時，雙手各自撐著門框，他的肩膀就已經把門佔滿了。「好點了嗎？」

她還在驚魂未定中，看著他的眼睛，她點點頭。他把襯衫袖子捲高，看起來，好像他知道什麼她不知道的事，正常情況下她也會想要滿足自己的好奇心，但是現在已經快六點了，她面前擺在流理台上的，是才完成一半的晚餐，正要求她全神專注。可惜廚藝的一半是機械行事，如果都靠感覺和品味，她的手藝會好得多，反正今天行不通。今天她爲了兒子要施展全副身手，卻像驚惶的迎賓司，完全無法集中精神。

食譜在哪？

事前的喜悅有時候是非常艱難的，如果試著去感覺的時間很長的話。她的手在桌上指東劃西，實際上完全沒有主意，她在找什麼。湯馬斯進廚房來時她所嚇的一跳，打亂了她原本像精密齒輪般運轉的專注，她卡住了。他買的東西裡面有她需要的某種東西，而且她必須注意，烤馬鈴薯泥的烤盤不要用大蒜去塗，因爲娜塔莉雖沒有明說自己討厭大蒜，但丹尼爾說，她就會盡量避開、禮貌的、悄悄的放到一邊。現在她站在廚房裡準備半天做什麼？

「你讓我緊張。」她說。他還站在門口，現在是雙臂抱胸，靠著門框——這是她用後腦看見的，透過忙碌主婦對四周的感應。

「怎麼會？」

「當你在我後面像一隻熊一樣伺伏著，不如來幫幫我。」

「我該做什麼？」

「先給我甜鮮奶油。」

大蒜的事不算的話，「小莉」，如那邊所說，也不複雜，大家跟她保證。從最近的照片看來她很可親——凱絲汀並不想去想，但是思想跑得比她快——而且比她想像中兒子會喜歡的女孩子有魅力多了：開朗的笑、大眼睛，很明顯身在和諧的世界裡，跟她自己還有她身邊那個男人，那個曾經是丹尼爾・龐培格的人，但是現在戴著鴨舌帽，痘痘沒有了，而且從他臉上，凱絲汀可讀出，他對自己的轉變有一絲淡淡的喜悅。此外他的表情還帶著她在某段時間認識的某種自滿，萬不得已她才會稱這段時間爲她的「第一次婚姻」。

「不是在冰箱，在你的購物袋裡。」她說，因爲湯馬斯正要穿過廚房，執行她的命令。

他在她身後站定，她暫時放棄尋找，手垂放下來，期待一個溫柔的觸摸，期待一個心理準備，準備反應這份溫柔。很奇怪，這種排山倒海湧起對擁抱的渴望，有時候會突襲她，彷彿這慾望有一些共同的症狀，這不是興趣，不是性方面的，而是一種無言的防禦形式，也許跟緊張急促的動作相近，這種動作讓溺水的人加速溺水的速度，但是其實是要救自己（妳太誇張，湯馬斯會說）。對這種僵呆，她想不出更好的詞，當然也對這種折磨，誰都會在某種時候剛好就加諸自己身上。有些日子，她所感覺的體溫差幅可以比擬股市指數。

不管他的手在什麼地方，只要不是在她頸項上，她都往後退半步。下午的時候她曾想，過去幾個星期她太專注於有關丹尼爾要來共度一週的喜悅，沒有跟她的丈夫分享。雖然不是懷德曼的兒子要來一起慶祝踏境節，但對方是妻子的兒子，並且認真說來，他也沒有喜悅的跡象。然而她並不怪他，而是怪自己根本沒有去期待丈夫對於這件事情的興奮。狀況一是他可以愛屋及烏為她高興；狀況二丹尼爾年紀較大了，不再是憤怒的青少年，覺得回到家裡有他的班導師是「叫人想吐」。她原本想在車裡把話題提出，但是湯馬斯剛剛的眼神讓她覺得，她也許想錯了，因為他的感覺一如往常必須用譏嘲包裝起來，然而溫柔的感覺卻還是存在。至少，他的手搭在她肩膀上，雖然僵硬無動於衷。

「……我忘了，恐怕如此。」

「你忘了買鮮奶油？」一陣警鈴自太陽穴內響起，太陽穴是她身體裡的地震儀。她需要鮮奶油，**馬上要**。

「所有的東西都忘了，我根本沒有去買菜。」

「沒有。」她說，而且每個字都是認真的。自從幾個月以來她一直有感覺，氣氛上來說她無法腳踏實地，而是在一條腐朽的厚木所築的棧道上走著，不知道所覆蓋的，是多深的深淵；她只知道，似乎下一秒謎底就會揭曉。反正到最後小心翼翼的保持平衡根本是白費。最簡單的事情，例如準備一頓晚餐，事實證明根本不可行，也許他下一步要請求原諒，好像這只是會發生在他身上一般平常的小小不順，意外冒出的。很遺憾，但是任何人都會犯。

他的手像蛤蟆一樣坐在她肩上，簡直讓她噁心。

「看著我，」他說，用另一隻手去抓另一邊的肩膀，把她扳過來像……如此。

她在他的衣服上聞到安老院的氣息，刺鼻的清潔劑，在那裡大量被使用，對腐朽老化卻沒有用處，它們的孢子依附每一個踏進那個空間的人。清潔劑之外，他的襯衫還傳遞著汗味，因爲他的手臂前後搖晃，好像想把她喉間那團硬塊搖出來。她拒絕跟他的眼光接觸。不，他甚至不覺得道歉是需要的，他現在那麼自戀，就是在這個時刻，她的臉雖然背對著他，還能看到、聽到、感覺到：他如何把聲音降低半個八度，表達他震驚的程度，緩緩用拇指撫摸她的鎖骨。這是他的錯，但是對他而言這個意義並不是悔恨。他早就把自己視爲安慰者和敏感的補償者，絕不是混亂的製造者。

「湯馬斯……」下地獄去吧，而且先不要回來。她的怒氣足夠引發一場爭吵，但是她沒有力氣。他怎麼能如此自戀？這個誤會是怎麼產生的？在他體內好像有特別的器官專門負責製造誤解。因爲在現實中尤其是他面對自己的小錯誤所表現的寬容、無限的大量——怪癖嘛，不，說特質吧，而她們稱爲「魅力」——同時會對她真誠的在嘗試改變，如果他也是如此，一切會變得比較容易與盲目。

「看著我，凱絲汀。」相反的，他滿足於自己的低音C調，將話語當成膏藥，將這些統統澆到他歇斯底里的女人頭上。「告訴我，妳一定要用鮮奶油，我就馬上出發去買給妳。」她請求他將她的頭抱到他的胸前了嗎？她用雙手抵抗他的溫柔，用食指抹一下眼睛。

「隨便你。」

「什麼意思，隨便我？」

「就是這個意思：隨便你。」她掙脫他的束縛，轉向流理台上那一堆混亂。日用物品習慣的放置狀態，精確的反映出正在上演的事件：像她勞心的努力與他恣意的破壞之間的對峙。好像他不知道或不想知道今天對她的意義似的：與丹尼爾的再相見、認識他的女朋友、以一個星期爲期的家庭生活策畫導演。一齣劇，十四年前下片時被扯掉一角，這個洞沒有再能補上。但是她決定，這一個星期還是要去享受它，用盡所有，包括焦慮的猜想，丹尼爾會對她坦白念完書後不回來德國的決定。可是她的丈夫不肯合作，單是「家庭」這個字眼就讓他聯想到小市民意識和食古不化，所有的都放入這個可笑懷疑的模糊禁區內，禁區之上他高高的正襟危坐：即使是大家一起吃一頓家常晚餐也是化裝舞會，唱著搖籃曲自我催眠，向內而言是自我欺騙，向外是表面功夫。有時候他還做到可以從這裡滔滔不絕講到意識形態去。

（此外，他根本沒有高高在上正襟危坐，反而自己是他最愛的嘲諷對象，但是這麼假，這麼不成熟，她選擇直接忽略；每當他又要長篇大論時，她馬上躺進浴缸。）怎麼有人能同時這麼細膩體貼，又這麼粗笨？卡琳最近說，他可能只是下意識的吃丹尼爾的醋，但是這種俗濫的猜測才真正會讓她血壓升高。會去吃一個母親對兒子的愛的醋，這個人要病得多重才會如此？

撇開這個不談，她也不喜歡卡琳談論她的丈夫，好像知道他內心在想什麼。

她手放在流理台上支撐著自己，從窗戶望出去。乾掉的夏日落葉覆蓋在麥利西家的車道上，露台前草地上的草已經及膝，籬笆的狀況若讓往日碎碎念的麥利西先生看到，他會從墳墓裡跳出來。

「凱絲汀，我在等。」

「等什麼？」

「等妳理智一點，告訴我，我現在要不要去買東西，還是沒有這些東西也可以。」

「你看到採購單了，不是嗎？你看到了。現在我們很理智的問我們自己：如果沒有這些東西也可以，我會寫給你這麼長的採購單嗎？」

他不回答，她聽著牆上的鐘滴答滴答。六點過三分。飛機在法蘭克福降落時間是二十點廿一分。她的怒氣轉為驚異，驚異兩人怎麼會如此天南地北，而「愛」這個字包含的範圍有多麼巨大。有時候語言根本不夠表達愛，人總是嘗試使用尖利的物品來幫助表達。

「也許不會像原味那麼好，但是……」

「但是還是接近原味，是不是：烤馬鈴薯沒有鮮奶油，沙拉裡沒有甜椒，烤肉沒有火種，冰淇淋沒有……」

「沒有火種烤肉是一個好例子，我們有電烤爐。」

她重新轉過身來，看著他的臉，尋找愛慕的蹤跡，感到驚訝，這麼容易便找到了：在他眼裡，在疲累、沮喪、甚至一點點後悔的混合裡。他的眼睛周圍有皺紋，眼泡腫起。即使在爭吵中，他看起來還是像在觀看電視新聞，心中默默為這個世界所發生的事擔憂。

「你覺得，我們在談的是小事，對吧？」她說。

「我相信，我們在談的是我忘了去做妳寫下來交代我的事，因為我整個下午在一個……」

他還在說話，她就開始搖頭，當她還把手舉起來時，他噤聲不語了。

「不要把你阿姨扯進來。」

「好，但是我們要談一談，這整個晚餐的事是不是好主意。八點半飛機才降落，等到他們兩人通過海關，領到行李，已經九點半了，而我們回到貝根城來時，最快也十一點了。」

「按照美國時間的話是傍晚，而且他們兩人一定餓了。湯馬斯，我告訴你，當我兒子離開兩年回來時，我煮飯給他吃。你愛覺得這不理智或者多餘，那是你的事，但是……」但是你要知道，我會非常生你的氣！

「為什麼我們不在路上找吃的？」

「為什麼我們需要討論我能不能給我兒子作飯？」她的聲音在音量上壓倒。「為什麼你現在不是坐在車裡，為什麼你不是在去買東西的途中？為什麼你認為可以簡單的強迫我去接受你認為的理智？並且忽略我為什麼拜託你辦這件事的原因？」

她得到的回答是緘默，還有牆上鐘的滴答，接著是門關上的聲音。她聽見他的車子發動，從窗戶裡注視他的背影，當他開車從鹿坡上坡，在下一個路口轉彎消失時。六點五分。他將在六點半的時候回來，那時已經不會有時間使用他買回來的東西作菜，而是必須雙雙坐進車裡，沉默的往法蘭克福開去，很高興還有收音機在他們之間。到了某個時候她會將手放到他的大腿上，或者肩膀上，當作爭吵後第一階段結束的訊號。他會埋怨自己，將主要責任扛到自己肩上，也許還會取笑一下自己的執拗。在某個紅綠燈之前，或者在法蘭克福機場停車場裡他們會短短的接一下吻。也許手牽著手走到候機大廳。美好的透明包圍著一切，玻璃般的婚姻：它從哪裡來，它往哪裡去，路段是那麼明顯，當明白這一切後，真的完全不能理解，爭吵和誤會怎麼會產生。她站在廚房，按摩著自己的脖子，並且有興趣想和他上床。真是瘋狂，不是嗎？

望一眼流理台她發覺，除了收拾整理之外，她無法做其他的。當她把菜的原料包好，放進冰箱時，內心又重新拾起剛剛爭吵時失去的情緒：事前的喜悅又回來了，一隻過胖的鳥翅很短，很難在空中停留。那麼，兒子的女朋友缺點就是，討厭大蒜、不喜歡陌生人的擁抱，此外，她就真的很不複雜。也可以簡單的稱她「小莉」、丹尼爾「丹」，而那個孤單單的去超市買東西的人是「湯」。他反正認為，家庭團聚是一場化裝舞會，那麼參加的人都用假名也許整件事會更有趣。她反正決定，不讓任何人事破壞她對兒子來訪的喜悅。她等得夠久了。

「Nice to meet you.」她輕輕的說，讓廚房裡的一切原封不動留著，走進花園。

她第一個想法是：這是什麼場景！卡爾麥戲劇節以及大型晚點名號的混合，各式的騎士、制服還有口令都有，好像軍隊馬上要調動拔營了。旗幟被展示、降下和揮舞，消息來回傳遞，小組收隊，快樂的揮動手臂，這期間她們一直站在過於滿溢的市場廣場上，安妮妲在她身邊嘟囔：「真是鄉下人唱大戲。」上膛，收槍(當然四周沒有一把槍)，這邊展一展，那邊秀一秀，左邊一圈，右邊一圈，皮鞭啪啪作響。但是她覺得有意思，因為迎賓宴上的酒，雖然累了，還有四個鐘頭睡眠不足以驅趕開的輕微宿醉。眼前的景象不駭人、很可親，當沒完沒了的隊伍沿著主街遊行離開這個地方時，凱絲汀對即將展開的森林健行感到非常興奮，加上中午大休息時也會有更多的好戲可看。樂音隆隆，到處是好心情，所有年齡層的人臉上都帶著孩子氣的興奮。接著來臨的是所謂的克萊山，就好玩了：滿頭大汗、不斷跌倒、不時

大笑，踏境隊伍在斜坡上翻滾掙扎著向上爬，安妮妲一路罵聲不絕，凱絲汀則享受著前四個學期訓練的果實，輕手輕腳便爬上斜坡，每兩分鐘就停下來等她的朋友。每走一公尺，每伸一次手去拉安妮妲，對她說：「親愛的，讓我幫妳一下嘛！」她的心情就更好一點。她把頭髮紮成辮子，下身是及膝短褲，T恤內是運動胸罩，腳上只著輕便的慢跑鞋，因爲她沒有登山鞋。安妮妲連手臂上一大串的手環都沒卸下。

天空被雲層遮蓋，卻沒有要下雨的跡象。像這樣一直持續到山頂，穿過濃密的、陡峭不見天光的森林。凱絲汀時而量一下她的脈搏，很高興心跳是一二八上下，考慮到這種坡度的不易，成績的確不錯。從安妮妲的臉色來判斷，她的脈搏一六〇以上，興奮度很低。但是她的手已經伸進緊身褲的袋子去拿菸了。

「也許妳應該偶爾騎腳踏車去大學。」凱絲汀說，然後把安妮妲尖銳的回答當成是讚美接收。讓安妮妲稍微尷尬一下，而且讓她把這個尷尬顯露出來，是很好玩的事。就像幾年前她得到的高中畢業成績比漢斯好一點，也讓她覺得有趣。她聳聳肩，環顧四周汗涔涔紅咚咚的臉，濕濕的脖頸，上衣腋下暗色的汗塊。集體的體力勞動讓她覺得舒服，這種活動甚至讓陌生人之間也產生某種同袍情誼，是人經常感到的限制鬆綁了，也許也是因爲這樣她才選擇主修運動。

掌聲澎湃的響起，當一個身著三色衣的競走者如履平地的小跑步上山時。

「矯健的傢伙。」凱絲汀說，雖然她連他的臉都沒有認清——她只是一時心血來潮，想說這類的話。

「他還沒有女朋友哦。」她身後一個聽到她的話的人說。

「廉價大拍賣。」另一個人插進來。

「不用，謝謝。」安妮妲吸一口她的菸。「送我都不要。」這個語言，凱絲汀忽然發覺，不太一樣，自從她身在這個語言的自然環境裡，在這裡所有的人說話時，都像嘴裡含著一塊鵝卵石。

「我可以走了。」

「……凱絲汀勝利的宣布。」

「但是我很願意等到妳的脈搏正常了再走。我可以量一下嗎？」她把左手腕翻轉過來——運動系的學生都把錶面男性地戴在左手腕背面——伸出右臂去碰觸安妮妲的頸動脈。安妮妲雖然像害羞的馬把頭一側，但是凱絲汀踩上前一步，三隻手指放上她下巴側面汗濕的皮膚上。數著，三十秒後說：

「七十六下。」

「還可以嘛。」

「乘以二，小姐。」她把手放在安妮妲的脖子上再久一點，擦過她的臉頰，說：

「是一百五十二下。」

「我活得快一點。」

「快一點？妳的舌頭是不是也累了？我昨天就想問妳了，自從我們到這裡以後，妳講話好奇怪。」

對這個問題安妮妲沒有說什麼，只是送個飛吻給她，踩熄香菸，繼續行軍的下一階段。她們費力登上克萊山頂不久後，居民便散開，第一道太陽光線將森林浸入光和影中。這些道路很窄，它們直通到一個布滿碎石、參差不齊的山脊，強迫健行的人潮變成無限延長龍形怪物的形狀，歌聲和吶喊穿透整個清晨。安妮妲碰到幾個舊識，像昨晚在市場廣場上，凱絲汀覺得很容易便能讓自己融入談話中。鄉村的、小城的氣氛，熟悉的領域。她從傳過來的小酒瓶裡啜一口，感覺舒服的溫暖在空胃之中，香芹籽滋味在喉頭，第一縷輕微酒醺的感覺在鬢角間。她可能馬上就要開始跟著唱了，如果在她周圍再來一輪的話。所有她在科隆心煩的事，都被留在科隆，而且必須等待直到星期六，她再重新回去面對。首先要優先處理的是踏境節，要慶祝一番。

「再跟我解釋一下休息廣場的遊戲規則。」她說。

「早餐廣場。」

「到隨便一個隊組去，讓人抬高三次，付幾馬克，得到一個徽章，用這個徽章兌換飲料——免費的？」

「That's right.」

「在我看來真是大方闊氣。」

「我們貝根城人的確如此。大自然送給我們如此美麗的禮物……」安妮妲打在她脖子上的一隻蚊子，「……我們當然願意跟所有在峽谷迷了路的人分享。是這樣的，東德人過來的時候，西德也會給他們一筆問候金，讓他們買得起第一根香蕉。」

「很恰當的比較。」

「只是在這裡妳可以選擇參加哪一個團組。」

「爲什麼妳不屬於任何一個？我有看到什麼姊妹團的T恤。」

「少女組。我沒有什麼團隊精神，妳知道的。」

「沒錯，妳連同居精神都沒有多少。我們應該盡快認真來講清楚，關於打掃廚房的責任義務。」

安妮妲發出作嘔的聲音，好像馬上要吐出來了，然後她對著她大聲的、莫測高深的笑，來挽凱絲汀的手臂。

「辮子姑娘、辮子姑娘，妳知道妳要去哪支隊伍的旗下嗎？我健議鹿坡男子隊。這個隊伍是第一次參加踏境節，所有的男人都還很新鮮。」

「鹿坡的新鮮人，好的。」等等，等等。她們走著路，她們說著話，而現在才九點半，當音樂在她們之前響起，又變寬的健行人潮往一個窪地匯聚。右邊的上半部似乎有一條路，那邊停著兩輛約翰尼特意外救傷組織的救護車，以及一長串有著本地肉品店布條標誌的拖車。好多個鼓號樂隊在演奏，在這個還只半滿的廣場上——比較像是被濃蔭的樹包圍在中間的林中空地——人群像葡萄一串串圍著匆匆攤展的旗幟，喊萬歲的聲音處處可聞。

「噹啷，」安妮妲說：「薩克費佛山的早餐廣場。」

「爲什麼這裡所有的名字都那麼奇怪？」

「不要吹毛求疵了，我可渴了，妳也渴了，我們需要徽章。」凱絲汀跟著她的朋友，不久發現自己身處六條大漢的中間。第七個從啤酒桶上朝她轉過身來，請問她的芳名。其他男人交換幾次眼光，好像很高興來的不再是一個一百多公斤的男人，而是一個苗條的、跟他們差不多年紀的年輕女人站在眼前，再過不久她就要被交到他們手上。一個轉過頭去看安妮妲，她已經落地，正接過她的徽章。眼看著在她頭上來回揮舞的旗幟，凱絲汀克服想要逃走的衝動，跟隨指示「手臂下垂，緊貼身體。」然後向後倒下。

「凱絲汀·維納，從美麗的科隆來拜在我們旗下！」穿制服站在酒桶上的那個人咆哮著。漲紅的臉因爲酒精，或者因爲大聲嚎叫，還是遺傳的高血壓。凱絲汀聞到男人的汗味，啤酒氣息，身體下的手跟這些比較起來，她覺得卻很謹慎規矩。「她活……」然後她的身體飛過發射司令的頭，直到綠色的旗幟邊緣，旗幟上繡著奔躍的鹿。感覺很好。她頭頂上的樹近了一點，她想起在大蹦蹦床上的平衡練習，在飛躍時保持她的身體水平的挺直。十二條胳臂接住她，再把她丟進第二次的「萬歲！」一束陽光射中她的臉，她下面，她聽到安妮妲在喊：「聽著，小子，丟高一點！」音樂像海浪一樣淹過整個廣場。

第三次是最高的一次。凱絲汀在空中稍微轉身，看見早餐廣場上的人群，很多旗幟，以及其他正被拋向空中的踏境者。她感覺自己的心跳，T恤移位，很短的、但是鮮明的一下，她想，如果下面等她的不是安妮妲，而是別人，有多好。別人，一個她剛剛認識的男人，牽著她的手，在廣場上散步閒逛，喝杯啤酒，一個稍晚也許可以親的男人。一個騎士，只為了踏境節，還有晚上的舞會。就夠了。然後這個時刻如她在空中的時刻般很快就過去了，腳下又是厚土，她說：「謝謝大家。」走到小桌前，那裡可以領到小鹿形狀的別針。

第二杯啤酒之後，她很明顯醉了。安妮妲的一個同學向她介紹踏境節的歷史由來：與鄰邦邊界的紛爭，規律的走視邊境疆土，很早以前是黑人的任務，去驚嚇所有想破壞邊境石的壞人，然後任務在民間節慶中逐漸移交給當局，所有安妮妲除了健行、喝酒、覓偶的發展之外沒有說到的。

「有意思。」凱絲汀說：「那為什麼七年才一次呢？」

「乀……」她考慮了很久，都沒有答案。「期間需要的時間就是這麼長吧。」

稍後她一個人在場上閒晃，吃了一支烤香腸，遠遠的觀察那個黑人以及跟他競走的人工作。兩人其中一人看起來挺帥，她覺得，雖然身上穿著可笑的制服。他身材不高大，但是骨架很好，肩膀寬厚，而且他強壯的上臂似乎讓他像得到一個出乎意料的徽章般享受他的工作；總之他格外耀眼，在所有圍坐在蓋著一塊布的邊境石旁的人、這些在鼓聲震天裡等著被抬高三次的人當中。黑人在過程中說著同樣的祝語，這句話凱絲汀離得太遠而聽不見。過程完了之後，臉頰會因為被親而變成黑色，以資紀念，對這點她沒有興趣。隊伍反正排得很長。第二個競走者的頭形狀像南瓜，他的主要任務似乎是女人，或者是浪費時間。

終於她又找到安妮妲——在老同學懷裡——當皮鞭啪啪宣布出發時，她正打算開始覺得無聊。人群中一陣騷動，健行的人從草地上的野餐起身，拍拍屁股，垃圾收拾乾淨。

「再見了，不知道我能不能毫髮無傷的回來。」安妮妲滿臉鬍子的王子說，一個堤姆，如果她沒聽錯的話。不是一個特別討人喜歡的人，而是一個現在就可以看出，當他在法院公證結婚、法院驗收他身邊的女人的婚誓，且不論好壞都忠實於他之後，他會變得多令人受不了。他小指上笨拙的戒指說明他的品味。她們歸入大隊人馬時，凱絲汀保持在安妮妲二人組旁邊。

「基本上我的想法是，需要的時候你得撐著我。」安妮妲告知小指戒王。他都已經把右手伸進她屁股上的口袋。「不會是我。」

「**那偶們就候相資撐吧**。（那我們就互相支撐吧。）」

這時隊伍穿越停車場，消失在另一頭茂密的森林裡。暑氣從葉縫間紛紛揚揚落下，化身成細細的灰塵、樹皮的香味和乾枯的葉子。堤姆和安妮妲在講汽車，凱絲汀邊走邊看著她的腳。小學和中學的時候她就已經會細心的照顧保護自己的女朋友們，很不願意與別人分享對朋友的注意力或者好感。就是現在，她也不會覺得不好，如果堤姆扭到腳，還有禮的在路邊倒下。

「魅力？」他不但沒有扭到腳，還問：「車子不是用來讓人羨慕，而是速度。」

他們面前這條路，圍著開闊的草地，從右邊轉一個拉得長長的大彎，好像操場那麼大。在這個彎的中間，兩個競走者就位，南瓜頭耍起皮鞭，讓皮鞭在他頭頂一叢羽毛之上轉圈。這裡和那裡都有健行的人脫隊，溜進草地旁、離路最後一排的樹裡。

「要開始了。」提姆說：「現在要揮舞旗幟了。」

「為什麼？」凱絲汀目不轉睛盯著第二個競走者，他手上拿著皮鞭，朝森林邊緣的方向偵探，他的同伴同時讓皮鞭簌簌的響。

「踏境不能走捷徑，這是被禁止的，但是總是有些人會嘗試。」

第一批溜走的人已經到達草地的另一邊，還互相打著訊號。三個半大不小的孩子立即飛奔而出。凱絲汀伸長脖子。從在半彎地方的健行人群中發出咘咘的噓聲、哨聲和加油聲，當這三個小孩在草地上飛奔時。第一個競走者收鞭，第二個跑到前面攔截溜走的人。這條路的走勢讓草地像是競技場內，充滿陽光，是所有乖乖跟著黑人隊伍的人注意力的中心。兩個開溜者很快便被抓到帶回，第三個逃走了，雙臂高舉，好像正衝刺撞破終點線的綵帶，觀眾在旁邊大聲鼓掌叫好。

「還是值得一試啊！」凱絲汀聽到自己這麼說。她有點想望變化和挑戰，而且到目前為止，她只看見年輕男人敢脫隊。女人同樣可以跑得很快，至少在科隆是這樣。她一百公尺跑十三秒八(手動的馬錶，不太可靠)，而這裡的一切看來像是兒戲。為什麼不？她平常雖然不是會惹是生非的人，但是，首先她已經有點酒意，再來，她可沒興趣整段路聽人喋喋不休講汽車具備什麼魅力。

「妳辦不到的，」提姆說：「不可能。」

「爲什麼？」

「因爲，」安妮妲回答：「那兩個人就只等著女人自投羅網。」

「我可不準備去投什麼羅網。」

「他們寧願讓十個男人跑了，也不願放過一個女人。第一這是榮譽問題，第二，抓捕女人樂趣更大。」

「誰能怪他們。」提姆的腦袋跟他重重的舌頭一樣不靈光。

「等著瞧！」凱絲汀解下她綁在臀部的毛衣，交給安妮妲。

「十馬克賭妳會輸。」提姆說。

「來吧。」就這樣遊戲開始。凱絲汀跳過路邊的溝渠，馬上就感到眼光集中到她背上。「注意，亞馬遜女戰士來了！」一個愛開玩笑的人叫道。她用雙手把兩根辮子拉緊，向前俯下身去，去看原本被樹枝擋住的草地。兩個開溜者正被押解歸隊——整個右邊無人防守。再一次她檢查四周，認出安妮妲和提姆正跑步往前趕，以便在光線好的地方看得更清楚。爛遊戲，她想，但是她現在必須背水一戰了。她觀察測定好對面一個空地的方位，外面最靠右邊的地方，在那條路又即將消失在杉林裡之前。這不是最短的路線，但是離那兩個競走者最遠，大約一百公尺。小小的、已經乾掉的樹枝在她腳下碎裂。她感覺著她的心跳。我現在在做什麼？她問自己。那兩人快步回到草地中心，交談商量，調整校正他們鞭子上的什麼。她等的時間愈長，機會就愈小。然後有人從開放的路段上脫離隊伍，背著競走者，他們直到驚叫四起才發覺發生什麼事，隨即趕跳著去追捕。一刻不猶豫，凱絲汀也奔了出去。

陽光落在她的臉上，當她脫離樹蔭的遮蔽時。在草地上的草比較深，地上比預期的高低不平，她一個踉蹌，趕緊抓住旁邊的草，當她打算出發時，第一個觀眾發現她，開始吹口哨。好像被短短的電擊一下，她愣住了，突然暴露在幾百隻眼睛之間。她觸動處理機制一秒之後，熟悉的衝動來報到了，這個她總是想像它穿比安妮姐的裙子還長一個手掌的衝動。也許是天生的，也許教育和習慣把它塑造成她個性的骨幹：柔軟的核心，這是所有對自我的努力都觸摸不到的——她的自我。

她手臂一抬，向前跑。

乾乾的唏嗦聲發自及膝的雜草、她的腳下。小蟲在草地上嗡嗡，右邊一個森林蓊鬱的坡谷綿延開展。她覺得自己很可笑，同時被她的運動員榮譽鼓舞推動。草地的走勢讓她自然而然向右往她預定的目標路線跑去。她的步伐出現某種節奏。她從左邊眼角看到，那兩個競走者合力將上一個開溜的人抓住，護著他歸隊。有一段時間她單獨一人在場上，她有種愈跑脈搏愈安靜下來的感覺。好像是在逃逸時，將逃跑的衝動拋在身後，簡單的繼續跑著。然後聲音愈來愈大。她已經跑了二十、三十公尺了。「妳會成功的！」她聽到一個女人的聲音在叫，相信那是安妮姐。四十公尺。從剛開始突發的驚嚇變成精神快感，這個感覺，逃出了自己的掌握，逃出所有的疑懼和擔憂。這種事情以前她並不做，現在她卻做了，而且感覺棒極了。好像赤身露體完全沒有羞恥感，像在溫暖的大海裡奔跑。

當鼓譟又大起來時，她知道，追捕開始了。跳過地上凹進去的窪地那一刻，她回頭看了一下，看到兩個競走者越過整片草地像箭一樣射來，採取截角的方式向她包抄，利用草地形勢的優勢。不平的地面無法讓她保持理想的跑姿，她必須不斷划動，才不會失去平衡。路上傳來韻律性的掌聲，大家停下腳步觀看。從左上邊白色的影子漸漸逼近。她感覺到第一波無法呼吸的情緒，喉嚨緊緊收攏。還有五十公尺到達另一端，也許更少。如果她繼續被逼向右，會直接跑進杉林裡。她開始問自己，被抓到的話是否會尷尬？而且還是被這個深具傳統的節慶的陌生人？希望她身後那個傢伙有點幽默感，希望他不是那個南瓜頭。他幾乎和她同一條線了，她沿著斜角的邊緣跑，很快就到結合點了。

她的母親會說：活該！在他逼進的腳步裡有點什麼不可避免的，一些她應該知道的，甚至早就料到的，只是爲了要起跑而故意忽略。一幕不理智的自由解放。而所有她現在還能夠希望的，就是不要後悔，當競走者一超上前時。人如何也掙不脫，汗沿著太陽穴流下，「放棄吧！」她聽見他壓得低低的聲音。他們之間還有五公尺距離，跑步的姿勢是決定性的，她將弓起的手肘稍稍放低……

然後，當他伸手去抓她的肩膀時，她陡的煞住腳步，他衝向前超過了她，而她在他背後重新往上坡起跑，從右線回到她原來的路線。雷一般的掌聲陪伴著這段絕技，即使贏不了，能戰鬥多久，就要戰鬥多久。汗水流進凱絲汀的耳朵裡，歡呼聲聽來只剩沙沙作響。她的大腿感到上山的辛苦壓力，背發出哀鳴，帶著向命運屈服的心情她跑向終點。看著目標接近，但是追捕他的人馬上改變方向過來，快速的趕上。她無所謂了。健行的人站在路上拉長的圈圈裡，拍手叫好。跑，凱絲汀，跑！然後她感覺到一隻大手搭上肩膀，堅定的，但並不算粗魯的一抓，她的速度不得不慢下來。離目標不到十公尺的她站住停下，回過身來。

他臉上的表情仍然與在早餐廣場時一樣興奮，太陽光反映在他汗流成河的臉上。她等著他開口說些羞辱的話，希望地上有洞她可以鑽進去，但是情況並不如她的預期，會有羞辱發生。這就是運動：每分鐘心跳一百五十以上，驕傲如旗幟一般飄揚在風中，因勝利或失敗而翻騰，向所有的人宣告，妳已經做到最好。他們兩人有一段時間都只能急促的喘氣。

「跑得好……」終於他能夠開口說話。「……但是……逃不過我……」他現在抓著她的上臂，半逮捕，半恭喜。

凱絲汀聽見身後路上的呼叫，卻聽不懂他們在叫什麼，心臟已經跳到喉嚨來了。他有深色的眼睛，一張圓臉，卻仍舊稜角分明，強壯的下顎，幾綹黑色的頭髮從帽子下緣露出。他的胸膛起起伏伏，他有田徑手一樣的胸肌，她看著兩塊肌肉的中線，白色的襯衫貼在他身上的地方。對一個滿身因流汗而濕淋淋的男人來說，他的味道真是好聞，有一種泥土的芬芳。

她回顧她起跑的那個地點，草地另一端不起眼的幾棵樹，一個沒有尾端的健行人流從早餐廣場正往她的方向過來。

「現在我……會……被鞭打嗎？」她喘著氣。

「如果妳再次脫跑的話。」他的呼吸已經恢復正常：「真是的，好像競走者的工作不夠多似的。」

「就是想要試試看……你們訓練得好不好。噗！」

「怎麼樣？」

「還不錯，但是乳酸鹽值一定很高。要注意，不要讓它達到厭氧的臨界值。」

「乳什麼？」

「我擔心你的乳酸含量，血液裡的。」她手指著他的胸，好像血液是一個有固定位置的器官。她身後的掌聲漸漸止息，但是集中的注意力仍然懸浮在草地上，像一朵上百隻眼睛形成的雲。而她很喜歡跑完後這種心神迷醉的狀態，也同樣喜歡競走者臉上困惑的表情。

「你至少量過你的各項臨界值嗎？」她問。

他什麼都不說，他贏了，而她輸了，但是如他們現在這樣面對面站著，他感覺不到什麼勝利。在跑的時候他鞭子的繩索鬆了，他把手從她身上移開，把繩索重新繫緊。他不是理解力比較弱，就是很容易被影響，但是她覺得沒有什麼好大驚小怪的。

「現在我必須又歸隊到最後面嗎？」她問，並且成功的結束他的張口結舌。

「本來是的，但是我可以例外一次。妳被賦予權利，可以走踏境最短的路線。從那邊，我告訴妳，但是之前我還得採集妳的個人資料。」他們站得離對方這麼近，她都感覺，透過他白色的襯衫，之後身體的暖氣紛揚——雖然這紛揚也可能來自陽光。而且她還確定，他們兩人一般高，甚至她還高出他一公分。

他們身後的聲音少了，所以也更加清楚了。「現在怎麼了？」「有濫用公權力的味道哦。」「競走者還是逃走者？」「溜了！」她拍拍他的肩，轉身要走。

「凱絲汀，這樣個人資料夠了嗎？」

「現階段夠了。」他點頭。明顯的，他想不出什麼有趣的回答。

然後她離開，當她走了幾步後再一次回頭時，他仍沒有改變的站在那裡，看著她的背影，他結實的影子落在他身後的草地上。

「要攝取足夠的鐵哦！」她對他喊，當他又只能點頭時，她迅速做一個要跑的假動作。他也跟著一動，然而她將手臂抬起，說：

「騙到你了。」

「我們再見。」他說，然後小跑步回到他的同伴那裡去。

他沿著鹿坡向上開，卡騰巴赫街下山，經過市場廣場，順著萊茵街往出城的方向，車子裡的鐘顯示六點過八分。在他外套前面左邊口袋裡插著採購單，像西裝口袋裡的插巾。他猜

測二十分鐘的時間內便能完成採買，也許會長一點，因爲正在開始的下班尖峰時間，此外，根據貝根城人今天必須貯備踏境節的給養和庫存的事實。四周看到的人都揚著事前喜悅的笑臉。街道裝飾好了，變漂亮了，再沒有一支街燈沒有披上綠色植物在身上的。這裡那裡都有小貨車停在街邊，上身赤裸的男人正費力從貨運區抬下最後的花環和枝椏，貝根城式的卸貨方式：兩個人抬，兩個人站在一邊，手拿啤酒瓶。萊茵街從市場廣場到市政府之間的路段已經變成單行道。懷德曼把車窗放下，手肘放在窗框上，用手將飽含臭氧的空氣引進車內。

在蘭河草地上，行進樂隊正在練習。

一如平常與凱絲汀爭吵之後，在車裡他總是覺得神清氣爽。他心中滿溢著決心，要在自己身上找尋耽誤的關鍵，所以與自己和諧一致。凱絲汀會看出這裡面有自滿的傾向，但是對他而言，相對於多年來與自己的衝突，是一個進步，他相信自己這麼常克服自己，是爲了在某個時候，自我衝突會以一個新的表現形式出現：以容易受到刺激的形式、自我欺騙或者虛榮心，像一種病毒，按照不同的情況或者情緒，引起不同的病徵。直到這個夏天，他才開始產生一種感覺，他青春期的一連串變化終於結束了，它們無聲無息的蒸發了。可能這個感覺只不過是一種新病徵的表現，如果是病徵的話，那麼生平第一次它是舒服的，但他並不相信。不，他真的完成了一個藝術品：他跟他的失意挫敗感互相之間的抗爭，他贏了。它跑累了，它指的是那隻刺蝟，而他是那隻兔子，來回跑兩趟後，兔子識破刺蝟的詭計，卻仍然信守賭誓的後果：不是來回跑，而是繼續走下去。那是兩年前了，當凱絲汀自稱對婚事猶豫不決時。世界上最簡單的辦法，只要能夠想到，然後說服女人表示你真的理解了。

懷德曼打方向燈，在車道入口就已經看見愛亞超市生意興旺。只有在很後面，警哨附近還有停車位。看到這麼多人抬著啤酒箱從超市出來，真是不可思議，好似踏境節時啤酒是短缺貨品，除了家裡以外，別的地方都沒有似的。他找到一個停車空格，把車停進去，安全帶也沒解，雙手還留在方向盤上，就這樣坐在車裡好一會兒。很奇怪他就是無法將這份新的泰然轉成誠實的和諧感。照後鏡裡他看著在超市入口處人來人往，停車場上的熱鬧，聽著購物車的輪子在瀝青上轆轆作響。下午的時候他在安養院裡，坐在阿姨的床邊，念《訊使》給她聽，把報紙放到一邊，當安妮打盹時。從八樓的窗戶向外注視這個地方，一邊奇異著，愛可以是如此自閉的一種感覺，幾乎難以言傳。

他動作必須快點了，但是他沒有。凱絲汀現在站在廚房，而且早已察覺，這個時候還叫他出來採購是無意義的。當他再回到家時，她會已經將一半的怒氣歸於自己。人必須暫停下來，他想，什麼都別做，一起看視各自的生活，好像它是一個巴布亞新幾內亞土著的儀式。誰還能認真的爲了甜椒爭吵？

雖然天很熱，他還是穿上外套去拿購物車，在口袋裡尋找一歐元。「敬祝所有貝根城女士和先生有一個愉快的踏境節」，入口處頭上掛著一個有這些字樣的布條。懷德曼踏進超市，馬上對腐壞的空氣、膚淺的背景音樂以及踟躕遲鈍的貝根城人感到反感，光的、蒼白的小腿，細細的肩帶在河馬的肩背上。他的憎惡感已經不如以前活躍了，而凱絲汀喜歡說成是傲慢狂妄的東西，事實上只是知覺，察覺到他的憤世已經沒有牙齒了——所以必須小心，想咬的地方可不能太硬！他把購物車停在蔬菜攤旁邊，從口袋裡拿出購物單，必須把它拿在眼前先找找位置，因爲他的眼鏡沒有放在身上。甜椒，當然，括號：紅的或者黃的，因爲娜塔莉喜歡吃。難怪，再小的計畫出狀況，凱絲汀都會生氣，當她決定將生命的偶然性在偶然性的原位那裡打敗時。他總是說：如果誰無法隨遇而安，早上就不用起床了。

哈哈，他也說，有問題的不是他的年齡，而是他的自私。重點是：他雖然這麼說，但是他不這麼想，早就不這麼想了。他對抗小市民心態的長篇大論，對不起，市民心態，反對置於低級精神水準飽滿的自滿——這些諷刺的歲頁是付給以前的他的，或者未來有可能成爲的他，希望變成的他以及那個隱形的陪伴著他過日子、嘴角上揚、帶著以前坎帕豪斯在講堂上的表情的他：當人再怎麼努力卻達不到標準時。一個有那種諒解的優越性的他，現在有時候會與他相遇，當他往鏡子裡瞧時，不是爲了傷害凱絲汀，而是藉此讓她知道，可以說出來，從瓶子裡倒出來後，再把塞子塞回去。

他的妻子不了解：對自己的安樂感到懷疑。他只能幸福的跟她在一起，當他能不時地嘲笑一下這份幸福時。純粹口頭上的！只有小市民才這麼簡單就滿意自己的生活。

「冥想配甜椒？」

他轉過頭，看見卡琳嘲弄的臉，她明顯比他矮小，當她從下面仰頭看他，用下巴示意他拿在手上的蔬菜，似乎在等待一個解釋。她像平常一樣的濃妝豔抹，而且最近他發現，她有時候會把顏色弄錯，穿得太鮮豔，太大膽。她的乳溝在領口處明顯可見，黃金色的鍊子繫在裸露的腳踝上。他一邊聳個肩，一邊把甜椒放進車子裡，說：

「這是老化現象，到某個時候就沒有什麼東西不讓你驚奇了。」

「我也一樣。」卡琳點頭，而且似乎沒有發覺，她購物車的輪子正壓在他的鞋子上。她下臂支在購物車的扶手上。「而且現在我有一個強烈的再現感。」

「什麼東西再現？」

「我也不知道，我想不起來。」她的大眼睛咄咄逼人地對著他的臉。「這也是老化現象？」

「不知道，也許不是所有老的時候會出現的現象，都是老化現象。」

「你覺得我們老了？」

「比以前老一點。」

「這不是答案。」不管他在哪裡，她還是瞪著他。凱絲汀總說：謙遜不是她的強項。她們兩人一起工作，彼此非常了解，但是至少凱絲汀在這一方面有所保留，這種評語她不會講出來，而當他問她原因時，問兩次都得不到回答，第三次她才說：如果能跟你開始一段情，她一秒都不會猶豫。

一個毫無根據的瞎想，就純粹感覺上而言，他卻認爲很準確。

「那我沒有答案。」他現在很想看他的購物單，如果他在蔬菜攤這邊的任務完成了，他想繼續去別的地方。但是有人看著他，他覺得拿出購物單來隔著半條手臂閱讀很尷尬。另外，卡琳的購物車也擋著他的去路。

「膽小鬼，你在哪裡有看到綠色花椰菜嗎？」她問。

「前面那邊，不過看起來不太能引起胃口了。」

「我現在知道了：我買菜的時候遇到你太太，七年前。」

「啊？」

「我的再現感哪：國王超市還在寇納克的時候，我在蔬菜攤旁遇見凱絲汀。」

「我猜，從那以後，這種再現已經幾百次了，兩個禮拜前我在飲料部才遇見妳。」那時他提高了警覺，因爲她的購物車裡躺著兩瓶伏特加，但是凱絲汀說，她沒有發覺什麼，她的呼吸裡從沒有酒氣，而且她看起來也不像酗酒的樣子，消耗殆盡的印象其實來自她太過努力讓自己看起來比實際年齡年輕。現在她搖搖頭，看著遠方的一個點，好像從那邊能夠得知她長久以來一直在思考的事。

「我說的不是這個，我們那時幾乎不認識，那是第一次我們說的話比幾句還多。而我手上拿著這個綠色花椰菜，一半已經枯掉了。」

「所以呢？」這場對話開始讓他覺得煩。凱絲汀在等，他們還要去法蘭克福，雖然他努力掩蓋，其實他內心跟凱絲汀一樣緊張。幾個星期以來，他一直避免去想，跟丹尼爾再相見的細節會是如何。現在還只剩三個小時，時候就到了。

疑惑以一條在卡琳‧普萊斯額上垂直的皺紋形式來顯現。

「我在跟你扯什麼呢？如果當時、假如、但是應該不是你的專長。」

他很想大聲笑出來，如果當時、假如、但是可是大大的寫在他離開柏林後所住的籠子上，不久前他才擺脫的這個籠子；有些目眩，不太相信，無法確定，這個籠子是否只是大了一點。即將到來的週末也是因此成爲一個測試，他知道，凱絲汀也知道，所以前幾星期的緊張實際原因其實在此，他的緊張和她的緊張。可能，他對於新的自由感到很高興，但這不表示，他們兩人之間最糟的已經過去了。

「卡琳，我趕時間，凱絲汀和我得去法蘭克福接丹尼爾。」

「哦！」她馬上退一步，把手臂舉起來——有些矯揉造作，方式是，把受到傷害經由盡力掩藏表現出來。

「祝你們愉快。」

「琳達也回來過踏境節嗎？」

「她星期六才回來。」

他忘了琳達住在哪裡，她在做什麼，在這個時刻他也不想知道這些。伴隨一些推著坐在娃娃車裡哭哭啼啼鬧個不停的小孩，一個個家庭從他們身邊經過，往冷凍食品部去。他的二十分鐘差不多已經結束了，而除了甜椒外，他車子裡還是什麼都沒有。

「那就迎賓宴見。好嗎？」

「希望你還沒忘記，你答應陪我跳一支舞，我可是特地讓我的生意夥伴教了我一下。」

「穿雙堅固一點的鞋子比較有用。」她的香水味朝他飄過來，當他繼續走時，他們道別時交換的眼光，讓他覺得有詭異的吸引力。根據他從凱絲汀那裡知道的，卡琳・普萊斯這些年來有幾段不確定的情事，其中有一個還是他的同事，而也許因爲他自己單身這麼長久的時間，所以現在他感覺和她有些默契，雖然完全不是時候。

三罐甜的鮮奶油，他的購物單上下一件物品。事情順暢、沒有白白浪費的不舒服感覺，懷德曼完成採買凱絲汀單子上所有的東西。甚至火種他也買了，雖然他知道，這麼做他又會跟凱絲汀的幽默背道而馳。他對卡琳・普萊斯揮了兩次手，在超市像迷宮般的櫥架間(她手上沒有購物單，在通道間無目標的閒晃)。當他把東西放到輸送帶時，她正在書報攤前翻閱雜誌。

外面停車場上熱氣蒸人，太陽已經消失在地平線下，天空湛藍發光。雖然已經太遲，他還是再檢查一遍購物單，在他把紙條揉成一團，重新塞進口袋之前。此時，他的電話響了。凱絲汀問：

「你在哪裡？」

「你絕對想不到這裡有多少人，整座貝根城的人都來這裡買東西了。」

「現在六點半了。」

「我知道，我要去開車了，卡琳・普萊斯跟妳問好。」

「所以你買東西買了這麼久？」

「我不是說……」他已經到車子這邊了，但是很難用左手把鑰匙從右邊的褲袋裡拿出來。

「無所謂，反正現在準備晚餐也太遲了。」

「我很抱歉。」

凱絲汀嘆息。

「你不覺得有時候我們在扮演不幸的角色嗎？」

「我們在努力。」用一隻手把東西裝進車裡很困難，更因爲地上稍微傾斜，購物車老是要滑向旁邊的車子。懷德曼感覺額上汗滴滲出，對對話的反感在心中升起。兩個警察在崗哨入口前站著聽他在講話，令他感覺自己是人家背後嘲弄的對象。

「努力，是哦，我有時候覺得，你的努力可以再大一點，意思是在小事上大一點努力。」

「是。」他說。他認錯的興趣在自己一個人的時候比較大，但是今天他將可容忍的過失程度用盡了。把行李箱關上，把購物車推回停放的地方，一隻耳朵還在從沉思的狀態中傾聽著他的妻子說話。「你還在嗎？」

「我的習慣是不會就這樣掛人電話。」

「我們今天晚上去法蘭克福挑選一家高級餐廳好好吃一頓，明天再來弄烤肉，時間比較足夠。」

「明天是迎賓宴。」她早已下了決定，他感覺，但是遊戲規則希望的是提出反對意見。

「我們之間沒有人對迎賓宴特別感興趣，我們吃過晚飯再去，也還早得很。」

「爲什麼我這麼緊張？」她問。

「因爲妳很久沒見到妳兒子了。」

「我可以單純高興就好了。」

「妳也這麼做了，人有時候會亦喜亦憂。」

「我現在掛上，然後想哭泣一下。你趕快回來。在家吃飯的事就算了，但是如果我們到達機場太遲的話，有你好看。」

「我用飛的。」他在她之後才掛掉電話。停車場上的熱鬧漸漸消退，所有人都要回家。這些人有事要做，他們有一個目標，拉著孩子一起，當孩子也都像他一樣帶著做夢的眼睛傻站著時。對這點他已經驚奇過一次，只是他不記得是什麼時候了，也許也只是因爲，卡琳·普萊斯剛剛提出再現現象，所以……沒有什麼是值得他驚異的：大家自然而然的做，日復一日，而且很高興踏境節即將開始。等待的時間結束了。這一天也要過去了，而城市已經妝點完成。只有他冷汗流下脊背，一動不動的站在繁忙的中心，有一時他幾乎不能相信，又已經七年過去了。

尾聲

然後，終於又是踏境節。

從外面觀察，一個印象強迫性的擠進來，一個凱絲汀不知道名字是什麼的印象，總之，不清楚。這些人真的能夠像被下令一樣隨即興高采烈喜氣洋洋，如果結局揭曉後，並不是他們一整個夏天所熱衷的？這個出自人和森林的和睦令她覺得不可思議，不過也許是因爲她沒有跟著健行，而是在市場廣場搭上一輛巴士，被載到早餐廣場。如果她一起用走的，啤酒會更鮮美，她會更接近事情發生中心，但是至少第一口酒已經將看不見的輕紗罩在她的理智上，輕紗之後紛雜的思緒被稍稍逼退。不須吸引異性的目光，她坐在那裡像在自己的林中空地，一隻手架在眼睛上，防止陽光刺眼。她放眼廣場尋找熟識的臉孔，開始流汗。

這幾個禮拜以來她想了很多，在想的時候突然注意到這個基本模式，這個模式在她的生命裡已經實行很久了。一種反對自我意志的自我決定，不管是小事還是大事。她今天可以穿較淺顏色的衣服，比如說，但她卻不敢。她可以不需要限制自己，讓自己這麼在乎別人的想法和要求，而是多追隨她自己的需求，但是她沒有。一發現這個，她就覺得這幾乎就是十年來的主題：總是滿足別人的期待。而她雖然不是喜歡極端改變的典型——移民到澳洲去，例如，搬進女人公社——她知道，這個察覺也不會沒有該承擔的後果。

做妳想做的，就是所有丹尼爾對她嘗試解釋的反應。聽起來像是他腦袋瓜吐出來的，當然他也是這個意思。但這是第一次，在她身為母親的生命裡，她準備好不先去考慮他的狀態。

她喝一小口啤酒，看著湯馬斯・懷德曼站在人群裡，在學校同事的圈子裡。格拉寧斯尼也在，他不斷的擦拭額上的汗，同時主導話題，其他人則不時點頭。她被陽光刺得瞇在一起的眼睛捕抓住這個畫面，把自己想像進去，似乎她也可以待在丹尼爾身邊，一起傾聽一起笑，她看見自己一隻手挽著他的臂，頭靠在他肩上，他的手臂環著她的腰。然後她把這幅畫面拿來跟來自她花園的溫暖陽光混合在一起，放進通往客廳、臥室開著的門裡。是蒙太奇或者是可能的？那裡有一間空房，空房裡她母親的東西收在一口箱子裡，丹尼爾不願收回的房間，他不說為什麼。然後另一邊是那個知覺，知覺鹿坡那個房子只會繼續更空，丹尼爾高中畢業以後。假期過後他就升上高級班了，她現在便可以感覺到他的生命在加速，感覺他佔據空間的、等不及離她而去的腳步。多少年來，他的成長也是她分割生命階段的時間之刀，但是現在這種同步即將消失，在她驚懼的注視他背影的同時，她自然而然會腳下一絆，當她面對這個簡單的問題時：現在呢？

當湯馬斯・懷德曼的眼光朝她望來時，她對他一笑，但是他似乎沒有注意到她站在樹下的觀察位置。第一次她看見他襯衫袖子捲起，穿著不常見的便裝西裝。前些星期他們只一起去散步三次，再沒有其他，她無法做到在母親一過世之際，她就馬上展開生命的新樂章。而他的矜持，是因爲與她同感，還是建立在懷疑之上，她也不知道。

她什麼都不知道，並且開始慢慢了解，事件的不確定性並不都是可怕的。

然後卡琳・普萊斯在她身邊說：「哈囉！」並且重重的坐到草地上。

「哈囉！」凱絲汀很驚訝，這個太甜的香水味爲什麼會這麼熟悉，她仔細聽她的聲音裡，是否會找到暗中惱怒和不高興的痕跡。

兩者都有一點，她覺得。

卡琳瞄一眼她的指甲。

所有一切都染上了別的色調，在最近幾星期裡，太短的時間內發生了太多的事，因此她無法掌握自己的感覺。有如在令人睡不著的試驗裡，一步一步接近崩潰。當母親棄世時，她沒有失態，至於訴諸眼淚和自責的劑量，她表現得也不過是在這種情況下心理所必須發洩的這麼多。有段時間，她試著把她的情緒能量用在自己身上，而這是一個令人意外的愉快經驗。丹尼爾說話用單字的習慣，她用單字回答，與湯馬斯・懷德曼告別時，只送上自己的臉頰，交握的手臂卻不鬆開。當她現在回顧過去的四週時間，似乎是一段拉得長長的空白，之前和之後的界線模糊，也無法辨認，前後差別在哪裡。之前的，已經過去，意義也已喪失，因此她寧願靜靜的思考之後要來的，而不是回答卡琳的問題：

「妳還生我的氣嗎？」

「不，」她說：「我想，不了。」

「妳聽起來卻像在生氣。」

她們交換的眼光，凱絲汀覺得很熟悉，她想藉喝一口啤酒避開它，杯子卻空了。

「不是故意的。」她說。

卡琳把太陽眼鏡推到頭上，襯衫胸口戴著一條金鍊子，其餘的就是只在服飾目錄中會穿的健行裝束：同色調搭配，很明顯是第一次穿，此外她身上沒有一處顯現用過的痕跡，除了她的眼睛四周的顏色，但頭髮不再是紅色。她看起來像不受影響的走過生命，如果考慮她的年齡的話，似乎很奇特——這也是凱絲汀在眼前、轉著空啤酒杯的手後面的自己正在做的。

「我很抱歉，如果這件事……」卡琳接下話，卻又馬上中斷。

「妳知道的，我生命中最近發生很重要的大事，」她說，觀察著一隻在她鞋上的瓢蟲。

「但是我的信妳收到了？」一張弔慰卡，很普通，不特別有個人情感表露，但信封裡卻夾著過多的錢。凱絲汀現在可以指出，她現在身上穿的深藍色襯衫，是用信封裡的錢買的，但是此刻她既對說這個沒有興趣，對「給我看看」、「很適合妳」也興趣缺缺，其實她根本不想再談下去。雖然如此，她還是很高興，她們終於說話了。

「謝謝，我只是還沒有時間回信。」

「我理解。」

湯馬斯・懷德曼再一次看過來，但是她現在無法給他信號了，而只能以他們在別人頭頂某處相遇的眼光來回應。

「我有事想和妳談一談，」卡琳說：「有一個主意。」

「一個主意。」她很清楚的感覺到，她沒有用問號，既不顯露好奇，也不感覺對此有興趣。早餐廣場邊緣是人人都可以發表任何主意的自由區域。她看見她的兒子拿著啤酒在鹿坡少年隊裡，獨自一人，臉上冷冷的難以親近，她很想把這個表情換回他之前憤怒的青少年叛逆的眼光。

「我一個人做不了，但是如果一起努力的話我們會成功。」

「我們。」

「要我從頭開始說，還是……」

「簡單告訴我，妳的主意是什麼。」

「是一間舞蹈教室。」

好險卡琳這麼專注在她的話語上，完全沒有發現對方沒有反應。她也不用眼睛確認自己是否被了解，只是看著廣場，看著貝根城山頂上不透明的陽光。凱絲汀考慮，要不要跟著第二階段的健行一起走，而不坐巴士回去。她極想動一動，而且她也穿了適合長途走路的鞋以防萬一，畢竟並沒有法律規定，戴孝的人不能參加民俗節慶。

卡琳嘆息著。

「我長話短說：公司沒了。還沒有正式發布，也請妳先保密，但是絕對是破產了，無可挽回。爲了不讓銀行把全部資產收走，有價值的都先轉到我名下。想想看，甚至漢斯彼德的BMW都正式歸我了。並不是允許我可以開，但是……還有公司在卡爾斯胡特的舊建築也是。很令人驚訝，房子狀況還很好，隔離設備很好，很乾燥。兩天前我開車去看了一下，沒有爲什麼，就是想知道自己看東西的眼光會不會不一樣，如果這些東西屬於自己的話。」她說得很急，爲了不在讓她會痛的地方停頓，但是她現在停下來，問她：「妳覺得呢？」

「如果東西……」

「不是啦。水泥就是水泥，或者這棟房子的話是磚頭。但是我即興的、瘋狂的，然而仔細想來確實很明智的主意是：我們在那裡開一家舞蹈教室。妳教舞，我做行政。我們不用付租金，從小班開始：琳達幫我們找齊第一班的學生，爵士舞、百老匯音樂劇，替舞台秀訓練舞者，諸如此類。目標族群十五至二十歲。然後還有偏重健康的課給年紀較大的人。鹿坡婦女會至少有一半成員已經報名，相信我。再來，給伴侶上的課，國標舞等，這個死氣沉沉的地方需要律動起來，我們來提供吧，就妳和我。」

卡琳滔滔不絕中的狂躁，讓她反感，以及從對面來的，像退潮般帶她離岸的一股吸力，讓她想像之前不可想像的：入口的地方，上方一個牌子寫著某某舞蹈教室，裡面有一個反映在鏡子中，充滿年輕女孩的空間。以及第三，有股奇異的感覺，像是被剝奪了什麼，當別人突然將你的秘密夢想說出來，毫不羞恥的把它說成是計畫。

「啊哈！」她說。一個紹爾蘭省扁平足式的啊哈，強調所有想得出的話，例如「電費」和一些問題，前成衣工廠是否有供跳舞的特別地板、澡間。

「妳以爲我瘋了，但是那只是因爲妳天生膽小謹慎。」卡琳聲色不動的說，還點頭強調她自己的話。

「什麼？」

「不是嗎？」她們兩人再一次對望。卡琳化的妝好像在早餐廣場之後她要直接去歌劇院。凱絲汀問自己，到底有沒有什麼是她們兩人相同的。

「不予置評，」她說：「但是如果妳對一起合作的想像包含對我批評責備的話，那我沒有興趣。」

「我要說的只是：我也看到有風險，但是我相信，這些風險比成功的機會小得多。此外，我現在所身處的生命階段裡，風險這個詞實在不能再對我構成什麼威脅了。到目前爲止我所認爲理所當然擁有的，都已經失去了。」

「妳現在想從我這裡聽到什麼？公司的事我爲妳感到很抱歉。」

「不，不，我，如果我坦白一點的話，對所失去的並不感到難過。我幾乎相信，我已經料到這種事情會發生，那些扶輪社舞會和毫無意義的應酬終於完結，現在也該換我來做一些什麼。妳好好想一想，考慮考慮。也許踏境節的時候我們可以一起出遊，妳來看一看那個房子如何。」她將一隻手搭在凱絲汀的肩膀上，滑過頸項，如此緩慢，讓凱絲汀不得不去想某種特定的後房，以致沒有聽明白卡琳的下一句話。「妳知不知道，當時那束花是我送的？」

「花？」

「放在妳門前，紫羅蘭，祝賀妳生日。」

「不，」她機械化而且如實的說：「我不知道。」她現在渴了，而且感覺腋下在出汗。也許到競走者祭起皮鞭宣布出發，不會太久了，而且她決定，在出發之前，她要過去湯馬斯．懷德曼和他的同事那邊一下。也許是因為卡琳．普萊斯，但是她突然清楚意識到，她不能再等了，等這個傢伙自己提出比道別時吻頰之外還更多的要求。現在她必須把事情握在自己手上，懷德曼的事情。畢竟她曾經掌握了他一次，感覺並不壞。

「為什麼妳要送我紫羅蘭呢？」她問。

「我知道是妳的生日，那時我有一種感覺：我們能夠互相……幫助。簡單的朋友之間。我只是沒有勇氣，自己把花交到妳手上。」

「老實跟我說，從一開始妳就企圖把我拉到那個夜店去。」

「我一個人的話絕對不會去的。」

「妳把這個叫做互相幫助啊。」她心裡已經沒有怒氣了，她確認，如空氣通過緊閉的雙唇。她早料到會如此，並且很高興終於把話說出來。但是其實兩人關係一直都是如此，那時候跟安妮姐也是：友誼對反抗，而且覺得氣氛上發生插曲、不和諧也頗有樂趣。就這樣，她轉過頭來，親一下卡琳·普萊斯噴了香水的臉頰，心想：接受吧，妳這個老蕾絲。

安妮姐當然沒有來參加踏境節，在瑞士的某處有個更好玩的節慶。

「我會考慮。」她邊說邊站起來，用雙手拍掉褲子上的草屑。

「還有一件事：我們必須跟懷德曼先生談一談嗎？」

「為什麼？」

「他在那個店裡，妳說的。」

「他沒有看見妳。」

「意思是，妳已經和他談過了？」

「很簡短而已。」她的影子蓋在卡琳的臉上，這讓眼光和謊言一樣有所遁形，會比較容易承受。她不欠卡琳什麼，這是清楚的。暫時，友誼這個詞對她們兩人的關係來說還高不可攀，也許她們應該先成為同事。穿過暗色的藍布，凱絲汀感覺太陽在皮膚上，想像著，湯馬斯·懷德曼從下面的人聲鼎沸中，把眼光瞥過來看她的臀。

「不然我會打電話給他，向他保證我不會亂說。」

「不必。」她身後音樂開始演奏，從早餐廣場的各個角落湧出，風把聲音抬上人的頭頂。不許妳去碰他，她想，然後對這份從心中升起，突然高漲的爭戰衝動感到高興，也是幾星期以來第一次有的感受。為什麼要一直這麼馴良無助？她現在要走下去，理直氣壯的往他身邊站，好像那裡一直都是她的位置。

「我們等會兒再見。」她說：「還有，謝謝妳的花。」

「我再打電話給妳。」

然後她走到熱鬧人堆裡，進入啤酒味和笑聲的混合裡，來到溫暖的陽光照著的臉中。擴音機叫賣著最後的牛排和香腸，她決定喝第二杯啤酒，微笑的從一個路經的鐵絲筐中取出酒。現在去他那裡，她想。曾經有一段時候，心中的懷疑緊緊的站在她面前，像現在踏境的人潮，但是那個時候的好處是，她在某個時候就停止讓位給別人，而那之間空隙便留著，穿過空隙就能往前進。她旋轉上半身，招呼這個，招呼那個，問自己，舞蹈教室的主意有什麼好反對的。明年開始她的贍養費便會刪減，透過護理費來平衡已經落空了，她反正必須找工作。所以呢？有關細節她們還必須詳細再談，但是實際上再也沒有比卡琳・普萊斯這個舞蹈教室更好的事能發生在她身上，這是她自己一人絕對無法開始的事，而且卡琳的「互相幫助」到最後，還是比去做不正經的事多。

一個自己的舞蹈教室！她邊走邊喝，必須忍住，不要大聲笑出來。也許跟她已經有幾個禮拜沒有沾酒有關係。但是並沒有哪裡寫著，夢想一定有肥皂泡的成分存在，並且卡琳・普萊斯天真的天外一筆，難道不應該去支持？她可不是發白日夢，已經策略性在考慮，瞄準目標族群。她在濃厚的妝粉之下，有一部拖拉機的結構，而且爲什麼她不能改變一下，從鄰居的熱情中得到一點好處？

終於，在人堆中她看到在尋找的那張臉。嘲諷的微笑，當他朝格拉寧斯尼舉杯並且喝空他的杯子，同時以他沉靜的方式透露著好心情：好像他自己不太在乎他有一個好心情。爲什麼是他，她問自己，卻立刻把問題抹到一邊，擠過最後幾個站在他們之間的踏境者。現在或者永遠都不做，她心想。很明顯的，他看見她朝他而來，總之，他轉過來背向圍著格拉寧斯尼的圈子，而且他臉上的什麼東西告訴她，不再需要很多言語來確認他們兩人的命運。

已經半個小時了，他站在同事圈中，聽著格拉寧斯尼的挖苦，眼光在早餐廣場上的人群裡瀏覽。他不時地檢核一下，他的阿姨在蘭坳的男子組攤上不是一個人坐著，且不時地啜一口啤酒。踏境節的第二天，如果要他說他沒有開始覺得有點無聊，他就必須說謊。

「一頂轎子，您能夠爲您的校長搞到一頂轎子嗎？」整個早上在格拉寧斯尼的閒言中一直混有這種影射的語調，簡直是在測試交談對象的界線。這裡和那裡踩到別人的腳，然後馬上道歉，用「又不會很痛」這種好心情的暴君語調。十分鐘之前他稱讚懷德曼是整個早餐廣場「學歷最高」的人，同時好像巧合一樣對一個同事微笑，在學校的同事都知道，這位同事已經連續十五年將他的暑假貢獻給德國文學博士論文，論文題目連他的指導教授——如果他還活著的話——都記不得了。

凱絲汀・維納穿暗色而不再是黑色的衣服，如果他從遠處沒有認錯的話，而且她把頭髮束成馬尾，如同那時在克萊山上。普萊斯太太坐在她身邊，所以他放棄爬上斜坡去陪她。至少她還是決定參加踏境節，也許這是一個宣示，宣示她漸漸從她的哀悼期自我封閉中走出來。一整個月他們只有偶爾一起去散步時才見面，而且散步時凱絲汀•維納雙手抱胸，步伐遲疑蹣跚，給他感覺，好像有什麼東西橫亙在他們之間，兩人卻沒有一個人敢說出來，思想似乎變成藤蔓纏繞他們的腳踝。他若有所思，她自顧自望著前方，然後朝向後面說些沒有完成的句子，像：我甚至不知道，我到底有多愛她……你明白嗎？我是否真的……但是另一方面，人可不可以……紀錄終止符掉進她自我懷疑的假想深淵，但是，不論他把脖子伸得多長，他都覺得這些深淵既不深也不沉，而凱絲汀•維納與自己的角力並不脫離自鳴得意的成分。

就這樣，在過去幾星期裡，他們在片刻的親近中散著步，各人瞧著自己的鞋尖，每當有一隻鹿經過，他們就說：鹿！散步像是德語初級班而已。有時候他的手臂會環著她的肩膀，驚訝自己的無助，不知道，這是因爲他無法改變自己，還是她將自己關在她裡面。現在他注視著她，看著她從她的位置起身，在斜坡的邊緣站了一會兒，那副樣子喚起他體內的需要，那個被幾星期之久無結果的冥想中活埋的需要。

「隨便啦！」格拉寧斯尼吵嚷著：「我克服過克萊山，即使不死之身也不過如此。懷德曼同事！」

「是？」他更想再觀察凱絲汀•維納一會兒，但是格拉寧斯尼的眼睛抓住他不放，而且根據他眼裡的光芒，可以推斷，校長又要施出什麼詭計了。

「我很高興，在您短暫的猶豫之後，還是決定接受副校長的職位，教育當局那邊沒有什麼意見。」帶著毫不掩飾的勝利表情，格拉寧斯尼往他的方向伸長脖子，以致下巴和肩膀之間幾乎有個脖子了。還有一個滿滿的啤酒杯迎向懷德曼：「那麼，祝合作愉快！」

「萬歲！萬歲！萬歲！」一個穿制服的人，站在他的啤酒桶上喊得特別熱情。

格拉寧斯尼攻擊的時刻顯出一副那麼醜怪的樣子，讓懷德曼忘記了他對自己的突襲。他站在那裡像一個陸軍元帥，對處於劣勢的對手規定和平的條件——狡猾的、狂妄的，而且絞手想盡辦法要讓自己魅力不可擋，讓人不禁想把他抱入懷裡說：好了好了，你**是**爛人！他已經計畫好了，也許幾個鐘頭以來，也許有幾天之久，幸災樂禍的高興自己的不動聲色，不動聲色的扯扯佩刀，設法讓實際狀況變成他要的。

「從何時開始，獨裁者也有代理人？」懷德曼問道，而且知道，僅僅如此他是沒有辦法擋住攻擊的。格拉寧斯尼高聲大笑，同事們互相交換眼光。凱絲汀・維納，懷德曼用眼角的餘光確定，在此時告別她的鄰居，從斜坡上下來。也許他該下定決心，擁她入懷，說：好，我們試試吧，管它可能會成功，也可能不會。讓空洞的樂觀說服自己，因爲畢竟僅有聽起來很浪漫，是沒有助益的。

「好。」格拉寧斯尼說，用仁和謙愛的姿態請大家注意。他非常享受此情此境，而懷德曼覺得自己沒有能力去破壞他一手導的戲。「我現在可以指出，甚至萬能的上帝也有代理人，但是那就扯太遠了。我們大家都認識自己的界線，不是嗎？」他手上的杯子還是舉向懷德曼的方向、沒有改變，只有他的聲音很微弱的低啞了一點點。「合作愉快，同事！」

「乾杯！」懷德曼舉杯，仰脖喝盡。太陽射在他額上。那麼他就將是校長代理，爲什麼不？一手拿著啤酒，他看到凱絲汀朝他走來，而且還帶著與之前不同的眼神，比較開放，比較多期待。他聽著同事的祝賀，但是對這點他已經不再感興趣。他對格拉寧斯尼點個頭，示意他，他贏了。然後他轉身，朝凱絲汀迎著他來的方向。

「看看妳，妳還是來了。」他說，並且心想：最好是一個公開的協定。他無法不試一試，但是除此之外，他現在沒有其他的能夠提供。一個金絲銀縷的協定，也許吧。他們絕對不能去做的是，比較他們所受的傷有多深，這最終會造成可怕的勝利。

「坐在家裡三天，」她搖頭。她的馬尾令她看起來比較年輕，而她所上的睫毛膏添加了她眼神的強度。「你玩得愉快嗎？」

「愉快得不能再愉快了！在格拉寧斯尼周圍總是笑聲不斷。」他點頭，聳聳肩。他想的是認真的，然而卻不能確定，他應該怎麼說：我們把愛當成遠程目標吧。但是凱絲汀看著他，好似不想再用沉思冥想搪塞，她馬上就要能在風中化爲烏有的東西。而他，也是！爲什麼一方面他毫不抵抗讓格拉寧斯尼孩子氣的老頑固牽著鼻子走，然後又雙手交叉在背後，當他個人的幸福來臨時？在他面前站著的是她，丟掉所有的矜持，深深的看進他的眼裡。

「聽著，」他帶著讓自己從高處墜落的感覺說：「我覺得，我們已經浪費夠多的時間了，不是嗎？」

「我正好也想告訴你類似的話。」

「我的意思是，我們見面的次數可以多一些。」

「而且也不一定要到森林裡去。」

「晚上我時常都有空。」

「你只需要來按門鈴。」剛剛她還在想，邀請他到她的露台度過一個晚上，但是她現在看著自己進入自己的家門，手上還牽著湯馬斯・懷德曼。不再在走廊遲疑，不再在百葉窗落下、夏日寧靜的暗影裡。一扇大開的門，他們走進去，好像這是僅有的一扇門。悼喪時間結束，某件事的開始，這件事在她眼前之所以這麼不清楚，是因爲它這麼這麼的近。激動和暈眩侵襲著她。

「我們現在要親吻嗎？在公開場合所有人面前，像兩個青少年？」在她直視著他的眼睛時，她腦海裡的畫面迅速跳出她的房子，進入一片空白之地名叫未來：不久她便是職業婦女，下班之後去探視男友？真是瘋狂，但是她穩穩的站著，握著他的手，後悔另一隻手上還捧著啤酒杯。他有小小的皺紋在眼睛周圍；這些皺紋已經引起過她的注意，但是她已經不知道是什麼時候的事了，所有一切速度突然比平時快。

「等會兒再親，我們先去丟高。」

她的頭一歪，笑了。輕輕的、請求的聲音並不在她的腦中成形，她想環著他的脖子、奔進他的懷裡，擠他推他捧著心擁抱他，直到早餐廣場的人群離開，而他們兩人能夠往相反的方向奔去，回去貝根城。

「才不。」她仍然微笑著，被遙遠的記憶所震驚，然而卻完全無力抵抗。

「不行，現在馬上先去！」

「我們去坐巴士回我家吧！」

「之後再回去。」他的笑容不容反抗。「先去丟高。」

「湯馬斯……」

然而他抓起她的手，她將她的「不」吞下喉，便一起上路了。這麼快，以致凱絲汀無法問，她的心跳是因為喜悅還是恐懼。她把啤酒杯在半路直接放著。人群從他們在草地上坐著的位置起身，喝乾啤酒杯裡的酒。一片赤松林圍住早餐廣場，在森林前站著黑人以及兩個競走者，他們身後是一個鼓手。邊境石前的長龍已經解散，休息時間差不多要結束了，其中一個競走者在看錶。

曾經就是在這裡嗎？在第二天的早餐廣場上？她專注的看著穿著戲服的那三個人，黑人全身黑，競走者是白、紅和藍三色。年輕的傢伙，運動神經發達，可是膚色太慘白。記憶卡在她的喉嚨，讓她幾乎喘不過氣來，但是她不會讓自己退縮的。

我就知道我們會再見的，尤根那時在她耳邊呢噥。

「還有人嗎？」黑人喊著，並且看看四周圍。一張黑色滿是鬍鬚的臉，配著白的、靈活的眼睛，身穿暗色套裝、金色結帶，一柄彎刀在腰上擺盪。她不認識他的名字，也不認識競走者的名字，這些都刊登在報紙上，但是她忘了。

「這裡！」湯馬斯・懷德曼大叫，然後輕聲說：「妳先還是我先？」他現在完全是他自己，她可以感覺到。也許這是欠考慮，或者是報復什麼的。無論如何，她從未覺得他像這一刻一般那麼難以抗拒。

「我先。」她說：「之後我們就回我家，不再去健行，也不去節慶帳棚，明天也不參加，二〇〇六年的踏境節在此時此刻結束。」她的左腿一陣顫抖。

「我們明天開車出去，隨便去哪裡。」他感覺自己在點頭，很想知道，他是認真的嗎？他說的和他做的？從她有著大眼睛的臉上飄來陣陣香水味，喚起他對他們共享的一夜的記憶。他想起來，她的前夫曾經是競走者，二十一年以前，他現在做的，不是同她步向未來，而是把她推回過去，他想到時已經太遲了，現在沒有辦法逆轉，他們只能衝破那裡。「我們會找到一家美麗的鄉村旅店的。」他甚至不覺得這是一個承諾。她有著修長、溫暖的手指，而他吸進去的，是她皮膚上的香味，緊緊抓住這份真實，只要他能掌握它：不用五星飯店，不需夢幻般的沙灘。也許夜裡他們還聽得到高速公路的聲音，然後問自己，為什麼沒有繼續趕路？

她點個頭，鬆開他的手。

她臉上一絲驚惶他注意到了，欽佩她還是無懼的面對。看著她的背影，再一次享受她美麗的步伐。如果他無法成功的去愛這個女人，就再也沒有人能拯救他了。

「哈囉！」她說。一塊布蓋在邊境石上，和那時候一模一樣。一箱礦泉水，兩張揉爛的紙巾，鼓手正在擦拭臉上的汗。

「請！」黑人盡力讓自己的聲音抑揚頓挫，但是可以聽出來，這兩個小時，除了這個他沒有做別的。兩個競走者張開手臂。她轉身，背對石頭。

湯馬斯・懷德曼站在那裡，後面是早餐廣場，模糊不確切的人群和旗幟，那裡面的某處是她的兒子。二十一年過去了，她費盡心力不要去想，一如以往，她也不用去想，因爲——一如以往。汗味飄在空氣中。一場儀式的繁忙以及它的例行程序。二十一年前她報出名字，因爲她以爲丟高只是被拋到旗幟下的高度，她凝視著尤根的眼睛，直到他滿臉通紅。此刻她看著廣場，朝湯馬斯・懷德曼那裡望，費力的想一個思緒，一個她能抓得住的思緒，但是什麼都沒有，只有森林邊界以及太陽。勇氣她有，即使感覺起來像是恐懼仍伴隨其中。

競走者抓住她，凱絲汀緊閉雙唇。她對自己說，沒有重複這回事，現實的生活裡沒有。這裡是開始，或者是結束，是出發，或者是到達。但是一切發生之刻，當發生時，都是第一次。有如當時她緊緊抓住競走者的臂膀，感覺到潮濕的襯衫布料下緊實的肌肉。充其量會有的，只是空間與時間的交錯，而且當人站在那裡時，有一剎那能看見全部：走過的路，或其他的路，當時可供選擇的，不同的路，完全沒想過的。音樂沒有了，廣場上，有個什麼，像她的心跳這麼堅持，以緊湊的節奏朝她吹來。驚惶與勝利，不是戰勝自己，但是是部分成功。湯馬斯・懷德曼看起來這麼嚴肅，她很想對他伸舌頭，大喊：不再裝腔作勢了，遊戲結束了。她會愛他的，就這麼簡單。鼓聲咚咚響起，在競走者把她高抬過石頭三次，再重新抬高時，黑人用疲憊的聲音說他已經說過幾千次，還會再繼續說幾千次的句子，此刻卻絕不會重複：

「這塊青石……這個境域……直到永遠。」

附錄

邊境行走——作者訪談筆記

編輯室／整理

請問小說中提到的踏境節是什麼，德國真的有踏境節嗎？

施：德國確實有踏境節，是古老流傳下來的傳統，小說中虛構的貝根城每七年舉辦一次踏境節，這樣的節慶目前也在德國某些地方保留著。在我出生的德國家鄉Biedenkopf，因為這裡的人們特別重視這個傳統，堪稱為舉辦踏境節活動最大型的地方，城鎮的居民不僅以此歷史悠久的踏境節自豪，也全體參與這重要的盛大節慶。而許多人與一個人之間莫名的際遇，也可能悄悄在七年才一回的節慶中暗自上演著。

在這一連三天的節日裡，數以千計的人們沿著城鎮邊境一起走路，有山路有平地，坡度最陡的路段甚至有一些危險，需要放慢腳步。每天早晨六點半在廣場聚會開始走路，中午會休息兩小時，晚上的休息時間也會安排音樂、跳舞，就這樣連續走路三天，是一個五光十色的歡樂節慶。踏境行走的習俗在每七年一次的循環中到來，人們也看著時光的流逝，或重新審視自己的生活……

請問你是一位德國人，怎麼會選擇在台北生活，聽說你第一部得獎的長篇小說《邊境行走》就是在台北完成的？

施：大學念哲學時就對東方的哲學好奇（在歐洲念的僅有西洋哲學），因此很希望除了西方哲學還能了解多一些東亞哲學，後來申請獎學金到中國南京大學念了一年的期間，當時就曾短暫來過台灣一週！台灣輕鬆自由的氣氛讓我感到很自在，因此一九九七年就選在台北師範大學學中文，後來再回德國完成學業並去日本念博士，研究跨文化比較哲學方面，二〇〇四年取得博士學位。

二〇〇五年已經是我第三次來台，作博士後研究的關係，我僅能利用週末與平日的晚上，開始撰寫這部小說，也許人在異鄉、有一些距離感，在另一個他方更能將原本熟悉的家鄉事物表達出來。從二〇〇五至二〇〇八年，持續努力三年的創作時間，終於完成這部《邊境行走》。

雖然這部小說中描寫節慶的細節是真實的，但仍是一部完全虛構、非自傳的小說。

聽說《邊境行走》甫一出版即在二〇〇九年法蘭克福書展上大放異彩，請問讀者是否有提出讓你印象深刻的回應？

施：讀者經常會問我，為什麼你能將小說中女性角色寫得如此細膩，甚至覺得不可思議，這竟然是一個男性作家寫的作品！或許小說家的本事就是洞察人心，因為同樣地女性小說家一樣也可能透察男性心理啊。不過我這樣的回答讀者似乎仍不滿意，直到某一次我開玩笑的說，可能因為自己的兄弟姊妹中正好有姊姊與妹妹吧，讀者這才終於露出恍然大悟的表情。

小說精選

邊境行走

2010年11月初版　定價：新臺幣480元
2025年5月二版

著　　者　Stephan Thome
譯　　著　宋淑明
叢書主編　邱靖絨
特約校潤　劉洪順
校　　對　吳美滿
整體設計　莊謹銘

出　版　者　聯經出版事業股份有限公司
地　　　址　新北市汐止區大同路一段369號1樓
叢書編輯電話　(02)86925588轉5305
台北聯經書房　台北市新生南路三段94號
電　　　話　(02)23620308
郵政劃撥帳戶第0100559-3號
郵撥電話　(02)23620308
印　刷　者　世和印製企業有限公司
總　經　銷　聯合發行股份有限公司
發　行　所　新北市新店區寶橋路235巷6弄6號2樓
電　　　話　(02)29178022

編務總監　陳逸華
副總經理　王聰威
總經理　陳芝宇
社　　長　羅國俊
發行人　林載爵

行政院新聞局出版事業登記證局版臺業字第0130號

本書如有缺頁，破損，倒裝請寄回台北聯經書房更換。　ISBN 978-957-08-7675-8 (平裝)
聯經網址：www.linkingbooks.com.tw
電子信箱：linking@udngroup.com

感謝歌德學院(台北)德國文化中心協助
歌德學院(台北)德國文化中心是德國歌德學院(Goethe-Institut)在台灣的代表機構，四十餘年來致力於德語教學、德國圖書資訊及藝術文化的推廣與交流，不定期與台灣、德國的藝文工作者攜手合作，介紹德國當代的藝文活動。
歌德學院(台北)德國文化中心
Goethe-Institut Taipei
地址：100臺北市和平西路一段20號6/11/12樓
電話：02-23657294
傳真：02-23687542
網址：http://www.goethe.de/taipei
電子郵件信箱：info@taipei.goethe.org

國家圖書館出版品預行編目資料

邊境行走/Stephan Thome著．宋淑明譯．二版．
新北市．聯經．2025.05．496面．14.8×21公分（小說精選）
譯自：Grenzgang
ISBN 978-957-08-7675-8（平裝）
[2025年5月二版]

875.57　114004925